Folgende Reihenfolge wird beim Lesen der Altra-Bücher empfohlen:

Die Alia-Saga:
Band 1 – Der magische Zirkel
Band 2 – Der schwarze Stern
Band 3 – Das Land der Sonne
Band 4 – Das Auge des Drachen
Spin-Off – Die Magier von Altra

Die Greifen-Saga:
Band 1 – Die Ratten von Chakas
Band 2 – Die Träne der Wüste
Band 3 – Die Stadt des Meeres

C. M. SPOERRI

Die Magier von Altra

STERNENSAND VERLAG

Lass Dich von Altra verzaubern …

http://cmspoerri.ch
info@cmspoerri.ch

Zu den lieferbaren Titeln von C. M. Spoerri siehe Seite 398.

1. Auflage, Dezember 2015

Umschlaggestaltung: Tara | fantasiafrogdesigns.wordpress.com
Landkarten: C. M. Spoerri 2015
Lektorat / Korrektorat: Wolma Krefting | bueropia.de
Satz: Sternensand Verlag GmbH
Druck und Bindung: Booksfactory | PRINT GROUP Sp. z o.o.

ISBN-13: 978-3-906829-08-1
ISBN-10: 3-906829-08-1

Für alle, die mit Alia durch Altra gereist sind.

Willkommen zurück.

C.

Altra
LORMIR
Lormir
Gelor
Boreas
Hored
End
Zakatas
Walder von Zakatas
Amoen
Fayl
Rott
Zwillings-
See
Valven
Rahen
Talem
Kart
Hnau
Winsor
Heystedt
Vel
Westend
Westendwald
Jost
Irena
Mal-
See
Felv
Kempt
Wels
See von
Arida
Arida
Arganta
FAYL
Orta
CHAKAS
Belar
Melv
Bairout
Drogir
ARGANTA
Hort
Bris
Vulna
Scopet
Goliar Wüste
Gerun
Oshema
Elb
Chaka-
See
Chakas
Oda
Talmeren
Walder von Robrero
OSHEMA
Collis
Geruna
Ora
Margen
Ren
Molarwald
Bela
Mel
Os
Lapot
MERITA
Kanter
Ina
Molar
Cauta
Port
Portez
Merato
Mons
Meritawald
Capz
Darton
Baltros
Merita
N
W
E
S

Vorwort

Wir schreiben das Jahr 11 248 der ersten Epoche. Jener Epoche, in der die Wesen aus unserer Fantasie noch real waren und sich die Erde mit den Menschen teilten. Ich möchte Euch von einer Welt erzählen, in welcher Drachen, Elfen und Zwerge diese Welt bevölkerten und von einem Land namens Altra.

Diese Geschichte wird teilweise von denselben Figuren handeln, die in der Alia-Saga eine Rolle spielen. Daher werdet Ihr in diesem Buch unausweichlich Spoiler zur Alia-Saga finden. Falls Ihr also die Geschichte rund um Alia noch nicht kennt und vorhabt, sie unvoreingenommen zu erleben, dann solltet Ihr diese zuerst lesen. Wenn nicht, wünsche ich Euch nun ganz viel Spaß und eine gute Reise nach Altra.

Eure Corinne

Alia-Saga:

Band 1: Alia – Der magische Zirkel

Band 2: Alia – Der schwarze Stern

Band 3: Alia – Das Land der Sonne

Band 4: Alia – Das Auge des Drachen

Achtung!
Dieses Buch ist die
Fortsetzung der Alia-Reihe!

Wer diese noch nicht kennt,
wird beim Weiterlesen
unweigerlich Dinge erfahren,
die das Lesevergnügen der Alia-Reihe
schmälern könnten
(unter anderem werdet Ihr dann wissen, wie diese ausgeht).

Weiterlesen
auf eigene Verantwortung ;-)

Kapitel 1 - Schatten

MERITA, Gegenwart

(Tag 20, Monat 8, 1EP11 248)

Er wartete, bis er die Umrisse seiner Verfolger in der dunklen Gasse ausmachen konnte. Die Schritte seiner Lederstiefel waren so leise, dass sie nicht einmal für elfische Ohren wie seine zu hören waren – geschweige denn für menschliche. Und dass es sich bei den zwei Kerlen, die ihn nun seit einiger Zeit durch Merita verfolgten, um Menschen handelte, das konnte er am penetranten Schweißgeruch, den sie im Umkreis von zehn Schritt verströmten, mühelos erkennen. Dafür hätte er nicht einmal seine jahrelange Assassinenausbildung gebraucht.

Die Stadt Merita war weitläufig und besaß viele verwinkelte Seitengassen. Die Häuser in dieser am Stadtrand gelegenen Gegend, die sich ›Bettlers-Eck‹ nannte, waren heruntergekommen, im Gegensatz zu jenen in der Nähe des Marktplatzes, wo die vermögenden Leute wohnten. Dort hatten nur die begabtesten Baumeister Hand angelegt und die Fassaden wiesen reiche Verzierungen und Verschnörkelungen auf. Außerdem gab es dort großflächige Parkanlagen und Gärten mit schattenspendenden Palmen, die zum Verweilen einluden.

Hier im Bettlers-Eck jedoch wuchsen keine Pflanzen und die Häuser glichen rechteckigen Lehmwürfeln. Nur wenige davon konnten mit mehr als zwei Stockwerken aufwarten und viele besaßen bloß notdürftige Türen und Fenster, die im Grunde Löcher in den Hauswänden waren, welche mit Holzbrettern verriegelt wurden.

Der Assassine zog lautlos seine beiden Schattenklingen aus den Scheiden, die er am Hüftgurt befestigt hatte, und schlich weiter, sich nahe an der Hauswand haltend. Er würde sie von hinten überraschen, und noch ehe sie ihn erkannten, hätte er sie in die kalten Hände von Bruder Tod übergeben – wie so viele andere vor ihnen.

Der Abendhimmel war wolkenverhangen und die Nacht schwülwarm, wie jede einzelne, seit er hier in Merita angekommen war. Das Klima sagte ihm nicht sonderlich zu, war es doch so vollkommen anders als die trockene Luft der Desora-Wüste in Südkarinth, wo er die meiste Zeit seines Lebens verbracht hatte.

Doch das waren Regungen, die einen Schattenassassinen nicht zu beeinflussen hatten – schon gar nicht, wenn er einem Auftrag folgte. Diese verfluchten, neuartigen Gemütsbewegungen waren bloß Teil der nichtsnutzigen Gefühle, die er in letzter Zeit immer öfter erlebte und mit aller Vehemenz zu unterdrücken versuchte.

Vielleicht, so überlegte er, hätten die zwei Männer sogar ein paar nützliche Informationen für ihn übrig, schließlich schienen sie einheimische Gauner zu sein. Aber er konnte es nicht riskieren, sie am Leben zu lassen. Außerdem hatte er bereits genügend Angaben über sein Ziel gesammelt. Er würde es ohne Mühe aufstöbern und den Auftrag zur Zufriedenheit der Schattengilde von Karinth zu Ende bringen.

Er musste sichergehen, dass diese zwei Wichte – falls sie vielleicht sogar vom Ziel selbst geschickt worden waren – die Begegnung mit ihm nicht überlebten. Zu oft hatte es schon Fälle gegeben, in denen das Opfer Wind bekommen und selbst Mörder ausgesandt hatte, die den Auftrag vereiteln sollten.

Dass er die zwei am Leben lassen würde, selbst wenn sie keine solchen Auftragsmörder waren, kam für ihn nicht infrage. Zu viel hing vom Gelingen dieser Mission ab und er hatte bereits viel zu viel riskiert dafür.

Es war schwer gewesen, ungesehen in die Stadt zu gelangen, den Mittelsmann zu finden und unauffällig nach den Leuten zu suchen, die ihm Auskunft über sein Ziel geben konnten – selbst für einen erfahrenen Schatten wie ihn.

Überall in den Straßen und Seitengassen lauerten Magier, die seit Neuestem mit den Soldaten gemeinsam auf Patrouille gingen, um Abtrünnige und Feinde des neuen Systems zu verhaften. Eine Tatsache, die man ihm in der Gilde verschwiegen hatte, was ihn jetzt umso mehr ärgerte. Er hasste es, wenn ein Zielort nicht dem entsprach, was ihm vermittelt worden war.

Er hatte eine horrende Summe für diesen Auftrag bezahlen müssen, wohl mit ein Grund, warum er sich als Einziger dafür gemeldet hatte – neben der Tatsache, dass der Schwierigkeitsgrad von den Schattenältesten als ›Stufe zehn‹ eingeschätzt worden war. Eine Schwierigkeitsstufe, die seit Bestehen der Gilde erst zwei andere Aufträge zuvor erreicht hatten.

Er verzog die dunklen Lippen zu einem grimmigen Lächeln, während er an das überraschte Gesicht des Ältesten dachte, als er ihn vor einigen Wochen in seinem Versteck aufgesucht hatte.

»Warum«, hatte dieser gesagt, »wollt ausgerechnet Ihr nach Altra und das Ziel eliminieren?«

Der Schatten hatte mit den Schultern gezuckt und wortlos die Beutel mit dem Auftragsgold auf den mit Pergamenten übersäten Schreibtisch gelegt.

Eine Investition, die sich lohnen würde, denn im Erfolgsfalle winkte ihm fast das Zehnfache der bezahlten Summe. Geld, das er gut gebrauchen konnte, um seinem Leben als Mitglied der Schattengilde ein Ende zu setzen und seine Brüder zu verlassen.

Das war natürlich etwas, das er nicht laut aussprechen durfte, schon gar nicht vor dem Ältesten. Niemand stieg bei den Schatten aus – es sei denn, Bruder Tod holte einen. Er hatte schon von Mitgliedern gehört, die von der Gilde zu Tode gehetzt worden waren, nachdem sie verkündet hatten, fortan nicht mehr dazugehören zu wollen.

Jedoch sollte ihm solch ein Schicksal nicht widerfahren. Er hatte sich jahrzehntelang auf diesen Moment vorbereitet und nun war er zum Greifen nah, mochte gar nur noch diesen einen Auftrag entfernt sein.

»Gut«, hatte der Schattenälteste gemeint und die Beutel mit der

Bezahlung in den Händen gewogen. »Dann soll es so sein. Der Auftraggeber verlangt jedoch äußerste Diskretion in diesem Fall, daher werdet Ihr weder erfahren, wer er ist noch, warum er das Ziel tot sehen will.«

Der Schatten hatte zur Antwort bloß genickt. Es war keine Seltenheit, dass sie die Auftraggeber nicht kennenlernten, denn in den meisten Fällen liefen die vertraglichen Abwicklungen über die Gildenältesten. Die Schatten erfuhren nur, welche Aufträge zur Auswahl standen und wie schwierig sie von den Ältesten eingestuft wurden, sowie die Summe, die dafür – aufsteigend nach Schwierigkeitsgrad – bezahlt werden musste, wenn man den Auftrag annehmen und erledigen wollte.

Jetzt blieb der Assassine stehen und spähte um eine Ecke. Dort standen sie, die zwei Halunken und kratzten sich verwundert am Kopf, als hätten sie Flöhe – was wohl auch zutraf, so wie sie stanken.

›*Ihr Ratten seid dem Falschen hinterhergekrochen*‹, dachte der Schatten grimmig, kniff seine rot gesprenkelten Augen zusammen und spannte seine Muskeln an.

Blitzschnell sprang er vor und stach keinen Lidschlag später seine zwei Dolche in den Hals der beiden. Von hinten, wie er es immer tat. Sollte das Opfer nicht auf der Stelle tot sein, so wäre zumindest sein Rückenmark so stark verletzt, dass es sich nicht mehr bewegen konnte – abgesehen davon, dass der Kehlkopf zerschnitten war und somit keine Schreie ungebetene Aufmerksamkeit erregen konnten.

Er spürte, wie die Herzen der beiden Männer aufhörten zu schlagen, noch ehe sie gemerkt hatten, was soeben passiert war.

So leise wie möglich ließ er ihre Körper zu Boden gleiten und zog die blutigen Klingen aus ihren Hälsen, die er gewohnheitsgemäß an den Kleidern der Toten abwischte.

»Dann zeigt mal, was ihr habt«, murmelte er und bückte sich, um die Leichen zu durchsuchen.

Er war gerade dabei, den Mantel des Ersten zurückzuschlagen, da hörte er Schritte näher kommen.

»Verflucht«, knurrte er und sprang auf.

Rasch sah er sich um. Über ihm war ein niedriges Dach, das er mit einem Schattensprung erreichen konnte. Im letzten Moment gelang ihm das Kunststück, welches nur die Geübtesten unter den Schattenassassinen beherrschten.

Er legte sich auf das flache Dach und spähte nach unten.

Dort erschienen nun vier Gestalten, die im Halbdunkel der Seitengasse für ein menschliches Auge kaum zu erkennen gewesen wären. Doch die auffällig gefärbten Augen des Schattens waren nicht menschlich, da er ein Dunkelelf war. Zusätzlich hatte er sie durch die harte Ausbildung in der Gilde so gut geschult, dass er sogar die Stirnrunzeln ausmachen konnte, die sich nun auf dem Gesicht des vordersten Mannes bildeten.

»Licht!«, befahl dieser.

Einen Lidschlag später erschien eine magische Kugel, die in der Luft schwebte und die gesamte Umgebung hell erleuchtete. Der Schatten kniff unverzüglich die Augen zusammen. Trotz der jahrhundertelangen Schulung brannte das Licht noch immer in seinen Augen, wenn er zu direkt hinsah. Das lag daran, dass Dunkelelfen von Natur aus dafür geschaffen waren, in der Nacht oder unter der Erde zu leben. Tageslicht schmerzte in den roten Augen, weswegen der Assassine bei Tage auch meist eine Augenbinde mit zwei schmalen Schlitzen trug, die ihn vor der Helligkeit schützte.

Der Sprecher verwendete Praedisch, die Landessprache von Merita, die der Schatten genügend gut beherrschte, um ihn mühelos zu verstehen. Auch dies gehörte zur Ausbildung in der Schattengilde dazu: die Sprachen aller erdenklichen Länder in der näheren Umgebung zu erlernen. Nichts war schlimmer, als wenn ein Schatten in eine Region entsandt wurde, wo er sich nicht verständigen konnte, denn dann galt der Auftrag bereits als gescheitert. Daher sprachen alle Assassinen der Schattengilde die wichtigsten Sprachen fließend und fast ohne Akzent.

Er kroch ein Stück rückwärts, um nicht entdeckt zu werden. Trotzdem linste er über den Rand des Daches, um das Geschehen weiter zu verfolgen. Es mochte Torheit oder auch Neugier sein, jedenfalls rieten all seine Sinne, dass er sich nun besser mit den Schleiern der Nacht vereinen und davonschleichen sollte. Doch irgendetwas hielt ihn zurück und befahl ihm, die Szene weiterhin zu beobachten. Womöglich diese sinnlosen Gefühle, die sich in ihm regten seit … seine Gedanken wurden unterbrochen, als die Männer die toten Schurken entdeckten.

»Zwei Leichen«, stellte der Magier fest, der neben dem Soldaten stand, und ließ seine Lichtkugel höher schweben, was zu einem lautlosen Fluch des Schattens führte. »Wurden gerade erst getötet, der Mörder kann noch nicht weit sein.«

Der Mann, der als Erster gesprochen hatte und offensichtlich keine Magie beherrschte, kniete inzwischen neben den beiden Männern. »Die zwei Gauner kannte ich«, meinte er und deutete auf die Leichen, in deren starren Augen noch die Überraschung ob ihres plötzlichen Todes stand. »Waren zwielichtige Gestalten, die mir schon lange auf die Eier gingen. Nicht schade um sie … aber komisch, dass sie nicht ausgeraubt worden sind, offenbar haben wir den Mörder gestört.« Er hob den Blick und sah sich suchend um, sodass der Schatten noch etwas weiter zurückkroch.

»Meint Ihr, wir sollten dem Hauptmann Bescheid geben?«, fragte der Magier und deutete auf die Toten.

»Ja, das sollten wir. Er hat angeordnet, über jegliche Vorfälle augenblicklich informiert zu werden. Diese neue Herrscherin scheint gewaltig Schiss in den Hosen zu haben.«

»Sprecht nicht so über sie«, raunte einer der anderen beiden Soldaten. »Wenn Euch jemand hört, werdet Ihr dafür hängen.«

»Ich glaube kaum, dass diese schwangere Göre den Mumm dazu hat, jemanden zu hängen«, erwiderte der vierte Soldat und steckte die Klinge wieder ein, die er vorsorglich beim Anblick der Toten gezogen hatte. »Außerdem ist sie doch viel zu beschäftigt damit, das Reich vor einem weiteren Krieg zu bewahren und den Balg in ihrem Bauch zu nähren. Sie wird niemanden hinrichten. Es wird erzählt, sie sei bis vor Kurzem selbst Dienerin der Magier gewesen. Wie rasch wird wohl ein Sklave zum Befehlshaber, he?«

»Gerade die sind die Gefährlichen.« Der Soldat am Boden erhob sich und wischte sich die Hände an den Hosen ab. »Sie erlangen aus dem Nichts Ruhm und eine Macht, mit der sie nicht umzugehen verstehen. Du hast recht, Malores, wir sollten nicht in aller

Öffentlichkeit so über die neue Herrscherin sprechen, solange wir sie nicht kennen. Wer weiß, wozu sie in ihrer Verzweiflung fähig ist.«

»Ich habe sie gesehen«, warf der Magier ein, der sein Licht nun etwas weniger hell scheinen ließ, was den Schatten wieder näher an den Rand des Daches lockte. »Sie erschien mir nicht machthungrig zu sein – eher naiv wie ein Mädchen, das nicht weiß, wohin sie mit ihrer neuen Befehlsgewalt soll.« Er grinste. »Ist ein ansehnliches Püppchen, die Kleine. Habe leider vergessen, ihr anzubieten, dass sie sich gerne an mich wenden kann, sollte sie Hilfe benötigen. Ich werde ihr schon zeigen, was sie tun soll – wenn ihr versteht, was ich meine.« Er ließ ein kehliges Lachen hören.

»Schhht, nicht so laut«, knurrte der erste Soldat, der immer noch am nächsten bei den Leichen stand. »Wir dürfen nicht vergessen, dass der Mörder dieser beiden noch auf freiem Fuß ist. Lasst ihn uns suchen und dann vor den Hauptmann schleppen. Selbst wenn der Schurke nicht zu den Feinden des neuen Systems gehören sollte, winkt uns eine Belohnung. Los, auf! Sucht nach Spuren! Und du, Magier, du kennst doch bestimmt irgendeinen Trick dafür!«

Was der Magier ihm antwortete, erfuhr der Schatten nicht mehr. Er hatte genug gehört und schlich leise über das flache Dach zur nächsten Hauswand, welche er mit Leichtigkeit erklomm, um sich auf der anderen Seite herunterfallen zu lassen und mit der Dunkelheit zu verschmelzen.

Die Herrscherin hatte Feinde – oder zumindest gab es Menschen, die ihren Anspruch auf den Thron von Merita und den Aufstieg vom niederen Stand zur mächtigsten Magierin des Landes mit

Missfallen beäugten.

Das war zwar nichts Neues, ebenso wenig wie die Nachricht, dass sie ein Kind erwartete. Aber dass sogar Magier aus Merita unter den Missgünstigen waren, hatte er bisher nicht gehört.

Der Schatten kam immer mehr zur Schlussfolgerung, dass sein Auftraggeber selbst ein Magier sein musste. Es sprach vieles dafür. Die Herrschaft über die Zirkel war erst vor Kurzem an die junge Frau gefallen, eine Tatsache, die für Verwirrung und Kämpfe im ganzen Land gesorgt hatte und dies immer noch tat.

Es war zudem die Rede davon, dass sie die schwarze Magie verbannt hätte und einen Frieden mit den Elfen, Zwergen, Drachen und Gorkas anstrebte. Völker, die dem Schatten fremd waren, gab es doch in seiner Heimat nur Menschen – und ein paar verstreute Elfen und Zwerge, die während des Hundertjährigen Krieges nach Karinth geflohen waren, sich über die Jahrhunderte den Menschen angepasst hatten und inzwischen Seite an Seite mit den Karinthern lebten.

Hier in Altra gab es sie hingegen noch: die Kulturen der alten Völker, die im ständigen Kampf mit den Menschen standen. Nun ja, sollte es nach der neuen Herrscherin gehen, wohl nicht mehr lange.

Seit der Verbannung der schwarzen Magie hatten die Magier weniger Macht als früher. Der Schatten wusste, dass diese Tatsache ganz und gar nicht bei allen Magiern auf Wohlgefallen stieß, obwohl diese Art des Magiewirkens damals, als es den alten Herrscher noch gab, offiziell verboten gewesen war. Doch dass es trotzdem die ganze Zeit über Zauberer gegeben hatte, die schwarze

Magie praktizierten, schien nun immer offensichtlicher zu werden.

Seit die Herrscherin an der Macht war, hatte es Aufstände von Magiern gegeben, die nun als Abtrünnige galten und von den Zirkeln gejagt wurden. Oder zumindest von jenen Zirkelmagiern, die der neuen Herrscherin treu ergeben waren. Dennoch ... viele Magier hießen die neuen Strukturen nicht gut, und es drohte ein weiterer Krieg im Lande auszubrechen – ein Krieg unter den Magiern selbst.

Diese Unruhen in den Zirkelstädten und ihrer Umgebung waren der eindeutigste Hinweis darauf, dass jemand der höheren Magier die Schattengilde von Karinth um Hilfe gebeten hatte. Mit großer Sicherheit jemand aus Fayl oder Oshema – den Regionen, die sich seit dem Umbruch offen gegen die Herrscherin gestellt hatten.

Denn der Auftrag lautete schlicht und ergreifend: Tötet die neue Herrscherin von Merita.

Kapitel 2 - Schatten

MERITA, Gegenwart

(Tag 20, Monat 8, 1EP11 248)

»Da seid Ihr ja schon wieder.« Die heisere Stimme klang, als hätte ihr Besitzer jahrzehntelang nur starken Schnaps getrunken und Pfeife geraucht.

Das mochte vielleicht sogar zutreffen, denn der Mann, der nun eine Kerze entzündete, um die Dunkelheit der kühlen Höhle zu vertreiben, hatte seine besten Jahre bereits hinter sich. Jedoch schienen seine Augen dem mit einer Vehemenz widersprechen zu wollen, die sich in einem faszinierenden Funkeln ausdrückte. Dieses machte die Lebendigkeit mehr als wett, die dem alten Körper abhandengekommen sein mochte.

»Ja«, antwortete der Schatten knapp und zog seinen Umhang aus, um ihn über einen der Holzstühle zu werfen, die um einen wackligen Tisch herumstanden – neben den vier Pritschen und einer Kommode die einzigen Möbel in diesem Unterschlupf. Fenster oder gar Türen gab es nicht. Die Höhle befand sich direkt in den felsigen Klippen, in der Nähe der Stadt Merita. Das Rauschen des nahe gelegenen Meeres drang stetig herein und übertönte die meisten anderen Geräusche.

Der Alte nickte und holte aus der Kommode zwei Blechbecher hervor, die er, zusammen mit einer Flasche Kräuterschnaps, auf den Tisch stellte. Er füllte beide Trinkgefäße großzügig auf und bedeutete dem Schatten, sich zu setzen, während er selbst auf einem der Stühle Platz nahm, der sogar unter dem geringen Gewicht des knochigen Mannes ein klagendes Knirschen von sich gab.

Der Schatten rümpfte die Nase, setzte sich jedoch auf einen der anderen Stühle und umfasste den Becher, um daran zu riechen, was zu einem weiteren Nasenrümpfen führte.

Er hatte noch nie verstanden, warum die Menschen sich aus diesem scheußlichen Getränk Erleichterung von ihren Sorgen erhofften. Ihn widerte es nur an.

Aber er bedankte sich dennoch mit einem knappen Nicken und nippte an der Flüssigkeit, die seine Kehle augenblicklich verbrannte, was in einem Hustenanfall geendet hätte, wäre er nicht in den Jahrhunderten, die er der Assassinengilde von Karinth angehörte, an Schmerzen gewöhnt geworden. Zudem hatte er seine Körperbeherrschung perfektioniert und unterdrückte mühelos den Hustenreiz in seinem Hals.

»Und, habt Ihr noch etwas Interessantes in Erfahrung bringen können?«, fragte der Alte und hob eine Augenbraue.

Der Schatten brummte grimmig. »Ramen, Ihr wisst, dass ich

nicht mit Euch darüber sprechen werde. Der Auftrag ist geheim und er wird es bleiben, bis er ausgeführt ist.«

»Man darf ja wohl fragen.« Ramen warf dem dunkelhäutigen Elf einen unergründlichen Blick zu und nahm einen weiteren Schluck seines Getränks.

Der Schatten beobachtete sein Gegenüber mit schmalen Augen. Der alte Mann hatte fettiges, langes Haar, das ihm offen und in grauweißen Strähnen bis weit über den Rücken fiel. Er war in braune Lumpen gekleidet, die durch einen grauen, zerflickten Umhang verdeckt wurden, und erweckte rein äußerlich den Eindruck eines Bettlers. Doch seine dunklen, lebendigen Augen straften jeden, der ebendies glaubte, Lügen. Er mochte knapp sechzig oder siebzig Jahre alt sein und an seiner rechten Hand fehlte der Ringfinger. Eine Tatsache, die äußerst unüblich in Altra war, wie der Schatten in der Zeit bemerkt hatte, die er bereits in diesem Land verbrachte.

Denn jeder Mensch in Altra trug an seiner rechten Hand einen Gildenring, der ihn einer Elementgilde zuordnete. Waren die Menschen in Karinth frei von solchen Zünften, war es in diesem Land hier sogar Gesetz, mit dreizehn Jahren, wenn eines der vier Elemente – Feuer, Wasser, Erde oder Luft – in jedem Menschen erwachte, der entsprechenden Elementgilde beizutreten. Diejenigen, die gar Magie entwickelten, wurden in sogenannte magische Zirkel geschickt, um ihre Kräfte dort beherrschen zu lernen.

Der Alte, der gerade seinen Becher mit einem herzhaften Zug austrank, hatte sich mit dem Abschneiden seines Ringfingers und damit dem Entfernen seines Gildenringes von dem System von

Altra losgesagt. Es gehörte eine Menge Mut dazu, die Elementgilden zu verlassen und damit als Gildenloser gebrandmarkt auf sich allein gestellt zu sein. Gildenlose wurden noch stärker geächtet als Aussätzige.

Außerdem vermutete der Schatten, dass es gleichzeitig unvorstellbare Schmerzen bedeutete, wenn man sich von seinem Gildenring trennte. Denn der Ring war tief mit dem Element seines Trägers verbunden und konnte von dem Moment an, in dem er bei der Aufnahmezeremonie übergestreift wurde, nicht mehr entfernt werden – außer mit Gewalt.

Mit dem Lossagen von seiner Elementgilde war Ramen zu einem wichtigen, altrischen Verbindungsmann der Schattengilde von Karinth geworden und hatte den Ältesten zufolge der Gilde immer gute Dienste erwiesen. Er war treu ergeben und sorgte dafür, dass gerade so auffällige Gestalten wie der Dunkelelf sich bei Tage verbergen konnten, um in der Nacht ihre Aufträge auszuführen.

Denn neben der Tatsache, dass seine roten Augen empfindlich auf Tageslicht reagierten, ließen sich die spitzen Ohren und die dunkle, vernarbte Haut des Schattens nur schwer verbergen, sodass dieser sich angewöhnt hatte, erst nach Einbruch der Dämmerung nach draußen zu gehen. Das für Dunkelelfen übliche, weiße Haar färbte er sich schwarz, damit er in den Schatten der Nacht weniger auffiel. Trotzdem sah er zwielichtig aus mit seiner Narbe, die sich quer über sein Gesicht zog. Zu zwielichtig, um keine Aufmerksamkeit von Soldaten auf sich zu ziehen. Da half auch die Augenbinde wenig, die er bei Tage anlegte.

In Karinth, wo er herkam, waren Elfen in den Straßen der

menschlichen Städte zwar keine Seltenheit, aber hier in Altra wäre er sofort aufgefallen – so wie vorhin in der Taverne, wo er eigentlich nur ein paar weitere Informationen hatte sammeln wollen.

Die Spelunke war düster gewesen und der Schatten hatte leichtfertigerweise nicht damit gerechnet, dass jemand an ihm Interesse haben könnte. Vielleicht lag seine Unbedachtheit auch daran, dass er seit über einem Monat das Umbrium, wie die Schattenessenz genannt wurde, nicht mehr zu sich genommen hatte. Er wollte davon loskommen, denn er hatte schon viel zu lange in Abhängigkeit dieser bereichernden und gleichzeitig abhängig machenden Essenz gelebt.

Bereichernd war sie, weil sie ihm zu den besonderen Fähigkeiten verhalf, die nur Schatten besaßen und die es ihm ermöglichten, seine Aufträge erfolgreich auszuführen. Doch jeder Schatten wurde mit der Zeit davon abhängig und irgendwann konnte er nicht mehr ohne sie leben.

Die Wirkung der Schattenessenz ließ glücklicherweise nur langsam nach, sodass er für diesen Auftrag noch genügend Vorräte in seinem Körper trug, um ihn erfolgversprechend auszuführen. Jedoch spürte er deutlich, wie die Reserven, die nicht mehr aufgefüllt wurden, langsam zur Neige gingen und hatte insgeheim Angst vor dem Tag, an dem das tatsächlich geschehen würde. Denn was dann passierte, würde alle Schmerzen, denen er in seinem bisherigen Leben begegnet war, übertreffen. So viel war gewiss.

»Wie lange werdet Ihr noch hierleiben?«, unterbrach der Alte seine Gedanken. Er hatte einen starken Akzent, doch er bemühte sich immerhin, Karinthisch zu sprechen, um seinem Gast entgegenzukommen.

Der Schatten zuckte mit den Schultern. »So lange wie nötig und so kurz wie möglich.«

Er mochte es nicht, ausgefragt zu werden, obschon Ramen vertrauenswürdig erschien. Doch er hatte gelernt, keinem zu trauen – schon gar nicht sich selbst.

»Hmpf, Ihr seid wohl keiner von der gesprächigen Sorte.« Der Alte schenkte sich nochmals ein und hob fragend den Krug, was der Schatten mit einer verneinenden Handbewegung beantwortete. »Warum müsst Ihr Mörder nur immer so geheimniskrämerisch sein?«

»Weil unsere Pflicht es so erfordert«, knurrte der Schatten, ehe seine Augen aufflammten. »Und nennt uns nie wieder Mörder, wir sind Schatten der Gilde.«

»Wie auch immer ... für mich seid Ihr Auftragsmörder. Ich weiß, ich weiß.« Ramen hob abwehrend die Hände. »Die Gilde würde meine Worte mit einer herausgerissenen Zunge oder wenigstens ein paar zerschlagenen Zähnen quittieren, aber Ihr Leutchen braucht mich noch, solange der alte Ramen Euch Unterschlupf und Informationen liefern kann.«

»Da habt Ihr leider recht.« Der Schatten stand seufzend auf, um sich auf eine der Pritschen zu legen, was von dem Alten mit einem röchelnden Lachen begleitet wurde.

Er fuhr mit einem lauten Schrei aus seinem Dämmerschlaf – Schattenassassinen schliefen nie wirklich tief –, während sein ganzer Körper von Krämpfen geschüttelt wurde.

»Schhh.« Ramen hielt ihm eine Hand über den Mund und erstickte damit einen weiteren Schrei. »Ihr trommelt noch ganz Merita zusammen! Braucht wohl Eure Schattenmedizin, was?«

Er sah sich suchend nach dem Gepäck um, das der Schatten bei sich gehabt hatte, als er hier angekommen war. Dabei gab er seinen Mund wieder frei.

»Nein!«, ächzte der Elf und atmete so langsam wie möglich ein und aus, um seinen Körper zu beruhigen. »Bald ... ist ... es ... vorbei ... aaah!« Ein weiterer Krampf ließ seine Gliedmaßen unkontrolliert zucken und er biss sich die Zunge blutig.

»Das seh ich«, meinte der Alte gedehnt. »Mein Junge, Ihr braucht Euer Umbrium, sonst wird das nichts mit dem Auftrag.«

»Nein!«, presste der Schatten mit Nachdruck hervor. »Geht ... gleich wieder.«

Er hatte nicht einmal die Kraft, sich über die Tatsache zu ärgern, dass Ramen ihn mit ›Junge‹ angesprochen hatte, obwohl er als Elf bereits einige hundert Jahre lang lebte – seit er denken konnte im Dienste der Schattengilde, die ihren Hauptsitz in der Desora-Wüste von Südkarinth besaß.

Keuchend versuchte er abermals, seinen Körper unter Kontrolle zu bringen und schickte heilende Magie hinein, ein Trick, den er als Elf beherrschte, ohne die Schattenessenz dafür trinken zu müssen. Er hatte nicht viel Erfahrung in Elfenmagie, da er nicht in einer traditionellen Elfenstadt, wie es sie hier in Altra anscheinend geben sollte, aufgewachsen war. Doch einige der wichtigsten Zauber kannte er, denn seine elfischen Ausbilder hatten die Dunkelelfenherkunft an ihm äußerst interessant gefunden und gefördert. Mit ein Grund, warum er bald zu einem der besten Schatten der Gilde geworden war.

Endlich erlangte er wieder Oberhand über seine Muskeln und blieb eine Weile ruhig atmend liegen, um sich zu erholen. Die Krämpfe wurden in letzter Zeit nicht nur stärker, sondern überkamen ihn immer öfter in unerwarteten Momenten.

Während er auf der Pritsche lag, überlegte er nicht zum ersten Mal, ob es wirklich eine gute Idee gewesen war, das Umbrium noch vor Ende seines wohl letzten Auftrages abzusetzen.

Jeder Schatten erhielt die Essenz von dem Moment an, in dem er in die Gilde aufgenommen wurde. Die Ältesten kontrollierten die Abgabe des Umbriums akribisch und durch die damit verbundene Abhängigkeit auch die Mitglieder.

Woher die Schattenessenz kam, blieb ein Geheimnis, das nur den Schattenältesten bekannt war. Einige munkelten, sie stamme aus der Todeszone, wie die todbringende Ebene hinter der Desora-Wüste in Südkarinth genannt wurde. Wieder andere behaupteten, der Totengott persönlich hätte sie der Gilde geschenkt zum Dank, weil sie ihm so viele Seelen brachten.

Wie auch immer, für den Schatten war von dem Augenblick an, als er seinen Entschluss gefasst hatte, die Gilde zu verlassen, klar gewesen, dass er dies nur bewältigen konnte, wenn er das Umbrium absetzte. Und dies musste geschehen, bevor er aus der Gilde austrat, denn ansonsten hätte er keinerlei Möglichkeit mehr, zu fliehen und unterzutauchen.

Die Schattenessenz war mit ein Grund, warum er die Gilde verlassen wollte. Sie hatte ihn über all die Zeit verändert, ihn kalt und hartherzig werden lassen – ihn zu einem brutalen, gewissenlosen Mörder gemacht … das war ihm nur allzu bewusst.

Wieder blitzten in ihm die Bilder auf, die ihn in seinen dunkelsten Stunden heimsuchten und die er in den entlegensten Winkel seiner Gedanken verscheuchte, wann immer sie in ihm ein Gefühl hervorzurufen drohten, welches kein Schatten haben sollte: Reue.

»Geht es wieder?« Der Alte saß auf dem Rand der Pritsche und sah ihn wachsam an. Er hatte eine Kerze entzündet, deren Flamme die kleine Höhle in flackerndes Licht tauchte.

Der Schatten nickte stumm, ohne ihn anzusehen.

»Ihr seid also ein Aussteiger«, bemerkte Ramen mit einer Gelassenheit, als würde er gerade einen Fleck am Boden entdecken.

Der Schatten zuckte innerlich bei diesen Worten zusammen, ließ sich nach außen jedoch nichts anmerken. »Wie … meint Ihr das?«, fragte er argwöhnisch.

»Genauso wie ich es sagte«, antwortete der Alte mit gleichgültiger Miene. »Ihr habt das Umbrium abgesetzt. Das ist der erste Schritt eines Aussteigers.«

»Ich …« Der Schatten räusperte sich, da ihm seine Stimme noch nicht gänzlich gehorchen wollte.

»Ihr müsst mir nichts erklären.« Ramen hob eine Hand und unterbrach ihn damit. »Ihr seid nicht der Erste und werdet bestimmt auch nicht der Letzte sein, der die Assassinengilde verlassen will. Nur seid gewarnt: Es ist noch niemandem gelungen. Zumindest meines Wissens nicht.«

»Werdet Ihr mich an die Gilde verraten?« Der Schatten sah ein, dass es keinen Sinn machen würde, den Alten zu belügen. Wozu auch? Ramen hatte die Wahrheit erkannt, und wenn er der Gilde so treu ergeben war, wie diese es von ihm glaubte, dann wäre das Leben des Schattens von dieser Sekunde an verwirkt – es sei denn, er tötete Ramen, doch im Moment konnte er kaum sprechen, geschweige denn einen Dolch rasch genug ziehen, um seinen Gastgeber an Bruder Tod zu übergeben.

Der Alte schüttelte leicht den Kopf. »Was hätte ich davon?« Seine dunklen Augen blitzten. »Ihr werdet früh genug Euer Schicksal erdulden müssen. Auch ohne mein Zutun.«

Damit hatte er allerdings recht: Die Gilde kannte kein Erbarmen mit Aussteigern, wenn sie von ihnen erfuhr. Doch bei ihm sollte es anders sein – nur, das musste er dem Alten ja nicht auf die Nase binden.

»Gut«, sagte der Schatten und atmete innerlich auf.

Er würde Ramen also noch eine Weile am Leben lassen. Zumindest, solange er ihm von Nutzen war. Denn was die Gilde anbelangte, so war es ihm gleichgültig, ob sie einen wichtigen Mittelsmann verlor oder nicht.

»Ruht Euch noch etwas aus. Ihr habt eine anstrengende Nacht vor Euch und es ist kaum Mittag. Es bleiben Euch also noch ein paar Stunden, um Euch zu erholen.« Der Alte sah ihn vielsagend an.

Der Schatten blieb ihm eine Antwort schuldig und fragte sich gar nicht erst, woher Ramen wusste, dass er in der kommenden Nacht vorhatte, seinen Auftrag eine Stufe weiterzubringen, indem er sich in den magischen Zirkel von Merita schlich, um sein Ziel genauer zu beobachten.

Stattdessen starrte er an die schwarze Höhlendecke.

Hier im Unterschlupf war nicht zu erkennen, ob draußen Tag oder Nacht herrschte, doch er glaubte Ramen, wenn dieser verkündete, dass der Tag kaum zur Hälfte vorbei war.

Er hörte eine Weile dem Rauschen der Wellen zu, die an die Klippen vor der Höhle schlugen, und in ihm jedes Mal ein Gefühl auslösten, das er nicht gänzlich zu benennen wusste.

War es Sehnsucht oder Hoffnung? Vielleicht auch Trauer?

Er kannte sich mit Gefühlen nicht sonderlich gut aus, in seiner Ausbildung zum Schatten hatte er verlernen müssen, überhaupt irgendeine Gefühlsregung zu haben. Erst in den letzten Monaten spürte er Empfindungen, die ihm bis anhin unbekannt gewesen waren. Und dies alles hatte mit dem Tag begonnen, als er die erste Ältestenprüfung ablegte, und wurde stärker mit jedem Tag, an dem er seither kein Umbrium mehr zu sich nahm.

Wieder stiegen diese Bilder in ihm hoch, die er so gut wie möglich zu verdrängen versuchte.

Die Prüfung war härter als alles andere gewesen, was er bis dahin hatte überstehen müssen. Weder das Jahr in seiner Schattenausbildung, in dem er nur Blut trinken durfte, um sich an den Geschmack zu gewöhnen und um seine Blutrünstigkeit zu schüren, noch das Jahr, als er mit einer Tinktur blind gemacht worden war, um seine anderen Sinne zu schärfen, waren so schlimm gewesen wie diese Prüfung, die ihn in der Ältestennachfolge ein Stück nach vorne bringen sollte.

Er versuchte, die Bilder zu verbannen, doch sie waren zu stark und drohten ihn in diese neuartige, schreckenserfüllte Gefühlswelt hinunterzuziehen. Noch bis vor Kurzem hatte er sich immer mit der Schattenessenz daraus retten können, aber seit er das Umbrium abgesetzt hatte, übermannten ihn die Bilder ebenso wie die Krämpfe.

Doch da musste er durch, je eher, desto besser.

»Gebt mir etwas von diesem Gesöff.« Er erhob sich von der Pritsche und ging zu Ramen, der am Tisch saß und im Kerzenlicht ein Buch las.

»Das ist kein Ersatz für das Umbrium.« Der Alte warf ihm einen mahnenden Blick zu.

»Das lasst mich selbst entscheiden!«, fuhr der Schatten ihn an und packte die Karaffe mit dem starken Getränk, um sie anzusetzen.

»Wie Ihr meint …« Ramen zuckte mit den Schultern und sah seinem Gast zu, wie dieser den Krug – in dem glücklicherweise nicht mehr viel von dem Alkohol war – in einem Zug leerte. »Doch auch dieses Getränk hat seine Tücken, glaubt mir.«

Der Elf stellte das leere Gefäß wieder auf den Tisch und spürte, wie der Alkohol durch jede Ader seines Körpers floss – fast wie das Umbrium, das er bis vor Kurzem noch so selbstverständlich zu seinem Leben gezählt hatte.

»Wie lange?«, fragte er, ohne den Alten anzusehen.

»Was meint Ihr?«

»Wie lange wird es dauern, bis ich ohne Umbrium leben kann?«

Ramen legte das Buch auf den Tisch und sah seinen Gast stirnrunzelnd an. »Soweit ich weiß, werdet Ihr immer mit der Abhängigkeit zu kämpfen haben. Doch ich war nie ein Schatten und kann das daher auch nicht beurteilen.«

»Ihr sagtet, Ihr kanntet andere Aussteiger.« Der Schatten stützte seine Hände auf der Tischplatte ab und verengte seine Augen zu dunkelroten Schlitzen, während er den Blick auf den Alten richtete. »Erzählt mir von ihnen.«

»Ich kannte genauer gesagt nur einen«, antwortete Ramen, der sich von dem finsteren Blick des Schattens nicht aus der Ruhe bringen ließ. »Ich werde sein Andenken in meinem Inneren bewahren und nicht mit Euch teilen. Von den anderen habe ich zwar gehört, sie aber nie kennengelernt.«

»Ich könnte es aus Euch herausprügeln!« Der Schatten starrte Ramen jetzt mit einer Wildheit an, die jeden anderen hätte erschaudern lassen.

Doch der Alte ließ sich nicht davon beeindrucken. »Glaubt mir, selbst *Ihr* könntet das nicht.« Er lächelte, was einige Zahnlücken entblößte.

Der Schatten schnaubte wütend – *verflucht seien diese neuen Gefühle!* – und war für einen Lidschlag versucht, ihn mit seiner Klinge aufzuspießen, besann sich dann aber eines Besseren. »Warum verratet Ihr mich nicht an die Gilde?«, fragte er. »Ihr könntet ein reiches Kopfgeld dafür kassieren.«

Er beobachtete den Alten wachsam, der nun aufgestanden war, um die Karaffe an dem kleinen Wasserfall, der im hinteren Bereich der Höhle hinunterrann, mit Wasser zu füllen.

Ramen sah ihn nicht an, als er ihm antwortete, da er ihm den Rücken zugewandt hatte. »Das habe ich Euch doch schon gesagt: Ich sehe nicht ein, was ich davon hätte. Ich schätze mein Leben so, wie es ist, und brauche keine Belohnungen oder Kopfgelder. Nennt es Gutmütigkeit oder Bauchgefühl, aber ich mag Euch irgendwie, trotz Eurer ruppigen Art, und werde Euren Plänen – was auch immer die sein mögen – daher nicht im Wege stehen. Ihr seid zudem der menschlichste Schatten, der mir bisher begegnet ist, und glaubt mir, ich habe nicht wenige Eurer Art hier beherbergt.« Er kehrte zurück an den Tisch und füllte die Becher mit Wasser. »Hier. Trinkt. Das bringt Euch einen klaren Kopf.«

»Wisst Ihr, dass ich Euch für diese Beleidigung am liebsten auf der Stelle töten würde?«, fuhr ihn der Schatten an.

Menschlichkeit war in den Augen jedes Schattens eine Schwäche – und außerdem war er ein Elf!

»Seht Ihr, genau das meine ich«, lächelte Ramen. »Ihr tötet mich nicht, obwohl Ihr mir damit droht.«

Der Schatten atmete tief durch und ließ sich auf einen der Stühle fallen. »Ist es das, was Menschen ausmacht? Zu zögern, statt seine Pläne in die Tat umzusetzen? Das ist einfach nur verachtenswert!«

Der Alte lächelte und sein Blick war fast schon väterlich, als er den Dunkelelf ansah. »Mein Junge, manchmal verfügt gerade diese Sekunde des Zögerns über mehr Macht, das Schicksal zu verändern, als eine vorschnelle Klinge.«

Kapitel 3 - Schatten

MERITA, Gegenwart

(Tag 21, Monat 8, 1EP11 248)

»Na, seid Ihr ausgeruht?« Ramen beobachtete, wie der dunkelhäutige Elf von der Pritsche aufstand und seine Waffen kontrollierte. Draußen war inzwischen die Nacht hereingebrochen.

Der Schatten warf ihm einen stummen Blick zu und begann, seine Dolche mit einem Tuch, auf das er ein paar Tropfen Kamelienöl gegeben hatte, abzureiben. Dies tat er regelmäßig, um die Klingen vor Rost zu schützen.

»Ihr seid immer noch beleidigt, weil ich Euch nichts über den Aussteiger erzählen will, den ich kannte?« Der Alte setzte sich an den Tisch und sah dem Schatten zu, wie dieser die Klingen nach dem Einfetten sorgfältig wieder in die ledernen Scheiden zurücksteckte. »Ihr wisst, dass es sich für einen Schatten nicht gehört, beleidigt zu sein? Denn das ist ein *Gefühl* …«

»Hört verdammt noch mal auf, von Gefühlen zu sprechen!«, fuhr ihn der Assassine gereizt an. »Ich werde Euch bestimmt nicht den Gefallen tun und wegen Eures Verhaltens beleidigt sein!«

»Oha, ein wunder Punkt ...« Ramen entblößte seine Zahnlücken in einem breiten Lächeln. »Kann verstehen, dass Ihr nicht über Gefühle sprechen wollt. Ihr Mörder seid alle von der Gilde zu seelischen Krüppeln gemacht worden, die es nicht aushalten können, wenn sie menschliche Regungen empfinden.«

»Ich bin kein Mensch!«, knurrte der Schatten erbost und zog seinen Dolch so rasch wieder aus der Lederscheide, dass selbst Ramen über die Schnelligkeit staunte. »Nennt mich nie wieder so!« Der Elf war mit einem raschen Sprung beim Alten und hielt ihm die scharfe Klinge an den Hals.

»Euer neues Temperament wird Euch noch früher ins Grab bringen, als Euch lieb ist.« Ramen sah dem Schatten in die rötlich glühenden Elfenaugen, ohne mit der Wimper zu zucken. »Tötet mich, wenn Ihr wollt, nur wird Euch das nicht vor Eurem Schicksal bewahren.«

»Ihr kennt mein Schicksal nicht!« Die Stimme des Schattens war ein leises Grollen.

»Seid Euch da nicht so sicher.« Ramen hielt dem wilden Blick seines Gastes stand. »Und wenn Ihr mich in den nächsten zwei Minuten nicht töten wollt, wäre ich Euch dankbar, wenn Ihr diese Klinge von meinem Hals entfernen würdet – falls Euch das keine zu großen Umstände bereitet, versteht sich.«

Der Schatten ließ abermals ein Knurren hören, das tief aus seiner Brust drang. »Wisst Ihr, dass Ihr gerade leichtfertig mit Eurem

Leben spielt?«

»Nicht viel leichtfertiger als Ihr.« Der Alte deutete mit dem Blick nach unten, wo die Spitze seines eigenen Dolches auf den Bauch des Elfen gerichtet war. »Wenn Ihr mich tötet, werde ich Euch mit ins Grab nehmen.«

Für den Bruchteil einer Sekunde blitzte Erstaunen in den Augen des Elfen auf. Er musste sich eingestehen, dass er den Alten unterschätzt hatte. Woher dieser plötzlich einen Dolch hatte, war ihm unerklärlich, er hätte schwören können, keine Waffe bei Ramen gesehen zu haben.

Er atmete tief durch und entspannte seine Körperhaltung, ehe er die Klinge widerwillig vom Hals seines Gastgebers nahm und seine Hand sinken ließ.

»Schon besser. Danke«, bemerkte Ramen mit regungslosem Gesichtsausdruck. »Nehmt meinen Rat an und werdet Euch bewusst, dass Ihr ohne Euer Umbrium nun immer öfter Gefühle empfinden werdet, die Euch immer wieder überfordern können. So manchen Schatten hat diese Tatsache bereits in den Wahnsinn getrieben – Euch wird es nicht viel anders ergehen, wenn Ihr versucht, dagegen anzukämpfen. Für Menschen sind Gefühle etwas Alltägliches, für Euch Schatten jedoch etwas Ungewohntes. Ihr werdet lernen müssen, damit umzugehen, wenn Ihr kein Umbrium mehr nehmen wollt.«

Der Schatten sah verblüfft auf den alten Mann hinunter, der seinen Dolch wieder in seinem Bettlergewand verbarg. »Das Umbrium unterdrückt die Gefühle der Schatten?«, fragte er und setzte sich ebenfalls auf einen Stuhl. Die Schattenklinge ließ er mit einem kräftigen Stoß in die Tischplatte fahren und stützte sich darauf ab.

Der Alte nickte mit Nachdruck. »Soviel ich weiß, tut es das tatsächlich. Es hilft Euch auch, zu Schatten zu werden – zu Mördern ohne Gefühlen, Attentätern ohne Reue, Assassinen ohne Skrupel.«

»Das … wusste ich nicht.« Der Schatten starrte bestürzt vor sich auf die Holzplatte. »Dann hat die Schattengilde uns also reingelegt? Mit all den Prüfungen, die sie von uns verlangt hat und die unsere Gefühle verstummen lassen sollten?«

Ramen zuckte mit den Schultern und legte den Kopf schief. »Nun ja, nicht wirklich reingelegt, aber sie überprüft mit den Aufgaben, die sie Euch stellt, ob die Dosierung des Umbriums stark genug ist. Falls sich Gefühle wie Angst, Reue, Schrecken und so weiter in Euch regen, erhöht sie die Konzentration – so lange, bis Ihr zu keinen Gefühlen mehr fähig seid. Die Gefühlswelt jedes Lebewesens ist einzigartig, daher müssen die Gildenältesten die Konzentration des Umbriums für jeden Schatten individuell anpassen, bis die Gefühle vollständig unterdrückt sind. Sie nehmen sie Euch ebenso, wie sie Euch Eure Namen, Eure Herkunft und all Eure Erinnerungen rauben. Letztere können nie wieder hergestellt werden – aber das wisst Ihr wahrscheinlich.«

Der Schatten holte tief Luft. »Und wenn ich das Umbrium nun nicht mehr nehme, dann …«

»… dann spürt Ihr alle Gefühle wieder so, wie es auch normale Menschen tun«, vollendete Ramen den Satz. »Nur, dass Ihr daran nicht gewöhnt seid und es Euch Euren Verstand kosten kann. Stellt es Euch in etwa so vor, wie wenn ein Tauber inmitten eines Gewitters sein Gehör zurückerlangt. Oder ein Blinder sein Augenlicht, während er ins Sonnenlicht starrt. So in etwa ergeht es Euch gerade. Für den Geist ist es eine wahre Reizüberflutung, mit der er selten zurechtkommt, ohne dass er verrückt wird.«

»Wie kann ich das verhindern?«, fragte der Schatten und hob den Blick, um dem Alten in die dunklen Augen zu sehen, die aufmerksam auf ihn gerichtet waren.

»Dass Ihr den Verstand verliert?«

Der Schatten nickte wortlos.

»Gar nicht.« Ramen lehnte sich im Stuhl zurück. »Entweder Ihr seid stark genug, um mit den Gefühlen umzugehen, oder eben nicht. Hinzu kommen die Krämpfe, die Euch immer häufiger befallen werden – sie werden bald nicht nur dann auftreten, wenn Ihr schlaft und damit die Kontrolle über Euren Körper abgebt, sondern auch, wenn Ihr wach seid. Vielleicht mitten in einem Auftrag, wenn's dumm kommt.«

»Was ratet Ihr mir also?«

Ramen verschränkte die Hände hinter dem Kopf und musterte den Elf, der vor ihm saß und immer noch seine Hand auf dem Dolchgriff abstützte. »Ich rate Euch gar nichts.«

»Warum nicht?«, wollte der Schatten wissen, während erneuter Ärger – *diese verfluchten Gefühle!* – in ihm hochstieg.

»Weil ich das schlichtweg nicht kann und als ich es das letzte Mal versucht habe, es gründlich in die Hosen ging«, antwortete der Alte, nahm die Arme herunter und verschränkte sie stattdessen vor der Brust.

»Das war bei diesem … Aussteiger, über den Ihr nicht reden wollt«, stellte der Schatten fest.

»Lassen wir das.« Über Ramens Gesicht glitt ein Ausdruck des Bedauerns. »Das ist lange her und hat nichts mit der Gegenwart zu tun.«

»Das glaube ich nicht.« Der Assassine erhob sich leicht und stützte die Hände auf der Tischplatte ab, um sich vorzubeugen. Seine Stimme war eindringlich, als er fortfuhr. »Wenn Ihr mir erzählt, was damals passiert ist, kann ich vielleicht daraus lernen und es … anders machen. Es könnte mir helfen, diesen Mist hier«, er machte eine alles umfassende Handbewegung, »zu überstehen und endlich von den Schatten loszukommen.«

Ramen schüttelte langsam den Kopf. »Nein, mein Junge, ich glaube nicht, dass es Euch helfen wird. Aber wenn Ihr unbedingt darauf besteht, werde ich Euch das sagen, was ich kann. Setzt Euch wieder.« Er seufzte und atmete tief durch, während der Schatten seiner Aufforderung nachkam. »Damals, vor etwas weniger als zwanzig Jahren, kam ein Schatten, ähnlich wie Ihr, in meine Höhle. Er hatte einen Auftrag in der Stadt zu erledigen und wollte für ein paar Tage hierbleiben. Jedoch … der Auftrag scheiterte.«

Der Schatten sah ihn mit schmalen Augen an. »Er starb?«

»Nein, er starb nicht, er konnte gerade noch entkommen. Doch sein Ziel war mächtig – sehr mächtig – und es ließ ihn verfolgen, gefangen nehmen und fast zu Tode foltern. Es wollte wissen, woher der Schatten kam und was es mit der Gilde auf sich hatte. Wie Ihr Euch denken könnt«, er warf dem Schatten einen langen Blick zu, »hat der Assassine nichts preisgegeben. Ihr Schatten seid an Schmerzen gewöhnt worden und haltet daher mehr aus, als es ein Mensch je könnte. Jedenfalls«, er holte abermals tief Luft, »sein geschundener Körper wurde in die See geworfen, um elend zu ertrinken. Doch Aquor, der Gott des Wassers, wollte ihn nicht. Ich habe den Schatten halbtot am Strand gefunden, wo er von den Wellen liegen gelassen worden war, und ihn hierher zurückgebracht, um ihn gesund zu pflegen. Als er wieder auf den Beinen stehen konnte, wollte er nichts sehnlicher, als sein ursprüngliches Ziel zu töten.«

»Das kann ich nachvollziehen, er wollte seinen Auftrag beenden«, nickte der Schatten.

»Ihr versteht nicht«, antwortete der Alte leise und hob vielsagend eine Augenbraue. »Es war nicht nur der Auftrag, der ihn wieder zu seinem Ziel trieb … er sann auf Rache … er hatte Gefühle.«

Der Schatten runzelte die Stirn. »Dann hat er kein Umbrium mehr zu sich genommen?«

Ramen hob die Schultern. »Doch, das hatte er – zuletzt vor seinem gescheiterten Auftrag. Aber irgendetwas in ihm ist bei der Folter zerbrochen, obwohl es das im Grunde nicht hätte tun dürfen. Das Umbrium war nicht stark genug und konnte die Gefühle, die in jedem von Euch Assassinen schlummern, nicht mehr unterdrücken.«

Der Schatten sah betroffen auf seine Hände, die er auf dem Tisch gefaltet hatte.

So wie … wie bei ihm.

Die erste Prüfung der Ältesten – sie war es, die er nicht mehr vergessen konnte und die in ihm diese … Gefühle … geweckt hatte. Er hob den Blick und sah, dass der Alte ihn aufmerksam studierte.

»Ihr habt etwas Ähnliches erlebt, oder?«, fragte Ramen und nickte wissend. »Etwas, das Euren Widerstand gegen die Gefühle gebrochen hat. Etwas, das tief genug ging, so tief, wie das Umbrium nicht mehr gelangen konnte: zu Eurem Herzen.«

»Ich …« Der Schatten räusperte sich, da er sich seiner Stimme nicht mehr sicher war.

»Ihr müsst mir nichts erklären, ich sehe es in Euren Augen«, unterbrach ihn der Alte. »Was auch immer Ihr erdulden musstet, es hat Euch Gefühle zurückgegeben, die Ihr als Assassine der Schattengilde nicht haben solltet und an denen Ihr zerbrechen könnt. Ebenso wie der Aussteiger, den ich kannte.«

»Warum wurde er zum Aussteiger?«, fragte der Schatten, um von sich abzulenken. »Ihr sagtet, er wollte sein ursprüngliches Ziel umbringen. Das hätte er auch tun können, ohne dass er die Gilde verließ.«

»Da habt Ihr recht«, nickte der Alte und lenkte seinen Blick zur Höhlendecke, als sähe er dort etwas, das den Augen anderer verborgen war. »Doch er wollte mehr. Als ihm bewusst wurde, was die Gilde mit ihm gemacht hatte, sann er auf Rache an allem und jedem.«

»Er wollte Rache an der Gilde selbst?«, fragte der Schatten verblüfft.

»Ja …« Der Alte machte eine Pause und seufzte. »Ich brauche Euch nicht zu erklären, wie ausweglos dieser Plan war, denn Ihr wisst besser als ich, dass man die Ältesten der Gilde nicht einfach so töten kann.«

Der Schatten nickte stumm.

Ja, er wusste nur zu gut, wie stark die Ältesten waren.

Sie waren selbst ehemalige Schatten und seit Jahrhunderten auf ihren Posten.

»Damit endet die Geschichte.« Ramen stand abrupt auf. »Ich möchte Euch bitten, mich nie wieder danach zu fragen. Lasst mich nun alleine und geht Eurer Wege – wo auch immer die Euch in dieser Nacht hinführen mögen. Ich bin hier, wenn Ihr mich braucht, ansonsten wünsche ich Euch viel Glück. Denn das habt Ihr mehr als nötig.« Damit wandte er sich ab und verließ die Höhle eiligen Schrittes.

Der Schatten blieb zurück und dachte eine Weile über das Gespräch nach, das er soeben mit dem alten Mann geführt hatte.

Dass das Umbrium seine Gefühle unterdrückte, verwirrte ihn zwar, doch es ergab durchaus Sinn. Das hieß also, dass, je länger er auf die Schattenessenz verzichtete, er sich diesen verdammten Gefühlen immer häufiger stellen musste. Wie er damit umgehen sollte, wusste er zwar nicht, aber wenn es die gewöhnlichen Menschen konnten, konnte es nicht so schwer sein.

Wichtig war vor allem, dass er diese tiefe Schwärze, die immer wieder in ihm aufzusteigen drohte und die Bilder, die damit verknüpft waren, unterdrücken konnte. Bisher war es ihm einigermaßen gelungen, doch wenn diese dunklen Gefühle noch stärker auftreten sollten, würde es ihm um ein Vielfaches schwerer fallen.

Vielleicht war es das, was ihn von Nichtschatten unterschied: Er hatte etwas erlebt, an dem jeder zerbrechen würde – selbst jene, die Leid gewohnt waren. Es war tatsächlich wie ein Gewitter für einen Gehörlosen – nur, dass in diesem Gewitter anstelle von Donner

Schreie zu hören waren. Unmenschliche Schreie.

Einerseits war es gewagt, kein Umbrium mehr zu nehmen, denn er konnte nicht riskieren, dass diese ungebetenen Nebenwirkungen des Entzuges seinen Auftrag gefährdeten.

Andererseits widerstrebte es ihm zutiefst, die Schattenessenz wieder zu nehmen, zumal er auf der Flucht vor der Schattengilde, die ihn bestimmt verfolgen würden, sobald sie merkten, dass er mit der Belohnung geflohen und aus der Gilde ausgetreten war, solche Nebenwirkungen nicht gebrauchen konnte. Weder dieses Gefühlszeugs noch die Krämpfe.

Besser, er durchlebte jetzt den Entzug, als später, wenn er auf seine normalen Kräfte stärker angewiesen wäre als jemals zuvor in seinem Leben.

Vielleicht, so überlegte er, sollte er einfach hier in der Höhle warten, bis die schlimmsten Folgen überstanden wären. Danach könnte er sein Ziel töten und zur Gilde zurückkehren, um die Belohnung zu kassieren, ehe er sich aus dem Staub machte. In der Zwischenzeit, bis er sich an ein Leben ohne Umbrium gewöhnt hatte, würde er diese Herrscherin wie geplant genauer beobachten und all ihre Schwächen herausfinden, sodass die Auftragsausführung rasch und reibungslos vonstattengehen konnte.

Ja. Er nickte, um sich seinen Plan selbst zu bestätigen. Das wäre die beste Lösung.

Also würde er nun als Erstes wie geplant in den Zirkel schleichen und Genaueres über den Aufenthaltsort seines Zieles in Erfahrung bringen. Wie sie lebte, wo sie lebte, was ihre Gewohnheiten, Vorlieben und Abneigungen waren, wann sie alleine war, was ihr etwas bedeutete, welche Wünsche sie hatte.

Das würde einige Zeit in Anspruch nehmen, aber die Gilde hatte den Auftrag ja auch als äußerst schwierig eingestuft und würde keinen Verdacht schöpfen, wenn die Ausführung etwas länger dauerte als gewöhnlich.

Der Schatten erhob sich, um zu seinem Gepäck zu gehen, damit er alles für diese Nacht vorbereiten konnte. Er würde zum Magierzirkel, der sich auf einer Insel außerhalb der Stadt befand, hinüberschwimmen, da ein Boot zu auffällig war.

Dafür musste er seinen Körper mit ranzig riechendem Walfett einreiben, denn obwohl er ein Elf war und weniger rasch fror als ein Mensch – das kalte Wasser des Meeres konnte tückisch sein und er durfte sich keine Unterkühlung leisten. Zudem brauchte er Seile und Enterhaken sowie Wurfmesser, die kleine Handarmbrust, Dietriche, Rauchbomben, um etwaige Verfolger abzuhängen, sowie diese Ton-Fläschchen, die giftige Gase absonderten, wenn sie zerbrachen.

Er hoffte jedoch, dass er von den letzten beiden Dingen nicht würde Gebrauch machen müssen, da sie unnötige Aufmerksamkeit bedeuteten. Alles, was der Herrscherin einen Hinweis darauf geben konnte, dass ein Attentat auf sie geplant war, war gefährlich. Nichts war schlimmer, als ein vorgewarntes Ziel.

Als er alles bereitgelegt hatte, überprüfte er nochmals die Schattenklingen und verließ dann die Höhle. Bis jetzt waren keine Anzeichen von weiteren Krämpfen zu bemerken gewesen und so stürzte er sich zuversichtlich in die Wellen, die sich auf der Stelle rauschend um seinen Körper schlossen, als wollten sie ihn vom Zirkel von Merita fernhalten.

Kapitel 4 - Lucja

ARGANTA, 3 Monate zuvor

(Tag 21, Monat 5, 1EP11 248)

Lucja verschränkte die Arme und sah ihren Vater mit zusammengezogenen Augenbrauen an. »Ich finde, es ist keine gute Idee, dass ich nach Merita reisen soll. Warum willst du nicht die Bewahrertruppe schicken?«

»Weil du besser geeignet bist als jede andere Person, die ich kenne«, erwiderte Rangan, der Zirkelleiter von Arganta, und richtete seine hellen Augen auf die schlanke Frau, die vor ihm stand. Sie hatte langes, schwarzes Haar, das sie zu einem Zopf geflochten trug und dunkle Haut, wie es hier in Arganta üblich war. Ihre Augen, die von einem Blau waren, das fast weiß erschien, und die sie eindeutig von ihm geerbt hatte, glitzerten erregt.

Sie trug männliche Lederkleidung, da sie die bunten Tücher, die die Frauen in Arganta um ihre Körper wickelten, lächerlich fand.

Ein Zug, den sie mit ihrer verstorbenen Mutter, die eine hervorragende Kämpferin gewesen war, gemein hatte. Rangan ging das Herz jedes Mal auf, wenn er seine Tochter so vor sich sah. Er liebte sie mehr als sein eigenes Leben.

Trotz der Tatsache, dass sie bereits Jahrhunderte alt war – wie die meisten mächtigen Magier, die ihre Jugend erneuern konnten – sah er immer noch das kleine Mädchen in ihr, das einst auf seinem Schoss gesessen und ihm Löcher in den Bauch gefragt hatte.

Ja, sie war wissbegierig und intelligent, aber auch ungestüm und wild, und manchmal fragte er sich, ob es überhaupt irgendeinen Mann auf dieser Welt gab, der für längere Zeit mit ihrem Temperament zurechtkam.

»Du meinst, weil du sonst keinem vertraust. Nicht einmal deiner Truppe«, korrigierte ihn Lucja, während sie die Hände in die Hüften stemmte und ihm einen ihrer bohrenden Blicke zuwarf.

»Wie immer durchschaust du mich, Lu.« Rangan erhob sich von seinem Sessel und ging auf seine Tochter zu, um knapp vor ihr stehen zu bleiben. Er war etwas kleiner als sie und musste das Kinn leicht anheben, um ihr in die Augen zu sehen. »Aber du weißt, wie viel auf dem Spiel steht. Wir haben jahrhundertelang auf diesen Augenblick gewartet. Der Thron ist derzeit so schwach wie seit Langem nicht mehr. Wenn wir die Gelegenheit nicht nutzen … wer weiß, wann die Götter uns wieder so gewogen sein werden. Ein Kampf wäre einfach zu riskant, wir kennen die Kräfte der neuen Herrscherin noch nicht gut genug, sie ist erst seit zwei Monaten an der Macht. Zudem, wenn wir sie auf unsere Seite ziehen, wird sie uns mehr von Nutzen sein, als wenn sie tot ist.«

»Vater, ich bezweifle immer noch, dass das eine gute Idee ist.« Die Magierin neigte leicht den Kopf. »Wir haben ihretwegen keine schwarze Magie mehr in unserem Land und sie scheint ganz andere Ziele zu verfolgen als die Bewahrer, denn sie will alle Zirkel neu strukturieren. Sie will sogar mit den alten Völkern zusammenarbeiten! Stell dir vor, was passieren könnte, wenn plötzlich Elfen, Gorkas, Zwerge und gar die verfluchten Drachen in Altra das Sagen haben! Zudem, wer garantiert dir, dass wir sie auf unsere Seite ziehen können? Sie kann sich geradeso gut gegen uns stellen … das ist alles viel zu unsicher. Wäre ein einfaches Töten nicht die bessere Wahl?«

»Du wirst sie nicht zum Kampf herausfordern, sondern meine Anweisungen befolgen.« Rangan deutete auf das Pergament, das hinter ihm auf dem Schreibtisch lag und in welchem Informationen standen, die seine Spione herausgefunden hatten. »Es gibt schon genug Leute, die sie tot sehen wollen, ganz vorne mit dabei die Zirkelleiter von Oshema und Fayl, die sich sogar mit der Schattengilde von Karinth verbündet haben. Es ist wichtig, dass du ihnen zuvorkommst und der Herrscherin unsere Unterstützung anbietest. Sie ist unsere Chance, Altra wieder zu dem zu machen, was es einst war. Auch wenn das bedeuten sollte, dass wir uns mit den alten Völkern verbünden müssen. Ich denke auch, der Weg wird schwer, doch ich sehe Potenzial in der Herrscherin. Vergiss nicht, ich habe sie damals als Dienerin im Zirkel von Lormir gesehen und weiß sie besser einzuschätzen als du.«

Lucja schnaubte unwirsch. »Das war jedoch vor drei Jahren, als sie noch keinerlei Kräfte hatte. Nun kann sie über alle vier Elemente mit Magie herrschen und das kann ihr zu Kopf gestiegen sein. Macht hat schon so manchen Menschen zum Schlechten verändert.«

Rangan seufzte leise und sein Blick glitt über das Gesicht seiner Tochter. »Deswegen möchte ich *dich* dorthin schicken. Falls ich mich irren sollte und sie dich sogar angreift, bist du die beste Wahl für diese Mission. Du bist eine der mächtigsten Magierinnen von Arganta, auch ohne deine schwarzmagischen Kräfte. Du wurdest außerdem dein ganzes Leben lang von mir auf diesen Moment vorbereitet. So etwas wie vor vierhundert Jahren darf nicht noch einmal geschehen.«

»Und wenn du dich irrst? Wenn sie ihren neuen Kräften nicht erliegt, sondern sie kontrollieren kann?«

Rangan schüttelte mit Bestimmtheit den Kopf. »Keiner kann solch eine Macht kontrollieren, selbst Lidia, die die Zirkel vor fünfhundert Jahren im Sinne der Bewahrung gegründet hat, war zu schwach dazu und hat versagt, indem sie von ihrem eigenen Sohn ermordet wurde. Wir haben daraus gelernt, dass eine einzelne Person nicht geeignet ist, die Zirkel zu leiten. Auch die jetzige Herrscherin wird früher oder später zu schwach sein, in Versuchung geraten, und der Albtraum beginnt von Neuem. Sie braucht unseren Rat und unsere Unterstützung. Und wenn sie das nicht einsieht, dann ... werden wir sie töten müssen. Wir müssen die Geschenke der Elemente ehren und im Sinne der Götter bewahren. Das ist unsere Pflicht – und die der Herrscherin der Menschen. Jetzt ist die beste Möglichkeit, die verborgenen Mächte der Bewahrer zu erwecken und zu zeigen, dass unsere Verbindung über die

Zeit nur an Stärke gewonnen hat, wie ein Bär, der im Frühling mit neuen Kräften aus seiner Höhle schreitet. Es ist an der Zeit, dass die Zirkel wieder zu dem werden, wozu sie bestimmt sind.«

»Wie auch immer …« Lucja gab sich seufzend geschlagen und hob abwehrend die Hände, um den Redefluss ihres Vaters zu stoppen. Immer, wenn er von den Bewahrern sprach, ereiferte er sich ins Unermessliche. »Du willst also nicht die Bewahrertruppe nach Merita schicken, sondern mich, in der Hoffnung, dass ich diese neue Herrscherin auf unsere Seite ziehen kann. Nun gut, ich muss das akzeptieren – schließlich bist *du* der Zirkelleiter … Jedoch«, sie legte den Kopf schief und sah ihren Vater eindringlich an. »als deine Truppenanführerin muss ich auch strategische Dinge in Betracht ziehen. Bedenke, es ist ein weiter Weg dorthin, voller Gefahren, denn wir müssen die Talmeren überqueren. Wie hast du dir das Ganze vorgestellt, jetzt, da die Portale nicht mehr funktionieren?«

»Du wirst mit einer Truppe Kampfmagier der Bewahrer reisen. Alle von mir persönlich auserlesen und treu ergeben.«

»Wenn du meinst …« Lucja bedachte Rangan mit einem langen Blick. »Trotzdem ist mir nicht ganz wohl bei der Sache. Mir wäre lieber, wenn du mit dabei wärst, mir liegt das Verhandeln nicht so gut wie dir.«

»Ich kann hier nicht weg, auch wenn ich dich gerne begleiten würde.« Zum ersten Mal seit ihrer Unterhaltung sah Lucja Sanftheit in den hellen Augen ihres Vaters. »Nicht nur in Lormir droht ein Aufstand des Volkes, auch hier muss ich die Stellung als Zirkelleiter wahren und verhindern, dass die Nichtmagier die Gelegenheit nutzen, unsere Autorität zu untergraben. Wenn ich das nicht tue, sind die magischen Zirkel dem Untergang geweiht und die Sache der Verbindung ist endgültig gescheitert. Als die schwarze Magie noch da war, hätte ich innerhalb weniger Minuten die Reise nach Merita überwunden, da ich dann durch das Portal hätte schreiten können. Dieses ist nun jedoch versiegelt und womöglich für alle Zeiten unbrauchbar. Daher musst *du* gehen. Du bist die Hoffnung für die Verbindung der Bewahrer.«

»Ja, ja, ich hab's kapiert. Dein Befehl ist angekommen«, meinte die Magierin mit säuerlicher Miene und drehte sich auf dem Absatz, um den Raum zu verlassen. Bei der Tür wandte sie sich nochmals ihrem Vater zu. »Ich werde dir Bescheid geben, wenn ich bereit bin, abzureisen.« Sie sah gerade noch, wie Rangans üblicher durchdringender Blick einem sorgenvollen Ausdruck Platz machte, ehe sie die Tür hinter sich schloss.

Auf dem Gang atmete sie tief durch. »Na prima«, sagte sie zu sich selbst. »Lucja wird die Zirkel retten. Lucja ist die Hoffnung für alle … sicher. Kein Problem. Das mache ich doch gerne …«

Eine der Wachen, die vor dem Arbeitszimmer ihres Vaters postiert waren, sah sie schief an und sie brachte ihn mit einem dunklen Knurren dazu, seine Stiefelspitzen plötzlich äußerst interessant zu finden.

Lucia würdigte den Soldaten keines weiteren Blickes, sondern ging rasch den Gang entlang, um in ihre Gemächer zurückzukehren.

Dort angekommen, seufzte sie leise, nachdem sie die Tür hinter sich verschlossen hatte, und gönnte sich einen Moment, um sich mit dem Rücken dagegen zu lehnen und ihre Gedanken zu ordnen.

Ihr Vater hatte zwar recht, was ihre Ausbildung betraf, doch sie war sich nicht sicher, ob es für diese Mission genügte.

Seit sie ein kleines Mädchen gewesen war, hatte Rangan sie in Wassermagie unterrichtet und sie in die Verbindung der Bewahrer eingeführt, wo sie zudem Unterricht in Kampfmagie erhalten hatte. Ihr ganzes Leben hatte sie der Verbindung gewidmet, mit dem Ziel, irgendwann die Truppen der Bewahrer gegen Lesath zu führen – und zu siegen.

Das Leben als Tochter eines Zirkelleiters war ohnehin kein Zuckerschlecken. Sie hatte kaum Freunde, da sie den wenigsten Menschen redliche Absichten zutraute. Ganz zu schweigen davon, dass sie an einer Hand abzählen konnte, wie oft sie über die Grenzen von Arganta gereist war – das ließ ihr strenger Trainingsplan nicht zu.

All die vielen Jahre hatte sie jedoch mit diesen Entbehrungen gelebt. Sie hatte sich auch nie wirklich verliebt, oder gar eine Familie gegründet und jetzt war sie zu alt dazu. Magier wurden im hohen Alter unfruchtbar … aber sie wollte auch keine Familie. Sie hatte am eigenen Leib erfahren, dass Familie immer auch Verletzbarkeit bedeutete … Verletzbarkeit und Schmerz. Und Schmerzen führten zu Schwäche … eine Anführerin durfte nicht schwach sein. Niemals.

Zudem hatte sie noch nie einen Mann getroffen, der ihren Ansprüchen genügt hätte. Keiner hielt es lange genug bei ihr aus, um die Beziehung über das Stadium einer Liebschaft oder Affäre zu erheben. Das war ihr aber auch sehr recht, denn mehr als ihre fleischlichen Gelüste wollte sie mit Männern ohnehin nicht stillen. Männer waren nur gut fürs Bett oder den Kampf. Keinesfalls für ein Leben an der Seite einer Zirkelleitertochter.

So war sie zu einer Einzelgängerin geworden, hinter deren Rücken – natürlich niemals direkt, dafür hatten die Menschen zu viel Angst vor ihrer Macht – getuschelt wurde, dass sie dem weiblichen Geschlecht mehr zugetan war als dem männlichen. Was jedoch nicht stimmte, aber sie war es leid, die Meinung anderer verändern zu wollen. Sollten sie tuscheln und denken, was sie wollten, sich die Mäuler zerreißen und die Augen verdrehen … sie war zu Höherem berufen als dazu, auf das Geschwafel der Bevölkerung etwas zu geben.

Sie würde irgendwann nach Merita ziehen und Lesath besiegen!

Das war ihr bisheriges Leben gewesen. Der gesamte *Inhalt* ihres Lebens.

Und nun hatte diese neue Herrscherin eigenhändig den Tyrannen gestürzt und war an seiner Stelle auf den Thron von Merita gestiegen. Ein Umstand, der die Pläne der Verbindung – und die von Lucja – im ersten Moment vollkommen durcheinandergebracht hatte.

Doch ihr Vater, seines Zeichens Anführer der Bewahrer, hatte die Lage rasch erkannt und eine Gelegenheit darin gesehen, der Verbindung zur alten Macht zu verhelfen. Er hatte der Herrscherin zwar keine Treue geschworen, jedoch auch keinen Krieg erklärt, wie Oshema und Fayl es getan hatten, als sie die Aufforderung zur Eidablegung aus Merita erhalten hatten. Er hatte andere Pläne, die vorsahen, die Herrscherin zu einem Werkzeug der Bewahrung zu machen. Einem erfolgversprechenden Werkzeug.

Seit sich Lucja erinnern konnte, hatte ihr Vater dem Zirkel und vor allem Lesath gedient. Warum genau, hatte er ihr nur ein einziges Mal erklärt: Er wollte den Tyrannen glauben machen, dass es die Bewahrer nicht mehr gab, dass er, Rangan, sie höchstpersönlich ausgerottet hatte.

Denn die Verbindung der Bewahrer war der Auslöser gewesen, warum die Zirkel damals, vor fünfhundert Jahren, überhaupt gegründet worden waren. Lidia, die oberste Zirkelmagierin und erste Bewahrerin, hatte alle mächtigen Magier zusammengerufen, da sie erkannt hatte, dass die Macht, die die Götter den Menschen gegeben hatten, drohte, aus dem Gleichgewicht zu geraten. Viele Magier nutzten zu der damaligen Zeit ihre Kräfte, um die Nichtmagier zu unterdrücken und zu erpressen. Es drohte gar eine Ausrottung der menschlichen, nichtmagischen Rasse.

Die Zirkel, die die Bewahrer gebildet hatten, sollten diesen Missbrauch der Gottesgeschenke ausmerzen und die Magier unter Kontrolle bringen. Für jede der sechs Regionen von Altra war ein Zirkel gegründet worden, die von Zirkelleitern, unter anderem Rangan, geführt wurden. Der sechste Zirkel war jener in Merita, wo Lidia als erste Herrscherin die Magier überwachte.

Jedoch verstanden die alten Völker – die Gorkas, Elfen, Drachen und Zwerge – diese Geste der Zirkelgründung falsch und nahmen an, die Magier würden sich zusammenrotten, um noch mächtiger zu werden. Sie erklärten den Menschen den Krieg, der hundert Jahre dauern sollte und der erst durch Lesath beendet wurde, indem er Lidia, seine eigene Mutter, stürzte. Kein Wunder, waren die

Menschen im ersten Moment erleichtert ob der Tatsache, dass von dem neuen Herrscher ein augenscheinlicher Frieden ausging.

Ein Frieden – und die Verbannung der alten Völker aus dem menschlichen Alltag.

Allerdings stellte sich rasch heraus, dass Lesath ein grausamer Mann und Tyrann ohne Gewissensbisse war. Da war es jedoch schon zu spät und der neue Herrscher hatte die schwarze Magie ins Land gebracht, womit er so mächtig wurde wie kein anderer Magier vor ihm. Er ließ alle in dem Glauben, dass er die neue Form der verdorbenen Magie nicht anwandte, und erweiterte den Magierkodex sogar um die Klausel, dass Schwarzmagier gejagt und getötet werden sollten. Dass er selbst Schwarzmagier war und ebensolche verdorbenen Magier als Zirkelleiter einsetzte, wusste niemand außer ihm und den fünf Männern, die die Zirkel des Landes fortan leiteten.

Lesath ließ alle bestehenden Zirkelleiter töten, wenn sie den Bewahrern nicht abschworen und zu Schwarzmagiern wurden. Rangan jedoch gelang es, Lesath zu täuschen und ihn glauben zu machen, dass er sich von den Bewahrern losgesagt hatte. Insgeheim scharte Lucjas Vater hingegen Anhänger der Verbindung um sich und plante, Lesath eines Tages zu stürzen.

Vor zwei Monaten war nun die schwarze Magie durch die neue Herrscherin und den Sturz des Tyrannen aus Altra verbannt worden. Eine Tatsache, die das ganze Land in Aufruhr versetzt hatte. Plötzlich waren die Magier nicht mehr übermächtig und das Volk erhob sich gegen die Zirkel, unter deren Unterdrückung sie jahrhundertelang hatten leben müssen.

Natürlich verstand Lucja, dass ihr Vater in dieser Situation seinen Posten als Zirkelleiter nicht verlassen konnte, doch sie hatte dennoch Zweifel, ob es ihr gelingen würde, die Herrscherin von der Sache der Bewahrerverbindung zu überzeugen. Zudem verabscheute sie deren Pläne, mit den alten Völkern gemeinsame Sache zu machen – und gar Friedenspläne zu schmieden!

Aufgewachsen und seit Jahrhunderten im Zirkel von Arganta, vertrat Lucja den festen Glauben, dass sowohl Elfen als auch Zwerge, Gorkas und vor allem Drachen die hinterlistigsten Wesen dieser Welt waren. Keinesfalls dazu fähig, einen Frieden mit den Menschen einzugehen – und schon gar nicht dazu geeignet, Verbündete zu werden.

Wie naiv die Herrscherin doch sein musste! Das lag eindeutig daran, dass sie noch fast ein Kind war, unerfahren und leichtgläubig. Ein verwöhntes Gör, das sich zutraute, ein ganzes Land regieren zu können.

Ja, ein Kampf wäre Lucja um vieles lieber gewesen … dann hätte sie die Herrscherin getötet und dafür gesorgt, dass die Bewahrer Altra zum neuen Glanz verhalfen.

Doch sie war nicht nur Tochter von Rangan, sondern auch seine Untergebene … und als Truppenanführerin musste sie seinen Befehlen gehorchen – wie jeder gute Soldat es getan hätte.

Verdammt.

Seufzend begann sie, ihre Habseligkeiten zu packen und die Waffen zu prüfen. Da sie über Magie gebieten konnte und eine Ausbildung zur Kampfmagierin genossen hatte, hätte sie im Grunde weder ihr Schwert noch den Dolch benötigt, aber sie kämpfte damit immer noch am liebsten. Es war einer der Grundsätze der Bewahrer, dass Magie nur zur Verteidigung, nicht aber zum Angriff eingesetzt werden sollte – nun ja, für Stahl galt das nicht.

›Stahl ist zuverlässiger als Magie‹ ... das war der Lieblingsspruch ihrer Mutter gewesen, als diese noch gelebt hatte. Und Lucja hatte ihn selbst verinnerlicht.

Seit die schwarze Magie verbannt worden war, musste sie sich zudem erst wieder neu an ihre Kräfte gewöhnen. Vorher hatte sie ihre Macht aus dem Amulett gezogen, das ihr Vater ihr einst gegeben hatte.

Alle Magier in Altra zogen normalerweise ihre Magie aus ihrer eigenen Körperwärme. Wenn ein Zauber zu mächtig war, konnte es geschehen, dass der Magier daran starb, da er erfror. Deswegen war es wichtig, dass alle jungen Magier in den Zirkeln ausgebildet wurden, um ihre Kräfte richtig kontrollieren zu können.

Schwarze Magie jedoch erlaubte es, die Wärme, die für die Zauber benötigt wurde, anderen Lebewesen zu entziehen. Dadurch konnte man als Schwarzmagier viel mächtigere Zauber wirken, was jedoch auch meist mit dem Tod des Geschöpfes einherging, das man dafür benutzte.

Zudem ließ sich die schwarze Magie – einmal freigesetzt – nicht mehr umkehren. Wenn man sich ihrer Macht geöffnet hatte, benutzte man automatisch die Wärme aller Lebewesen, die sich um einen herum befanden. Mit ein Grund, warum schwarze Magie schließlich von Lesath verboten wurde.

Mit dem Amulett war es möglich gewesen, die schwarze Magie zu verbergen, denn es hatte sich dabei um ein Gefäß gehandelt, das

Wärme speicherte und dem Träger erlaubte, davon Gebrauch zu machen, ohne dass andere Lebewesen ausgekühlt wurde.

Daher konnte Lucja wie ihr Vater über schwarze Magie gebieten – fast dreihundert Jahre lang.

Die Umstellung bereitete ihr immer noch große Mühe, doch langsam begann sie, sich wieder wohler zu fühlen, wenn sie Magie wirkte.

Lucjas Blick fiel auf das Gemälde ihrer Mutter, das über der Kommode hing, welche neben dem Bett und dem Kleiderschrank das einzige Möbel in ihrem Schlafzimmer darstellte. Sie mochte den ganzen Prunk noch nie, mit dem sich die meisten wohlhabenden Leute umgaben.

Das Bildnis stellte eine Frau mittleren Alters dar, deren dunkle Haut wie Samt glänzte und deren ebenmäßige Züge an die Schönheit der Elfen erinnerte – auch wenn sie keine spitzen Ohren wie die Angehörigen des Waldvolkes hatte.

Ihre dunklen Augen waren vom Maler besonders gut getroffen, sie muteten fast an, lebendig zu sein. Wie immer, wenn Lucja etwas Gefährliches vorhatte, schienen sie ihre Tochter mahnend anzusehen.

»Schau nicht so«, murmelte sie dem Gemälde zu und verstaute ihren Ersatzdolch in dem Rucksack, den sie gerade packte. »Du würdest an meiner Stelle genau dasselbe tun.«

Sie hatte ihre Mutter immer für ihren Kampfgeist bewundert. Sie war eine mächtige Magierin gewesen – leider nicht so mächtig wie der Feuerdrache, gegen den sie am Rande der Talmeren als Letztes gekämpft hatte. Es war in der Zeit des Hundertjährigen Krieges gewesen, als es für Menschen gefährlich gewesen war, sich in die Nähe eines der feindlichen Völker zu wagen. Trotzdem hatte ihre Mutter damals Lucja mit auf den Weg zu ihrem Onkel genommen, der am Rande der Talmeren lebte. Dort, wo auch die meisten Drachen hausten.

Diese verfluchten Kreaturen …

Lucja war damals knapp zehn Jahre alt gewesen, doch sie erinnerte sich immer noch an jede Einzelheit des Feuerdrachens, der sie aus dem Nichts angegriffen hatte.

Er hatte Lucjas Mutter in einer Flammensäule aufgehen lassen. Vor ihren entsetzten Augen.

Danach hatte er sich in seine Menschengestalt verwandelt, wie es alle Drachen zu tun vermochten, und war ein paar Schritte auf sie zugekommen. Seinen nackten Körper hatte er nur mit einem Lendenschurz bedeckt gehabt und seine Haut hatte von innen heraus gebrannt wie glühende Kohlen.

›*Geh und verkünde, dass jeden dasselbe Schicksal ereilen wird, der es wagt, einen Drachen herauszufordern*‹, hatte sie seine Stimme in ihren Gedanken gehört.

Dann hatte er sich wieder in seine Drachengestalt verwandelt und war in den Himmel gestiegen.

Das war der Moment gewesen, von dem an Lucja die alten Völker gehasst hatte.

Wie genau sie danach zu ihrem Onkel gekommen war, wusste sie nicht mehr.

Doch sie würde den Drachen unter Tausenden erkennen, sollte er ihr jemals wieder über den Weg laufen.

Und sie hatte sich geschworen, dass sie irgendwann den Tod ihrer Mutter rächen würde – Frieden zwischen den Völkern hin oder her.

Kapitel 5 - Reyvan

WESTENDWALD, 2 Monate zuvor

(Tag 1, Monat 7, 1EP11 248)

Reyvan, du kannst nicht einfach so nach Merita reisen und der Herrscherin der Menschen deine Liebe erklären.« Prinzessin Amyéna hielt ihren Gemahl, der sich soeben Hemd und Hose übergestreift hatte, am Arm zurück.

Sie standen in ihrem gemeinsamen Schlafgemach, welches sie in der Elfenstadt im Westendwald seit Reyvans Rückkehr bezogen hatten. Es war prunkvoll eingerichtet, wie es sich für ein Thronfolgerpaar gehörte. Überall blitzten Goldstatuen, die Möbel waren aus edlem Eichenholz geschnitzt und dicke Teppiche sorgten dafür, dass die ohnehin leisen Schritte der Elfen unhörbar wurden.

Nur eine Kerze auf dem Nachttisch sowie die Sterne des Himmels erhellten den Raum. Ein leichter Wind blies durch das angelehnte Balkonfenster. Hier, im Norden von Altra, war es im Sommer wie immer kühl, sogar für Elfen, die mehr Körperwärme besaßen als Menschen. Dennoch waren die Fenster halb geöffnet, um frische Luft hineinzulassen.

Die dunkelblauen Augen von Reyvan sprühten vor Tatendrang und er riss sich los, um seine Stiefel anzuziehen. »Warum sollte ich das bitte sehr nicht können? Ich erinnere mich an vieles und vor allem: Ich liebe Alia!«

Sein langes, blondes Haar, das er offen trug, fiel ihm wirr über die Stirn und er wischte es mit einer fahrigen Handbewegung nach hinten. Seine Gesichtszüge waren selbst für einen Elf von ungewöhnlicher Anmut.

Trotz der Tatsache, dass er schon einige hundert Jahre alt war, hätte ihn ein Mensch äußerlich wohl auf knapp zwanzig Jahre geschätzt. Für einen Elf war er noch jung und ungestüm, ebenso wie seine Gemahlin, die nun mit blitzenden Augen neben ihm stand.

»Weil du mit mir verheiratet bist, ob dir das nun passt oder nicht«, entgegnete Amyéna bestimmt. »Ich weiß, dass dein Herz einer anderen Frau gehört, doch seit du aus Merita zurückgekommen bist, hatten wir hier doch ein schönes Leben.«

»Findest du?« Er hielt inne und sah sie mit schmalen Augen an. »Du findest es also gut, mit einem Mann zusammen zu sein, der sich an die letzten dreihundert Jahre seines Lebens nicht mehr erinnert? Wenn ja, dann belügst du dich damit selbst und vergisst, wofür es sich lohnt, zu leben … zu kämpfen.« Er atmete ein paar Mal tief durch, ehe er mit ruhigerer Stimme fortfuhr: »Amyéna, wir gehören nicht zusammen, du und ich. Bloß weil du deine wahren

Gefühle so gut verbergen kannst, heißt das nicht, dass ich das auch können muss.«

Amyéna wich seinem anklagenden Blick aus. »Das ist nicht gerecht«, murmelte sie.

»Und ist es etwa gerecht, dass ich mich in dem Moment, als Alia mich am meisten brauchte, nicht mehr an sie erinnern konnte?« Reyvan begann, seine Stiefel zuzuschnüren.

»Nein … aber trotzdem bist du ein Prinz der Elfen, sowohl von deiner eigenen Heimat Zakatas als auch von Westend. Und damit trägst du eine Verantwortung, die du vor alles andere stellen musst.« Amyéna setzte sich auf das Bett und sah ihrem Gemahl dabei zu, wie er seinen Gürtel umschnallte.

Er hielt abermals inne und warf ihr einen kurzen Blick zu. »Ich werde wohl nie verstehen, dass du seelenruhig dabei zusehen kannst, wie dein Leben an dir vorbeizieht und nicht einmal den Versuch unternimmst, einzugreifen und etwas daran zu ändern.«

Amyénas Augen flammten unversehens auf. Wenn sie wütend wurde, war sie besonders schön, aber seit Reyvan sich vor wenigen Minuten in seinem Traum an Alia erinnert hatte, bedeutete ihm der Liebreiz seiner Gemahlin nichts mehr. Sein Herz wollte nach Merita … und sein Körper hatte zu gehorchen.

Er wusste zwar nicht mehr jede Einzelheit, aber er konnte sich daran erinnern, wie sehr er Alia liebte. Alles in ihm sehnte sich nach dem dunkelhaarigen Mädchen mit den großen Augen, die ihn in ihre Seele blicken ließen.

Er wollte zu ihr.

Zu seiner Geliebten: seiner Cíara.

»Du hast keine Ahnung, was du da sprichst.« Die Stimme der Elfin war leise, aber umso schneidender.

»Dann erklär es mir.« Reyvan sah sie eindringlich an und verschränkte die Arme vor der Brust.

Amyéna schlug die Augen nieder. Einen Moment lang glaubte der Elf, sie würde ihm keine Antwort geben, dann seufzte sie jedoch und deutete neben sich auf das Bett. »Komm, setz dich zu mir. So viel Zeit wird dir wohl noch bleiben, ehe du Hals über Kopf nach Merita rennst.«

Reyvan zögerte einen Augenblick, gab sich dann aber einen Ruck und setzte sich neben die dunkelhaarige Elfin, die in ihrer Anmut der Königin der Westendelfen – ihrer Mutter – in nichts nachstand.

»Ich kann dich sogar sehr gut verstehen«, sagte Amyéna und nahm seine Hand in die ihre. »Vor einigen hundert Jahren erging es mir ähnlich, als ich meinen ersten Mann heiraten musste.« Sie seufzte abermals. »Damals war ich dumm und selbstsüchtig. Ich dachte, wenn ich von hier fliehe, würde ich damit alle Probleme hinter mir lassen, aber so war es nicht.«

»Du …?« Reyvans Augen weiteten sich erstaunt. »Du bist von hier geflohen, weil du nicht mit deinem Mann verheiratet sein wolltest?«

Amyéna nickte und atmete tief durch. »Das war gleichzeitig die dümmste, aber auch beste Entscheidung meines Lebens. Sie zeigte mir, dass ich Verpflichtungen habe, denen ich nicht entrinnen kann, denn ansonsten würde keiner ihnen nachgehen, und mein Volk trägt schlussendlich den Schaden davon. Ich wurde mir dieser Verantwortung bewusst und … es zeigte mir, dass man manchmal seinen eigenen Gefühlen nicht trauen sollte.«

Reyvan vermeinte, Schmerz in ihren Augen zu lesen.

»Warum hast du mir das bisher nicht erzählt?«, fragte er mit sanfterer Stimme.

»Weil ich dachte, es spiele keine Rolle. Als wir vor einem Jahr durch den Willen meiner Mutter vermählt wurden, sannst du nur auf Rache und wolltest in diesen Krieg ziehen gegen Xenos, den Zirkelleiter von Lormir, um deinen Vater zu unterstützen. Ich rechnete nicht damit, dich je wiederzusehen, da ich überzeugt davon war, dass Xenos dich töten würde. Dann kam deine Nachricht, dass du unterwegs seist, um Alia zu suchen und ich wusste nicht einmal, ob ich erleichtert darüber sein sollte, dich am Leben zu wissen. Welche Frau will schon einen Gemahl, der so offensichtlich in eine andere verliebt ist?«

Sie sah ihn nicht an und dennoch konnte er erkennen, dass der Schmerz in ihren Augen größer wurde. Es tat ihm leid, dass er ihr so wehgetan hatte – das war nicht seine Absicht gewesen. Keinesfalls.

Zaghaft strich er über ihre Hand, die immer noch die seine hielt, was ihr ein flüchtiges Lächeln entlockte.

Ehe sie fortfuhr, senkte sie den Blick und er konnte ein leichtes Zittern in ihren Fingern wahrnehmen, während sie flüchtig das Armband an seinem Handgelenk streifte. »Doch als du dein Gedächtnis verloren hattest und vor einigen Wochen aus Merita zurückkamst, warst du … ein anderer Mann. Ein Mann, der nicht mehr einer verlorenen Liebe nachtrauerte und die Ungerechtigkeit des Lebens hasste, sondern einer, in den ich mich vielleicht sogar verlieben könnte – das hoffte ich zumindest.«

Reyvans Blick glitt nachdenklich über ihre Züge, ihre sinnlich geschwungenen Lippen, die zu einem unsicheren Lächeln verzogen waren, die feine Nase und die dunkelbraunen, hellgesprenkelten Augen, welche ihn in dem Moment an Alia erinnerten und die jetzt wieder auf ihn gerichtet waren.

Er schüttelte leicht den Kopf. »Ich glaube nicht, dass man sich in jemanden verlieben kann, wenn das Herz eigentlich einem anderen gehört.« Er strich mit der freien Hand über ihr Haar, das im Licht der Kerze dunkel glänzte.

»Aber einen Versuch war es wert, oder?« Ihr Lächeln wandelte sich zu einer gequälten Grimasse.

»Warum versuchst du nicht, den Mann zu finden, den du wirklich liebst?«

Die Frage lag ihm schon häufig auf den Lippen, seit er von Merita nach Westend zurückgekommen war, aber sie schien ihm bisher nicht von Belang zu sein. Er hatte zwar gewusst, dass über seine Gemahlin erzählt wurde, ihr Herz gehöre einem anderen Mann, aber da er sich an mehrere Jahrhunderte nicht mehr erinnern konnte, war es für ihn zu einer Nebensächlichkeit geworden. Doch nun, da er endlich einige Erinnerungen an Alia zurückerlangt hatte, musste er die Frage stellen.

»Weil …«, sie senkte abermals den Blick, »er unerreichbar ist für mich.«

Auf Reyvans Gesicht regte sich Mitgefühl. »Das tut mir leid. Ist er tot?«

»Nein.« Die Elfin schüttelte den Kopf und ihre Hände verkrampften sich um seine. »Aber er ist von niederem Stand und außerdem … er hat mir sehr deutlich zu verstehen gegeben, dass er nichts mehr mit mir zu tun haben will.«

Reyvan runzelte die Stirn. »Das mit dem niederen Stand habe ich ohnehin nie verstanden. Mein Vater denkt zum Glück anders über diese Dinge, da meine Mutter auch keine hochgeborene Elfin ist. Aber viel wichtiger: Wie kann man mit einer solch wunderschönen und starken Frau wie dir nichts mehr zu tun haben wollen?«

»Danke für das Kompliment.« Amyéna versuchte abermals zu lächeln, was jedoch in einer weiteren Grimasse endete. »Aber ich glaube, ich könnte die schönste Frau der Welt sein und ihm wäre sein Schiff immer noch wichtiger.«

»Wer ist er denn? Kenne ich ihn?« Als Amyéna nicht antwortete, erhellte die plötzliche Erkenntnis Reyvans Züge. »Das kann nicht sein, oder? Du liebst … den Elfenkapitän Maryo Vadorís?«

Obwohl seine Erinnerungen nur langsam wiederkehrten, kannte Reyvan den Kapitän von seiner Reise, als er vor wenigen Wochen aus Merita zurückgekehrt war. Er hatte einige Zeit auf der Cyrona, dem Schiff von Maryo Vadorís, verbracht, als dieser ihn nach Westend gebracht hatte. Reyvan mochte den hochgewachsenen Elf, der ein eigensinniges, aber ehrliches Gemüt besaß und dessen goldenen Augen die meiste Zeit vor Schalk und Tatendrang blitzten.

Amyénas Wangen wurden von einem schwachen Rotton überzogen. »Es ist lange her, aber ja, ich liebte ihn – in einem anderen Leben. Er mag mich vergessen haben, ich ihn jedoch nie.«

Reyvan pfiff leise durch die Zähne. »Wer hätte das gedacht …

dieses alte Schlitzohr … ich hatte auf der Rückreise von Merita schon das Gefühl, dass er seine Cyrona als Ausrede benutzt und im Grunde vor etwas davongerannt … oder davongesegelt ist. Dass es meine eigene Gemahlin ist, konnte ich ja nicht ahnen.« Er warf ihr einen vielsagenden Blick zu.

»Was weißt du sonst noch von ihm?«, wollte Amyéna wissen und ließ seine Hand endlich los.

Der Elf hob die Schultern. »Die Erinnerungen an die letzten Jahre sind sehr bruchstückhaft. Ich weiß noch, dass ich mit Alia in die Eiswälder geflohen bin, dann sind lange Zeit nur einzelne Bilder, die ich nicht zuordnen kann. Aber ich erinnere mich daran, dass wir mit Maryo auf See waren.«

Amyéna nickte. »Die Erinnerungen werden wiederkehren, da bin ich mir sicher.«

»Nun ja, warten wir ab.« Reyvan sah sie zweifelnd an. »Aber an das Wichtigste erinnere ich mich: an Alia und meine Liebe für sie. Ich weiß, dass ich dir damit womöglich wehtue, aber ich muss zu ihr und bei ihr sein. Sie trägt zwar ein Kind von einem andern Mann, doch wenn sie es mir gestattet, werde ich an ihrer Seite bleiben.«

»So tief ist deine Liebe für sie?« Amyénas Blick wurde fast ehrfürchtig, als sie den blonden Elf betrachtete. »Dass du sogar ein Kind, das nicht von deinem Blute ist, das sogar ein Menschenkind ist … dass du es als deines akzeptieren würdest?«

»Nun, ich weiß noch, dass Alia sich immer eine Familie wünschte und ich sie ihr nie hätte geben können, da es die Götter den Menschen und Elfen verwehrt haben, gemeinsame Kinder zu zeugen.«

Reyvan lächelte schief. »Und ja, ich würde ihr Kind als das meine annehmen, das steht für mich außer Frage. Zudem ist der Mann, von dem das Kind ist, nicht mehr an ihrer Seite und jedes Kind braucht einen Vater.«

In Amyénas Augen blitzte plötzliche Abenteuerlust auf. »Wenn du tatsächlich nach Merita willst – und damit unsere Ehe beenden möchtest, die ohnehin nur auf dem Pergament besteht –, müssen wir das klug anstellen.«

Mit einem Mal wusste Reyvan, was Maryo damals an ihr gefunden hatte. Sie waren sich auf gewisse Weise ähnlich: Beide brannten von einer inneren Leidenschaft, die weder durch Wasser noch sonst etwas auszulöschen war, wenn sie einmal entflammte.

Fasziniert betrachtete er sie, doch sie schien es gar nicht erst zu bemerken, denn sie fuhr fort: »Mutter wird nicht erfreut sein über diese Neuigkeit, dass du dich erinnern kannst und zu Alia willst … ganz abgesehen davon, was es für das Bündnis zwischen den Elfen von Zakatas und Westend bedeuten mag. Aber ich verstehe dich und werde dich unterstützen. Es reicht, wenn ich auf meine Liebe verzichten muss – du musst es nicht auch noch tun. Das würde keinen von uns glücklich machen.«

»Du bist eine wunderbare Frau.« Reyvan lächelte sie dankbar an. »Wenn mein Herz nicht schon Alia gehörte, könnte ich mich vielleicht tatsächlich in dich verlieben.« Er drückte einen Kuss auf ihre Wange. »Ich hoffe, deine Mutter versteht meine Entscheidung irgendwann und wird das Bündnis zwischen den Elfen von Westend und Zakatas trotzdem aufrechterhalten.«

»Bestimmt.«

In Amyénas Augen las Reyvan trotz ihrer zuversichtlichen Stimme Zweifel, die sie einige Sekunden später mit einem schwachen Lächeln ausdrückte. Sie schlug die Augen nieder und nestelte an dem leichten Kleid, das sie für die Nacht angelegt hatte.

Sie seufzte und suchte seinen Blick. »Seit Vater tot ist, scheint ihr Herz zu Stein geworden zu sein. Aber auch ihr muss daran gelegen sein, den Bund der Elfen von Zakatas und Westend fortzuführen. Beide Seiten können nur davon profitieren, gerade in Zeiten wie diesen. Doch das lass meine Sorge sein.«

Sie strich sich eine dunkle Strähne aus der Stirn und sah ihn mit einer Lebendigkeit an, die er noch nie an ihr gesehen hatte.

Ihre Stimme klang zuversichtlicher, als sie fortfuhr: »Wir werden zusammen nach Merita reisen, unter dem Vorwand, der Herrscherin der Menschen zu berichten, dass sowohl die Elfen von Zakatas als auch die von Westend einem endgültigen Friedensbündnis mit den Magiern zustimmen werden. Es war ohnehin geplant, dass demnächst einige Boten dorthin gesandt werden sollen, um die weiteren Verhandlungen zu führen. Warum sollten nicht wir, die Thronfolger, diese Reise antreten, damit auch ich Alia kennenlernen kann? Ich denke, meine Mutter wird mir diese Bitte nicht abschlagen, denn es ist wichtig für unser Volk, dass wir die Beziehungen zu anderen Herrschern pflegen. Und dass Alia auf Mutter nicht gerade gut zu sprechen ist, wird ihr wohl selbst klar sein.« Sie sah ihn entschuldigend an, als bei der lückenhaften Erinnerung, wie ihn Königin Sylvara Némys damals von Alia getrennt hatte, über Reyvans Gesicht ein Schatten glitt. »Du wirst bis dahin niemandem erzählen, dass du dich erinnern kannst. Wenn wir in

Merita sind, werden wir sehen, ob deine Alia dich überhaupt noch möchte – falls nicht, können wir immer noch so tun, als wäre zwischen uns alles in Ordnung, und die Ehe fortbestehen lassen.«

Reyvan lächelte. »Glaub mir, ich habe es schon einmal geschafft, dass sie sich in mich verliebt hat, ich werde es wieder schaffen. Wir gehören zusammen, sie und ich.«

Er warf einen Blick auf das braune Lederarmband, das er immer noch an seinem linken Handgelenk trug und durch das er spürte, wie es Alia ging, auch wenn sie nicht bei ihm war.

»Es ist schön, diese unbeschwerte und zuversichtliche Seite von dir kennenzulernen.« Amyéna sah ihn warm an und strich ihm mit dem Handrücken über die Wange.

»Ich habe auch das Gefühl, dass ich viel zu lange weg war.« Er zwinkerte ihr zu.

»Dann lass uns jetzt schlafen«, meinte sie lächelnd und kroch wieder unter die Decke. »Morgen früh werden wir meiner Mutter unsere Pläne, nach Merita zu reisen, unterbreiten. Ich werde sie schon dazu überreden können, uns anstelle der Boten dorthin zu schicken.«

»Das bezweifle ich nicht.« Reyvan zog seine Kleider, die er sich so eilig übergeworfen hatte, wieder aus und legte sich neben seine Gemahlin. »Doch etwas tut mir nun schon ein wenig leid.« Er drehte den Kopf zu ihr herum.

Sie sah ihn fragend an. »Was denn?«

»Dass du nicht mehr in den Genuss meiner Verführungskünste kommen wirst, an die ich mich ebenfalls sehr gut wieder erinnern kann.« Er grinste über das ganze Gesicht.

Amyéna wirkte erst verblüfft, dann begann sie, herzhaft zu lachen. »Das spar mal schön für deine Alia auf!«

Reyvan konnte es kaum erwarten, bis endlich der Morgen anbrach. Er schlief für den Rest der Nacht nicht viel, da seine Gedanken unentwegt zu Alia glitten, dem Mädchen, in das er sich vor drei Jahren verliebt hatte. Er konnte sich an viele Situationen mit ihr erinnern, wenn auch diese Erinnerungen meist abrupt endeten, da es nur Bruchstücke waren.

Die erste Begegnung mit ihr sah er allerdings noch lebhaft vor sich. Wie sie in den grauen Dienerkleidern damals im Speisesaal gestanden und ihn mit ihren dunkelbraunen Augen neugierig gemustert hatte. Bereits da hatte er gewusst, dass sie ein besonderes Mädchen sein musste, denn die Art, wie sie sich bewegte, ihre Lippen zu einem Lächeln verzog oder ihre Schüchternheit zu verbergen versuchte, war anders als bei jeder anderen Frau, die er bis dahin getroffen hatte.

Sie hatte eine unschuldige, unverbrauchte Schönheit an sich gehabt, der sie sich nicht bewusst gewesen war. Wie ein junger Schwan, der sein Antlitz noch nie auf der spiegelnden Oberfläche des Wassers gesehen hatte, weil er befürchtete, ein braunes Entchen zu erblicken, sobald er den Kopf senkte.

Als Reyvan dies klar wurde, hatte er sich vorgenommen, Alia zu zeigen, dass sie mehr war, als eine gildenlose Nehil. Denn sie hatte damals keinerlei Begabung für die vier Elemente, geschweige denn für Magie besessen. Alleine diese Regung, dass er ihr helfen wollte, war für ihn schon neuartig gewesen, denn bis dahin hatte er sich nie Gedanken um das Wohlergehen von irgendwelchen Menschen gemacht.

Er erinnerte sich auch an das Gedankenlesen im Luftzirkelunterricht, als er in ihr Inneres geblickt und darin eine Persönlichkeit mit einem so großen Herzen entdeckt hatte, wie er es nur schwer mit Worten beschreiben konnte. Von dieser Sekunde an war es um ihn geschehen, denn er hatte erkannt, dass diese Frau, die so unschuldig und unsicher vor ihm stand, ihm mehr beibringen konnte, als es seinem Onkel, seinem Vater oder irgendeinem der Lehrer, die sich an seinem eigensinnigen Wesen die Zähne ausgebissen hatten, je geglückt war: Sie konnte ihn lehren, den Sinn des Lebens zu begreifen und … zu lieben.

Und diese Liebe hätte er fast für immer vergessen.

Schon bei dem Gedanken daran fröstelte er und ein Schmerz ergriff seine Brust, die ihn leise keuchen ließ. Zum ersten Mal, seit er seine Erinnerung wiedererlangt hatte, gestand er sich ein, dass er unsicher war, ja, im Grunde panische Angst hatte vor der Begegnung mit Alia, die nur noch wenig mit dem unbeholfenen Mädchen von einst gemein hatte. Sie war jetzt eine junge, wunderschöne Frau … und eine der mächtigsten Magierinnen in der Geschichte von Altra, die alle vier Elemente gleichzeitig beherrschte.

Was, wenn ihr Herz noch zu sehr an dem anderen Mann hing? Immerhin hatte sie diesen Magier namens Zaron geliebt, das hatte Reyvan gespürt und gesehen, als er sich vor wenigen Wochen von ihr in Merita verabschiedet hatte. Und sie erwartete ein Kind von ihrem auf solch tragische Weise verstorbenen Gefährten, welches sie immer mit ihm verbinden würde.

Was, wenn es in ihrem Leben keinen anderen Mann mehr geben konnte, sie nicht mehr bereit war, Reyvan ihr Herz abermals zu öffnen? Oder, wenn er sich selbst an etwas Wichtiges nicht mehr erinnern konnte, was damals vielleicht ausschlaggebend für ihre Trennung gewesen war?

Er schalt sich innerlich für diese Gedanken und befürchtete gleichzeitig, dass sie der Wahrheit entsprechen könnten. Denn so sicher er auch nach außen hin tat, so unsicher fühlte er sich in seinem Inneren.

»Guten Morgen. Ich nehme an, die Frage nach einem guten Schlaf erübrigt sich, so wie du dich in der Nacht herumgewälzt hast?«, riss ihn Amyéna, die neben ihm aufgewacht war, aus seinen Gedanken.

Die ersten Sonnenstrahlen schlichen in ihr Schlafzimmer und begannen ihren Tanz auf dem Boden und den Wänden.

Er drehte den Kopf zu ihr und setzte sich im Bett auf. »Nein, hab ich nicht«, gestand er und fuhr sich mit der Hand über sein Gesicht und durch die Haare. »Lass uns so rasch wie möglich zur Königin gehen und den Vorschlag unterbreiten, die Verhandlungen mit Alia führen zu dürfen.« Er hob die Hand, ehe sie etwas antworten konnte. »Aber sei gewarnt: Selbst wenn sie ablehnt, werde ich nach Merita aufbrechen. Deine Mutter hat Alia und mich schon einmal auseinandergebracht, ein zweites Mal wird ihr das nicht gelingen.«

Amyéna lächelte und ergriff seine Hand. »Keine Sorge, ich habe mit nichts anderem gerechnet.«

Kapitel 6 - Reyvan

WESTENDWALD

(Tag 2, Monat 7, 1EP11 248)

Kurze Zeit später standen sie vor dem Thronsaal. Reyvan verspürte ein Ziehen in seiner Brust und drückte den Rücken durch, um dieses beklemmende Gefühl zu verdrängen.

»Bereit?« Amyéna sah ihn von der Seite her an.

»Nun ja, so bereit, wie man sein kann, wenn man kurz davor ist, seine einflussreiche Schwiegermutter zu belügen.« Der Elf überspielte seine Unsicherheit mit einem gewinnenden Lächeln.

»Na dann, los.« Amyéna öffnete die Flügeltür und trat ein.

Reyvan wäre fast mit seiner Gemahlin zusammengestoßen, als diese noch im Eingang des Saales wie vom Donner gerührt stehen blieb. Er hob den Blick und sog scharf die Luft ein. Es war nicht die Schönheit der Königin oder der Prunk des Thronsaals, was ihnen die Sprache verschlug – zumal sie sich an beides bereits gewöhnt hatten. Nein, es war vielmehr die Tatsache, dass dort vorne, direkt vor dem Thron, eine Horde in Pelz gekleideter Krieger stand, die Waffen an ihren Hüften und Rückenhalterungen – was an sich schon ungewöhnlich war, denn normalerweise musste jeder, der eine Audienz bei der Königin der Elfen von Westend wollte, diese ablegen.

Das Erstaunlichste jedoch war, dass es sich bei der Gruppe um Gorkas handelte, dem Volk, das neben den Elfen die Wälder in Altra bewohnte, und mittendrin der Elfenkapitän Maryo Vadorís stand, der gerade in eine hitzige Diskussion mit der Königin verstrickt war.

Reyvan erkannte ihn sofort an den für einen Elf ungewöhnlich breiten Schultern, der hohen Gestalt, die fast gänzlich von einem schwarzen Reisemantel umhüllt wurde, und dem breitkrempigen Kapitänshut, unter dem sein langes, dunkelbraunes Haar hervorquoll, welches an einigen Stellen in feine Zöpfe geflochten war und einen rötlichen Glanz annahm, sobald das Licht darauf fiel.

Maryo gestikulierte wild und Reyvan sah mehrere Ringe an seinen Händen aufblitzen. Rechts und links an den Hüften trug der Kapitän wie immer seine beiden Krummsäbel, mit denen er, wie Reyvan sich erinnerte, meisterhaft umzugehen verstand.

Amyéna starrte Maryo Vadorís an, als sei er ein Gespenst, und hatte sichtlich Mühe, ihre Fassung wiederzuerlangen. Reyvan gelang dies zumindest etwas schneller.

Maryo war also hier mit einer Horde Gorkas … das würde die Sache verkomplizieren, denn der Kapitän kannte Reyvan bereits vor der Zeit, als dieser sein Gedächtnis verloren hatte, und würde vielleicht durchschauen, dass er nur vorgab, sich nicht mehr erinnern zu können.

»Was ist Euer Begehr?«, erklang eine sachliche Stimme zu ihrer Rechten.

Reyvan wandte sich dem weiß gekleideten Elf zu, der sie nüchtern musterte. Sein Name war Sorelyl, von vielen wurde er jedoch nur ›der Weiße‹ genannt, und er war die rechte Hand der Königin von Westend. Dieses Amt erfüllte er äußerst gewissenhaft: Keiner kam zu Königin Sylvara Némys, ohne seinen Namen und sein Anliegen erst ihm vorgetragen zu haben. Sein Haar war ebenso weiß wie die Iris seiner Augen und seine schmucklosen, eng anliegenden Kleider. Er hatte selbst für einen Elf ein auffälliges Äußeres und schien keinen Grund zu sehen, warum er dies nicht auch noch betonen sollte.

»Wir wollen bei der Königin vorsprechen«, antwortete Reyvan und versuchte, sich ebenso sachlich anzuhören wie der weiße Elf. »Es ist dringend.«

»Die Königin ist im Moment beschäftigt«, kam die emotionslose Antwort, die durch eine eindeutige Handbewegung in Richtung Gorkas und Maryo unterstrichen wurde. »Kommt später wieder.«

»Wie wagt Ihr, mit mir zu sprechen?«, fuhr Amyéna ihn an, die sich offenbar von ihrer ersten Überraschung erholt hatte. »Wir werden bleiben, bis die Gorkas fertig sind. Ihr Begehr ist auch für uns von Belang.«

Sorelyl schien einen Moment überfordert von der Bestimmtheit der Elfenprinzessin zu sein, aber nach einem kurzen Blinzeln hatte er seine kühle Distanziertheit wiedererlangt. »Wie Ihr wünscht«, nickte er und verneigte sich knapp.

Amyéna würdigte den weißen Elf keines weiteren Blickes, sondern ging geradewegs auf ihre Mutter zu, die dem Elfenkapitän mit skeptischem Blick zuhörte.

Als sie ihre Tochter und deren Gemahl gewahr wurde, hob die Königin die Hand, um Maryo Vadorís in seinen Ausführungen zu unterbrechen.

»Amyéna«, sagte sie mit ihrer glockenklaren Stimme und zog die elegant geschwungenen Augenbrauen zusammen. »Was willst du hier?«

»Tut mir leid, Mutter, wenn wir dich stören.« Amyéna versuchte krampfhaft, Maryo zu ignorieren, aber Reyvan sah, wie schwer ihr das fiel.

Es musste komisch für sie sein, ihn nach solch langer Zeit wiederzusehen. Maryo hatte ihm erzählt, dass er vor einem Jahr zum ersten Mal seit dreihundert Jahren wieder in die Elfenstadt zurückgekehrt war. Dies war erst der zweite Besuch seither.

Auch Maryos sonst selbstbewusste Art schien für die Dauer eines Lidschlags ins Schwanken zu geraten, wie Reyvan deutlich an dessen Gesichtszügen erkennen konnte, wenngleich die Begegnung für den Elfenkapitän nicht so unvorbereitet kommen konnte wie für Amyéna. Schließlich hatte er damit rechnen können, ihr hier in der Elfenstadt über den Weg zu laufen.

Reyvan nickte Maryo kurz zu, was dieser mit einem freundlichen Zwinkern erwiderte. Dabei fiel ihm auf, dass Ksora, die Tochter des Gorkaherrschers, die zu Maryos Mannschaft zählte, zwischen ihm und einem Gorka stand, dessen Größe imposant war.

Reyvan versuchte sich zu erinnern, ob er ihn schon einmal gesehen hatte, aber es gelang ihm nicht. Doch wenn er hier bei den Elfen in Westend war, dann konnte dies eigentlich nur eins bedeuten: Es musste sich um Ksoras Vater, das Oberhaupt der Gorkas von Westend, handeln. Hinter den dreien standen etwa zwanzig Gorkakrieger, die bis an die Zähne mit Äxten, Keulen und Kurzschwertern bewaffnet waren. An mehreren Hüftgurten sah er außerdem Wurfmesser.

An Ksoras Seite entdeckte Reyvan auch Belua, eine schwarze Tarnkatze, die rein äußerlich einem großen Hund glich, jedoch Flügel auf ihrem Rücken und die nützliche Eigenschaft besaß, sich und andere tarnen zu können. Sie war Ksoras ständige Begleiterin und ebenfalls auf dem Schiff gewesen, als Maryo Reyvan nach Westend zurückgefahren hatte.

»Ihr stört nicht, meine Liebe«, sagte Maryo, ehe die Königin etwas erwidern konnte. »Ihr kommt gerade im richtigen Moment.« Er warf Amyéna einen vielsagenden Blick zu.

Reyvan kannte Amyéna zwar noch nicht so lange, aber er las in ihren Augen deutlich den Ärger darüber, dass Maryo so tat, als sei sie nichts weiter für ihn als seine zukünftige Königin.

Sie musste sich sichtlich zusammenreißen, um ihrer Stimme die Schärfe zu nehmen, als sie antwortete: »Schön, dich so rasch wiederzusehen, Maryo Vadorís. Es scheint zu einer neuen Marotte von dir zu werden, dass du unverhofft hier in Westend auftauchst.«

Reyvan sah seine Gemahlin überrascht an. Er hatte nicht gewusst, dass sie und Maryo sich bereits bei ihrem letzten Besuch vor fast einem Jahr getroffen hatten. Er konnte sich zwar nur vage daran erinnern, wie die Audienz bei der Königin damals abgelaufen war, jedoch umso deutlicher an die letzte Nacht, die er hier in der Elfenstadt mit Alia verbracht hatte. Allein beim Gedanken daran wurde sein Herz schwer.

Maryo grunzte amüsiert. »Na, zur Angewohnheit möchte ich mir dies nicht unbedingt machen. Aber es gibt dringende Dinge, die besprochen werden müssen und da ich meine Mannschaftsmitglieder grundsätzlich unterstütze«, er deutete mit dem Kopf zu Ksora, die mit verschränkten Armen das Gespräch verfolgte, »führte mich mein Weg wohl oder übel wieder hierher. Doch seid gewiss, dass Ihr meinen Anblick nicht länger als nötig ertragen müsst.«

Amyéna holte tief Luft, um etwas zu erwidern, das wahrscheinlich gehässig ausgefallen wäre, doch Reyvan unterbrach sie. »Königin Sylvara Némys.« Er hatte augenblicklich die ungeteilte Aufmerksamkeit der Elfenkönigin. »Es tut uns leid, Euer Gespräch mit Kapitän Vadorís und den Gorkas gestört zu haben. Wenn Ihr wünscht, kommen wir gerne zu einem späteren Zeitpunkt wieder.«

Sylvaras Blick glitt über die ebenmäßigen Züge von Reyvan. Ihre Augen waren so hell, dass es kaum erträglich war, sie für mehr als ein paar Sekunden anzusehen. »Nein, es ist gut, dass Ihr hier seid, in dem Punkt stimme ich Maryo Vadorís zu. Die Gorkas sind gekommen, um über einen möglichen Frieden zwischen ihnen und den Elfen zu verhandeln. Ihr kennt sie besser als ich, vielleicht könnt Ihr mich mit Eurem Rat unterstützen.«

Reyvan schüttelte leicht den Kopf. »Ihr scheint zu vergessen, dass ich mich an nichts mehr erinnern kann, was vor meiner Abreise aus Merita geschehen ist. Es tut mir leid, aber ich befürchte, ich werde Euch in dieser Angelegenheit kein guter Ratgeber sein können.«

»Ihr seid zu bescheiden«, erwiderte die Königin mit ihrer glockenhellen Stimme. »Ihr habt immerhin einige Wochen auf See mit Kapitän Vadorís und dieser Gorkaprinzessin verbracht, als Ihr aus Merita zurückkehrtet und wart bei der entscheidenden Schlacht im Zirkel dabei. Stimmt es, was sie sagen: Die Gorkas haben der Herrscherin der Menschen ebenfalls Loyalität geschworen?«

»Das stimmt.« Reyvan nickte, denn das hatte stattgefunden, nachdem er sein Gedächtnis verloren hatte und somit konnte er sich gut daran erinnern. »Ebenso wie die Zwerge und die Drachen. Um einen lang andauernden Frieden zu gewährleisten, ist es wichtig, alle fünf Völker von Altra mit einzubeziehen.«

»Hm …« Sylvara Némys legte einen Finger an ihr Kinn und ließ ihren Blick nachdenklich über die Gorkas schweifen. »Wie könnte ein solcher Frieden Eures Erachtens aussehen, Oberhaupt Trask?« Die Frage war an den großen Gorka gerichtet, der neben Ksora stand. Es handelte sich also tatsächlich um ihren Vater.

Reyvan unterzog ihn einer genaueren Musterung. Wie alle anderen Gorkas trug auch ihr Oberhaupt grobe Lederkleidung, die mit Metall- und Knocheneinsätzen verstärkt war. Seine Schultern waren von einem Bärenpelz bedeckt, die breiten Oberarme jedoch nackt und ließen die gewaltigen Muskeln erahnen, die unter der braunen Haut spielten. Das pechschwarze Haar fiel ihm offen bis weit über den Rücken und war vorne in jeweils zwei schmale Zöpfe geflochten, die mit blauen Stoffbändern durchzogen waren. Das war aber auch der einzige Schmuck, den Reyvan an ihm entdecken konnte. Trask war fast zwei Köpfe größer als seine Tochter, die von ihrer Statur her einer drahtigen Menschenfrau ähnelte. Bloß die spitzen Reißzähne, die dunkle Haut und die katzenartigen Augen unterschieden sich deutlich vom Aussehen eines Menschen.

Trask öffnete die vollen Lippen, was seine Fangzähne blitzen ließ, und sah die Elfenkönigin mit schmalen Augen an. »Kapitän Euch bereits gesagt.« Er hatte einen starken Akzent, der das ›R‹ grausam rollen ließ. »Wir wollen obere Hälfte von Wald, dann wir Euch lassen in Ruhe.«

»Das ist also Euer Friedensangebot?«, fragte Sylvara Némys mit zusammengezogenen Augenbrauen. »Das erscheint mir doch reichlich zerbrechlich. Was ist, wenn meine Jäger sich beispielsweise zu weit nach Norden wagen? Bringt Ihr sie dann um?«

Das Oberhaupt der Gorkas ließ einen Laut hören, der stark an ein Knurren erinnerte. »Ihr haben falsches Bild von uns«, sagte er gefährlich leise.

»Das denke ich nicht. Ich kenne die Geschichten, die man sich über Euch Gorkas erzählt, und habe oft genug kampfreiche Begegnungen mit Euresgleichen gehabt. Es bereitet Euch Spaß, andere zu quälen und bis zum Tode zu foltern. Mitgefühl oder gar Barmherzigkeit kennt Ihr nicht.«

Reyvan sog leise die Luft ein. Als ob die Königin selber mit derlei Gefühlen vertraut wäre … er erinnerte sich mit einem Mal deutlich an den Moment, als er vor fast einem Jahr an eben demselben Fleck wie Trask gestanden hatte, und Sylvara Némys von ihm verlangte, ihre Tochter zu heiraten, im Gegenzug dafür, dass sie ihm ein Heer gab, damit er sein Volk im Kampf gegen Xenos unterstützen konnte.

Aber natürlich versuchte er, sich die Bitterkeit, die in ihm hochstieg, nicht anmerken zu lassen und senkte den Blick stattdessen zu Boden.

»Königin Sylvara«, erklang die raue Stimme von Maryo. »Ferrok, der Gorkaanführer, dem all diese Grausamkeiten, die Ihr schildert, zuzuschreiben waren, ist tot. Ich habe ihn eigenhändig um seinen hässlichen Kopf kürzer gemacht. Seid versichert, dass auch seine Anhänger nicht mehr lange zu leben haben, sobald sie fertig verhört worden sind. Die Männer von Trask sind gerade dabei, die Aufenthaltsorte der weiteren Gorkabanden, welche unter anderem in den Wäldern von Zakatas umherstreifen, herauszufinden, um ihrem Treiben ein Ende zu setzen. Das Oberhaupt der Gorkas ist es ebenso leid wie Ihr, in ständigem Krieg zu leben. Wenn Ihr ihm die nördliche Hälfte des Westendwaldes zusichert, wird er Euch im Gegenzug dazu versprechen, all Euren Jägern, die sich dorthin verirren mögen, freies Geleit zu gewähren. Jedoch wird er die Jagdbeute für sich beanspruchen, ebenso, wie Ihr es handhaben könnt, sollte sich einer seiner Männer in Eurem Teil aufhalten.«

»Was gibt mir die Gewissheit, dass es nicht abermals solch einen Ferrok geben wird, der die primitive Natur der Gorkas schürt?«, wollte die Königin wissen.

»Mutter, sei nicht so stur!« Amyéna, die das Gespräch bisher stumm verfolgt hatte, trat einen Schritt vor.

Reyvan hob überrascht die Augenbrauen. Niemand sonst wagte,

so mit der Königin der Westendelfen zu sprechen.

Doch Prinzessin Amyéna schien dies nicht zu scheren, denn sie fuhr unbeirrt fort: »Das Friedensangebot der Gorkas klingt doch sehr vernünftig und eine vollkommene Absicherung, dass es nicht vielleicht doch gebrochen werden kann, wirst du ohnehin nicht bekommen. Aber wenn du ihnen keine Möglichkeit gibst, sich zu beweisen, wirst du es auch nicht herausfinden. Wir Elfen sind den Gorkas zudem zahlenmäßig überlegen. Falls sie das Bündnis nicht einhalten, kannst du immer noch unsere Truppen auf sie hetzen. Doch ich für meinen Teil würde es sehr begrüßen, wenn endlich einmal für ein paar Jahrhunderte lang Frieden hier im Westendwald einkehren würde.«

»Die Worte einer wahren Thronfolgerin.« Maryo klatschte mit einem amüsierten Lächeln in die Hände, was ihm einen vernichtenden Blick von Amyéna einbrachte, über den er jedoch großzügig hinwegsah. »Nun, Königin Sylvara Némys, was meint Ihr dazu?«

»Ich werde hier und heute keine Entscheidung fällen«, antwortete die Königin nach einigem Überlegen. »Trask, Oberhaupt der Gorkas von Westend, betrachtet Euch und Eure Krieger vorerst als meine Gäste. Doch ich warne Euch: Ein Fehltritt Eurerseits und die Verhandlungen werden hinfällig sein. Ich traue Euch nicht und bin mir nicht sicher, ob ich dies jemals tun werde. Aber ich erkenne auch die Wahrheit in den Worten meiner Tochter und dass ein Frieden im Wald von Westend für uns alle von Vorteil ist. Lasst mir eine Nacht Bedenkzeit, morgen werden wir mit den Verhandlungen fortfahren. Kommt dazu in mein Beratungszimmer, wir werden die Einzelheiten nicht hier vor dem gesamten Hofstaat diskutieren. Mein Diener Sorelyl wird Euch Eure Unterkünfte zeigen.«

Trask nickte knapp, verneigte sich jedoch nicht, sondern wandte sich ohne ein weiteres Wort ab, um den Thronsaal zu verlassen. Die anderen Gorkas folgten ihm.

Maryo schloss sich ihnen nicht an, sondern blieb vor der Königin stehen und verschränkte die Arme. »Na, das lief doch gar nicht mal so schlecht«, meinte er mit schiefem Grinsen und warf einen Blick zu Amyéna und Reyvan, die den Gorkas nachsahen.

»Eure Selbstgefälligkeit ist nicht angebracht, Maryo Vadorís.« Die Königin musterte den Elfenkapitän kühl. »Warum habt Ihr die Gorkas ohne Vorwarnung hier hergeführt? Das war unüberlegt und dumm, es hätte ebenso gut einen Aufstand unter den Elfen auslösen können.«

Maryos Grinsen blieb und seine goldenen Augen hielten dem bohrenden Blick der Königin mühelos stand. »Warum ich Euch nicht vorgewarnt habe, kann ich Euch sagen: Ihr hättet den Gorkas niemals gestattet, die Stadt zu betreten und womöglich sogar Soldaten ausgesandt, die sie vertrieben oder getötet hätten. So beginnt man keine Friedensverhandlungen, sondern nur weitere Kriege.«

»Überspannt den Bogen nicht, Maryo Vadorís!« Die Stimme der Königin war schneidend. »Ihr strapaziert meine Geduld mit Euch.«

»Na, dann werde ich mich nun wohl besser zurückziehen.« Maryo verneigte sich knapp und sein goldener Blick glitt abermals zu Amyéna. »Wenn es Eure Hoheit gestattet, würde ich mich bei Gelegenheit gerne kurz mit Euch unterhalten.«

Amyéna erwiderte seinen Blick stirnrunzelnd. »Ich werde sehen, was sich einrichten lässt«, meinte sie, konnte jedoch die geplante Herablassung in ihrer Stimme nicht so umsetzen, wie sie gerne gewollt hätte.

»Das klingt wie ein Versprechen.« Der Kapitän zwinkerte ihr zu und wandte sich zum Gehen.

»Dieser … Kapitän!« Amyéna spie das Wort förmlich aus, während sie dem schwarz gewandeten Elf hinterhersah. Sein Gang war leicht schwankend, als ob er sich auf den Planken seines Schiffes befände.

»Ihr wolltet ebenfalls eine Bitte vortragen?«, holte die Königin die Aufmerksamkeit ihrer Tochter zu sich zurück.

»Ja.« Amyéna räusperte sich und wandte sich wieder ihrer Mutter zu. »Wir scheinen gerade zum richtigen Zeitpunkt gekommen zu sein, denn was wir dich fragen wollten, hat ebenfalls mit dem neuen Frieden zu tun, der zwischen den fünf Völkern von Altra zukünftig herrschen soll.«

Die Königin hob eine Augenbraue, sagte jedoch nichts.

»Wir wollten vorschlagen, dass wir – Reyvan und ich – nach Merita reisen, um dort die Verhandlungen mit der neuen Herrscherin der Menschen zu führen«, fuhr Amyéna rasch fort. »Ich weiß, dass du geplant hast, in ein paar Tagen Botschafter dorthin zu entsenden. Da Reyvan die Herrscherin bereits kennt, dachte ich, es wäre hilfreich, wenn er mit dabei wäre. Und ich könnte die Gelegenheit nutzen, sie ebenfalls kennenzulernen, was einer zukünftigen Zusammenarbeit bestimmt dienlich wäre.«

Königin Sylvara legte ihre Stirn in Falten und ihre hellen Augen schienen ihre Tochter zu durchdringen. »Weißt du, was du da vorschlägst?«, fragte sie mit einem Seitenblick zu Reyvan. »Du kennst seine … Vergangenheit?«

»Was früher einmal gewesen sein mag, ist nun nicht mehr von Belang«, unterbrach Reyvan die Königin. »Ein großer Vorteil wird sein, dass Alia mir vertraut – oder mir zumindest einmal vertraut hat – und auf dieser Basis ließe sich ein Friedensabkommen um vieles leichter regeln als mit Boten, die der Herrscherin gänzlich fremd sind.«

Sylvara holte tief Luft und faltete die Hände. Einige Sekunden lang überlegte sie, ehe sie kaum merklich nickte. »Nun gut, wenn dem so ist, dann muss ich zugeben, dass mich Eure Argumente überzeugen: Es würde tatsächlich vieles erleichtern, wenn Ihr als Boten dorthin geht. Die Herrscherin der Menschen weiß bereits, dass die Elfen von Zakatas und Westend einem Friedensbündnis zustimmen wollen. Doch die Bedingungen werden im Detail verhandelt werden müssen. Ich werde Euch morgen unterrichten, was ich mit Eurem Vater, Reyvan, besprochen habe. König Saryon und ich hatten einige Differenzen, haben uns aber einigen können. Da Ihr sowohl für ihn als auch für mich sprechen werdet, wird viel Verantwortung auf Euren Schultern lasten. Seid Ihr Euch dessen bewusst?«

»Ja, das bin ich.« Reyvan nickte bestätigend. »Und ich bin überzeugt, ich werde die Verhandlungen zu Eurer Zufriedenheit führen.«

»Davon gehe ich aus.« Die Königin schenkte ihm ein Lächeln, das sie nur selten für jemanden übrig hatte. »Wenn Ihr mich nun entschuldigt, ich muss mich mit meinen Beratern zusammensetzen und über den Friedensvertrag mit den Gorkas nachdenken.«

Reyvan verneigte sich knapp, ehe er mit Amyéna den Thronsaal verließ.

»Das lief doch ziemlich gut«, wandte sich die Prinzessin lächelnd an ihren Gemahl, während sie in den Eingangsbereich der goldenen Pyramide traten und sich zum Ausgang wandten, um den Palast zu verlassen.

»Stimmt, fast zu gut.« Reyvan sah sie unsicher an. »Meinst du, sie hat etwas gemerkt?«

»Was gemerkt?«, erklang eine raue Stimme, die sie in ihrem Schritt innehalten ließ. Maryo stand mit verschränkten Armen an die Wand neben dem Gang gelehnt, den sie soeben entlanggekommen waren. Nun stieß er sich ab und kam einige Schritte auf die beiden zu, die mitten in der Eingangshalle stehen geblieben waren. »Ich dachte mir schon, dass Ihr etwas im Schilde führt«, meinte er breit grinsend.

»Maryo!«, stieß Amyéna verärgert hervor. »Du hast wohl immer noch keine Manieren! Es ist unhöflich, andere bei ihren Gesprächen zu belauschen.«

»So? Ist es das?« Der Kapitän hielt einen Schritt vor der Elfin an und sah auf sie herunter. Er überragte sie um über einen Kopf und seine breite Gestalt ließ sie umso zerbrechlicher wirken. Jedoch nur, solange man nicht in ihre Augen blickte, die durch ein inneres Feuer zu brennen schienen. »Ebenso unhöflich, wie seiner Mutter falsche Tatsachen zu unterbreiten?«

»Was willst du noch hier?«, schnaubte sie, ohne auf seine Frage einzugehen. »Du hast deinen Teil erfüllt und dafür gesorgt, dass meine Mutter sich nach Hunderten von Jahren zum ersten Mal ernsthafte Gedanken über einen Friedensvertrag mit den Gorkas macht. Willst du nicht wieder zurück auf dein geliebtes Schiff und an irgendeinem Horizont verschwinden?«

Reyvan sah sie erstaunt an, so streitsüchtig kannte er Amyéna gar nicht. Langsam gab es ihm eine Ahnung davon, dass zwischen Maryo und ihr um einiges mehr vorgefallen sein musste, als sie ihm hatte weismachen wollen.

»Ich weiß, dass Ihr allen Grund habt, wütend auf mich zu sein, Prinzessin«, bemerkte Maryo mit plötzlicher Sanftheit in der Stimme. »Lasst uns bitte unter vier Augen sprechen. Die beiden letzten Male seid Ihr davongelaufen, dieses Mal werdet Ihr mich anhören.«

»Ich bin nun verheiratet.« Amyéna trat einen Schritt näher zu Reyvan, was den Kapitän dazu veranlasste, seinen Blick zu dem jüngeren Elf schweifen zu lassen.

Für den Bruchteil einer Sekunde war in den goldenen Augen Schmerz zu lesen, den Maryo jedoch sofort wieder verbarg. »Das weiß ich«, sagte er stattdessen mit einem geduldigen Nicken. »Und ich weiß auch, dass Eure Ehe unter keinem guten Stern begonnen hat. Ich war dabei, als dies beschlossen wurde, schon vergessen?«

»Für mich klingt es, als hättet Ihr tatsächlich noch einiges zu klären …« Reyvan trat einen Schritt zurück. »Wenn du fertig bist, lass uns die bevorstehende Reise besprechen. Ich warte in unseren Gemächern auf dich.« Er sah Amyéna an, deren Augen ihn förmlich anflehten, sie nicht mit dem Kapitän alleine zu lassen. Doch er reagierte nicht auf ihre stumme Bitte, sondern drehte sich um und verließ die Eingangshalle.

»Jetzt bleiben also nur noch du und ich.« Maryo senkte den Kopf und sah die Elfin eindringlich an. Dass er die Prinzessin nicht mehr förmlich ansprach, schien dieser gar nicht aufzufallen. »Komm, lass uns in den königlichen Gärten die Beine vertreten.«

Ehe sie etwas erwidern konnte, hatte er eine Hand auf ihren Rücken gelegt und schob sie zum Ausgang der Pyramide. Unter der Berührung zuckte sie zusammen, als beständen seine Hände aus Feuer.

Kapitel 7 - Reyvan

WESTENDWALD

(Tag 3, Monat 7, 1EP11 248)

Das war aber eine lange Besprechung.« Reyvan stand auf dem Balkon, der das pyramidenförmige Gebäude umgab und von wo aus man einen atemberaubenden Blick über die Elfenstadt und den Wald hatte.

Die Elfenstadt lag am Rande des Westendwaldes. Bis nach Westend, der menschlichen Hafenstadt an der Küste, war es ein Ritt von knapp einem Tag, mit guten Pferden nicht einmal einem halben.

Die Stadt der Elfen hatte schon unzählige Jahrhunderte im Westendwald überdauert. Sie war umgeben von einer hohen Steinmauer, die für jeden Gegner ein unüberwindbares Hindernis und für die Bewohner einen zuverlässigen Schutz bedeutete. Nur durch zwei breite Tore, eines im Norden und eines im Süden, gelangte man in das Innere der Stadt. Diese war, wie alle Elfenstädte, von einer atemberaubenden Schönheit, welche über die Zeit zur Vollkommenheit gebracht worden war.

Die Elfen hatten neben den breiten Straßen eine Vielzahl von Wasserkanälen angelegt, die täglich von Booten befahren wurden und somit das Vorankommen in der Stadt erleichterten. Über die Kanäle waren kunstvolle Brücken angelegt, die die Straßen miteinander verbanden. Die hohen Gebäude waren aus Stein erbaut und glichen Pyramiden, an deren Wände Wasserfälle herunterrannen, die im Winter zu mystischen Eisskulpturen erstarrten. Hunderte von Pappeln sowie Gärten säumten die gepflegten Wege, auf denen Verkäufer an Marktständen ihre Waren feilboten. Elfen waren berühmt für ihre Handwerkskunst. Vor allem im Bogenbau war ihnen kein anderes Volk gewachsen. Aber auch der filigrane Schmuck, den sie herstellten, sowie der Wein, der bis weit über die Grenzen des Waldes bekannt war, hatten früher einträgliche Handelsgüter dargestellt.

Früher – als die Menschen sich nicht gescheut hatten, die Elfen in den Wäldern aufzusuchen und die Waldbewohner ihrerseits regen Handel mit den anderen Völkern trieben.

Früher – das war vor über fünfhundert Jahren gewesen, bevor die Magier ihre Zirkel gründeten, sich in ihrer Arroganz über alle anderen Völker stellten und damit unweigerlich einen noch nie dagewesenen Krieg in Altra heraufbeschworen.

Nur wenigen menschlichen Augen war es in den letzten Jahrhunderten noch vergönnt gewesen, die Elfenstadt im Westendwald zu erblicken, da das Waldvolk wie alle anderen nichtmenschlichen

Rassen seit dem Hundertjährigen Krieg sehr zurückgezogen lebte und im Grunde keine Fremden in ihren Städten duldete.

Mit dem gewaltsamen Frieden, den der ehemalige Tyrann Lesath vor vierhundert Jahren zwischen Menschen, Elfen, Drachen und Zwergen mit brutaler Hand erwirkt hatte, hatten die Elfen – wie auch die anderen Völker – jeglichen Handel mit den Menschen eingestellt. Dies sollte nun durch die neue Herrscherin anders werden. Denn sie versprach, was es seit Jahrhunderten nicht mehr gegeben hatte: einen echten Frieden zwischen den Völkern, ohne Unterdrückung, Knebelverträge, Tribute oder Erpressung.

Amyéna trat neben Reyvan und mied seinen prüfenden Blick. Ihre Wangen waren verdächtig gerötet und der Elf vermeinte, ein noch nie dagewesenes Leuchten in ihren Augen zu entdecken. »Wir hatten einiges zu … diskutieren«, meinte sie ausweichend und strich mit einer fahrigen Handbewegung eine ihrer dunklen Haarsträhnen zurück.

»So … hattet ihr.« Reyvan konnte sich ein wissendes Lächeln nicht verkneifen.

»Ja«, antwortete Amyéna kurz angebunden. »Lass uns nicht mehr von Maryo sprechen, er ist ein arroganter Kerl, der noch nie seine Grenzen kannte.«

»Hm, ich habe soeben überlegt, dass dieser arrogante Kerl uns noch ziemlich nützlich werden könnte«, meinte Reyvan schmunzelnd. »Seine Cyrona gehört zu den schnellsten Segelschiffen auf den altrischen Meeren. Wenn er uns nach Merita fährt, sind wir um vieles schneller dort, als wenn wir den mühsamen Landweg nehmen oder auf ein anderes Schiff warten.«

Amyéna seufzte laut. »Das kann nicht dein Ernst sein, oder? Du willst tatsächlich mit Maryo nach Merita fahren? Und ich soll mit dabei sein?«

»Nun ja, es war ja dein eigener Vorschlag, mitzukommen«, meinte Reyvan, dessen Mund sich zu einem unschuldigen Lächeln verzog. »Und so schlimm ist Kapitän Vadorís nicht, ich habe mit ihm ja bereits einige Wochen auf See verbracht. Seine Mannschaft besteht zudem aus hervorragend ausgebildeten Kämpfern und kann uns besseren Schutz gewähren, als wir wahrscheinlich brauchen werden.«

»Das stimmt wohl, aber …«

»Amyéna, du hast doch selbst gepredigt, dass man manchmal seine persönlichen Gefühle aufgrund der Verpflichtungen zurückstellen muss.« In Reyvans dunkelblauen Augen blitzte jetzt Schalk auf.

Die Elfenprinzessin warf ihm einen verärgerten Blick zu. »Du verdrehst die Tatsachen auch gerne so, dass es dir zum Vorteil ist, wie?«

Sie stützte sich auf dem Balkongeländer ab und ließ ihre dunklen Augen über die Stadt schweifen, wo die Elfen ihren Tagesgeschäften nachgingen.

»Also gut«, seufzte sie nach einer Weile. »Dann fragen wir Maryo eben. Aber ich werde einen großen Bogen um ihn machen, wenn wir an Bord sind … wie lange dauert die Schiffsfahrt überhaupt?«

»Von Merita nach Westend hatten wir knapp acht Wochen.« Reyvan lächelte, als Amyéna abermals aufstöhnte. »Keine Sorge, ich werde dich vor dem leidenschaftlichen Kapitän beschützen.«

»Du bist wirklich unmöglich«, schnaubte Amyéna, jedoch war um ihren Mund der Anflug eines Lächelns zu erkennen. »Du weißt schon, dass du mir damit etwas schuldest?«

»Alles, was du möchtest, solange es nicht mein Herz ist.« Reyvan sah seine Gemahlin amüsiert an.

»Diese Alia muss wirklich eine ganz besondere Frau sein.« Die Elfin blickte ihm direkt in die Augen. »Ich hoffe, sie ist den ganzen Aufwand und das Risiko auch wert.«

»Und wie sie das ist.« Reyvans Gesicht wurde erst ernst und nahm dann einen verträumten Ausdruck an, sodass Amyéna lächelnd den Kopf schüttelte.

»Du weißt schon, dass du eine jahrtausendealte Tradition sprengst, wenn du an der Seite einer menschlichen Frau bleibst – und dann auch noch einer Magierin?«, fragte sie mit hochgezogenen Augenbrauen.

»Ich sprenge sie nicht, ich erweitere sie bloß. Zudem setze ich ein Zeichen: Menschen und Elfen sollen nicht länger nebeneinander, sondern miteinander leben.«

»Nun ja, mal sehen, ob das andere genauso sehen.« Amyéna warf ihm einen zweifelnden Blick zu.

»Wir werden sie davon überzeugen, glaub mir«, entgegnete Reyvan zuversichtlich. »Aber lass uns jetzt erst mal nach dem Elfenkapitän rufen, er hat bestimmt schon Sehnsucht nach dir.« Er wich gekonnt einem Fausthieb von Amyéna aus.

»Und was springt dabei für mich raus?«, fragte Maryo eine halbe Stunde später. Er stand mit vor der Brust verschränkten Armen vor

Amyéna und Reyvan in deren Gemächern. »Ihr wisst schon, dass eine solche Überfahrt erstens viel Geld kostet und zweitens meine Pläne über den Haufen wirft?«

»Natürlich werden wir dir das Geld für die Reise nach Merita geben und es wird mehr als genug sein«, sagte Amyéna sachlich. »Und was deine Pläne angeht, werden die wohl noch eine Weile warten können, oder?«

»Ihr seid anmaßend, meine Liebe. Ich habe Euch doch erklärt, wie dringend meine Geschäfte sind.« Maryos goldener Blick bohrte sich in Amyénas Augen.

»Und du bist ein Sturkopf.« Die Prinzessin erwiderte seinen Blick kühl. »Außerdem vergisst du, dass ich dir ebenso gut den Befehl erteilen kann, uns nach Merita zu bringen.«

Maryo sah aus, als könne er sich nicht entscheiden, ob er einen Lach- oder einen Wutanfall haben sollte. »Wie wagt Ihr …«, begann er, unterbrach sich dann aber und atmete tief durch. »Also gut, ich mache es. Jedoch nicht für Euch, Prinzessin, sondern für Alia. Ich habe mich sehr gut mit ihr … verstanden auf unserer gemeinsamen Reise durch Altra. Es wird mir eine Freude sein, sie wiederzusehen.«

Amyéna war die Bestürzung deutlich ins Gesicht geschrieben. »Du hast …« Sie brach ab und starrte zu Boden. »Oh. Das wusste ich nicht.«

»Maryo, hört auf, ihr falsche Tatsachen zu erzählen«, knurrte Reyvan. »Ich weiß, dass Alia und Ihr kein Verhältnis hattet.«

»Ach ja?« Maryo hob eine Augenbraue. »Woher wisst Ihr das denn, mein werter Prinz? Ihr habt Euer Gedächtnis doch verloren.

Oder haben es Euch die Götter über Nacht etwa wiedergegeben?«

Reyvan biss sich auf die Zunge, da er merkte, dass er zu viel gesagt hatte. Dieser verfluchte Elfenkapitän spielte mit ihm und hatte womöglich genau dies mit seiner Behauptung, Alia und er wären mehr als gute Freunde gewesen, bewirken wollen. »Ich … das tut nichts zur Sache. Keine Frau mit ein wenig Verstand würde mit Euch ein Verhältnis eingehen.«

»Oho, wenn man dem Hund auf den Schwanz tritt, beißt er.« Maryo verzog seinen Mund zu einem wissenden Lächeln.

»Lenkt nicht vom Thema ab«, fuhr Reyvan ihn unwirsch an. »Ihr werdet uns also nach Merita fahren. Wann können wir ablegen?«

»Nun, die Cyrona liegt im Hafen von Westend.« Maryo sah von Reyvan zu Amyéna. »Meine Mannschaft sollte das Schiff ohnehin für eine längere Reise bereit machen, ich hatte ja vor, nach Karinth zu segeln. Das kann ich jedoch auch noch von Merita aus, von dort aus sind die Strömungen und Winde ohnehin günstiger.«

»Das heißt …?« Reyvan sah ihn ungeduldig an.

»Ihr habt es wohl sehr eilig, was?« Der Kapitän grinste und zwinkerte ihm zu. »Man könnte fast meinen, Ihr könntet Euch an Eure ehemalige Geliebte erinnern. Aber nein, das kann nicht sein. Das habt Ihr ja soeben mit Nachdruck bestritten …« Sein Grinsen wurde breiter. »Mein Prinz, das Lügen liegt Euch nicht.«

»Wann können wir lossegeln?« Reyvan ging nicht auf die Andeutungen ein, sondern versuchte, einen möglichst neutralen Gesichtsausdruck zu bewahren. Es fehlte noch, dass jemand von ihrem Plan erfuhr, noch ehe sie Westend verlassen hatten. Selbst wenn es Maryo war, der der Königin gegenüber bestimmt nichts verraten würde.

»Sobald Ihr bereit seid. Noch heute, wenn Ihr möchtet«, antwortete Maryo. »Vorausgesetzt, ich erhalte das Geld für die Reise.«

»Das werdet Ihr. Wir müssen zuerst noch mit der Königin sprechen, aber ich denke, morgen werden wir so weit sein.« Reyvan warf einen Blick zu Amyéna, die seine Worte mit einem stummen Nicken bestätigte.

Maryos Blick glitt von der Prinzessin zu Reyvan. »Gut. Ich muss ohnehin noch mit Ksora sprechen. Sie sollte wegen der Friedensverhandlungen, die mit den Gorkas anstehen, hierbleiben. Immerhin ist sie die Erbin der Gorkas von Westend. Das wird nicht leicht, sie davon zu überzeugen …« Ein Seufzen entwich seiner Kehle. »Sie ist ein stures Mädchen – fast so wie Ihr, Prinzessin.«

Er schenkte Amyéna ein strahlendes Lächeln, das diese umgehend mit einem giftigen Blick bestrafte.

Den Kapitän schien das jedoch kaltzulassen, denn er fuhr unbeirrt fort: »Also dann, ich werde heute Abend noch zur Cyrona aufbrechen, um meiner Mannschaft Bescheid zu geben. Wenn Ihr bereit seid, kommt Ihr einfach in den Hafen. Ich warte dort auf Euch.«

»Gut, bis bald«, nickte Reyvan.

»Aye.« Maryo verbeugte sich knapp und ging dann raschen Schrittes davon.

»Er wird mich noch dazu bringen, dass ich ihn eigenhändig töte«, knurrte Amyéna, während sie ihm nachsah.

»Lass dich von ihm nicht provozieren, denn das möchte er ja bloß.« Reyvan legte eine Hand auf die Schulter der Elfin und spürte, dass ihre Muskeln zum Zerreißen angespannt waren. »Ich hatte gedacht, ihr hättet Eure … Differenzen geklärt?«

Amyéna seufzte. »Du kennst Maryo nun auch schon eine Weile. Er lässt nur selten ernsthaft mit sich reden und zwischen uns ist so viel vorgefallen, dass wir Jahre, wenn nicht Jahrzehnte bräuchten, um alles zu klären.«

»Du liebst ihn immer noch«, stellte Reyvan überrascht fest.

»Verdammt, ja, das tu ich.« Amyéna sah ihn hoffnungslos an. »Und er weiß das leider auch und versucht, mich mit seinen provozierenden Sprüchen aus der Reserve zu locken. Er will, dass ich die Beherrschung verliere und dafür hasse ich ihn – trotzdem würde ich ihn gleichzeitig am liebsten umarmen. Er ist ein arroganter Scheißkerl und doch liebte ich ihn vom ersten Moment an, als ich ihn sah.«

Reyvan runzelte die Stirn. »Ich erinnere mich zwar nur lückenhaft an ihn, aber ich habe Maryo nie als … Scheißkerl erlebt. Er ist verschlagen und stürzt sich in jedes Abenteuer, als sei es das letzte, das er erleben wird, aber er ist auch verlässlich, und wenn er einen als Freund bezeichnet, dann weiß man, dass er für einen sterben würde. Vielleicht, wenn das zwischen Alia und mir geklärt ist, hat eure Liebe auch eine Chance, denn dass er ebenfalls Gefühle für dich hat, sieht ein Blinder.«

»Ich glaube nicht, dass wir eine gemeinsame Zukunft haben werden.« Amyéna zuckte mit der Schulter, auf der immer noch Reyvans Hand lag. »Eher verwandelt sich Mutter in eine Gorkafreundin und fängt ein Verhältnis mit Trask an, als dass Maryo und ich zueinanderfinden. Komm«, sie ergriff seine Hand, »lass uns zu ihr gehen und mit ihr über die Details der Friedensverhandlungen sprechen, die sie mit den Magiern vereinbaren möchte. Ich bin überzeugt, dass es da noch ein paar Dinge gibt, die wir klären müssen.«

Kapitel 8 - Lucja

MERITA, Gegenwart

(Tag 25, Monat 8, 1EP11 248)

Lucja stellte den Bierkrug auf den wackeligen Tisch zurück und zog die Kapuze ihres Umhanges tiefer ins Gesicht. Sie saß in einer heruntergekommenen Taverne von Merita, in einem Stadtteil, der ›Bettlers-Eck‹ genannt wurde. Es war stickig, roch nach kaltem Tabak, Bratfett und noch manch unangenehmeren Gerüchen. Die feuchtwarme Luft, die das Klima in diesem Teil von Altra prägte, führte dazu, dass ihr die Kleider wie eine zweite Haut am Körper klebten.

Wie man es längere Zeit hier aushalten sollte, war ihr unerklärlich. Sie war in der Steppe von Arganta aufgewachsen, die von der trockenen Luft der Gohar-Wüste geprägt war. Diese schwüle Hitze hier im Süden war ihr neu und sie hasste sie von dem Moment an, als sie im Hafen von Merita eingelaufen waren.

Lucja war erst gestern angekommen und hatte es noch nicht gewagt, in den Zirkel zu gehen, da sie erst einmal die Lage erfassen wollte.

Die Leute in dieser Gegend schienen in steter Anspannung zu leben, das konnte man ihnen an der Nasenspitze ansehen. Kein Wunder, überall in den Straßen gab es Soldatenpatrouillen und jeder Fremde wurde misstrauisch beäugt. Es schien, als ob die neue Herrscherin sich ihrer Position noch nicht sicher war – zu Recht, denn gerade in Zeiten eines Machtwechsels war die Herrschaft über ein Land am verwundbarsten. Es gab Ränkeschmiede, Heuchler und Aufständische, die erst einmal unter Kontrolle gebracht werden mussten.

Lucja seufzte bei dem Gedanken, dass sie sich in den nächsten Tagen wohl oder übel in den Zirkel begeben und um eine Audienz bei der Herrscherin bitten musste. Sie hasste dieses förmliche Getue, ihr waren eine scharfe Klinge in den Händen und ein paar Blutspritzer im Gesicht bei Weitem lieber.

Der Grund, warum sie alleine hier in der Taverne saß, war ebenso traurig wie ernüchternd. Die Truppe von Kampfmagiern, die sie begleitet hatte, war auf zwei Personen geschrumpft, da sie bei der Durchquerung der Talmeren schwere Verluste erlitten hatten. Sie mussten dem Wind und der Kälte des Gebirges trotzen, ebenso wie einem Überfall von Dunkelelfen, die sie in den Bergen überrascht und mehrere ihrer Männer getötet oder verschleppt hatten.

Diese verdammte Brut …!

Sie spürte abermals heiße Wut in sich hochbrodeln, als sie an die dunkelhäutigen Elfen dachte, die sie hinterlistig angegriffen hatten.

Sie hatte schon immer gewusst, dass die alten Völker nur aufs Töten aus waren!

Wären ihre Gefährten nicht gewesen, hätte sie so lange gegen diese Bastarde gekämpft, bis entweder alle oder sie selbst gefallen wären. Doch Pranten, ihr Kampfgefährte, hatte sie regelrecht aus dem Gefecht herausgeschleppt. Über der Schulter wie ein Sack Kartoffeln. Sie hatte sich nach Leibeskräften gewehrt, ihn verflucht, verwünscht und angeschrien. Aber ihr Schwertarm war verletzt gewesen und sie hatte kaum noch Wärme in sich getragen, um sich mit Magie gegen ihn zur Wehr zu setzen.

Erst als Pranten sie weit weg von dem Schlachtfeld, in der Nähe eines Felsvorsprungs, absetzte, hatte sie gemerkt, dass ihr Bein ebenfalls stark mitgenommen war.

Es war ein Wunder gewesen, das sie überhaupt noch gelebt hatte.

Der Kampfesrausch musste all ihre Schmerzen betäubt haben – die in dem Moment dafür umso heftiger über sie hereingestürzt waren. Ihr war dunkel vor den Augen geworden und sie hatte sich vor Schmerz übergeben, was ihr die Schamesröte ins Gesicht getrieben hatte. Nachdem sie nur noch Galle gewürgt hatte, hatte sie einen Blick auf ihr Bein riskiert und leise aufgekeucht. Ein Schwerthieb, an den sie sich nicht einmal mehr erinnern konnte, hatte die Muskeln bis fast auf den Knochen durchtrennt und nur Prantens heilender Erdmagie war es zu verdanken gewesen, dass sie diese schwere Verletzung überlebt hatte.

So wie ihr, war es vielen ihrer Kampfesgefährten ergangen. Nur dass diese weniger Glück gehabt hatten und in den Talmeren ihr frühzeitiges Grab fanden.

Lucja seufzte bei der Erinnerung an all die vielen, tapferen Krieger, die sie auf dem Weg durch das Gebirgsmassiv verloren hatte.

Der traurige Rest ihrer Gruppe hatte es bis nach Gerun geschafft, von wo aus sie mit einem kleinen Boot auf dem Geruna-Fluss bis nach Ora, einer südlichen Hafenstadt am Meer, gefahren waren. Dort hatten sie ein Segelschiff angeheuert, welches sie nach Merita brachte. Bei einem Überfall durch Seeräuber waren drei der bis dahin noch sechs übrig gebliebenen Krieger getötet worden.

Die ganze Reise hatte unter einem erdenklich schlechten Stern gestanden, knapp drei Monate gedauert und war zermürbend gewesen. Die beiden Kampfmagier – unter anderem Pranten –, die von ihrer Truppe noch übrig gewesen waren, befiel zudem eine starke Seekrankheit, sodass sie sich nun in der Herberge in der Nähe des Hafenquartiers erholten, in der sie untergekommen waren.

Alleine Lucja war noch munter genug, um sich in der Stadt etwas umzusehen, entgegen den Einwänden ihrer Gefährten, die dies für keine gute Idee hielten. Doch, wie hätten sie sie aufhalten wollen, wenn sie selbst kaum in der Lage waren, von ihren Betten aufzustehen?

Pranten trug zu wenig Erdmagie in sich, um sich zu heilen, die Erschöpfung nagte an seiner Zauberstärke und er musste erst mal zu seinen alten Kräften zurückfinden. Sie hätten einen Heiler aufsuchen können, aber Lucja vertraute den Magiern hier noch nicht und wollte vor allem keine Aufmerksamkeit auf sich ziehen.

Also hatten Pranten und Rexi, wie die andere Magierin hieß, sich wohl oder übel in der Herberge hinlegen müssen, während Lucja sich aufgemacht hatte, Merita zu erkunden und die neusten Gerüchte in Erfahrung zu bringen.

Ihr Weg hatte sie in diese zwielichtige Taverne geführt, da sie sich erhoffte, hier Informationen über die Herrscherin zu erhalten.

Wie alle mieseren Schenken war auch diese heruntergekommen, der Boden von Alkohol und Urin aufgeweicht und zum Himmel stinkend. Die Tische klebten vor Dreck und wankten fast mehr als die betrunkenen Gäste, von den knarrenden Stühlen ganz zu schweigen.

Kerzenstummel, die mit Wachs direkt auf die Tischflächen geklebt worden waren, erhellten das Innere des kleinen Raumes gerade soweit, dass man seinen Becher vor sich erkennen konnte. Der alte Kronleuchter, der schon bessere Zeiten gesehen hatte, baumelte schief und nutzlos von der Decke herab. Anscheinend hielt es der Wirt nicht für nötig, die wohl schon vor Jahren heruntergebrannten Kerzen zu ersetzen.

Lucja fuhr sich über ihre nackten Unterarme, um den feinen Wasserfilm wegzuwischen, der sich durch die feuchtwarme Luft darauf gebildet hatte, und beobachtete den Mann, der soeben die Schenke betrat.

Er war etwas größer als sie selbst und hatte seine schlanke Gestalt unter einem schwarzen Umhang verborgen. Die Kapuze war tief ins Gesicht gezogen, sodass man nur sein Kinn ausmachen konnte, auf dem der Ansatz einer Narbe zu erkennen war. Sein Kiefer war markant und hatte trotzdem etwas Anmutiges, ebenso wie seine Bewegungen. Zudem schien er eine dunkle Hautfarbe zu besitzen, wie Lucja.

Die Magierin erkannte sofort, dass es sich um einen erfahrenen Kämpfer handeln musste – und außerdem um einen ziemlich guten, denn er scherte sich nicht darum, ob ihn jemand beobachtete oder nicht. Männer, die ihrer Kampfeskünste nicht sicher waren, schauten sich in einer Taverne zunächst genau um, ehe sie einen Platz wählten. Dieser jedoch schritt geradewegs auf einen Tisch in der hinteren Ecke zu und setzte sich mit dem Rücken zur Wand hin.

Lucja versuchte vergebens, sein Gesicht zu erkennen. Die Taverne war zu dieser Nachtzeit gut besucht und mehrere Gestalten, die torkelnd und schwankend zwischen den Tischen umherirrten, nahmen ihr die durch das Dämmerlicht ohnehin eingeschränkte Sicht.

Der Fremde schien zu bemerken, dass er beobachtet wurde, denn er hob den Kopf ein wenig und sah direkt in Lucjas Richtung, ohne dass sie jedoch seine Gesichtszüge ausmachen konnte. Rasch senkte sie den Blick, rückte ihre Kapuze wieder tiefer in die Stirn und hob ihren Bierkrug an, um einen großen Schluck daraus zu trinken.

Glücklicherweise wurde der Fremde in dem Moment von einem der beiden Mädchen abgelenkt, die hier bedienten und sich allerhand von den Gästen gefallen lassen mussten.

Die Schankmagd kam mit einem Tablett an seinen Tisch und schien ihn zu fragen, was er trinken wolle. Lucja konnte die Antwort nicht verstehen, da der Lärm in der Schenke zu laut war. Sie sah jedoch, wie das Mädchen ein paar Augenblicke später mit einem Krug und einem Becher zurückkehrte und der Fremde ihr einige Münzen in die Hand drückte.

Lucja konnte nicht festmachen, was sie an dem Mann faszinierte, doch er zog ihren Blick immer wieder wie magisch an. Sie beobachtete, wie er sich den Becher mit dem Inhalt des Kruges auffüllte – es musste sich um Wasser handeln, denn Bier oder Wein sahen selbst im düsteren Licht der Taverne dunkler aus und keiner war so leichtsinnig, sich in dieser Spelunke einen selbstgebrannten Schnaps zu bestellen – und gemächlich einen Schluck trank. Er schien Lucja nicht weiter zu beachten, sondern seine Aufmerksamkeit ganz dem Getränk zu widmen.

Leider konnte sie nicht erkennen, was für einen Gildenring er trug, denn er hatte seine Hände mit Handschuhen vor neugierigen Blicken geschützt. Der Fremde hatte sicherlich etwas zu verbergen und es war mehr als nur sein Gildenring.

Nach einiger Zeit, als der Krug leer war, stand er auf, nickte der Kellnerin kurz zu und verließ die Schenke wieder.

Lucja winkte das Mädchen, welches ihn bedient hatte, zu sich und bedeutete ihr, sich zu ihr herunterzubeugen. Die Schankmagd hatte eine üppige Oberweite, die ihr fast aus dem Korsett fiel, als sie Lucjas Aufforderung nachkam.

Die Magierin drückte dem Mädchen unauffällig eine Münze in die Hand. »Wer war der Mann, der soeben gegangen ist?«, fragte Lucja so leise wie möglich, um die anderen Gäste nicht auf sich aufmerksam zu machen.

Sie sprach Praedisch, denn sie war sich sicher, dass die Bedienung keine andere Sprache beherrschte, da sie bestimmt keine solide Ausbildung genossen hatte. Sonst hätte sie nicht in dieser Spelunke bedienen müssen.

Das Mädchen sah sie ängstlich an und Lucja bemerkte trotz der schummrigen Lichtverhältnisse, wie ihre rosa Wangen noch etwas dunkler wurden. »Ich weiß es nicht«, antwortete sie ebenso leise. »Er kommt in letzter Zeit öfter hierher, aber keiner kennt ihn. Und er verschwindet auch meist rasch wieder.« Besorgt sah sie zur Tür der Taverne, als befürchtete sie, dass der Fremde zurückkehren und sie für ihre Auskunft erschlagen könnte.

»Danke«, murmelte Lucja und bedeutete der Bedienung, dass sie sich wieder den anderen Gästen zuwenden sollte, was diese mit erleichtertem Gesichtsausdruck auch tat.

Die Magierin starrte nachdenklich zur Tür, durch die der Fremde verschwunden war. Alles in ihr riet zur Vorsicht, ein kleiner Teil jedoch war einfach zu neugierig, wer dieser dunkel gekleidete Mann war. Schließlich gewann dieser kleine Teil die Oberhand und zwang sie, aufzustehen und die Schenke ebenfalls zu verlassen.

Draußen angekommen, sah sie sich suchend um. Sie befand sich in einer düsteren Seitengasse, die erbärmlich stank, da sie den Bewohnern der Häuser rechts und links offenbar auch als Entsorgungsort diente. Als Lucja ihren Blick nach oben wandern ließ, sah sie über sich mehrere Latrinenausgänge, die zur Gasse hinunterzeigten. Es musste schon einigen Betrunkenen passiert sein, dass sie durch die nächtlichen Latrinengänge der Hausbewohner vertrieben worden waren.

Eine einzelne Straßenlaterne erhellte die Gasse, die sich in der Nähe des Hafenquartiers, am Rande der Stadt befand. Lucja roch die strengen Gerüche nach vergammeltem Fisch sowie dem Rauch der Hafenschmiede und der Gießerei, die sich dort befanden.

Es waren erst ein paar Augenblicke vergangen, seit der Fremde weg war, so weit konnte er noch nicht gekommen sein. Tatsächlich entdeckte sie eine hohe, schwarzgekleidete Gestalt am Ende der dunklen Gasse. Die anmutigen Bewegungen gehörten eindeutig zu ihm und sie beschleunigte ihre Schritte, um ihm so unauffällig wie möglich zu folgen.

Sie wusste im Grunde nicht, was sie sich davon versprach, bloß, dass sie auf ihren Instinkt hören musste, der sie bisher nur selten in die Irre geleitet hatte. Und dieser Instinkt flüsterte ihr jetzt zu, dass dieser Fremde wichtig war. Vielleicht konnte er ihr sogar Auskunft über die Herrscherin geben – doch dazu musste sie mit dem Mann sprechen.

Die Straßen der Stadt, und sogar die dieser heruntergekommenen Gasse, waren gepflastert, was es ihr erschwerte, die Schritte zu dämpfen. In ihrer Heimatstadt Arganta waren alle Wege aus sandigem Stein, über den man fast lautlos gehen konnte. Hier im Süden jedoch schienen die Menschen ihren Reichtum sogar auf dem Boden widerspiegeln zu wollen. Es war kein Geheimnis, dass Merita eine der größten und reichsten Städte Altras war. Mit ein Grund, warum sich hier der Hauptsitz der Zirkelmagier befand.

Die Gestalt des Fremden bog nach links in eine weitere Seitengasse ein und verschwand damit aus ihrem Blickfeld. So leise es die Pflastersteine zuließen, folgte sie ihm, sich nahe an der Wand der Häuser haltend. Außer ihr waren nur ein paar betrunkene Matrosen – auch etwas, das sie nicht aus Arganta kannte – unterwegs und lallten unverständliche Anzüglichkeiten. Doch sie beachtete die taumelnden Gestalten nicht, sondern ging weiter auf die Seitengasse zu und spähte um die Ecke.

Sie war noch düsterer als die Gasse, die sie soeben entlanggekommen war. Lucja kniff die Augen zusammen und bildete einen Schutzschild, ehe sie um die Ecke bog. Man wusste nie, was für Halunken sich in solchen Gegenden herumtrieben, selbst wenn die Stadtwache patrouillierte.

Ihre Vorsicht rettete ihr das Leben, denn in dem Moment prallte ein Wurfmesser an ihrem Schild ab, das eindeutig auf ihre Kehle gerichtet gewesen war.

Lucja sprang zurück und verstärkte ihren Schild, während sie gleichzeitig ihr Schwert zog, das sie wie immer an ihrer Hüfte trug. Sie dachte jedoch nicht daran, sich zurückzuziehen, denn jetzt war ihre Kampfeslust geweckt.

Irgendjemand hatte gerade versucht, sie umzubringen und dieser jemand würde dafür teuer bezahlen!

Mit erhobenem Schwert schritt sie in die Gasse und baute sich in der Mitte davon auf.

»Kommt heraus und kämpft, statt Euch in den Schatten zu verstecken, Ihr feiger Hund«, rief sie auf Praedisch.

Natürlich bekam sie keine Antwort, sondern merkte stattdessen, wie jetzt ein Bolzen an ihrem Schutzschild abprallte. Ihr Gegner besaß also auch noch andere Fernwaffen als nur seine Wurfmesser.

»Ist das alles?«, spottete Lucja und schwang ihr Schwert herausfordernd mit einer Hand. »Da müsst Ihr schon mehr bieten als diese albernen Kinderspielzeuge!«

Mit einem Mal nahm sie wahr, wie ihr Schild sich aufzulösen begann. Im ersten Augenblick dachte sie, es läge daran, dass ihre Konzentration schwand, und schickte mehr Magie hinein, um ihn wieder zu stärken. Jedoch fühlte es sich an, als würde sie Wasser in einen Eimer ohne Boden kippen – alle Wärme, die sie in den Schutzzauber gab, verschwand in der schwülen Dunkelheit der Nacht. Gerade rechtzeitig beendete sie den Zauber, damit ihr Körper nicht auskühlte.

»Verdammt, was ist das?«, knurrte sie.

Ehe sie sich selbst eine Erklärung liefern konnte, wurde ihr das Schwert aus der Hand geschlagen und sie spürte eine Klinge am Hals, ebenso wie einen kräftigen Unterarm, der sich quer über ihre Brust legte und sie an eine der Hauswände nagelte.

Sie war so überrascht, dass sie leise aufschrie, was dazu führte, dass sich der Unterarm verschob und ihr nun zusätzlich auch noch eine Hand über den Mund gepresst wurde.

»Kein Ton«, befahl eine hohle, männliche Stimme mit fremdartigem Akzent. »Bevor ich Euch Bruder Tod übergebe, verratet mir, warum Ihr mich verfolgt habt.«

Jetzt weiteten sich Lucjas Augen und sie betrachtete ihren Gegner genauer.

Es handelte sich eindeutig um den Fremden, den sie vorhin in der Taverne gesehen hatte. Nur, dass seine Kapuze etwas nach hinten verrutscht war und den Blick auf ein Gesicht freigab, das im Grunde edle Züge besessen hätte, die nun aber zu einer zornigen Fratze verzerrt waren.

Von der Stirn ausgehend, verlief eine wulstige Narbe quer über die Nase bis zum Kinn, die Lucja vorhin in der Schenke nur ansatzweise erahnt hatte.

Doch was Lucja am meisten verstörte, waren nicht die dunkle Haut oder die Narben, sondern die Augen des Fremden. Sie glühten wie Kohlestücke und erinnerten sie auf der Stelle an die Dunkelelfen, die sie in den Talmeren überfallen hatten. Auch wenn er kein weißes Haar wie diese Bergelfen besaß, gegen die sie gekämpft hatte, so musste er doch von derselben Abstammung sein. Die spitzen Ohren, die sie zwischen den Haarsträhnen entdeckte, verrieten ihn.

Verdammt, warum musste sie ausgerechnet hier in Merita einem dieser verfluchten Bastarde begegnen?

Sie waren bekannt für ihre Brutalität und Kampfeskunst – das hatte Lucja am eigenen Leib erfahren. Glücklicherweise lebten sie meist zurückgezogen in den Bergen, wo sie nur den Zwergen das Leben schwer machten.

Warum dieser Dunkelelf jedoch hier in Merita war, war ihr ein Rätsel.

Doch ihre Verwunderung wurde durch die brodelnde Wut, die sich wieder in ihrem Bauch regte, überdeckt.

Sie hasste diese alten Völker und seit Neuestem vor allem die Dunkelelfen! Sie hatten die meisten ihrer Krieger getötet! Abgeschlachtet wie Vieh und den Rest mitgeschleppt, um sie als Sklaven zu halten!

Aber jetzt würde sie sich rächen.

Sie würde diesen Bastard töten – wie sie all seine Brüder in den Talmeren hätte töten wollen.

Jetzt war kein Pranten hier, der sie davon abhalten konnte!

Fieberhaft überlegte sie, wie sie diesen Dreckskerl überwältigten konnte.

Die Klinge drückte kalt in ihre Haut und ihre Magie war momentan nicht greifbar. Aber sie würde ihn vielleicht mit Worten überlisten können, bis sie einen Plan ausgeheckt hatte.

Sie versuchte zu sprechen, was dazu führte, dass der Fremde seine Hand über ihrem Mund entfernte, den Dolch jedoch weiterhin an ihrer Kehle behielt. Als Lucja nochmals nach der Magie in sich griff, spürte sie, dass die Quelle ihrer Wärme fast gänzlich versiegt war.

Dieser Hurensohn musste irgendetwas mit ihr angestellt haben, was dazu führte, dass ihre Kräfte blockiert waren. Wahrscheinlich war der Bolzen vergiftet gewesen. Sie wusste von Giften, die die Magie außer Kraft setzen konnten, doch sie hatte geglaubt, dass nur die Bewahrer dieses Geheimnis noch kannten. Offenbar hatte sie sich da getäuscht.

Sie fluchte innerlich, dass es einem Hafenarbeiter alle Ehre gemacht hätte.

»Und?«, knurrte der Elf und sah sie ungeduldig an. »Hat Euch jemand geschickt?« Seine weißen Zähne blitzten in seinem dunklen Gesicht, dass es fast an das Zähnefletschen eines Wolfes erinnerte.

»Nein«, presste Lucja hervor und sah ihm wutschäumend in die roten Augen. »Warum? Werdet Ihr etwa gesucht?«

»Ich stelle die Fragen!«, herrschte der Dunkelelf sie an, der sie nicht minder glühend zu verachten schien, und drückte sie wieder fester gegen die Wand, sodass sie nicht einmal die Beine bewegen konnte, denn er hatte seine Knie gegen ihre gestemmt.

Dieser Kerl wusste genau, was er tat, das spürte sie. Es würde schwer werden, ihn im Zweikampf zu besiegen, doch unmöglich war es nicht. Sie musste nur Zeit schinden, bis ihre Kräfte wieder da wären. Die Gifte, die Magie von außen blockieren konnten, hielten nur für einige Minuten an – anders als jene, die getrunken werden mussten.

»Warum seid Ihr mir gefolgt?«, wiederholte der Dunkelelf seine Frage.

Lucja seufzte innerlich und fluchte abermals. Sie kannte solche Männer, die im Grunde nur befürchteten, dass ihre Macht oder ihr Einfluss oder was auch immer in Gefahr war und deswegen alles und jeden angriffen, der eine mögliche Bedrohung darstellen konnte.

»Ihr seid ein hübscher Kerl, das ist alles«, sagte sie und lächelte ihn entwaffnend an.

Sie hatte in all den Jahren gelernt, dem Feind ins Gesicht zu lächeln, was sie auch jetzt tat. Ein Lächeln konnte verwirren, ablenken – und das Zünglein an der Waage sein, das über Sieg oder Niederlage entschied. Das war der Vorteil daran, wenn man als Frau in die Schlacht zog. Die meisten Männer ließen sich dadurch beeinflussen – und töten.

Dieser Dunkelelf jedoch schien nicht empfänglich für ihren Charme zu sein. Er wirkte zwar tatsächlich einen Moment lang irritiert, denn er blinzelte kurz, erlangte jedoch sofort wieder seine Fassung und bleckte abermals drohend seine Zähne. »Das war Euer Todesurteil!«

»Halt«, rief Lucja, ehe er ihr die Kehle durchschneiden konnte.

»Vielleicht können wir ein Geschäft eingehen.«

Natürlich wollte sie dies im Grunde nicht – sie hasste diesen Kerl! –, doch sie brauchte noch Zeit, um sich einen Plan zurechtzulegen, wie sie ihn überwältigen und töten konnte. Zudem spürte sie, wie ihre magischen Kräfte aufhörten zu schwinden. Vielleicht, in ein paar Minuten, hätte sie wieder genug Wärme in sich, um diesem verfluchten Hund eine Eiskugel ins Gesicht zu schleudern.

»Nennt mir einen Grund, warum ich mit einer Lügnerin Geschäfte machen sollte«, antwortete der Elf herablassend.

Ha, wenn der wüsste …!

»Erstens, ich bin keine Lügnerin, denn es entspricht der Wahrheit, dass Ihr ganz ansehnlich seid«, erwiderte Lucja und hielt seinem drohenden Blick – abermals lächelnd – stand. »Und zweitens bin ich eine Magierin aus Arganta und mein Vater ist dort Zirkelleiter. Vielleicht können wir uns irgendwie einigen, dass keiner von uns beiden heute Abend sterben muss.«

»Ha! Die Einzige, die sterben wird, seid Ihr! Eure ›Magie‹ habe ich gesehen«, der fein geschwungene Mund des Elfen verzog sich zu einem hämischen Lächeln, was kalten Zorn in Lucjas Magen erzeugte, »… und genommen. Was nützt Ihr mir also noch?«

»Trotzdem habt Ihr mich noch nicht getötet«, stellte Lucja mit einer Nüchternheit fest, die ganz und gar gegensätzlich zu den Hassgefühlen in ihrem Inneren war. »Und was ich Euch nütze? Wohl mehr, als wenn ich hier tot am Boden liege. Ich habe einflussreiche Freunde und ich kenne Leute Eures Schlages. Ihr braucht immer irgendwelche Informationen – oder warum sonst sucht Ihr eine Taverne auf, die Euch in etwa ebenso entspricht wie ein

Schwalbennest einem Adler?«

»Ihr maßt Euch an, ein Urteil über mich zu fällen?«, fauchte der Elf und verstärkte seine Bemühungen, Lucjas Körperabdruck in dem Stein hinter ihr zu verewigen. Der Dolch schnitt ihr bereits schmerzhaft in ihre Haut und sie fühlte, wie etwas Warmes ihren Hals hinunterrann.

Dieser Kerl meinte es wirklich ernst.

»Das würde ich mir nie anmaßen.« Sie musste sich nun doch zusammenreißen, um die aufflackernde Angst, die ihre Wut zu verdrängen versuchte, zu unterdrücken, denn ihre Magie kehrte nicht wie gehofft wieder. Selten war sie dem Tode so nahe gewesen wie jetzt und nur ihr Mundwerk konnte sie noch retten. »Ich glaube nicht, dass man Euch überhaupt einschätzen sollte, denn man kann nur falsch damit liegen.«

Dies schien dem Dunkelelf zu denken zu geben, wie sie an seinem Gesichtsausdruck erkennen konnte. Doch sofort hatte er wieder seine undurchsichtige Maske aufgesetzt und sah sie eindringlich an. »Wer seid Ihr?«

»Das habe ich Euch doch bereits gesagt: Ich bin die Tochter des Zirkelleiters von Arganta.«

»Und was wollt Ihr hier?« Seine Augen verengten sich.

»Ihr seid ein Elf, Ihr könntet es einfach in meinen Gedanken lesen«, meinte sie so beiläufig wie möglich.

Warum er das nicht längst getan hatte, war ihr nämlich ein Rätsel, denn sie wusste, dass alle Elfen – egal ob Dunkel- oder Lichtelfen – Gedanken lesen konnten.

Der Fremde zuckte kaum merklich zurück und ließ ein weiteres

Knurren hören. »Das will ich aber nicht!«

Lucja sah ihn mit zunehmendem Erstaunen an, während ihre Wut gleichzeitig schwächer wurde.

Dieser Dunkelelf war anders als diejenigen, die sie in den Talmeren getroffen hatte. Er stammte zwar vom alten Volk ab, aber … er gehörte nicht wirklich zu ihnen, das spürte sie.

Sie schnappte überrascht nach Luft, als es ihr wie Schuppen von den Augen fiel. »Ihr *könnt* es nicht, oder? Ihr könnt keine Gedanken lesen … warum bei den …«

Weiter kam sie nicht, denn der Dolch des Fremden schnitt ihr so brennend ins Fleisch, dass sie unwillkürlich aufkeuchte. Sie spürte die Klinge an ihrem Kehlkopf schaben und das Blut aus der aufgeschnittenen Haut stärker austreten.

Stöhnend schloss sie die Augen und begriff, dass sie nun sterben würde. Der Dunkelelf war ihr ohne ihre Magie bei Weitem überlegen, das hatte sie in den Talmeren mehr als deutlich bemerkt.

Zum ersten Mal in ihrem Leben musste sie einsehen, dass es keinen Sinn ergab, sich zu wehren, da es den Tod nur hinauszögern würde.

Dieses Mal würde Pranten sie nicht retten, sie nicht heilen.

Dieses Mal musste sie sich ihre Niederlage selbst eingestehen.

Und das schmerzte sie bei Weitem mehr als der Schnitt an ihrem Hals, der immer tiefer wurde.

Sie versuchte, mit ihrem Leben abzuschließen, das nur noch ein paar Herzschläge andauern würde, versuchte, ihren Vater stumm um Verzeihung zu bitten, weil sie seinen Befehl nicht hatte ausführen können.

Würde er um sie weinen? Würde er Rache üben?

Ein letztes Mal blinzelte sie und sah den Dunkelelf an.

So also sah ihr Tod aus.

Ein schönes Gesicht, zur Fratze verzerrt. Zwei glühende Augen, von Hass durchtränkt. Ein einladender Mund, mit Zähnen weiß … weiß wie der Tod.

Es kam ihr vor, als bräuchte sie all ihre verbleibende Kraft, um sich von diesem Anblick loszureißen und die Augen für immer zu schließen.

Schließlich gelang es ihr und sie versuchte, sich der unendlichen Dunkelheit, die auf sie wartete, zu ergeben.

Verflucht … wer hätte gedacht, dass Lucja, die Tochter von Rangan, dem Zirkelleiter von Arganta, in einer dreckigen Seitengasse und mit aufgeschlitzter Kehle enden würde?

Kapitel 9 - Lucja

MERITA, Gegenwart

(Tag 25, Monat 8, 1EP11 248)

Haltet ein!«, ertönte eine heisere Stimme zu ihrer Rechten und sie fühlte, wie der Elf in seiner Bewegung innehielt. »Schatten, lasst die Frau los.«

»Ramen«, zischte der Elf, lockerte den Griff aber tatsächlich etwas, sodass Lucja wieder Luft bekam. »Was verflucht noch mal tut Ihr hier? Seid Ihr mir etwa gefolgt?«

Lucja wagte, ein Auge zu öffnen und sah im spärlichen Licht der Straßenlaterne, die sich in der Gasse rechts von ihr befand, einen alten Mann in Bettlerkleidung auf sie zukommen. Sein langes, grauweißes Haar fiel ihm in offenen Strähnen über Gesicht und Rücken. Er hatte eine gebeugte Haltung, schien aber trotz seines Alters gut in Form zu sein, den raschen Schritten nach zu urteilen.

»Jede Nacht, mein Junge«, antwortete der Alte und hielt zwei Schritte vor ihnen an. »Muss doch auf meine Schützlinge aufpassen.« Er lächelte und Lucja sah, dass er nur noch wenige Zähne besaß. Dann richtete sich sein Blick auf sie und sie schluckte unwillkürlich, denn seine Augen strahlten eine Intelligenz aus, wie sie sie selten bei einem Menschen gesehen hatte. »Was wollt Ihr mit der jungen Frau? Ich dachte, Schatten vergnügen sich nicht mit dem anderen Geschlecht?«, fragte er mit unschuldigem Blick den dunkelhäutigen Elf.

Lucja merkte, dass er dies nur zur Ablenkung fragte, was auch gelang, denn der Elf trat auf der Stelle einen Schritt zurück, als hätte er sich an ihr die Hände verbrannt, und Lucja fasste sich im selben Moment an die Kehle, um die Blutung zu stoppen.

Ihre Gedanken überschlugen sich. Warum nannte dieser Alte den Dunkelelf Schatten? Sie hatte von einer Schattengilde gehört, die es auf der Insel Karinth, westlich von Altra, gab, doch sie hatte noch nie mit ihr zu tun gehabt. Sie wusste aus Erzählungen, dass dort geheimnisvolle Kämpfer ausgebildet wurden – Assassinen, die sich selbst Schatten nannten.

Aber wie, bei den Göttern, gelangte ein Dunkelelf nach Karinth? Sie hatte immer geglaubt, dass dort nur die Waldelfen lebten, zusammen mit den Menschen, die sich an ihrer Gegenwart nicht störten.

Konnte es sein, dass es sich bei ihrem Angreifer tatsächlich um einen dieser legendären Schattenassassinen handelte? War es womöglich der, der von den Zirkelleitern von Oshema und Fayl angeheuert worden war, um die Herrscherin zu töten? Ihr Vater hatte ihr diese Neuigkeit vor ihrer Abreise ja erzählt.

Das würde zumindest erklären, warum er sie überrumpeln und fast töten konnte, etwas, das sie zugegebenermaßen beeindruckt hatte.

Doch welche Rolle spielte dieser alte Mann, der nun auf sie zukam und sie aufmerksam musterte?

»Geht es Euch gut?«, fragte der Alte, den der Elf Ramen genannt hatte. »Der Junge hat Euch verletzt, wie?«

Lucja unterdrückte ein Grunzen. Es war zu komisch, dass dieser Alte den Dunkelelf als ›Junge‹ bezeichnete. Eine Tatsache, die auch dem vermeintlichen Assassinen zu missfallen schien, denn er knurrte leise.

»Geht schon«, murmelte sie und hob die Hand etwas an, nur um sie sofort wieder auf die Wunde zu legen, aus der augenblicklich ein Schwall Blut trat.

»Lasst mich mal sehen.« Der Alte streckte die Finger nach ihr aus, was sie zurückweichen ließ. »Ich will Euch helfen, keine Sorge«, sagte er beruhigend und sie nahm langsam die Hand herunter, um ihn die Schnittwunde begutachten zu lassen. »Alle Achtung, Schatten, Ihr habt sie wirklich fast getötet«, meinte der Alte mit einem Seitenblick zu dem Elf, der danebenstand und seine Klinge mit einem Tuch säuberte, ehe er sie in die Scheide an seinem Hüftgurt zurücksteckte.

»Sie wäre längst tot, wenn Ihr nicht gekommen wärt«, sagte der Elf. »Lasst sie verbluten, sie ist überflüssig.«

»Ihr habt ihr wohl nicht richtig zugehört«, sagte Ramen tadelnd, während er eine Hand auf Lucjas Hals legte.

Er beherrschte offenbar Erdmagie, denn eine heilende Wärme ging von ihm aus und sorgte dafür, dass sich die zerschnittene Haut wieder schloss. Ein Blick auf die Hand des Alten zeigte Lucja jedoch, dass er dort, wo jeder Mensch in Altra einen Ring trug, keinen Finger mehr hatte. Ein Gildenloser.

Sie keuchte unvermittelt, was der Alte aber offenbar als Folge der Heilung abtat.

»So, das wäre alles«, meinte er zufrieden und nickte Lucja zu. »Ihr seid also die Tochter des Zirkelleiters von Arganta«, stellte er übergangslos fest.

Lucja betastete die blutverschmierte Haut, die wieder heil war, und nickte leicht.

»Was tut Ihr hier in Merita?«, fragte der Alte weiter.

»Dasselbe könnte ich Euch und Euren … Begleiter fragen.« Lucja hob eine Augenbraue. »Ihr seid ein Gildenloser und Ihr«, sie warf einen Blick zu dem Schatten, der seine Kapuze wieder tief ins Gesicht gezogen hatte, »ein Assassine aus Karinth.«

»Seht Ihr, es steckt mehr in ihr, als Ihr dachtet«, wandte sich Ramen an den Elf. »Ihr werdet sie noch gebrauchen können, glaubt mir.«

»Ich lasse mich von niemandem gebrauchen.« Lucjas Hand fuhr unwillkürlich zu ihrer Hüfte, um das Schwert zu ziehen, jedoch griff sie ins Leere. Sie hatte die Klinge verloren, als der Schatten sie überfiel.

Noch während sie überlegte, ob sie schnell genug wäre, die Waffe vom Boden aufzuheben, ehe der Assassine abermals über sie herfiel, nahm der Alte ihr die Entscheidung ab, indem er zu ihrem

Schwert trat, sich bückte und es aufhob. »Hier, das scheint Euch zu gehören«, meinte er und reichte der verdutzten Magierin die Waffe. »Wenn Ihr möchtet, würde es mich freuen, wenn Ihr uns in unsere Unterkunft begleitet. Ich denke, es gäbe einige Dinge, die Ihr uns erzählen könntet und vielleicht können wir Euch helfen.«

Lucja sah den alten Mann misstrauisch an. »Wo ist Eure Unterkunft?«

»Etwas außerhalb der Stadt – und keine Sorge, der Schatten wird sich benehmen.«

Der Elf starrte den Alten ebenso verblüfft an wie Lucja. Auch er schien überrascht zu sein von dem Vorschlag.

»Warum können wir das nicht in einer Taverne besprechen?«, wollte Lucja wissen.

»Ich denke, sowohl Eure Mission als auch die des Schattens sind nicht für fremde Ohren bestimmt. Ihr seid zu Recht misstrauisch, das wäre ich an Eurer Stelle wohl ebenso. Zumal Ihr keine Magie mehr in Euch tragt. Hier, das ist das Gegenmittel für das Gift, das der Schatten Euch mit dem Bolzen verpasst hat. Trinkt es und Ihr könnt Eure Kräfte wieder nutzen.« Er hielt ihr eine kleine Viole hin, die dunkel schimmerte.

Lucja nahm das Gefäß wortlos entgegen, öffnete es und roch daran. »Wer sagt mir, dass Ihr mich nicht noch weiter vergiften wollt?«, fragte sie skeptisch.

Der Alte entblößte seine spärlichen Zähne abermals, als er breit lächelte. »Wenn ich es bevorzugen würde, Euch tot zu sehen, hätte ich nicht eingegriffen, als der Schatten Euer Leben beenden wollte. Euer Argwohn in Ehren, aber manchmal führt er nur dazu, dass man Gelegenheiten verpasst. Ihr müsst das Gegengift nicht trinken, in fünf Stunden habt Ihr Eure Kräfte ohnehin wieder. Doch ich dachte, es würde Euch mehr … Sicherheit geben, wenn Ihr im Vollbesitz Eurer Magie seid.« Er zuckte leicht mit den Schultern.

»Entweder Ihr trinkt das jetzt und kommt mit uns mit, oder ich vollende das, wobei Ramen mich unterbrochen hat«, sagte der Elf gefährlich leise, während er seine Klingen wieder zog.

»Still, Schatten. Mit Drohungen gewinnt man keine Verbündeten«, maßregelte ihn der Alte.

»Ich will sie auch nicht als Verbündete. Sie ist eine schwache Frau und obendrein noch Magierin. Was kann sie mir schon nützen?«

Lucja stimmte dem Elf in Gedanken zu.

Ihr widerstrebte es ebenfalls zutiefst, auch nur eine weitere Minute in der Gegenwart eines – lebendigen – Dunkelelfen zu verbringen. Dennoch war sie neugierig geworden.

Vielleicht könnte ein Assassine aus Karinth ihr tatsächlich noch nützlich werden. Selbst wenn er ein Elf war. Und irgendetwas an diesem alten Mann faszinierte sie, weswegen sie keine Einwände aussprach, sondern den Dunkelelf aufmerksam musterte.

Ja, er war irgendwie anders als alle anderen Angehörigen der alten Völker. Womöglich lag das daran, dass er nicht aus Altra stammte.

»Sie kann sich als nützlicher erweisen, als Ihr ahnen könnt«, unterbrach Ramen ihre Gedanken. Er bedachte den Elf so lange mit einem eindringlichen Blick, bis dieser seine Klingen wieder verstaut hatte.

Lucja entschied, dass sie dem Alten eine Chance geben wollte und hob die Viole an ihre Lippen, um einen Schluck daraus zu nehmen.

Das geschmacklose Gesöff floss ihr brennend in die Kehle und arbeitete sich direkt zu der Quelle ihrer Magie vor.

Sie schnappte unwillkürlich nach Luft, als etwas in ihr zu explodieren schien. Binnen eines Augenblicks spürte sie ihre magischen Kräfte zurückkehren.

Probeweise bildete sie eine kleine Wasserkugel auf ihrer Handfläche, die sie in Eis verwandelte.

»Gut, Ihr habt mich nicht belogen«, stellte sie zufrieden fest, nachdem sie die Kugel an der gegenüberliegenden Hauswand hatte zerschellen lassen.

Dabei verfehlte sie nur um Haaresbreite den Schatten, der jedoch nicht einmal mit der Wimper zuckte, sondern ihr lediglich einen finsteren Blick zuwarf.

»Das sagte ich Euch ja bereits, nur manchmal müssen sich Menschen eben selbst davon überzeugen«, antwortete Ramen ruhig. »Werdet Ihr uns nun begleiten? Ihr werdet noch vor Anbruch des Tages wieder in Eurer Unterkunft zurück sein, versprochen.«

»Gut, ich werde mir anhören, was Ihr zu sagen habt«, antwortete Lucja und unterzog den alten Mann in seinen Bettlerkleidern einer erneuten Musterung. »Aber wenn Ihr mich entführen, überfallen oder ausrauben wollt, seid gewarnt, ich bin nun auf die Tricks Eures Assassinen vorbereitet und lasse mich nicht mehr so schnell überrumpeln.«

»Ha!«, lachte der Schatten trocken auf und wandte sich zum Gehen.

»Ich werde Euch keinesfalls unterschätzen«, antwortete der Alte schmunzelnd und folgte dem Assassinen. »Kommt, wir brauchen etwa eine Stunde, bis wir bei meiner Unterkunft sind.«

Lucja atmete tief durch und folgte dann den beiden Männern durch die düstere Gasse.

Der Mond stand bereits hoch am Himmel, als sie bei der Höhle zwischen den Klippen ankamen. Lucja hatte sich jede Einzelheit des Weges gemerkt, damit sie wieder zurückfinden würde. Als der Schatten nun in der schmalen Felsspalte verschwand, überkamen sie dennoch Bedenken.

Was, wenn das hier ein Hinterhalt war? Andererseits wusste niemand außer ihrem Vater von ihrer Reise nach Merita. Doch vielleicht verfügte dieser geheimnisvolle, alte Mann über Kontakte, von denen sie nichts ahnte?

Zögernd und mit dem Schwert in der Hand folgte sie den merkwürdigen Männern in die Höhle, die von einer Fackel erleuchtet wurde, welche in einer Halterung in der feucht schimmernden Felsenwand verankert worden war.

Der alte Mann entzündete eine Kerze auf dem Tisch, sodass Lucja ihre neue Umgebung besser erkennen konnte. Als sie feststellte, dass es sich nicht um einen Hinterhalt handelte, ließ sie den Schutzschild fallen, den sie vorsichtshalber gebildet hatte, und sah sich um.

Die Höhle hatte gut zwanzig Schritt Durchmesser und an der hinteren Seite floss ein schmaler Wasserfall, der in einem Tümpel endete. Außer einigen Pritschen, dem Tisch und den Stühlen gab es keinerlei Einrichtung. Eine Feuerstelle mit einem Spieß darüber ließ sie erahnen, dass der alte Mann und der Assassine hier ab und an auch warme Mahlzeiten zu sich nahmen.

»Wo lasse ich nur meine Manieren«, meinte der Alte. »Ich habe mich Euch noch gar nicht vorgestellt. Mein Name ist Ramen, das hier ist …«, er deutete auf den Dunkelelf, »nennt ihn einfach Schatten.«

»Lucja«, stellte sie sich ihrerseits vor.

»Wollt Ihr etwas trinken, Lucja?« Ramen ging zu einem Fass, in dem Lucja Wein oder Bier vermutete.

Auf ihr Nicken hin füllte er einen Krug voll von dem Inhalt und kramte in einer Kiste nach drei Bechern, welche er auf den Tisch stellte.

»Setzt Euch doch«, meinte er, während er die Trinkgefäße einschenkte. »Tut mir leid, dass es nicht gemütlicher ist, aber ich denke, für unsere Zwecke reicht es.«

Lucja ließ sich auf einem der wackeligen Stühle nieder. »Ihr lebt hier?«, fragte sie den Alten, während dieser sich zu ihr an den Tisch gesellte. Der Schatten blieb in einiger Entfernung stehen und beobachtete sie wachsam.

»Ja, seit vielen Jahren«, antwortete Ramen und hob seinen Becher. »Auf Euren Vater«, meinte er, bevor er einen Schluck von dem Getränk nahm.

Lucja sah ihn verblüfft an. »Ihr kennt meinen Vater?«, fragte sie und roch an dem Becher. Sie hatte richtig geraten, es war Wein darin.

»Oh ja, ich kannte ihn. Einst nannte ich ihn sogar einen Freund«, antwortete Ramen und sah die dunkelhäutige Magierin ernst an.

»Ihr … er war Euer Freund?« Lucja stellte den Becher unangetastet auf den Tisch zurück.

»Mhm«, nickte der Alte. »Jedoch glaube ich nicht, dass er weiß, dass ich noch lebe. Nun ja, es ist besser so, denn das war auch meine Absicht – zumindest war es das über all die Jahre.«

»Wer seid Ihr?« Lucja studierte das zerfurchte Gesicht ihres Gegenübers.

»Wer ich bin, ist im Moment unerheblich«, meinte Ramen und trank einen weiteren Schluck. »Wofür ich stehe, dafür umso wichtiger.«

»Ihr habt doch wohl nicht vor, dieser Fremden alle Geheimnisse zu verraten?«, unterbrach ihn der Schatten unwirsch. »Ihr kennt sie nicht, auch wenn Ihr vorgebt, ihren Vater gekannt zu haben! Wenn Ihr die Gilde verratet, werde ich Euch töten.«

»Ruhig Blut.« Der Alte hob seine knochige Hand, ohne zum Schatten hinzusehen. »Sie muss verstehen, warum ich sie hierher gebeten habe. Außerdem«, nun drehte er dem Elf doch sein Gesicht zu, »wisst Ihr ebenso wenig wie sie, warum ich all die Jahre hier in Merita geblieben bin.«

»Und weswegen?«, fragte Lucja, die dem Schatten einen abschätzigen Blick zugeworfen hatte und sich jetzt wieder interessiert an den Alten wandte.

»Weil ich weiß, wer Euer Vater ist. *Was* er ist. Er ist ein Bewahrer – genauer der Anführer dieser Verbindung«, antwortete Ramen.

Lucja zog die Augenbrauen zusammen und ihr Mund wurde schmal. »Woher wisst Ihr das?«, fragte sie scharf.

»Ich gehörte ebenfalls zu Euch.« Der Alte wandte seine Augen nicht von Lucjas Gesicht. »Ich war … bin auch ein Bewahrer.«

»Ihr?« Lucja öffnete ungläubig den Mund.

»Ja, ich.« Ramen trank abermals einen großen Schluck vom Wein. »Das ist viele hundert Jahre her.«

Jetzt war es am Dunkelelf, ein verwundertes Gesicht zu machen. Er kam einige Schritte um den Tisch herum und sah den Alten durchdringend an. »Ihr seid mehrere hundert Jahre alt?«

»Aber ja, mein Junge.« Der Alte schmunzelte belustigt. »Warum? Dachtet Ihr, ich würde bald das Zeitliche segnen? Nun, da muss ich Euch enttäuschen. Ich könnte mich jederzeit verjüngen, wie alle mächtigen Magier es zu tun verstehen. Aber als alter Bettler ist man nun mal um vieles … uninteressanter.« Seine dunklen Augen blitzten spitzbübisch.

»Ihr kennt also meinen Vater von früher«, nahm Lucja den Faden wieder auf. »Warum habt Ihr Euch nicht mit ihm in Verbindung gesetzt?«

»Weil es zu riskant war.« Ramen zuckte mit den Schultern. »Lesath, der nun tot ist, hat alle Bewahrer ja verfolgen und hinrichten lassen. Da erschien es mir das Sinnvollste, für ein paar Jahrhunderte unterzutauchen.«

»Deswegen habt Ihr keinen Ringfinger.« Lucja deutete auf Ramens rechte Hand.

»Ja. Ich wusste, dass Lesath mich ansonsten aufspüren würde. Alle Zirkelleiter waren durch die schwarze Magie und die Ringe mit ihren Untertanen verbunden«, fügte er erklärend an den Elf gewandt hinzu. »Deswegen habe ich ihn entfernt, um unerkannt weiterleben zu können.«

»Ihr seid also selbst ein Bewahrer«, stellte Lucja fest.

»Wer sind diese Bewahrer?«, wollte der Assassine wissen und stützte die Fäuste auf die Tischplatte.

»Eine uralte Verbindung, die der Schattengilde wohl kaum mehr bekannt sein dürfte«, erklärte Ramen. »Sie wurde gegründet, als die ersten Magier begannen, Normalsterbliche zu unterdrücken und zu töten. Ziel dieser Verbindung war es, die Geschenke der Götter, die Element- und Magiebegabungen, zu ihrer ursprünglichen Bestimmung zurückzuführen und den Sinn zu bewahren. Denn die Götter wollten nicht, dass wir Menschen uns untereinander bekriegen. Im Gegenteil, sie wollten uns mit den Geschenken der Elemente belohnen.«

»Und warum nahmen sie Euch diese … Geschenke nicht einfach wieder?«, fragte der Elf.

Ramen seufzte. »Weil sie uns auf eine Probe stellen wollten – einen Test, den wir Menschen leider nicht bestanden haben.«

»Woher wollt Ihr wissen, was die Götter sich dabei dachten?«

»Das weiß niemand mit Gewissheit«, antwortete Lucja anstelle von Ramen. »Doch wir Bewahrer gehen davon aus, dass es nicht im Sinne der Götter sein konnte, dass sich einige Menschen über andere stellten. Daher wurden die Zirkel gegründet. Sie sollten die Magier unter Kontrolle bringen.«

»Was ihnen offensichtlich nicht gelungen ist«, stellte der Elf trocken fest.

»Nein, ist es leider nicht, da die alten Völker diese Geste falsch verstanden hatten.« Lucjas Blick bohrte sich in den des Elfen.

»Doch viel wichtiger ist, dass die Herrschaft über die Zirkel nun an eine neue Magierin gefallen ist. Wir haben die Gelegenheit, die Geschichte neu zu schreiben und zu … verbessern.«

»Ihr seid anmaßend.« Der Elf starrte die Magierin mit seinen glühenden Augen an. »Ihr glaubt, dass Ihr die Herrscherin auf Eure Seite ziehen könnt? Da habt Ihr Euch gewaltig getäuscht. Ich habe sie genug lange beobachtet. Sie ist sehr mächtig und scheint ein eigenes Ziel zu verfolgen, von welchem sie sich nicht abbringen lässt. Sie will die Zirkel in Altra verändern – neu strukturieren. Ich glaube kaum, dass sie sich in ihre Pläne von Euch reinreden lässt.«

»Ich muss versuchen, sie von der Verbindung der Bewahrer zu überzeugen.« Lucja stand auf. »Und falls nicht, werde ich sie eben töten.«

»*Ihr* wollt sie töten?« Die Züge des Schattens verzogen sich zu einem spöttischen Lächeln. »Ihr konntet es ja nicht einmal mit mir aufnehmen. Denkt Ihr, die Herrscherin würde noch leben, wenn es so einfach wäre, sie umzubringen?«

»Ihr?« Lucjas Augen weiteten sich. »*Ihr* wollt sie töten?«

Hatte sie also recht gehabt mit ihrer Vermutung. Es handelte sich bei dem Assassinen tatsächlich um denjenigen, der von Oshema und Fayl geschickt worden war, um die Herrscherin zu ermorden.

»Das werde ich nicht zulassen!« Lucjas Hand fuhr zu ihrem Schwertknauf, was den Assassinen dazu veranlasste, seine Schattenklingen ebenfalls zu ziehen.

Doch im selben Moment hatte Ramen seinen Dolch in die Tischplatte zwischen dem Elf und der Magierin gerammt.

»Hört auf, alle beide!« Die Stimme des Alten war so laut, dass sie ihn erstaunt ansahen. Er schnaubte und lehnte sich wieder in seinem Stuhl zurück. »Keiner von Euch wird der Herrscherin etwas anhaben«, sagte er ein wenig leiser. »Ihr, Schatten, sucht einen Weg, die Assassinengilde zu verlassen, und Ihr«, er deutete auf Lucja, »wollt den Sinn der Bewahrung in Altra wiederherstellen. Wenn Ihr einseht, dass Ihr zusammenarbeiten solltet, werdet Ihr beide das bekommen, wonach Ihr strebt.«

Der Schatten sah Ramen ebenso fragend an wie Lucja.

»Was wollt Ihr uns damit sagen«, fragte die Magierin.

»Dass die Herrscherin weder für das eine noch für das andere sterben muss.« Ramen hob seinen Becher an seine Lippen.

»Hört auf mit der Geheimniskrämerei!« Das Wurfmesser des Schattens schlug dem Alten das Trinkgefäß aus der Hand.

Ramen sah ihn ausdruckslos an. »Das werdet Ihr nicht noch einmal tun«, meinte er gefährlich leise.

»Der Elf hat recht«, nickte Lucja. »Erzählt uns, was Ihr damit meintet.«

»Das werde ich gerne machen.« Der Alte lenkte seinen Blick zu ihr. »Aber die Nacht ist schon weit vorangeschritten und ich bin müde. Überlegt Euch zunächst, ob Ihr überhaupt gewillt seid, mit einem Dunkelelf und einem alten Mann zusammenzuarbeiten. Wenn Ihr Euch dafür entschieden habt, kommt morgen – oder besser gesagt heute – Abend wieder hierher und ich werde Euch in meine Pläne einweihen.«

Kapitel 10 - Reyvan

WESTEND, 2 Monate zuvor

(Tag 4, Monat 7, 1EP11 248)

Als Reyvan und Amyéna mit ihrer Eskorte in das Fischerdorf ritten, blieben die Bewohner staunend stehen und starrten den ungewöhnlichen Besuchern hinterher. Es kam schließlich nicht jeden Tag vor, dass jemand aus dem Elfenvolk sich in eine menschliche Stadt begab, trotz der Tatsache, dass Westend so nahe am Elfenwald lag.

Die Cyrona überragte die Fischerboote, die zur Mittagszeit im Hafen vor Anker lagen, und mutete aus der Ferne fast an, als würde ein Schwan unter lauter braunen Enten schwimmen. Das dreimastige Segelschiff war so majestätisch, wie Reyvan es von seiner letzten Reise in Erinnerung hatte.

Er und Amyéna ritten geradewegs darauf zu, verfolgt von einer Horde schreiender Menschenkinder, bellender Hunde sowie den neugierigen Blicken der Dorfbewohner.

»Mal sehen, ob der Kapitän an Bord ist, oder sich noch in einer Spelunke Mut für die Reise antrinkt«, meinte Reyvan, als sie bei der Rampe ankamen, die das Schiffsdeck mit dem Pier verband. Er schwang sich aus dem Sattel und übergab die Zügel einem der Elfen, die sie begleiteten.

An der Reling der Cyrona erschien ein Mann mit schwarzen Haaren, die ihm wirr ins Gesicht fielen. Reyvan wusste, dass es sich dabei um Quartiermeister Temi handelte, da er ihn bereits auf der Reise von Merita nach Westend kennengelernt hatte und er erinnerte sich auch dunkel daran, dass er ihn auf seiner Reise mit Alia begleitet hatte, doch konnte er Temis Gesicht nicht mehr den Begebenheiten zuordnen.

»Ah, das Prinzenpaar ist da!«, rief der Quartiermeister und kam eiligen Schrittes die Rampe herunter, um die Elfen auf dem Pier zu begrüßen. »Falls Ihr den Kapitän sucht, der ist noch nicht wieder zurückgekehrt. Zuletzt habe ich ihn in einer der Tavernen gesehen, doch als ich gestern Abend vom Landgang zurückkehrte, war er nicht an Bord. Ich schicke gleich einen Boten zu ihm – Kir!«, rief er über die Schulter und ein Schiffsjunge mit kurzem, blonden Haar erschien an der Reling. »Hol den Kapitän her, wir werden bald ablegen!«

Der Junge nickte eifrig und rannte dann in die Hafenstadt, um Maryo Vadorís zu suchen, während Amyéna einen vielsagenden Blick mit Reyvan tauschte.

»In der Zwischenzeit könnt Ihr gerne Eure Quartiere beziehen.« Temis blaue Augen wanderten über die kleine Elfengruppe. »Ihr,

Reyvan und Amyéna Némys werdet eine der größeren Kabinen erhalten. Ich hoffe, Eurem Gefolge«, er deutete auf die sechs Elfenkrieger, die sie begleiteten, »macht es nichts aus, sich die Schlafräume mit unseren Männern zu teilen?«

»Bestimmt nicht«, antwortete Reyvan und gab den Elfen einen Wink, abzusteigen. »Solange sich Eure Männer benehmen.«

»Oh, das werden sie. Sie wissen, dass man einen Elf nicht unterschätzen sollte – diese Lektion hat unser Kapitän jedem Einzelnen von ihnen beigebracht.« Temis Mund verzog sich zu einem Grinsen, das eine große Zahnlücke entblößte. »Seid willkommen auf der Cyrona!«

»Danke.« Amyéna stieg ebenfalls von ihrem Pferd und übergab die Zügel einem der Elfenkrieger, der dazu abgeordnet worden war, die Reittiere an den nächstbesten Händler im Hafen zu verkaufen. Mitnehmen konnten sie sie nicht und es würde fast ein halbes Jahr dauern, bis sie wieder zurückkehrten. Daher hatten sie sich entschieden, die Pferde zu verkaufen und bei der Rückkehr neue zu erwerben.

»Komm, meine Gemahlin.« Reyvan lächelte die Elfin an und reichte ihr den Arm, um sie die Rampe hochzuführen.

Amyénas Lächeln war befangen, als sie sich bei ihm einhakte. Sie hatten beschlossen, auch an Bord der Cyrona den Schein ihrer Ehe aufrechtzuerhalten, doch ihr fiel das sichtlich schwerer als Reyvan.

»Ich zeige Euch Eure Unterkunft.« Temi ging ihnen voran und rief unterwegs Befehle zu den Männern, die sich an Deck aufhielten.

Wenn Maryo Vadorís nicht an Bord war, hatte er als Quartiermeister das Sagen und die Mannschaft befolgte eilig seine Anweisungen, um das Schiff zum Aufbruch bereit zu machen.

Die Elfenkrieger folgten ihnen mit einigem Abstand. Unter ihnen war auch Raelys, der Hauptmann der Königinnengarde. Er hatte es sich nicht nehmen lassen wollen, Reyvan und Amyéna nach Merita zu begleiten, zumal er ein guter Freund von Maryo war.

Als Reyvan das Deck betrat, blitzten in ihm Erinnerungen auf, wie er damals mit Alia zum ersten Mal auf die Cyrona gekommen war. Sein Herz wurde schwer bei den Bildern und er unterdrückte ein Seufzen. Nicht mehr lange, und er würde seiner Cíara endlich wieder gegenüberstehen. Doch die Wochen bis dahin kamen ihm vor wie Jahre.

»Das wird bestimmt interessant, mit einem betrunkenen Kapitän zu segeln«, murmelte Amyéna, während sie Temi über Deck zu der Luke folgten, die zu den Mannschaftsquartieren hinunterführte.

»Maryo kann seine Cyrona wahrscheinlich noch segeln, wenn er blind und taub ist«, entgegnete Reyvan.

Doch auch er war erstaunt, dass der Kapitän sich nicht an Bord aufhielt. Es passte nicht zu Maryo, dass er sich vor einer solch wichtigen Reise die ganze Nacht lang betrank. Zumal er seine geliebte Cyrona nicht gern aus den Augen ließ.

»Hier könnt Ihr schlafen. Wenn Ihr was braucht, lasst es mich wissen«, sagte Temi.

Inzwischen waren sie die Leiter hinuntergeklettert und in einem schmalen Gang angekommen, von welchem mehrere Türen nach rechts und links wegführten. Weiter den Gang hinunter lagen die

Mannschaftsquartiere. Die Schlafstatt der Seeleute bestand aus einem großen Raum, in dem Dutzende von Hängematten aufgespannt waren, in welchen die Elfenkrieger neben Maryos Männern übernachten sollten. Die abgetrennten Kajüten im Gang selber waren für die höherrangigen Mannschaftsmitglieder sowie für Gäste reserviert.

Reyvan unterdrückte ein weiteres Seufzen, als er die Kabine erkannte, die er damals zusammen mit Alia bezogen hatte. Sie bestand aus einem kleinen Raum, der komplett mit einer Matratze belegt war. Nur am Fußende, wo auch die Kabinentür lag, gab es einen schmalen Spalt, wo man gerade so stehen konnte. Eine Luke in der Wand sorgte dafür, dass die Luft nicht allzu stickig wurde.

Erinnerungen an die Nächte mit Alia kamen in Reyvan hoch und nun seufzte er doch, was ihm einen schiefen Blick von Amyéna einbrachte. »Ist es für dich wirklich in Ordnung, wenn wir hier zusammen übernachten?«, fragte sie leise, nachdem Temi sich mit einem knappen Nicken verabschiedet hatte, um den Elfenkriegern die Mannschaftsquartiere zu zeigen.

»Ja, es ist nur … ich kann mich an immer mehr Begebenheiten erinnern und diese Erinnerungen sind … schmerzhaft. Aber wir müssen den Schein wahren, bis wir in Merita sind.« Reyvans dunkelblauer Blick glitt über die Matratze und er musste sich überwinden, die Kabine zu betreten. Rasch legte er seinen Rucksack auf das breite Bett und verließ ebenso rasch wieder den kleinen Raum.

»Wenn du meinst …« Amyéna tat es ihm gleich und sah sich in der Kabine genauer um. Als sie auf die Matratze kniete und aus der Luke sah, weiteten sich ihre Augen. »Dort, ich glaube, Maryo kommt zurück.« Beim Anblick des Kapitäns konnte sie das Beben ihrer Stimme nicht gänzlich unterdrücken.

»Und, wie viele Menschen müssen ihn stützen?« Reyvan stand immer noch im Gang und versuchte sich an einem schiefen Lächeln.

»Keiner … aber er … er hat jemanden dabei.« Die Elfin erhob sich. »Komm, lass uns das von Deck aus beobachten.«

Reyvan folgte ihr die Leiter hoch. An Bord war einiges los, Männer kletterten in den Wanten herum und bereiteten die Segel vor, andere trugen Kisten in den Frachtraum oder machten sich an irgendwelchen Seilen zu schaffen. Jeder schien genau zu wissen, welche Aufgaben ihm zufielen und befolgte diese gewissenhaft.

Reyvan ging zusammen mit Amyéna zielstrebig zu der Reling, um die Ankunft des Kapitäns mit anzusehen.

Maryo war soeben bei der Rampe angekommen. Sein Gang war wie immer leicht schwankend, jedoch nicht so sehr, wie wenn er betrunken gewesen wäre. Dann fiel Reyvans Blick auf die drei Menschen, die ihn begleiteten.

Zwei davon waren Männer. Der Ältere war etwa Mitte vierzig, mit nussbraunem Haar, das an den Schläfen bereits grau wurde. Seine grünen Augen schienen alles und jeden gleichzeitig wahrzunehmen und einzuschätzen. An der Kleidung und dem Langbogen, den er dabei hatte, konnte Reyvan erkennen, dass es sich um einen Jäger handeln musste. Dies wurde durch den geschmeidigen Gang unterstrichen, der anmutete, als würde sich der Fremde mitten in einem Wald aufhalten und an Wild anschleichen.

Der andere hatte kaum das Mannesalter erreicht, besaß blondes, halblanges Haar und trug dunkelbraune Lederhosen, ein helles Hemd und ein Wams darüber. Seine Waffen bestanden aus einem einfachen Kurzschwert und einem ledernen Rundschild zur Verteidigung. Er hatte ähnliche Züge wie sein älterer Begleiter und Reyvan vermutete, dass er dessen Sohn war.

Die dritte Begleiterin war eine junge Frau, die womöglich knapp zwanzig Jahre alt war. Ihre einfache Kleidung glich der einer Bäuerin und sie hatte ein rostrotes Tuch um die Schultern gelegt, das die Kälte abhalten sollte. Ihr blondes Haar war zu einem langen Zopf geflochten, der ihr weit über den Rücken fiel. Ihre braunen Augen blickten ruhelos um sich und sie bewegte sich unsicherer als die beiden Männer.

Die drei Menschen folgten dem Kapitän über die Rampe an Bord der Cyrona. Als Maryo Amyéna und Reyvan sah, war für einen kurzen Augenblick ein Flackern in seinen goldenen Augen zu erkennen, dann breitete sich ein schelmisches Grinsen auf seinen Zügen aus. »Welch Anmut auf meinen Planken.« Er blieb vor den beiden stehen, sah jedoch nur Amyéna an, die seinem Blick tapfer standhielt.

»Wie man hört, hast du dich noch gut amüsiert, bevor wir ablegen?«, sagte sie mit einem spöttischen Zug um den Mund.

»Oh und wie.« Maryo trat einen Schritt näher zu ihr und zog die überraschte Elfin an seine Brust. »Ich begrüße Euch auf der Cyrona, Prinzessin. Auf meinem Schiff sind alle gleichgestellt – selbst Ihr.« Er grinste noch breiter, als er sie wieder losließ und Reyvan zur Begrüßung auf die Schulter klopfte.

Dieser unterdrückte ein Lächeln, während Amyénas Blicke den

Kapitän im Grunde hätten töten müssen. Sie war jedoch so klug, tief durchzuatmen, ehe sie Maryo weitere Gründe gab, sie zu provozieren.

»Wer sind denn die beiden Männer und die Frau?«, wollte Reyvan wissen und deutete auf die drei Menschen, die hinter Maryo standen und die Elfen ihrerseits neugierig musterten.

Die Augen der jungen Frau blitzten kurz auf, als ob sie Reyvan erkennen würde. Doch er konnte sich nicht daran erinnern, sie schon einmal gesehen zu haben.

»Das, mein Lieber«, der Kapitän grinste noch breiter, wenn das überhaupt noch möglich war, »ist meine Überraschung für die Herrscherin. Darf ich vorstellen, die hübsche Rana, der Jäger Mertin und sein Sohn Sen.«

Reyvans Gesichtszüge entgleisten für einen kurzen Moment, ehe er sich wieder gefangen hatte und dem vielsagenden Blick des Kapitäns begegnete.

»Ihr …«, er musste sich räuspern, »Alias Vater und ihr Bruder?«

Zu spät merkte er, dass er im Grunde nichts von den beiden hätte wissen dürfen, aber Maryo ging glücklicherweise nicht weiter darauf ein, sondern nickte bloß selbstgefällig.

»Aye. Hab sie gestern Abend in einer Taverne kennengelernt und sie wollen ebenfalls nach Merita reisen. Zufälle gibt es manchmal …« Der Kapitän machte eine theatralische Geste in Richtung der beiden Elfen. »Darf ich vorstellen, Prinz Reyvan Némys – ehemals Reyvan Caltayó – und die bezaubernde Amyéna Némys.«

Mertin, der Ältere der beiden Männer, trat vor und verbeugte sich leicht vor Reyvan und Amyéna. »Es ist mir eine Ehre, Euch kennenzulernen.« Seine Stimme klang angenehm tief. »Ich habe von Kapitän Vadorís in der vergangenen Nacht einige Geschichten über Euch gehört, Prinz Reyvan Némys. Ihr habt meiner Tochter Alia geholfen und sie beschützt. Dafür stehe ich für immer in Eurer Schuld.«

»Nun ja ...« Reyvan versuchte, seine Verlegenheit mit einem Lächeln zu überspielen. »Sie kann im Grunde ganz gut auf sich selbst aufpassen. Zudem«, er warf Amyéna einen raschen Blick zu, »kann ich mich leider nicht mehr an meine Heldentaten erinnern.«

»Das hat uns Kapitän Maryo Vadorís auch erzählt.« Alias Bruder Sen trat vor und betrachtete den Elf aufmerksam mit seinen grünen Augen, die er von seinem Vater geerbt haben musste. »Trotzdem schmälert es die Tatsache nicht, dass Ihr auf sie aufgepasst habt. Auch ich möchte mich bei Euch bedanken.« Er verneigte sich knapp.

»Vielleicht erinnert Ihr Euch ja noch an mich«, meldete sich nun die blonde Frau zu Wort und trat einen Schritt auf Reyvan zu. »Ich bin Rana, ehemalige Dienerin des Magierzirkels von Lormir. Wir hatten zusammen die Flucht aus dem Zirkel geplant ... wisst Ihr noch?«

Reyvan runzelte die Stirn, als er sich zu erinnern versuchte. Einige Erinnerungsfetzen tauchten vor seinem inneren Auge auf, aber sie bereiteten ihm eher Kopfschmerzen, als dass sie sich zu einem stimmigen Bild zusammenfügen wollten. Daher schüttelte er bedauernd den Kopf.

»Macht nichts.« Rana schenkte ihm ein schwaches Lächeln. »Vielleicht können wir uns später noch in Ruhe miteinander unterhalten. Ich würde gerne erfahren, was nach Eurer Flucht passiert ist.«

»Wie bereits gesagt … ich weiß leider nichts mehr von alledem.« Reyvan zuckte entschuldigend mit den Schultern und begann gleichzeitig, sich unwohl zu fühlen. Vor allem, da er diesen drei Menschen verheimlichen musste, dass er sich wieder an Alia erinnern konnte.

»Genug der Lobhudelei«, rettete ihn Maryo. »Temi!« Seine raue Stimme hallte über Deck und der Quartiermeister erschien augenblicklich an Maryos Seite. »Zeig unseren neuen Gästen doch, wo ihre Quartiere sind. Es sind Ehrengäste – Alias Familie und eine enge Freundin von ihr.« Er warf Temi einen bedeutungsvollen Blick zu, als sich dessen Augen weiteten.

»Es ist mir eine Ehre.« Der Quartiermeister verbeugte sich tief vor den drei Menschen, was diese zu befremden schien. »Kommt mit mir, ich zeige Euch Eure Unterkunft.«

Mit einem freundlichen Nicken wandten sich Rana, Mertin und Sen ab und folgten Temi zu der Luke.

»Na, damit hättet Ihr nicht gerechnet, wie?« Maryos selbstgefälliges Grinsen schien Amyéna daran zu erinnern, dass sie eigentlich wütend auf den Kapitän war.

»Immerhin hast du dich nicht sinnlos betrunken«, meinte sie spitz.

»Ich betrinke mich nie sinnlos.« Maryos Grinsen blieb zwar, doch sein Blick wurde kühler. »Ihr müsst wirklich noch eine Menge über mich lernen, meine Liebe. Aber nicht jetzt, ich habe ein Schiff zu befehligen und Ihr solltet zusehen, dass Ihr meiner Mannschaft nicht im Weg herumsteht. Geht an die Reling und genießt die

Aussicht oder kämmt Euch das Haar in Eurer Kabine, das ist mir einerlei, solange Ihr mir nicht vor die Füße stolpert. Ich werde heute Abend gerne mit Euch und Eurem … Gemahl zu Abend essen.« Er sah vielsagend von Amyéna zu Reyvan, ehe er sich zum Gehen wandte und mit rauer Stimme Befehle in die Wanten brüllte.

»Das wird bestimmt eine interessante Reise«, murmelte Reyvan, während er mit der Elfin, die an ihrem tadellos gekämmten Haar herumzupfte, an die Reling trat, um das Treiben im Hafen zu beobachten. »Wer hätte gedacht, dass ich Alias Vater kennenlerne.«

»Das ist wirklich ein Zufall, dass sie gerade auf Maryo gestoßen sind.« Amyéna stützte die Unterarme ab und sah ihn von der Seite an. »Geht es dir auch wirklich gut? Du scheinst nervös zu sein.«

»Ich bin nicht nervös, nur … freudig erregt.« Reyvan lächelte sie an. »Und amüsiert über dich und Maryo. Ihr zwei seid wirklich füreinander geschaffen.«

»Lass bitte dieses leidige Thema.« Amyéna verdrehte die Augen und schielte zum Kapitän, der gerade selbst in die Wanten kletterte.

Kapitel 11 - Sen

CYRONA

(Tag 4, Monat 7, 1EP11 248)

Als Sen das Deck wieder betrat, hatte die Cyrona bereits Fahrt aufgenommen und ein rauer Wind blies ihm das kurze Haar ins Gesicht. Es war ein kühler Sommertag und womöglich würde es später noch Regen geben. Der Wellengang ließ ihn schwankend nach der Reling greifen.

»Na, werdet Ihr etwa schon seekrank?«, erklang eine Stimme neben ihm.

Sen drehte den Kopf zur Quelle des Sprechers und erkannte einen hochgewachsenen Elf neben sich. Er hatte rotblondes, langes Haar, das zu einem Zopf nach hinten gebunden war. Seine Augen waren von einer goldenen Farbe – ähnlich wie die von Maryo Vadorís – und musterten ihn erheitert.

»Ich hoffe nicht«, murmelte er und wischte sich ein paar blonde

Strähnen aus der Stirn.

»Falls doch, kommt zu mir, ich habe ein Mittel dagegen.« Der Elf stützte sich ebenfalls an der Reling ab und blickte zurück zum Hafen von Westend, der mit jeder Minute kleiner wurde. In der Ferne, weit hinter der Steppe, konnte man gerade noch den Wald erahnen.

»Danke.« Sen folgte dem Blick des Elfen.

»Wie heißt Ihr?«, wollte der Elf wissen und wandte ihm den Kopf zu.

»Mein Name ist Sen.«

»Freut mich, Euch kennenzulernen. Ich bin Raelys, Hauptmann der Königinnengarde von Westend.« Er streckte ihm die Hand entgegen, die der Junge zögernd ergriff und schüttelte. »Sen ...« Raelys hielt seine Hand eine Sekunde lang fest und kniff die Augen leicht zusammen, als würde er über etwas nachdenken. »Irgendwie kommt mir der Name bekannt vor.«

»Ich bin der Bruder von Alia«, half ihm Sen auf die Sprünge.

»Ach, ihr Bruder?« Raelys' goldgesprenkelte Augen weiteten sich wieder und er ließ Sens Hand endlich los. »Dann seid Ihr unterwegs nach Merita, um sie zu besuchen?«

Sen nickte und sah ihn neugierig an. »Kanntet Ihr sie?«

Der Elf erwiderte seinen Blick und lächelte. »Nur flüchtig. Ich habe sie getroffen, als sie vor einem Jahr zu uns in den Westendwald kam. Sie ist eine kluge, junge Frau, Eure Schwester.«

»Ja, das ist sie.« Sen lächelte ebenfalls und schaute wieder zurück zum Ufer, wo die Häuser von Westend jetzt kaum mehr zu erkennen waren.

Raelys stützte sich wieder auf der Reling ab. »Seid Ihr das erste Mal auf See?«, wollte er mit einem Seitenblick zu Sen wissen.

Dieser nickte zur Antwort. »Mein Vater hat mich mitgenommen.«

»Euer Vater ist auch an Bord?« Der Elf hob die Augenbrauen. Offenbar hatte er die Ankunft der drei Menschen nicht mitbekommen, da er wohl gerade unter Deck gewesen war.

Sen wandte sich ihm zu. »Ja, er ist noch unten und verstaut unser Gepäck. Wir haben in der vergangenen Nacht Kapitän Maryo Vadorís kennengelernt und er hat uns angeboten, uns nach Merita mitzunehmen.«

Raelys' Mund verzog sich zu einem Lächeln. »Ich kann mir vorstellen, dass es für Maryo eine besondere Ehre ist, die Familie von Alia zu ihr zu bringen. Ich freue mich darauf, Euren Vater kennenzulernen.«

Eine Weile lang sahen die beiden schweigend über das Wasser, dann wandte sich der Elf dem Jungen wieder zu und sah ihn forschend an. »Eure Schwester Alia … man erzählt sich, dass sie im Zirkel von Lormir gedient hat, ehe sie nach Merita reiste. Stimmt das?«

Sen nickte bestätigend. Bei der Erinnerung daran, wie seine Schwester sie damals alle hatte zurücklassen müssen, wurde sein Herz schwerer. Er hatte angenommen, dass er sie nie wiedersehen würde. »Ja, das stimmt. Doch sie ist mit diesem … Reyvan Némys vor über einem Jahr aus dem Zirkel geflohen. Danach kenne ich auch nur die Geschichten, die man sich über ihre Reise erzählt.«

»Das habe ich auch vernommen.« Raelys' Augen wirkten nachdenklich und er runzelte die Stirn.

Sen wollte die Gelegenheit nutzen, um mehr über diesen Elfenprinz zu erfahren, der seiner Schwester bei der Flucht geholfen hatte. Bisher kannte er nur das, was ihm an Gerüchten zu Ohren gekommen war – und das, was Maryo ihnen in der vergangenen Nacht erzählt hatte. Jetzt lehnte er sich interessiert vor. »Wie ist er so? Reyvan meine ich?«

Der Elf zuckte mit den Schultern und sah wieder über das Meer. »Er wird bestimmt ein guter König, wenn seine Zeit gekommen ist. Ich kenne ihn noch nicht lange, aber ich habe ihn in die Schlacht gegen die Zirkelmagier von Lormir begleitet. Er ist vielleicht etwas … ungestüm, was an seinem Alter liegen mag. Aber ich glaube, er trägt das Herz am rechten Fleck.«

Sen legte den Kopf schief und musterte den Elf aufmerksam. »Wisst Ihr, dass man sich erzählt, dass er und meine Schwester … dass sie zusammen waren?«

»Ja, das weiß ich«, nickte der Hauptmann. »Aber auf Geheiß der Königin der Elfen von Westend ist er nun mit Amyéna Némys verheiratet. Außerdem … seit er aus Merita zurückgekehrt ist, kann er sich an nichts mehr erinnern, was einst geschehen ist, und das ist wohl besser so. So kann er sich voll und ganz um die zukünftige Königin kümmern und damit das Bündnis zwischen den Elfen von Zakatas und Westend aufrechterhalten.«

Sen war etwas enttäuscht über die ausweichende Antwort. Aber offenbar war dieser Hauptmann seiner Königin treu ergeben und dachte nicht daran, ihm private Angelegenheiten seines zukünftigen Königs zu erzählen.

Er versuchte, sich die Enttäuschung nicht anmerken zu lassen. »Das war die schwarze Magie, oder? Sie hat ihm das Gedächtnis genommen«, fragte er weiter. Wenn er schon einmal die Gelegenheit hatte, mit jemandem zu sprechen, der Reyvan kannte, kam ihm das gelegen.

Raelys sah ihn überrascht an. »Hat Euch das Maryo Vadorís erzählt?«

»Was hab ich?«, erklang in dem Moment eine raue Stimme hinter ihnen.

»Maryo, schön, dich wiederzusehen!« Raelys stieß sich von der Reling ab und ging dem Kapitän ein paar Schritte entgegen, um ihm freundschaftlich auf die Schulter zu klopfen.

»Raelys, mit dir hätte ich rechnen müssen. Wo unsere Prinzessin hingeht, bist du nie weit.« Maryo zwinkerte dem Hauptmann der Königinnengarde zu. »Und ich sehe, du hast bereits einen unserer anderen Ehrengäste kennengelernt.«

»Ja, ich habe mich soeben mit Sen unterhalten.« Raelys warf dem jungen Mann einen freundlichen Blick zu.

»Die Herrscherin von Merita wird Augen machen, wenn ich ihnen dieses ›Geschenk‹ mitbringe.« Maryo grinste breit. »Ich nehme an, Ihr kommt auch zum Abendessen in meine Kabine?«, wandte er sich dann an Sen.

Dieser nickte. »Gerne. Ich werde meinem Vater und Rana Bescheid geben.«

»Tut das. Ich werde Euch nun Euren neuen Freund entführen, es gibt noch ein paar Dinge, die ich mit Raelys besprechen möchte.« Maryo nickte Sen zu und bedeutete dann Raelys, ihm zu folgen.

Sen sah den beiden Elfen hinterher, wie sie über Deck davonschlenderten und Maryo immer wieder stehen blieb, um seinen Männern nebenbei Befehle zuzurufen.

»Da bist du ja«, erklang die Stimme seines Vaters, der mit Rana zusammen auf ihn zukam.

Die junge Frau, die früher einmal Dienerin im Magierzirkel von Lormir gewesen war, sah immer noch etwas eingeschüchtert aus. Auch sie war zum ersten Mal in ihrem Leben auf See und schien den Wellengang sowie die rauen Rufe der Mannschaft mehr als gewöhnungsbedürftig zu finden.

Sen mochte Rana, sie hatte ein gütiges Wesen und erinnerte ihn manchmal an seine Schwester. Kein Wunder, hatten sich die beiden damals angefreundet. Sie hatte Mertin und ihm erzählt, dass sie zusammen hatten fliehen wollen. Leider war es nur Alia und Reyvan gelungen.

Aber seit das Land im Umbruch war, durften immer mehr Diener auf Anweisung der neuen Herrscherin den Magierzirkel verlassen. So auch Rana, die sofort mit Alias Familie Kontakt aufgenommen hatte. Sie hatte beschlossen, sie nach Merita zu begleiten. Ihre Eltern waren in der Zeit, die sie im Zirkel von Lormir dienen musste, verstorben, also hielt sie nichts mehr in ihrer alten Heimat. Und sie schien entschlossen, Alia wiedersehen zu wollen, daher hatten Mertin und Sen ihr gerne angeboten, mit ihnen zu kommen.

Jetzt stand sie etwas verloren neben dem älteren Jäger und lächelte Sen verhalten an.

Dieser erwiderte ihr Lächeln und wandte sich dann an seinen Vater. »Ich bin gerade zum Schluss gekommen, dass Elfen gar nicht so seltsam sind, wie man ihnen immer nachsagt.«

Mertin lachte leise auf. »Das habe ich dir in all den Jahren ja immer beibringen wollen. Aber gut, dass du deine Meinung geändert hast, denn es gibt eine Menge Elfen hier an Bord.«

Sen grinste, dann wurde sein Gesicht etwas ernster und er dämpfte seine Stimme. »Ich habe mit Hauptmann Raelys gesprochen. Reyvan scheint sich tatsächlich an nichts mehr zu erinnern, was er mit Alia erlebt hat, obwohl er einst mit ihr zusammen war.«

Rana runzelte die Stirn und sah suchend über das Deck, als halte sie nach dem blonden Elf Ausschau. »Es ist wirklich traurig, dass er sich an nichts mehr erinnert, er hat Alia so sehr geliebt«, meinte sie ebenso leise. »Vielleicht kann ich versuchen, ihm einige Dinge zu erzählen aus der Zeit, als er noch im Zirkel gewesen ist? Womöglich erinnert er sich dann wieder?«

Mertin zog die Stirn kraus und musterte die junge Frau nachdenklich. »Du kannst es gerne versuchen, Rana. Aber ich glaube nicht, dass es gelingt. Maryo Vadorís hat uns ja erzählt, dass es an der schwarzen Magie lag, weshalb Reyvan sein Gedächtnis verloren hat. Es braucht wohl mehr als ein paar alte Geschichten, um ihm die Erinnerungen wiederzugeben …«

»Vielleicht ist es besser so.« Sen warf einen Blick zu Raelys, der mit dem Kapitän ein Stück entfernt stehen geblieben war und diskutierte. »Raelys hat mir erklärt, dass Reyvan nun ja mit der Elfenprinzessin von Westend verheiratet ist und ein Bündnis an dieser Ehe hängt. Wenn er sich wieder an Alia erinnert und sie tatsächlich so geliebt hat, wie du sagtest, Rana, dann ist es vielleicht eher zu seinem Nachteil, wenn er sein Gedächtnis wiedererhält.«

»Wir werden sehen ...« Mertin folgte dem Blick seines Sohnes. »Die Götter werden bestimmt ihre Pläne haben und es liegt nicht an uns, sie zu hinterfragen.«

»Du klingst schon wie Mutter«, schmunzelte Sen und boxte seinen Vater leicht in die Seite, ehe sein Blick einen traurigeren Ausdruck annahm. »Schade, dass Mutter und Lia nicht dabei sein können«, seufzte er. »Ihnen würde diese Reise bestimmt Spaß bereiten.«

Mertin sah ihn amüsiert an. »Da kennst du aber deine Mutter schlecht, mein Sohn. Sie hat sich noch nie viel aus Reisen gemacht. Und deine Schwester Lia muss auf sie aufpassen.«

»Auf sie und meine kleinen Schwestern, ja ja.« Sen verzog den Mund zu einem Schmunzeln. »Warum konntet ihr nicht mit dem Nachwuchs noch ein wenig warten?«

Mertin gab seinem Sohn einen leichten Klaps auf den Hinterkopf. »Wie sprichst du denn mit deinem Vater?«, fragte er in empörtem Tonfall, doch seine Mundwinkel zuckten, da er nicht wirklich verärgert war. »Aber du hast ja recht, der Zeitpunkt der Geburt der Zwillinge war denkbar ungünstig.«

Sen nickte bestätigend. »Oh ja, ein paar Monate früher oder später und Lia und Mutter hätten mitkommen können.«

»Nun werden wir die beiden Frauen eben vertreten – zusammen mit Rana.« Mertin legte freundschaftlich einen Arm um Sens Schultern. »So oder so, ich kann es kaum erwarten, meine Tochter wiederzusehen.«

Sen lächelte. »Und ich erst ... ob sie sich wohl verändert hat?«

Mertins grüne Augen funkelten. »Davon gehe ich aus. Immerhin ist sie jetzt Herrscherin von Altra – und erwartet ein Kind.«

Rana schüttelte den Kopf. »Ich kann es immer noch nicht richtig glauben … womöglich werde ich es erst wirklich begreifen, wenn ich vor ihr stehe. Danke, dass ihr mich mitnehmt.« Sie sah zwischen Sen und Mertin hin und her.

»Gerne«, antwortete der Jäger für sie beide. »Du hast meiner Tochter geholfen, da ist es das Mindeste, dass wir dich auf dieser Reise begleiten. Sie wird sich bestimmt freuen, wenn sie dich wiedersieht.«

Rana lächelte. »Ich mich ebenfalls.«

Sen, dessen Blick wieder zum Elfenkapitän geglitten war, der immer noch mit Raelys sprach, holte tief Luft. »Aber zuerst werden wir diese lange Reise hinter uns bringen müssen. Immerhin scheint es hier an Bord nicht so rasch langweilig zu werden. Maryo Vadorís hat uns vorhin zum Abendessen in seine Kapitänsmesse eingeladen. Das wird bestimmt interessant.«

»Das denke ich allerdings auch …«, meinte Mertin mit vielsagendem Blick, ehe er sich an die Reling begab, um zurück zum grünen Landstrich zu schauen, der inzwischen fast nicht mehr auszumachen war.

Sen und Rana gesellten sich zu ihm und sie blieben so lange nebeneinander stehen, bis nur noch die Weiten des Meeres vor ihnen lagen.

Als die Cyrona Fahrt aufgenommen hatte und stetig durch die Wellen pflügte, kam ihnen der Quartiermeister entgegen, der sich als Temi vorgestellt hatte. »Zeit für das Begrüßungsritual«, meinte er und deutete mit dem Kopf zum Achterdeck, wo sich bereits eine

Horde Männer eingefunden hatte.

»Was für ein Ritual?«, wollte Mertin stirnrunzelnd wissen, der sich von der Reling ab- und Temi zuwandte.

»Alle neuen Passagiere müssen es durchlaufen. Keine Angst, es ist nichts Wildes, bloß ein Getränk, das Ihr zu Euch nehmen müsst. Falls Ihr das nicht tut, werden wir Euch über Bord werfen – aber das ist in all den Jahren, die ich auf der Cyrona diene, erst zweimal vorgekommen.«

Sen warf seinem Vater einen skeptischen Blick zu, den dieser stumm erwiderte.

»Nun gut. Zeigt uns, welches Getränk wir trinken müssen.« Der Jäger nickte und folgte Temi zum Achterdeck.

Sein Sohn begleitete ihn zusammen mit Rana, die ebenfalls misstrauisch den Rücken des Quartiermeisters beäugte.

Als sie beim Achterdeck ankamen, sahen sie, dass die Gruppe von Elfenkriegern sich bereits eingefunden hatte und Reyvan gerade mit verkniffener Miene einen Becher mit irgendeiner Flüssigkeit hinunterschüttete. Prompt folgte ein Hustenanfall, den die Seeleute mit johlendem Applaus quittierten. Als Nächstes war Prinzessin Amyéna an der Reihe und Kapitän Maryo füllte mit einem besonders breiten Grinsen den Becher bis zum Rand auf.

Als er Mertin, Sen und Rana bemerkte, prostete Maryo ihnen zu, ohne jedoch zu trinken und seine goldenen Augen funkelten vergnügt. »Ah, gut, dass Ihr auch da seid. Wir testen gerade die Trinkfestigkeit von Euch Landratten. Hier, für Euch, Eure Hoheit.« Er verbeugte sich überschwänglich vor der Prinzessin, die ihn mit einem kalten Blick strafte und ihm den vollen Becher aus der Hand riss, sodass die Flüssigkeit überschwappte.

»Nicht so stürmisch, meine Teure«, grinste der Kapitän, der für seine Worte ein Fauchen der Prinzessin erntete.

»Was ist da drin?«, wollte Mertin wissen, der näher herangetreten war.

»Kümmelschnaps, wir nennen ihn Allasch«, antwortete Temi. »Nichts für zarte Gemüter.« Er warf einen vielsagenden Blick zu Amyéna, die soeben mit gerümpfter Nase an dem Getränk roch.

»Los, runter damit, Prinzessin«, befahl Maryo. »Sonst muss ich Euren hübschen Hintern über Bord werfen, was ein Jammer wäre.«

»Du bist ein Rüpel«, zischte Amyéna und funkelte den Kapitän zornig an.

»Nicht, wenn Ihr meinen Befehlen Folge leistet. Vergesst nicht: Hier an Bord der Cyrona habe *ich* das Sagen.« Maryos Grinsen war nun so breit, dass die Mundwinkel fast die spitzen Ohren zu berühren drohten.

Amyéna schnaubte, holte tief Luft und schüttete dann den Inhalt des Bechers in einem Zug herunter. Der tosende Beifall der Mannschaft begleitete diese Geste, die in einem Würgen und Husten seitens der Prinzessin endete.

»Nun seid Ihr an der Reihe.« Maryo füllte drei Becher, die er Rana, Sen und Mertin hinhielt. »Trinkt auf das Wohl der Cyrona und auf eine sichere Reise.«

Sen nahm das Getränk entgegen und roch an dem Allasch, der ihm die Nasenschleimhäute auf der Stelle zu verätzen drohte. Er musste sich zwingen, nicht zu husten, ehe er den ersten Schluck genommen hatte. Er hatte in seinem jungen Leben äußerst selten

Alkohol getrunken und schon gar nicht solch starken.

»Am besten ist es, Ihr schüttet den ganzen Inhalt auf einmal herunter«, riet Reyvan, der neben ihm stand und sich von seinem Hustenanfall einigermaßen erholt hatte.

»Na dann, auf Euer Wohl!« Mertin leerte den Becher in einem Zug.

Sen beeilte sich, es ihm gleichzutun, um nicht als Feigling dazustehen. Aber auf das Feuer, das daraufhin seine Kehle zu verbrennen schien, war er nicht vorbereitet.

»Und dieses Gesöff trinkt Ihr?«, japste er entgeistert, als er wieder zu Atem gekommen war, sich die Tränen weggewischt hatte und das Gelächter der Mannschaft verklang.

Rana war es nicht viel besser ergangen, auch sie war gerade dabei, sich von ihrem Hustenanfall zu erholen und stützte sich an der Reling ab.

»Nun ja, nicht alle, aber jeder Neuankömmling muss da durch«, meinte Quartiermeister Temi. »Vergesst nicht, dass Ihr zum Abendessen in die Kapitänsmesse eingeladen seid. Bis dahin könnt Ihr Euch an Bord frei bewegen, solange Ihr der Mannschaft nicht im Weg herumsteht. Und lasst den Frachtraum in Ruhe, dort haben Gäste nichts zu suchen.«

Damit zerstreuten sich die Seeleute wieder, um ihren Aufgaben nachzugehen und Maryo kletterte hinauf aufs Puppdeck, wo er sich mit dem Steuermann unterhielt.

»Das ist ja ein ganz wunderbarer Start«, murmelte Reyvan, der seiner Gemahlin einen Becher Wasser reichte.

Die Elfin hatte immer noch Tränen in den Augen von ihrem

Hustenanfall.

»Musste meine Schwester da auch durch?«, wollte Sen wissen, der ebenfalls dankbar einen Becher mit klarem Wasser zu sich nahm.

»Ich weiß es nicht mehr.« Reyvan wich seinem Blick aus. »Aber ich nehme es an.«

»Ich bekomme immer mehr Achtung vor dieser Frau«, meinte Amyéna, die gerade den zweiten Becher Wasser trank.

»Dann warte, bis du sie kennenlernst.« In Reyvans Gesicht war für einen Lidschlag ein Leuchten zu sehen, das er sofort wieder zum Erlöschen brachte.

Aber Sen war diese Regung dennoch nicht entgangen und sein Blick ruhte nachdenklich auf dem Elf.

Als die Sonne den Horizont berührte, erklang die Schiffsglocke, die zum Abendessen rief. Rana, Mertin und Sen hatten die Zeit bis dahin damit verbracht, sich an Bord umzusehen – zumindest soweit es ihnen gestattet war. Nun begaben sie sich zur Kapitänsmesse, die im vorderen Bereich des Schiffes lag.

»Meinst du, Alia war auch schon hier drin?«, fragte Sen seinen Vater, als sie in einen schmalen Gang traten, von dem zwei Kabinen abzweigten.

»Ja, Eure Schwester hat mir hier sehr oft und gerne Gesellschaft geleistet«, antwortete Maryo an Mertins Stelle, als er aus der linken Kabine kam und den beiden Männern bedeutete, einzutreten. »Setzt Euch doch, wir warten noch auf das Prinzenpaar.« Sen meinte, einen Hauch von Ironie aus Maryos Stimme herauszuhören, konnte aber in der verschlossenen Miene des Kapitäns nichts dergleichen wahrnehmen.

Als sie in die Kapitänsmesse traten, sah er sich erstaunt um. Sie war geräumiger, als es von außen den Anschein gemacht hatte. Ein langer Tisch mit mehreren Stühlen stand inmitten des Raumes. Jemand hatte für sieben Personen Becher, Teller und Besteck sorgsam darauf zurechtgelegt. An der hinteren Wand gab es einen Schrank, in dem Sen weiteres Geschirr oder Getränke vermutete.

Rana, Sen und Mertin setzen sich ans untere Ende des Tisches, während Maryo Mertin gegenüber Platz nahm.

Sogleich trat ein Schiffsjunge ein, der sich beeilte, Maryos Gästen Wein einzuschenken.

»Danke, Kir«, sagte Maryo mit einem knappen Nicken zum Jungen. »Sag dem Koch, dass wir bald essen wollen. Ich habe einen Bärenhunger.«

Der Schiffsjunge nickte eifrig und verschwand wieder durch die Tür, die an Deck führte.

»Wollten wir nicht auf die Elfen warten?«, fragte Sen.

»Jetzt sehe ich langsam Parallelen zu Eurer Schwester«, schmunzelte Maryo und hob das Glas an, das vor ihm stand, um einen großen Schluck daraus zu trinken. Als er abgesetzt hatte, schüttelte er den Kopf und seine Augen funkelten. »Nein, Reyvan und Amyéna wissen, dass wir zu Abend essen. Wenn sie etwas wollen, sollen sie rechtzeitig hier sein. Ansonsten gibt's nur noch Wein.«

»Das hoffen wir doch nicht.« In diesem Moment betraten Reyvan und Amyéna den Raum.

Kapitel 12 - Maryo

CYRONA

(Tag 4, Monat 7, 1EP11 248)

Maryo wandte sich den beiden Neuankömmlingen zu und für die Dauer eines Herzschlages entglitten ihm die Gesichtszüge. Er bemerkte gerade noch, dass er seinen Kelch viel zu schräg in der Hand hielt, und stellte ihn viel zu rasch und viel zu hart auf den Tisch zurück, sodass der Wein leicht überschwappte und rote Flecken auf der Holzplatte hinterließ. Es würde ewig dauern, diese wieder wegzuschrubben, aber das war Maryo in dem Moment gleichgültig. Denn das Bild, das sich ihm bot, war einfach zu überwältigend, um über irgendwelche Putzarbeiten nachzudenken.

Amyéna hatte sich besonders viel Mühe gegeben, um an diesem Abend schön auszusehen. Etwas, das sie nicht unbedingt hätte tun müssen, denn sie war auch eine Augenweide, wenn sie am Morgen gerade erst aufgewacht war, wie Maryo nur allzu gut wusste.

Nun jedoch hatte sie ihr langes, dunkles Haar kunstvoll auf ihrem Hinterkopf drapiert, sodass nur ein paar Locken spielerisch in ihr Gesicht und um ihre spitzen Ohren fielen. Ihr schlanker Körper wurde von einem hautengen, dunkelgrünen Kleid verhüllt, das ihre weiblichen Reize vortrefflich zur Geltung brachte. Als einziges Schmuckstück trug sie ein goldenes Amulett, in welches Smaragde eingelassen waren.

Sie war tatsächlich eine Schönheit, wie der Kapitän wieder einmal mehr feststellte.

Als ihr Blick dem seinen begegnete, konnte er für die Dauer eines Herzschlages die Befangenheit in ihren dunklen Augen erkennen, ehe Amyéna diese Gefühlsregung rasch mit königlicher Herablassung überspielte.

Beim Gedanken daran, wie diese Augen Feuer fangen konnten, wurde Maryo unwillkürlich von alten Erinnerungen überwältigt, die er rasch und mit aller Kraft wieder in den hintersten Teil seines Gedächtnisses zurückschob. Diese Bilder waren hier und heute ohne Frage fehl am Platz.

Er beeilte sich, aufzustehen und ihr entgegenzutreten, um sie angemessen zu begrüßen. Mit einem Lächeln verneigte er sich formvollendet und hatte seine Selbstsicherheit in dem Moment wieder zurückerlangt, als er sich aufrichtete und ihr abermals in die Augen sah.

»Ihr versteht es, einem den Abend zu versüßen, meine Teure.«

Sein goldener Blick wanderte – vielleicht ein bisschen zu langsam – über ihren Körper und er genoss es, wie sie unter seiner Musterung erschauderte. Es war eine kaum wahrnehmbare Geste, aber ihm entging sie dennoch nicht.

»Wenn du meinst …« Amyéna tat, als hätte sie das Kompliment überhört und setzte sich – vielleicht ein bisschen zu hastig – neben Mertin, der sich seinerseits erhob und sie mit einer knappen Verbeugung begrüßte.

Ihre Wangen hatten wieder jenen rosa Farbton angenommen, den Maryo so an ihr mochte. Er sah ihr mit einem vielsagenden Blick hinterher, während Sen sich beeilte, es seinem Vater gleichzutun und die Prinzessin mit einer unbeholfenen Verbeugung zu begrüßen. Rana, die etwas weiter entfernt saß, lächelte Amyéna und Reyvan freundlich zu.

Mit einem Schulterklopfen holte Reyvan Maryo zurück aus dessen Gedanken, die plötzlich nichts mehr mit Essen zu tun gehabt hatten, ehe er sich neben seine Gemahlin setzte.

Maryo räusperte sich und kehrte an seinen Platz zurück, ohne jedoch die Augen von Amyéna zu lassen, die unter seinem Blick zusehends unruhig wurde.

Gut so.

»Wen erwartet Ihr noch?«, lenkte Reyvan abermals Maryos Aufmerksamkeit auf sich und deutete auf den Platz, der neben dem Kapitän noch frei war.

»Raelys wird uns ebenfalls heute Abend Gesellschaft leisten.« Maryo musste sich regelrecht von Amyénas Anblick losreißen, um sich Reyvan zuzuwenden und verfluchte innerlich seine Schwäche für diese Frau.

Sie würde irgendwann noch sein Grab bedeuten, wenn er sich

nicht am Riemen riss. Was hatte er sich nur dabei gedacht, als er eingewilligt hatte, sie nach Merita zu bringen?

Glücklicherweise trat in dem Moment der Schiffsjunge Kir wieder ein, um die Gläser der Neuankömmlinge mit dunkelrotem Wein zu füllen und lenkte damit von Maryos auffälliger Geistesabwesenheit ab.

Reyvan und Amyéna hoben eben ihre Kelche, um mit den anderen Gästen anzustoßen, als der Hauptmann der Königinnengarde als letzter Gast in der Tür auftauchte.

»Entschuldigt bitte meine Verspätung«, sagte er, während er sich auf den leeren Stuhl neben Maryo fallen ließ und Kir dankbar zunickte, der ihm ebenfalls einen Kristallkelch voll Wein reichte. »Aber ich musste noch mit meinen Kriegern ein paar ernste Worte sprechen. Einige haben sich bereits mit deinen Männern angelegt, Maryo – oder umgekehrt, so genau ließ sich das im Nachhinein nicht mehr feststellen.« Er verdrehte genervt die Augen.

Maryo, der mit seinen Blicken dafür Sorge trug, dass Amyénas Wangen das bezaubernde Rosa nicht verloren, wandte sich dem Hauptmann zu. »Hoffen wir, dass sie sich miteinander arrangieren, sonst weiß ich schon die eine oder andere Strafe, die ihnen die Lust am Prügeln verdirbt«, meinte er mit einem halbherzigen Knurren.

»Ich denke, meine Männer werden sich nun zurückhalten.« Raelys roch an dem Wein und schloss die Augen, als der schwere Beerenduft in seine Nase stieg. Er seufzte, ehe er Maryo wieder ansah. »Lass uns nicht mehr davon sprechen, dazu haben wir später noch genug Zeit. Jetzt genießen wir erst mal den Abend.«

»Na dann, auf eine gute Reise!« Maryo hob sein Glas und prostete seinen Gästen zu.

»Auf eine gute Reise«, wiederholten die Gäste im Chor, während Kir sich beeilte, das Essen zu servieren.

Maryo hatte nicht gegeizt, als er seinen Schiffskoch angewiesen hatte, das Abendessen für heute vorzubereiten. Es gab ein halbes Schwein, das den Raum im Handumdrehen mit seinem köstlichen Bratenduft erfüllte. Dazu verschiedene Gemüse und Elfenspezialitäten, die nur die wenigsten Menschen kannten. Hauptmann Raelys und Prinzessin Amyéna übernahmen es, den menschlichen Gästen die Leckereien zu erklären, während Maryo sich bemühte, dem zu folgen, was Reyvan ihm über seine Pläne bezüglich der Verhandlungen in Merita erzählte.

Aber er hörte nur halbherzig zu, da seine Augen immer wieder zu Amyéna wanderten, beobachteten, wie sie das Essen in mundgerechte Stückchen schnitt, um sie dann zwischen ihren vollen Lippen verschwinden zu lassen. Er hätte ihr stundenlang dabei zusehen können und bedauerte es fast, als das Abendessen sich dem Ende zuneigte.

Raelys war der Erste, der sich mit einem herzhaften Gähnen verabschiedete, ihm folgten bald darauf Rana, Sen und Mertin, die in der vergangenen Nacht kaum geschlafen hatten.

Ehe Reyvan und Amyéna ebenfalls in ihre Kabine zurückkehren konnten, trat Maryo auf sie zu und ergriff den Arm der Elfin, die die Kapitänsmesse gerade nach ihrem Gemahl verlassen wollte.

»Prinzessin, auf ein Wort«, raunte er.

»Was ist denn?« Sie klang leicht verärgert, auch wenn sie sich nicht sonderlich gegen seinen Griff wehrte. »Ich bin müde und will schlafen.«

»Aber wohl kaum mit Reyvan, oder?« Er sagte es so leise, dass nur sie es hören konnte.

»Wie wagst du, mit mir zu sprechen?!« Amyénas Stimme war schneidend und sie versuchte nun doch, sich loszureißen, was dazu führte, dass Maryo sie nur noch fester hielt.

»Gibt's ein Problem?«, wollte Reyvan wissen, der den Raum bereits verlassen hatte und nun zurückkam.

»Nein, ich wollte nur ein paar Worte mit Eurer Gemahlin tauschen, wenn Ihr erlaubt«, antwortete Maryo leichthin und bemühte sich, seinen Blick so unschuldig wie möglich wirken zu lassen.

Reyvan sah Amyéna kurz an und nickte dann. »Aber nicht zu lange.« Er warf dem Kapitän einen mahnenden Blick zu.

»Aye. Zu gütig, Eure Hoheit«, feixte dieser, während Amyéna mit ungläubigem Gesichtsausdruck ihrem Gemahl nachstarrte, der die Messe verließ und die Tür hinter sich ins Schloss zog.

Maryo verlor keine Zeit, sondern wandte sich der Prinzessin wieder zu. »So, und nun zu uns beiden.«

Er drängte sie sanft, aber bestimmt zum Tisch, bis sie mit den Beinen daran anstieß, und hielt ihre Schultern fest, sodass sie weder nach rechts noch nach links ausweichen konnte. Diese Tatsache schien ihr ganz und gar nicht zu passen, und ihre Wangen verfärbten sich zu einem dunklen Rot. Ob vor Wut oder Verlegenheit konnte Maryo nicht genau feststellen. Aber beides war ihm recht, solange er diese bezaubernde Frau in seiner Kabine wusste.

»Lass mich los, Maryo, oder ich schreie.« Sie sah ihn warnend an und versuchte abermals, sich von ihm loszureißen, jedoch war sein Griff zu stark.

Dass sie sich nicht mit Magie gegen ihn wehrte, zeigte ihm, dass sie es nicht allzu ernst meinte mit ihrer Verteidigung.

»Das würde ich an deiner Stelle unterlassen, obwohl ich gerne deinen Schreien lausche.« Er verstärkte seinen Griff um ihre Schultern und beugte sich leicht vor, sodass sie seinen Atem an ihrer Wange spüren konnte. Seine Stimme war kaum ein Raunen, als er fortfuhr: »Du kannst nicht derart hinreißend einen ganzen Abend lang an meinem Tisch sitzen und dann von mir verlangen, dass ich mich beherrschen soll. Ich bin auch nur ein Mann.« Seine Augen glitzerten vor unverhohlener Begierde.

»Maryo, bitte …«

Sie versuchte erfolglos, seinen Lippen auszuweichen, die jetzt warm und leichter als der Wind über ihre Haut strichen und ihren Körper zum Vibrieren brachten, wie er mit wachsender Genugtuung feststellte.

Sie wollte ihn also ebenso sehr wie er sie.

»Bitte … was? Ich tue alles, was du willst«, flüsterte er nahe an ihrem Ohr, was dazu führte, dass sich ihre Nackenhärchen auf bezaubernde Weise aufstellten.

Bei den Göttern, sie roch einfach himmlisch …

»Ich … ich bin verheiratet.«

Ein Stöhnen entfuhr ihrer Kehle, als er sanft die Mulde unter ihrem rechten Ohrläppchen küsste. Er spürte, wie sich unter seinen Lippen eine Gänsehaut bildete, was ihn fast um den Verstand brachte.

Er wollte diese atemberaubende Frau – mit jeder Faser seines Körpers.

Seine Hände lockerten den Griff ein wenig, als er merkte, dass ihre Gegenwehr langsam verebbte, und fuhren stattdessen zärtlich ihre Arme hinunter.

»Das sagst du jedes Mal und doch glaub ich es dir nicht.«

Seine Stimme klang rau, während seine Finger über ihre Hüften glitten und er ihren Körper näher an sich zog. Er verteilte federleichte Küsse auf ihrer Wange und näherte sich mit jedem einzelnen ihrem Mund, der leicht zitterte, da ihr Atem immer schneller ging.

Er spürte die Wärme ihrer Haut, die ihn zu verbrennen drohte.

»Es stimmt aber. Reyvan …«

»Erwähne diesen Namen nicht, wenn ich dich küsse«, befahl er heiser und hielt inne, um in ihre Augen zu blicken. Sie waren dunkler als die Nacht und glitzerten gleichzeitig wie tausend Sterne, sodass er Gefahr lief, sich in diesem Himmel zu verlieren.

»Lass mich gehen … bitte.« Amyénas Stimme klang flehend und sie versuchte, seinem goldenen Blick standzuhalten. »Du und ich, das wird es nie mehr geben. Niemals.« Das letzte Wort sprach sie aus, als verkünde sie ihr eigenes Todesurteil.

»Das werden wir ja sehen …« Maryo räusperte sich und trat einen Schritt zurück, was ihn all seine Beherrschung kostete, denn am liebsten hätte er diese sture Frau so lange liebkost, bis sie vor Lust seinen Namen schrie – so wie sie es bereits schon einmal getan hatte.

Früher. In einem anderen Leben.

Amyéna glättete ihr dunkelgrünes Kleid, das unter seinen forschenden Händen verrutscht war, und versuchte, ihre Fassung wiederzuerlangen, während sie sich eine Strähne aus dem Gesicht strich. »Tu so etwas nie wieder, oder …«

»… du schreist, ich weiß …« Er schenkte ihr einen funkelnden Blick.

»Dann ist ja gut.« Die Elfin trat so rasch am Kapitän vorbei, dass es den Anschein machte, sie wolle aus dem Zimmer fliehen.

»Bis morgen. Schlaft gut, Prinzessin und … träumt schön.« Maryo sah ihr hinterher, als sie die Tür aufriss und in den Gang hinauseilte.

Seine Gefühle hätte er in diesem Moment nicht wirklich in Worte fassen können. Es musste irgendetwas zwischen Verlangen, Enttäuschung und Vernunft sein – und ein Ziehen, das er in seiner Brust spürte und welches ihn noch lange wach halten würde.

Diese verdammte Schönheit …

Kapitel 13 - Lucja

MERITA, Gegenwart

(Tag 26, Monat 8, 1EP11 248)

Lucja ging tief in Gedanken versunken zurück zur Herberge im Hafenquartier. Die Morgendämmerung setzte bereits ein und die Stadt erwachte langsam zum Leben. Die Magierin machte einen Bogen um den Hafen, wo zu dieser Zeit am meisten los war, um keine unnötige Aufmerksamkeit zu erregen. Außerdem musste sie erst mal ihre Gedanken ordnen. In der vergangenen Nacht hatte sie viele Dinge erfahren, die es zu verarbeiten galt.

Die Tatsache, dass es hier in Merita noch einen Bewahrer gab, hatte sie mehr als erstaunt. Sie hatte angenommen, dass ihr Vater und seine Handvoll Anhänger die einzigen Überlebenden waren. Er hatte ihr nie von einem Ramen erzählt und nun tauchte dieser alte Mann auf und behauptete, dass er ihren Vater sogar gekannt hatte.

Wer war dieser komische Kerl, der einen Schatten der Assassinengilde von Karinth bei sich beherbergte?

Der Schatten ... aus ihm war sie ebenfalls nicht schlau geworden. Im Grunde hasste sie alles, was mit den alten Völkern zu tun hatte. Sie war im Hundertjährigen Krieg aufgewachsen, hatte Freunde und ihre Mutter durch die Kämpfe mit Gorkas, Elfen und Drachen verloren. Ihr Leben lang hatte sie jeglichen Kontakt mit ihnen gemieden ... und dennoch ... etwas an diesem Dunkelelf faszinierte sie, seit sie ihn zum ersten Mal in dieser Schenke gesehen hatte. Es war nicht allein die Tatsache, dass er ein offensichtlich gut ausgebildeter Assassine mit einer beeindruckenden Kampftechnik war, sondern auch die Art, wie er sich gab, sich bewegte, und der Schmerz, der in seinen Augen zu lesen war, wenn er meinte, dass er unbeobachtet war.

Außerdem sah er nicht übel aus, obwohl seine roten Augen gewöhnungsbedürftig waren – ebenso wie seine vernarbte, dunkle Haut und die spitzen Ohren. Doch er hatte seinen ganz eigenen Reiz, das konnte sie nicht abstreiten, auch wenn sie noch nicht sicher war, ob diese Faszination gleich stark war wie die grundlegende Verachtung, die sie für Angehörige seines Volkes empfand.

Dennoch spürte sie in sich den Wunsch, ihn nochmals zu treffen, um ihn näher kennenzulernen. Nun ja, womöglich war die Faszination, die von ihm ausging, sogar stärker, als sie glaubte. Das ließe sich jedoch nur herausfinden, wenn sie ihm nochmals gegenübertrat.

Noch während sie durch die Straßen lief, fasste sie bereits den Entschluss, dass sie heute Abend zu den Klippen zurückkehren würde. Sie war noch nie eine Frau gewesen, die lange über etwas nachgedacht und Argumente stundenlang gegeneinander abgewogen hatte. Dafür hatte sie ihren Instinkt, der sie selten fehlleitete.

Außerdem waren ihr Taten lieber als unsinnige Gedanken und Zweifel. Diese Gewohnheit mochte wohl auch daher rühren, dass sie bis vor Kurzem, als sie noch schwarze Magie beherrschte, kaum jemanden zu fürchten hatte und sich deswegen den meisten Situationen gewachsen fühlte.

Und alte Gewohnheiten abzulegen … dazu fehlte ihr einfach die Geduld.

Lucja merkte kaum, wie sie den Weg zur Herberge zurücklegte. Erst, als sie ihr Zimmer betrat, wurde sie aus ihren Gedanken gerissen, denn Rexi, die sie hierher begleitet hatte, stürzte auf sie zu.

»Verflucht noch mal, wo warst du?«, rief sie aufgeregt.

Ihr eigentlicher Name war Rexana, den sie jedoch nicht mochte, da sie behauptete, er klänge wie der Name einer billigen Straßendirne. Sie hatte kurzes, blondes Haar und ihr blasses Gesicht war noch bleicher als sonst. Das mochte daran liegen, dass ihre dunklen Augen vor Sorge fast schwarz waren, oder auch daran, dass sie ja das Bett gehütet und ihre Kräfte noch nicht vollständig zurückerlangt hatte.

Rexi stammte ursprünglich aus Fayl, einer Region im Nordosten von Altra, und war aufgrund ihrer beachtlichen Kampfeskünste in die Kampfmagiertruppe des Zirkels von Arganta aufgenommen worden. Ihr Körper bestand im Grunde nur aus Sehnen und Muskeln und sie war mit dem Schwert ebenso geschickt wie mit ihrer Feuermagie.

Hinter ihr erschien Pranten. Auch er war immer noch aschfahl von der Seekrankheit und den Strapazen der Reise, wenngleich man ihm dies wegen seiner dunklen Hautfarbe weniger gut ansah. Lucja kannte ihn bereits seit mehreren Jahrzehnten und sah in ihm fast schon einen großen Bruder, den sie nie gehabt hatte, obwohl er um vieles jünger als sie war. Pranten überragte Rexi und Lucja um einen Kopf, sein Schädel war kahl rasiert und seine schwarzen Augen sahen sie in diesem Moment ebenso besorgt wie wütend an.

»Du hast wohl zu viel Sonne erwischt, dass du dich die ganze Nacht in einer fremden Stadt herumtreibst!« Prantens Stimme klang normalerweise angenehm tief, nun aber erinnerte sie an das Donnergrollen eines Gewitters.

Lucja verdrehte die Augen und hob abwehrend die Hände. »Euch scheint es ja wieder besser zu gehen«, meinte sie spitz. »Lasst mich doch erst mal ankommen.« Sie schloss die Zimmertür hinter sich und ging an den beiden vorbei.

»Wo warst du?« Pranten ließ seinen Blick über ihren Körper gleiten, als suche er nach Verletzungen. »Wir haben uns die größten Sorgen gemacht. Keiner wusste, wo du hingegangen bist, da sich deine Spur in diesem Bettlerquartier verlor.«

»*Bettlers-Eck*«, korrigierte Lucja ihn und setzte sich auf eines der drei Betten.

»Mir ist verflucht egal, wie es heißt!«, rief Pranten aus. »Du hättest nicht alleine dort hingehen dürfen!«

»Warum hast du uns nicht Bescheid gegeben?«, fügte Rexi nicht minder erregt hinzu.

»Jetzt haltet mal die Luft an, alle beide!«, befahl Lucja unwirsch. »Ich bin hier und unversehrt, was regt ihr euch so auf?«

»Unversehrt?!« Die dunkelbraunen Augen von Rexi weiteten sich ungläubig. »Und von wem stammt dann das Blut auf deinen Kleidern?«

Lucja sah an sich herunter und bemerkte erst jetzt, dass ihre Lederrüstung und ihr Umhang mit getrocknetem Blut bedeckt waren. Verflucht, daran hatte sie gar nicht mehr gedacht, nachdem Ramen sie wieder zusammengeflickt hatte. Zu viel war passiert, seit der Schatten versucht hatte, ihr die Kehle aufzuschlitzen.

Sie stöhnte innerlich bei dem Gedanken, dass sie in dieser Aufmachung durch die halbe Stadt marschiert war. Auch wenn der Morgen erst anbrach und nur wenige Menschen auf den Straßen unterwegs gewesen waren, so zog ein solcher Anblick doch sehr viel Aufmerksamkeit auf sich. Es grenzte fast an ein Wunder, dass die Stadtwache sie nicht verhaftet hatte.

»Das ist zwar mein Blut, aber ich bin unversehrt«, gestand sie zerknirscht.

»Du hast uns einiges zu erklären!« Pranten verschränkte die Arme vor der Brust und baute sich vor ihr auf.

Sie erhob sich wieder vom Bett und sah ihn mit schmalen Augen an. »Ich schulde euch weder Rechenschaft noch Erklärungen. Ich bin eure Befehlshaberin, schon vergessen?«

»So wie du dich aufführst, könnte man dich eher für einen leichtsinnigen Rekruten halten«, konterte Pranten kühl.

»Das nimmst du sofort zurück, oder ich verlange Genugtuung!«, fauchte Lucja.

»Du weißt, dass wir uns ebenbürtig sind, was das Schwert angeht«, meinte der Kampfmagier gelassen. »Und seit du keine schwarze Magie mehr wirken kannst …«

»Hört auf zu streiten!«, unterbrach Rexi die beiden. »Erzähl uns, warum du erst jetzt zurückkehrst – und dann auch noch blutüberströmt. Gab es einen Kampf?«

»So würde ich es nicht gerade nennen.« Lucja legte den Kopf schief. »Wohl eher einen … unerwarteten Zusammenstoß.«

»Jetzt lass dir nicht alles aus der Nase ziehen!« Rexi verdrehte die Augen.

»Leider habe ich versprochen, dass ich nichts preisgebe«, antwortete Lucja, während sie nach dem Tuch und der Waschschale, die für die tägliche Körperwäsche gedacht war, griff und begann, sich das Blut von der Rüstung zu waschen.

»Lu …« Prantens Stimme war ein wenig sanfter geworden. Er trat hinter sie und ergriff ihre Hand, in der sie das Tuch hielt. »Du kannst uns vertrauen, schon vergessen?«

»Es hat nichts damit zu tun, ob ich euch vertraue oder nicht.« Sie entzog ihm ihre Hand und verstärkte ihre Bemühungen, die Blutflecken zu entfernen. »Ich habe es versprochen. Bitte, respektiert das.« Sie hielt inne und ihre hellen Augen richteten sich auf den Erdmagier. »Ich werde mich heute Abend nochmals mit den zwei Männern treffen, denen ich begegnet bin. Sie können uns vielleicht helfen. Sobald ich ihre Einwilligung habe, bringe ich euch zu ihnen, damit ihr sie ebenfalls kennenlernen könnt. Aber vorher möchte ich euch bitten, mich nicht weiter zu löchern.«

Pranten betrachtete Lucja ein paar Sekunden lang nachdenklich und seufzte dann. »Also gut, ich vertraue darauf, dass du keinen Unsinn planst. Aber trotzdem ist mir nicht wohl bei dem Gedanken, dass du dich nachts mit irgendwelchen Fremden triffst. Du bist wertvoll und dein Vater ist ein großes Risiko eingegangen, als er dich hierher geschickt hat. Das solltest du bedenken, ehe du Dinge tust, die dein Leben gefährden könnten.«

Lucjas Gesicht entspannte sich und ein Lächeln breitete sich auf ihren Zügen aus. »Es ist lieb, dass du dir Sorgen machst, aber sie sind unbegründet. Ich kann auf mich aufpassen, wie du weißt. Zudem wäre es ganz im Sinne meines Vaters, dass ich dieses Treffen heute Abend wahrnehme, glaub mir.«

»Nun gut, aber ich werde mitkommen und in der Nähe bleiben«, sagte der Magier bestimmt.

»Das wirst du nicht«, entgegnete Lucja ebenso entschieden. »Du wirst schön hierbleiben, und Rexi auch. Ihr würdet das Treffen und das Bündnis, das ich plane, bloß gefährden. Das ist ein Befehl, ich dulde keine Widerrede.«

»Du bist unmöglich!« Rexi verdrehte abermals die Augen.

Lucja lächelte in sich hinein, erwiderte jedoch nichts mehr, sondern widmete sich wieder ihrer blutverschmierten Rüstung.

Den Rest des Tages verbrachte sie damit, sich von der ereignisreichen Nacht zu erholen. Ihr gelang es, ein paar Stunden zu schlafen, jedoch fühlte sie sich nicht sonderlich ausgeruht, als sie sich nach Anbruch der Dämmerung aufmachte, um zurück zur Höhle zwischen den Klippen zu gehen.

Da sie Rexi und Pranten nicht traute, schlug sie zunächst eine andere Richtung ein und wechselte dann mehrmals die Straßen, bis sie sich sicher war, dass ihre Freunde sie nicht verfolgten. Es fehlte noch, dass sie ihre Pläne mit übertriebener Fürsorge durchkreuzten. Sie wusste, dass der Schatten keine Sekunde zögern und sie angreifen würde, sollte sie mit den beiden Kampfmagiern im Schlepptau in der Höhle auftauchen.

Als sie bei den Klippen ankam, war es bereits finstere Nacht. Doch die Sterne und der aufgegangene Mond sorgten für genügend Licht, sodass Lucja die Laterne, die sie für alle Fälle mitgenommen hatte, nicht anzünden musste. Besser so, so war sie nicht weithin sichtbar.

Sie bildete einen Schutzschild, um nicht abermals von dem Assassinen überrascht zu werden und ging in Richtung der Klippen, in deren Felswand sich die Höhle befand. Noch ehe sie diese erreicht hatte, löste sich eine Gestalt aus der Dunkelheit und kam mit geschmeidigen Bewegungen auf sie zu.

»Ihr habt Euch Zeit gelassen«, erklang die hohle Stimme des Schattens. Seine weißen Zähne blitzten in seinem dunklen Gesicht auf.

»Hattet Ihr etwa Sehnsucht nach mir?« Lucja blieb stehen und lächelte den Elf entwaffnend an, der einige Schritte vor ihr stehen geblieben war.

Dieser ignorierte die Bemerkung und verschränkte die Arme vor seiner Brust. »Seid Ihr allein?«

»Ja, es reicht ja, wenn Ihr *mich* ständig bedroht und umbringen wollt – meinen Freunden will ich das nicht auch noch zumuten.«

Die Miene des Schattens verzog sich nicht, aber seine Augen glühten förmlich, und die Magierin konnte im Sternenlicht die Anspannung in jedem seiner Muskeln ausmachen.

Lucja sprach weiter, ehe er ihr an die Gurgel springen konnte: »Ich bin hier, das heißt, ich bin bereit dazu, mit Euch zusammenzuarbeiten – oder mir zumindest anzuhören, was Ramen zu sagen hat.« Sie sah ihm forschend ins Gesicht. »Aber zunächst die Frage an Euch: Seid Ihr ebenfalls bereit, ein Bündnis mit mir einzugehen?«

Der Schatten verlagerte sein Gewicht und musterte sie. Sie konnte erkennen, dass er einen inneren Kampf ausfocht. Einen Kampf, den sie nur zu gut kannte, da sie ihn ebenfalls hinter sich hatte.

»Ich werde Euch eine Chance geben«, meinte er dann gepresst. »Doch solltet Ihr mir nur einen einzigen Grund liefern, an Eurer Loyalität zu zweifeln, werdet Ihr sterben.«

»Seht Ihr? Ständig diese Todesdrohungen.« Lucja verbarg ihre Erleichterung über den Sinneswandel des Elfen hinter einem theatralischen Augenrollen. »Damit solltet Ihr aufhören, wenn es Euch tatsächlich ernst ist, mir zu vertrauen.«

»Überspannt den Bogen nicht«, knurrte der Elf und kam mit glitzernden Augen näher.

»Warum? Ich mag es, wenn Ihr Euch vor Erregung kaum beherrschen könnt.« Lucja wich keinen Schritt zurück, sondern sah ihm mit herausforderndem Blick entgegen. Gleichzeitig vergewisserte sie sich, dass ihr Schutzschild stark genug für einen möglichen Angriff war.

Noch ehe der Schatten etwas entgegnen konnte, erschien eine Gestalt mit einer Fackel im Höhleneingang.

»Wollt Ihr zwei hier draußen Wurzeln schlagen?«, fragte eine Greisenstimme, die eindeutig zu Ramen gehörte.

»Ich versuche nur gerade, Eurem Gast ein paar Manieren beizubringen.« Lucja ging an dem Dunkelelf vorbei, der augenscheinlich all seine Beherrschung aufbringen musste, um sich nicht auf die Magierin zu stürzen, und schüttelte die Hand des Alten, die er ihr zur Begrüßung entgegenstreckte.

»Hab ich schon probiert, bringt nichts.« Auf Ramens Gesicht erschien ein schiefes Lächeln, während der Schatten eine Mischung aus Fauchen und Knurren von sich gab. »Kommt, stoßen wir auf unsere Zusammenarbeit an. Ich bin froh, dass Ihr zurückgekehrt seid.«

»Ihr habt nicht damit gerechnet?« Lucja folgte dem alten Mann in die Höhle, ohne sich noch mal nach dem Dunkelelf umzudrehen. Aber auch wenn sie ihn nicht hören konnte, so war sie sich sicher, dass er ihnen folgte. Sie konnte seine Präsenz förmlich in ihrem Rücken fühlen.

»Nun, ich war mir nicht sicher, wie viel von Eurem Vater in Euch steckt«, meinte Ramen schulterzuckend, während er ihr bedeutete, sich wieder an den Tisch zu setzen, wie in der letzten Nacht. Es war die einzige Sitzgelegenheit in der kleinen Höhle.

»Wie meint ihr das?« Lucjas Augen wurden schmal, während sie der Aufforderung nachkam.

Ramen stellte einen Becher mit Wein vor sie hin und hielt ihn einen Moment lang fest, sodass Lucja verwundert zu ihm aufsah.

»Ich will nicht schlecht über Euren Vater sprechen, gewiss nicht«, meinte der Alte langsam. »Aber er war nicht immer der … Ausdauerndste, was solche Dinge anging.«

»Ihr wollt ihn als Feigling bezeichnen?!« Der Magierin entfuhr ein entrüstetes Schnauben.

»Das habt *Ihr* jetzt gesagt. Ich würde ihn eher als jemanden bezeichnen, der mehr auf sein eigenes Wohl bedacht war, als auf das von anderen.«

»Nennt es, wie Ihr wollt, die Bedeutung bleibt dieselbe!« Lucja musste an sich halten, nicht aufzuspringen. »Wenn Ihr so über meinen Vater denkt, kennt Ihr ihn ganz offensichtlich nicht! Er hat jahrhundertelang darauf gewartet, Lesath zu stürzen, und die Verbindung der Bewahrer gerettet!«

»Das habe ich auch nicht angezweifelt«, erwiderte Ramen ruhig und ließ ihren Becher los, um sich ebenfalls Wein einzuschenken. Dann setzte er sich bedächtig auf einen der anderen Stühle und warf ihr über den Rand seines Bechers einen langen Blick zu, ehe er trank. »Aber er scheint Euch nicht die ganze Wahrheit erzählt zu haben.«

»Und was ist die ganze Wahrheit über die Verbindung der Bewahrer?« Der Magierin riss langsam der Geduldsfaden.

»Das werde ich Euch erst sagen, wenn ich mir sicher sein kann, dass wir dieselben Ziele verfolgen.«

»Ihr klingt schon genauso wie der Mörder, den Ihr beherbergt!«, rief Lucja erregt. »Ich bin hier, bei Euch. Was wollt Ihr noch von mir, damit Ihr mir vertrauen könnt?!«

»Ich möchte sehen, dass es Euch ernst ist.« Ramen hob abermals den Becher an die Lippen und trank einen großen Schluck.

»Und wie, bitteschön?!«

»Indem Ihr in den Zirkel geht – zusammen mit dem Schatten«, antwortete Ramen seelenruhig.

»Wie bitte? Ich soll mich wie ein Auftragsmörder in den Zirkel schleichen?« Lucja hatte Mühe, ihren offenen Mund wieder zu schließen.

»Nein, Ihr sollt durch das Haupttor reingehen und Euch der Herrscherin vorstellen.« Der Alte trank einen weiteren Schluck Wein.

»Das hatte ich ohnehin vor – auch ohne Euren … Befehl!« Die Stimme der Magierin klang patzig.

»Nun, dann wird Euch dieser Teil demnach nicht schwerfallen.«

Lucja schüttelte verwirrt den Kopf. »Und was genau ist es dann, was Ihr als ›Beweis‹ für meine Loyalität erachtet?«

»Ihr werdet den Schatten als Gefangenen in den Zirkel bringen.« Die dunklen Augen des Alten blitzten.

»Auf keinen Fall!«, erklang die hohle Stimme des Dunkelelfen, der mit einem Mal neben dem Tisch erschien.

Lucja fuhr herum, sie hatte nicht bemerkt, dass er sich lautlos genähert hatte. Offenbar handelte es sich bei diesem plötzlichen Auftauchen um einen Assassinentrick, wie sie verärgert feststellte.

Ramen hob den Kopf und musterte den Elf. »Und wie wollt Ihr dann vor die Herrscherin treten? Als Assassine, in Begleitung einer Kampfmagierin, die aus dem Norden kommt? Dann werdet Ihr keine zwei Sekunden leben, das ist gewiss. Ihr wisst selbst, welche Kräfte die Herrscherin besitzt. Sie wird nicht zögern und sie gegen

Euch einsetzen, sollte sie den leisesten Verdacht hegen, dass Ihr sie töten wollt.«

»Warum sollte sie das tun?«, wollte Lucja wissen.

Ramen wandte sich der Magierin wieder zu. »Weil sie allen Grund zur Annahme hat, dass die anderen Regionen Altras ihr den Thron streitig machen wollen. Zudem hat sie die Gabe des Gedankenlesens. Aber auch ohne diese wird sie sofort erkennen, dass der Schatten sie töten will. Man braucht ihm dafür nur in die Augen zu sehen. Und trotzdem muss sie ihn kennenlernen.«

Lucja runzelte die Stirn. »Warum ist Euch so viel daran gelegen, dass Alia den Schatten kennenlernt?«

Ramen lehnte sich im Stuhl zurück. »Das werde ich Euch gerne erklären«, meinte er. »Denn glaubt mir, es ist für die Zukunft von Altra von großer Bedeutung – ebenso wie die Tatsache, dass die Herrscherin Euch, Lucja, begegnen muss. Sie soll die wahre Geschichte des Zirkels erfahren, denn ich bin mir sicher, dass sie das bisher noch nicht hat.«

»Warum geht Ihr denn nicht selbst zu ihr und erzählt ihr alles?«, knurrte der Schatten.

»Weil sie einem alten Bettler nicht glauben wird.«

»Dann verjüngt Euch doch«, schlug Lucja vor.

Ramen ließ ein heiseres Lachen ertönen. »Und dafür meine hart erarbeitete Existenz hier in Merita aufgeben? Nein, meine Liebe, das werde ich nicht tun, denn das Alter kann man zwar mit Magie rückgängig machen, die Jugend jedoch nicht. Ich wäre für die nächsten Jahrzehnte jung, obwohl ich mich alt fühle. Meine Aufgabe auf dieser Welt ist beinahe erfüllt. Ich brauche keinen jungen

Körper mehr dafür.«

»Was soll das denn schon wieder heißen?« Lucja fixierte Ramen mit schmalen Augen.

»Wie gesagt, erst werdet Ihr mir zeigen, dass Ihr mir vertraut, dann vertraue ich Euch genug, um Euch die ganze Wahrheit zu erzählen.«

»Und wenn wir diese Pläne nicht unterstützen, die Ihr vorhabt?«

»Dann werdet Ihr es eben nicht tun. Glaubt mir, ich kann hier noch weitere hundert Jahre warten, das ist kein Problem. Doch solch eine Gelegenheit wie jetzt wird es nicht so rasch wieder geben, um die Bewahrer zurück an die Spitze der Herrschaft von Altra zu bringen.«

Lucjas Stirn legte sich in Falten. »Warum brauche ich Eure Hilfe dafür?«

Ramens Blick wurde weicher. »Meine Liebe, Ihr braucht sie nicht. Aber Ihr werdet sehen, dass es mit meinem Rat andere Wege gibt, Euer Ziel zu erreichen. Wege, die nachhaltiger sind als die Pläne Eures Vaters. Und das ist auch in Eurem Interesse, nehme ich an.«

Lucja dachte einige Sekunden über Ramens Worte nach, ehe sie langsam nickte. »Also gut. Ich soll also mit dem Schatten als Gefangenen in den Zirkel gehen.«

»Da habe ich ja wohl auch noch ein Wort mitzureden«, fuhr der Elf dazwischen.

»Ihr wollt die Herrscherin tot sehen. Falls Ihr das immer noch wollt, nachdem Ihr sie kennengelernt und ihr das gesagt habt, was ich Euch empfehle, könnt Ihr das besser tun, wenn Ihr in ihrer Nähe seid«, schmunzelte Ramen.

»Ein Schatten zeigt sich seinem Opfer nie!«, erwiderte der Assassine scharf.

»Ihr seid aber nicht irgendein Schatten und das ist nicht irgendein Auftrag«, konterte der Alte.

»Ich hätte Euch verflucht noch mal nichts über meinen Auftrag erzählen sollen«, fauchte der Schatten erbost.

Ramen sah den Dunkelelf unbeeindruckt an. »Ihr habt es aber getan und das ist auch gut so. Jetzt werde ich Euch erst mal erklären, was Ihr der Herrscherin sagen sollt.«

Kapitel 14 - Lucja

MERITA, Gegenwart

(Tag 26, Monat 8, 1EP11 248)

Ihr habt den alten Mann gehört und ich stimme ihm zu.« Lucja bemühte sich, mit dem Schatten Schritt zu halten, der soeben wütend aus der Höhle stürmte. »Ich mag Euch ebenso wenig wie Ihr mich. Aber ich erkenne auch die Wahrheit in Ramens Worten. Daher sollten wir uns zusammentun, wenn das hier gelingen soll.«

Der Elf fuhr herum und die Magierin trat unwillkürlich einen Schritt zurück, als sie seine rot glühenden Augen sah. »Ich werde mich mit niemandem zusammentun!«, herrschte er sie an. »Schon gar nicht mit einer schwachen Frau, wie Ihr es seid!«

Lucja verschränkte die Arme vor der Brust und fixierte den dunkelhäutigen Elf mit schmalen Augen. »Ihr habt mich gestern mit einer feigen List überrumpelt. Hättet Ihr wie ein ehrenhafter Mann gekämpft, wärt Ihr nun nicht mehr am Leben.«

Der Schatten kam bedrohlich ein paar Schritte auf sie zu und sie musste sich mit aller Macht zurückhalten, keinen Schutzschild zu bilden. Sie konnte nicht einschätzen, ob er sie töten oder bloß provozieren wollte.

»Das sagt ausgerechnet eine Magierin«, knurrte er mit vernichtendem Blick. Sein sinnlicher Mund war zu einer schmalen Linie geworden. »Ihr kennt keine Ehre, Ihr seid bloß anmaßend.«

Er stand nun so nahe vor Lucja, dass ihr zum ersten Mal sein Geruch auffiel. Er roch nach Leder und Blut, einer eigenartigen Kombination, die sie für einen Moment verwirrte. Zudem entdeckte sie goldene Sprenkel in seinen Augen, etwas, das sie bisher nicht bemerkt hatte.

Sie schüttelte den Kopf und hielt seinem Blick stand. »Was wisst Ihr schon von Ehre, Ihr seid ein Assassine, der auf Geheiß von irgendwelchen Auftraggebern handelt, deren Motive er noch nicht einmal kennt! Dennoch, oder gerade deshalb, seid Ihr auf mich angewiesen – ebenso wie ich auf Euch.«

»Ich bin auf niemanden angewiesen und werde nicht zur Marionette von Ramen, der Herrscherin oder gar Euch!«, erwiderte der Dunkelelf scharf. »Ich bin schon lange genug ein Assassine und habe mir geschworen, nie wieder von jemandem abhängig zu sein!«

Lucja stutzte. Zum ersten Mal sprach der Dunkelelf von sich und seinen Wünschen. Etwas, das ihre Faszination für ihn noch verstärkte.

Sie wollte mehr über ihn erfahren.

Also legte sie den Kopf schief und sah ihn forschend an. »Warum macht Ihr dann diesen Auftrag? Ich weiß, wer Euch angeheuert hat und glaubt mir, es ist der falsche Weg.«

»Ich interessiere mich nicht für meine Auftraggeber!«, fauchte der Schatten.

»Wirklich nicht?« Lucja hob eine Augenbraue nach oben.

»Nein!«

Der Elf wandte sich wieder ab und starrte auf die Wellen, die in der aufkommenden Morgendämmerung eine dunkelgraue Farbe angenommen hatten. In der Ferne konnte man die Umrisse des Magierzirkels von Merita erkennen, der auf der kleinen Insel erbaut worden war.

Wie immer wehte ein kühler Wind vom Meer her, der die schwüle Hitze des Landes ein wenig erträglicher machte. Das dunkel eingefärbte Haar des Elfen wurde davon zerzaust, was ihm ein noch wilderes Aussehen verlieh, als es die lange Narbe in seinem Gesicht ohnehin schon tat.

Lucja seufzte und trat neben ihn, um seinem Blick zu folgen. »Seht es ein, es ist der einzige Weg, wie Ihr mit der Schattengilde Frieden schließen könnt«, sagte sie mit sanfterer Stimme.

»Nein, das ist es nicht.« Der Dunkelelf klang angespannt.

»Und was wäre Eurer Meinung nach ein besserer Weg?« Lucja sah ihn von der Seite an.

»Ich hatte alles genau geplant – und dann seid Ihr dazwischengekommen.« Er wandte sich ihr mit zornigem Blick zu. »Ihr wisst bereits viel zu viel über mich und die Schattengilde, daher werde ich Euch nun töten.«

So rasch, dass ein menschliches Auge ihm kaum folgen konnte, hatte er eine seiner Schattenklingen gezogen und stieß sie der Magierin in den Hals – oder hätte es, wäre der Dolch nicht an ihrem magischen Schild abgerutscht, den sie blitzschnell gebildet hatte.

»Mit dieser Unart solltet Ihr aufhören.« Lucja sah ihn warnend an und versuchte, ruhiger zu klingen, als ihr Herz gerade schlug. Beinahe hätte er sie getötet …! »Ich sagte ja bereits, dass ich nun auf Eure Hinterhältigkeiten vorbereitet bin.«

Der Schatten knurrte eine Verwünschung. Sein Brustkorb hob und senkte sich heftig und er musste sichtlich all seine Beherrschung aufbringen, um sich nicht vor Wut auf die Magierin zu stürzen.

Lucja legte den Kopf abermals schief und gab sich Mühe, unbeeindruckt zu wirken. »Euer Geheimnis ist bei mir sicher, ich werde keinem verraten, dass Ihr aus Eurer Gilde aussteigen wollt. Darauf gebe ich Euch mein Wort, auch wenn Euch das nicht viel bedeuten mag. Noch nicht. Ihr müsst lernen, mir zu vertrauen, ebenso wie ich Euch. Ein erster Schritt wäre, dass Ihr nicht ständig versucht, mich zu töten.«

»Ihr werdet sterben!«, fauchte der Schatten.

»Irgendwann sicherlich, aber nicht durch Eure Hand.« Lucja deutete zur Insel hinüber. »Und vor allem nicht, bevor ich meinen Auftrag ausgeführt habe – zusammen mit Euch.«

»Ihr glaubt doch wohl kaum, dass die Herrscherin sich so einfach überreden lassen wird.«

Lucja kniff die Augen ein wenig zusammen. »Nein, das glaube ich nicht. Aber wir können es zumindest versuchen, oder?«

Der Schatten betrachtete Lucja spöttisch. »Man tut nichts, ohne die Gewissheit zu haben, dass es auch gelingen wird.«

»Ihr vielleicht nicht, aber Ihr seid auch ein gefühlloser Krüppel ohne Hoffnung«, meinte die Magierin schulterzuckend.

»Das nehmt Ihr zurück!« Der Dunkelelf starrte sie wütend an.

»Oder was? Werdet Ihr abermals versuchen, mich zu töten?« Lucja lächelte verächtlich. »Merkt Euch eines: Ich mag zwar eine Frau sein, aber ich bin nicht schwach. Je eher Ihr diese Lektion lernt, desto besser.«

Der Schatten sah einen Moment aus, als wolle er tatsächlich einen weiteren Angriff wagen, dann atmete er tief durch. »Ich weiß, was Ihr vorhabt«, meinte er und steckte die Schattenklinge wieder ein. »Ihr wollt mich provozieren, damit ich aus Wut Dinge tue, die ich nicht will. Aber da habt Ihr Euch getäuscht: Ich lasse mich nicht von diesen … Gefühlen beeinflussen! Und auch nicht von Euch!«

»Warum denkt Ihr, dass Euch jeder etwas Schlechtes will?« Lucja ließ ihren Schutzschild langsam sinken und sah den Schatten mit zusammengezogenen Augenbrauen nachdenklich an.

Sie hätte nie gedacht, dass sie irgendwann tatsächlich mit einem Dunkelelf ein Gespräch führen würde, das länger als drei Sätze dauerte. Sie hatte dieses Volk bisher mehr als verachtet, regelrecht gehasst. Doch nun stand einer davon vor ihr und er war so anders als diejenigen, die sie bisher kennengelernt hatte. Fast spürte sie Mitleid mit ihm, weil er im Grunde überfordert war. Überfordert mit seinen Wünschen, Plänen, seiner Zukunft. Und vor allem mit seinen Gefühlen, die er nur schwer kontrollieren konnte.

Vielleicht war es an der Zeit, ihre Einstellungen zu den alten Völkern zu überdenken – zumindest zu den Elfen. Die Drachen würde sie wohl ihr Leben lang dafür verfluchen, was sie ihr angetan hatten. Aber wenn alle Elfen ähnlich waren wie dieser Schatten, dann sollte sie ihnen wohl doch eine Chance geben. Wenn auch eine ganz kleine.

Der Assassine atmete tief durch und lenkte damit ihre Aufmerksamkeit wieder auf ihn. Immerhin bemühte er sich, seiner Gefühle Herr zu werden, das musste sie ihm hoch anrechnen.

»Weil Menschen so sind«, presste er hervor. Seine Kiefer mahlten, während er die Lippen fest aufeinanderdrückte.

»Hat man Euch das in der Gilde so beigebracht? Dass Ihr denken müsst, dass alle Menschen verdorben sind?«

Womöglich waren sie sich doch ähnlicher, als sie angenommen hatte. Auch sie hatte ihr Leben lang nur das Schlechte von den alten Völkern gehört – und es geglaubt, weil sie sie nie so nahe an sich herangelassen hatte, um etwas gegenteiliges kennenzulernen.

Womöglich ... war es tatsächlich an der Zeit, diese Einstellung zu hinterfragen.

»Ich muss das nicht denken, ich *weiß* es.« Der Schatten musterte sie verächtlich. »Ihr Menschen seid schwach, weil Ihr Gefühle habt, die Euch zu Dingen verleiten. Dingen, die der Verstand niemals zulassen würde.«

»Das denkt Ihr also? Dass Gefühle eine Schwäche sind?« Lucja lachte leise auf. »Das ist Unsinn. Warum habt Ihr dann solche Mühe, gegen Euren Zorn anzukommen, wenn Gefühle schwach sind?«

»Darum geht es nicht«, knurrte der Elf, der sich sichtlich in die Enge getrieben fühlte von ihren Worten, da er die Wahrheit darin zu erkennen schien. »Ich kann meine Gefühle ebenso kontrollieren wie Ihr.«

Zum ersten Mal war Lucjas Lächeln nicht aufgesetzt, als sie ihn ansah. »Das bezweifle ich. Ihr wolltet mich gerade töten, bloß weil ich etwas gesagt habe, das Euch missfiel, und weil ich etwas weiß, das Euch gefährlich werden könnte. Ihr habt keine Kontrolle über Eure Gefühle, mein Lieber.«

Der Elf atmete tief durch. »Ich werde mich von Euch nicht nochmals provozieren lassen.«

Lucja lächelte breiter. »Nun kommen wir der Sache schon etwas näher. Und, wie fühlt es sich an, sich gegen Gefühle zu wehren? Ist schwer, sie unter Kontrolle zu behalten, oder?«

Ein Grollen stieg aus der Kehle des Schattens, aber er unterdrückte den Drang, dieser überheblichen Frau ihr selbstgefälliges Lächeln aus dem Gesicht zu schneiden.

»Ramen erwähnte eine Essenz namens Umbrium«, fuhr Lucja fort. »Was hat es damit auf sich?«

»Das geht Euch nichts an!« Nun fuhr die Hand des Schattens doch wieder zu seinem Dolch und er musste sichtlich alle Kraft aufbringen, ihn nicht abermals zu ziehen.

Lucja folgte mit ihrem Blick seiner Bewegung und hob eine Augenbraue. »Beeindruckend, Ihr lernt schnell«, meinte sie und sah ihn wieder mit schief gelegtem Kopf an. »Dann verratet mir doch wenigstens, wie Ihr heißt. Oder soll ich Euch die ganze Zeit ›Schatten‹ nennen?«

»Meinen Namen habe ich abgelegt, wie alle anderen Mitglieder der Schattengilde.« Der Elf ließ die Hand sinken.

»Abgelegt oder wurde er Euch genommen?«

»Wohl beides, ich weiß es nicht mehr, da es zu lange her ist.« Mit einem Mal war eine andere Gefühlsregung als Wut in den Augen des Schattens zu erkennen, auch wenn Lucja sie nicht deuten konnte, da sie zu flüchtig war.

»Diese Schattengilde ist tatsächlich grausam«, stellte sie nüchtern fest. »Nimmt Euch Eure Gefühle und Eure Namen. Was bleibt dann noch außer einer willenlosen Hülle, die dazu abgerichtet ist, zu töten?«

»Wir Schatten sind nicht willenlos«, erwiderte der Elf aufgebracht. »Wir können sehr wohl Entscheidungen treffen. Beispielsweise welche Aufträge wir annehmen wollen.«

»Tut Ihr das tatsächlich, oder will Euch die Gilde das bloß glauben machen?« Lucja verschränkte die Arme.

»Das tut nichts zur Sache!«, fuhr sie der Elf an. Aber in seinen Augen war für einen kurzen Augenblick Unsicherheit zu erkennen. »Wir bezahlen für die Aufträge und kassieren das Geld, wenn sie ausgeführt sind.«

Lucjas Augen wurden groß. »Ihr bezahlt für Aufträge? Ich dachte, der Auftraggeber bezahlt die Assassinen, nicht umgekehrt.«

»Wir bezahlen die Gilde für die Vermittlung der Aufträge«, erklärte der Dunkelelf. »Damit sichert sich die Schattengilde ab, sollte ein Auftrag scheitern. Zudem ist es ein Schutz für unerfahrene Rekruten, sich zu überschätzen, denn je schwieriger ein Auftrag ist, desto teurer wird er. Und nur erfahrene Schatten haben genügend Geld, um die gefährlicheren Aufträge zu bezahlen.«

»Das ergibt Sinn«, nickte Lucja. »Und wie viel habt Ihr für diesen

Auftrag hier bezahlt?«

»Siebenhundert Gold.«

Die Augen der Magierin weiteten sich. »Das ist ein Vermögen!«

»Nicht, wenn der Auftrag gelingt«, meinte der Schatten. »Das Auftragsgeld beträgt einen Bruchteil der Belohnung. Wenn ich das Ziel töte, bin ich reich genug, um aus der Gilde zu verschwinden.«

»Werden sie Euch nicht suchen und töten?«

Der Schatten zuckte mit den Schultern. »Mit Sicherheit, aber ich werde nicht aufzufinden sein.«

»Und warum findet Ihr den Plan von Ramen so schlecht? Wenn er gelingt, seid Ihr ebenfalls sicher.«

»Sicher vielleicht, aber nicht frei.« Um den Mund des Elfen war ein bitterer Zug zu erkennen.

»Freiheit ist, wenn Ihr nichts tun müsst, was Ihr nicht wollt.«

»Wenn ich sie für die Sicherheit aufgebe, verliere ich dennoch beides«, konterte der Elf.

Lucja sah ihn nachdenklich an. »Nicht unbedingt, solange Ihr selbst entscheiden könnt, was Freiheit und Sicherheit für Euch bedeuten.«

»Ihr vergesst, dass ich aus einem Land komme, wo Freiheit *alles* bedeutet.«

»Ich habe schon gehört, dass es in Karinth Sklaverei geben soll«, nickte Lucja. »Die Oberschicht wird ja von Magiern gebildet, die nichtmagische Sklaven halten. Aber Ihr seid ein Elf und beherrscht Magie.«

»Das schützt nicht davor, ein Sklave zu werden. Obwohl Elfen und Zwerge der Mittelschicht angehören, können sie versklavt werden – ebenso wie Magier, die nicht von den ersten Propheten abstammen und damit nicht zur Oberschicht gehören.«

»Das wusste ich nicht«, Lucja sah den Schatten betroffen an. »Warum wehren sich die Menschen nicht gegen die Sklaverei?«

»Wenn Ihr die Wahl habt zwischen einem Leben auf der Straße mit einem frühen Tod oder dem Leben eines Sklaven, dem sich die Möglichkeit bietet, seine Arbeitskraft zu verkaufen und damit seine Familie durchzubringen, ist die Entscheidung nicht schwer«, antwortete der Elf. »Zudem ranken sich Sagen um sogenannte Aufsteiger, Helden der Unterschicht, denen das Kunststück geglückt sein soll, sich in der Mittelschicht ein angenehmes Leben zu leisten. Damit wird die Hoffnung der Menschen aufrechterhalten, dass ihr Kind oder Kindeskind vielleicht auch dazu auserkoren ist, der Armut der Unterschicht zu entfliehen.«

Lucja sah ihn verblüfft an. »Auch wenn es keine Magie in sich trägt?«

»Selbst dann. Außerdem gibt es die Legenden über magiebegabte Sklavenkinder. Ein weiterer Trick der Oberschicht, die Nichtmagier ruhig zu stellen.«

»Aber, wenn Ihr das alles durchschaut, warum tun es dann die Menschen in Karinth nicht auch?«

Der Schatten sah sie fast schon mitleidig an. »Ihr sagt es ja selbst: Es sind Menschen. Menschen sind schwach, weil sie Gefühle wie Hoffnung in sich tragen.«

Lucja verschränkte die Arme vor der Brust. »Aber ohne Hoffnung macht das Leben keinen Sinn.«

»Das *müsst* Ihr denken, weil Ihr ein Mensch seid.« Die Mundwinkel des Elfen verzogen sich zu einem herablassenden Ausdruck.

»Ihr verachtet alles, was mit Gefühlen zu tun hat«, stellte Lucja nicht minder abschätzig fest.

»Oh ja, das tue ich.«

»Und trotzdem wollt Ihr kein Assassine mehr sein. Wenn Euch dieses gefühllose Leben so sehr gefallen hat, warum wollt Ihr es dann verlassen?«

»Das geht Euch nichts an.« Die Miene des Elfen verschloss sich.

»Wenn wir zusammenarbeiten sollen, geht es mich sehr wohl etwas an«, erwiderte Lucja.

»Dass wir zusammenarbeiten, ist noch nicht entschieden.«

»Ihr habt seit mehreren Minuten keinen Versuch mehr unternommen, mich zu töten und mir sogar ein paar Dinge über die Schattengilde und Karinth erzählt – die ich natürlich für mich behalten werde. Daher gehe ich davon aus, dass Ihr Euch entschlossen habt, Ramens Plan zumindest eine Chance zu geben.«

»Kommt morgen wieder hierher, dann erfahrt Ihr meine Antwort.« Der Elf sah auf die Frau hinunter.

»Warum zögert Ihr, dem Plan zuzustimmen?«

»Ein Mann hat einmal gesagt, dass Zögern manchmal das Schicksal verändern kann.« Damit wandte sich der Schatten ab, ließ die verblüffte Magierin stehen und ging ohne ein weites Wort in die Höhle zurück.

»Ihr kehrt alleine zurück?« Ramen hob den Blick, als der Schatten in die Höhle eintrat und zu einer der Pritschen ging.

»Offensichtlich«, brummte der Dunkelelf kurz angebunden und legte sich hin.

»Ich sehe kein Blut an Euren Händen, also muss sie noch leben. Wie kommt's, dass Ihr sie einfach habt gehen lassen?«

»Ich schulde Euch keine Rechenschaft.« Der Schatten drehte sich von Ramen ab, sodass dieser nun seinen Rücken musterte.

»Ihr werdet tatsächlich besser darin, Eure Gefühle zu kontrollieren. Wer hätte das gedacht«, lächelte der Alte. »Und Ihr beginnt, einzelnen Menschen zu vertrauen. Das ist gut. Das ist sehr gut.«

Zur Antwort kam nur ein leises Grollen aus Richtung der Pritsche.

Kapitel 15 - Reyvan

CYRONA, 2 Wochen zuvor

(Tag 12, Monat 8, 1EP11 248)

»Ihr seid in Gedanken?«

Ranas Stimme riss Reyvan tatsächlich aus den Gedanken, denen er sich gerade hingegeben hatte. Er hatte sich vorgestellt, wie er Alia wiedertreffen würde und … hatte wieder einmal die Angst in seiner Brust gefühlt, die sich um sein Herz wie die Schlinge um den Hals eines Totgeweihten zog. Die Zweifel, die diese Angst mit sich brachte, waren ihm leider nur allzu vertraut. Sie begleiteten ihn bereits während all den Tagen, die sie nun auf See waren.

Wer garantierte ihm, dass sie dasselbe für ihn empfand wie er für sie? Dass sie mit ihm zusammen sein wollte? Dass er nicht den Frieden seines Volkes aufs Spiel setzte, nur, um seinem Herzen zu gehorchen? Dass er sich nicht zum Idioten machte, wenn er nach Merita zurückkehrte wie ein liebeskranker … Idiot?

»Rana.« Er wischte sich den Rest seiner Zweifel mit der Hand vom Gesicht und schenkte ihr ein freundliches Lächeln. »Du hast mich … erschreckt.«

Rana blieb vor ihm stehen und sah ihn mit schief gelegtem Kopf an. »Seit wann seid Ihr denn schreckhaft?«

Sie hob eine Augenbraue und betrachtete ihn prüfend. In den letzten Wochen war sie zu einer richtigen Matrosin geworden, wenngleich ihr als Erdbegabte das Geschick fehlte, das die Wasserbegabten an Bord besaßen. Aber die frische Luft tat ihr gut und die Sonne hatte ihre einst bleiche Haut mit einem feinen Bronzeton überzogen. Zudem wirkte sie selbstbewusster als bei ihrer Abreise.

»Du hast mich einfach auf dem falschen Fuß erwischt«, sagte er und hatte seine Selbstbeherrschung schon fast wiedererlangt.

Er erinnerte sich inzwischen daran, dass er einmal mit ihr befreundet gewesen war … niemals mehr als das, denn das war zu einer Zeit gewesen, als er sich im Magierzirkel von Lormir voll und ganz auf die Jungmagierinnen und ihre Geheimnisse konzentriert hatte. Damals, in einem anderen Leben, wie ihm jetzt schien. Er hatte nie etwas mit Dienerinnen angefangen … nie, bis …

Er seufzte innerlich, als seine Gedanken abermals zu Alia zurückkehrten.

Es war wie ein Fluch. Was er auch dachte oder fühlte – immer hatte es etwas mit dem dunkeläugigen Mädchen zu tun, das nun Herrscherin von Merita war. Diese junge Frau, die einen Großteil, wenn nicht gar sein ganzes Herz besaß.

»Es tut mir leid, wenn ich Eure Gedanken unterbrochen habe«, antwortete Rana und stützte sich neben ihm an der Reling ab.

Womöglich war es gut, dass sie ihn unterbrochen hatte. Er hatte den halben Tag damit verbracht, gedankenversunken hier zu stehen und das Meer anzustarren, als würde es ihm Antworten auf seine Fragen liefern, ihm seine Zweifel hinfortspülen. Aber die See hatte sturer geschwiegen als ein Waschweib, dem die Zunge herausgeschnitten worden war. Es brachte nichts, noch länger auf das Wasser zu schauen und dennoch konnte er den Blick nicht davon abwenden.

»Du brauchst mich nicht mit dieser Förmlichkeit anzusprechen«, sagte er leichthin und biss sich gleichzeitig auf die Unterlippe.

Der Reyvan, den er vorgab zu sein, konnte sich nicht an die Zeit im Zirkel erinnern. Nicht daran, was damals gewesen war … und er würde keinesfalls von einer ihm fremden Person verlangen, dass sie ihn nicht mit der Höflichkeitsform ansprach. Schließlich war er ein Prinz der Elfen von Zakatas und Westend.

Verflucht …

Rana schenkte ihm einen dementsprechend überraschten Blick, blinzelte aber ihre Verblüffung schnell wieder weg.

»Ihr seid ein Prinz«, sagte sie und sprach damit Reyvans Gedanken aus. »Es wäre nicht recht, wenn ich Euch mit einer Vertrautheit anspreche, an die Ihr Euch nicht erinnern könnt.« Sie sah ihn mit ihren braunen Augen entschuldigend an.

Er schnaubte leise durch die Nase.

Diese junge Frau sollte sich nicht bei ihm entschuldigen. Alles, was man ihr zum Vorwurf machen konnte, war, dass sie die Wahrheit kannte.

»Du hast ein großes Herz«, murmelte er und legte seine Unterarme wieder auf die Reling, um weiterhin hinaus aufs Meer zu starren.

»Nicht ein so großes wie Alia«, hörte er sie sagen, was ihm unwillkürlich ein Seufzen entlockte.

Dann herrschte eine Weile Stille, die nur durch die Rufe der Mannschaft und das Rauschen der Wellen unterbrochen wurde.

»Woran könnt Ihr Euch erinnern?«, fragte Rana schließlich, als die Stille zu lange dauerte.

Reyvan wandte ihr sein Gesicht zu und runzelte die Stirn. »Warum fragst du das?«

Rana lächelte. »Weil ich vermute, dass Ihr trotz der Tatsache, dass Ihr vorgebt, nichts mehr zu wissen, Euch an gewisse Dinge erinnert. Ihr verhaltet Euch nun mal nicht wie jemand, der sein Gedächtnis komplett verloren hat.«

Reyvan seufzte abermals und lenkte erneut seinen Blick auf das Wasser, das so tief und blau unter ihm lag und durch den Bug des Schiffes aufgeschäumt wurde, sodass die kleinen Wellen einer Herde von Schafen glichen, die vor einem Hirtenhund floh.

»Und wie verhält sich deiner Meinung nach ein Mann, der keine Erinnerungen mehr hat?«, fragte er, ohne sie dabei anzusehen.

»Wenn Ihr keinerlei Erinnerungen hättet, würdet Ihr nicht so gedankenversunken hier an der Reling stehen und ins Wasser starren«, antwortete Rana frei heraus. »Ihr macht entweder Euch oder den anderen etwas vor und ich hoffe für Euch, dass es Letzteres ist.«

Reyvan schnaubte erneut und warf ihr einen Blick über die Schulter zu. »Du bist eine intelligente Frau«, meinte er mit einem halbherzigen Schmunzeln. »Dennoch täuschst du dich. Ich kann mich an nichts erinnern und das macht mir zu schaffen …«

Rana verzog ihren Mund ebenfalls zu einem Lächeln. »Ich werde Euch eine Geschichte über einen Bauern erzählen, der seine Ernte einbringen wollte.« Ihre Augen ruhten auf seinem Gesicht und sie wartete gar nicht erst ab, ob er die Geschichte überhaupt hören wollte. »Es war ein wunderschöner Tag und die Sonne schien vom Himmel herab, sodass es der perfekte Zeitpunkt war, um die Ernte einzuholen. Doch der Bauer konnte sich nicht entscheiden, welche Hosen er tragen sollte, da diejenigen, die er normalerweise zur Ernte trug, im letzten Herbst zerrissen waren. So blieben ihm nur die kurze Hose, die er im Sommer trug, und die Lange für den Winter. In der kurzen Hose hätte er gefroren, die Lange war jedoch zu warm. Wisst Ihr, wie die Geschichte ausging?«

Reyvan grinste. »Er ging ohne seine Hose auf das Feld?«

Jetzt war es an Rana zu schnauben. »Nein. Er ließ den Tag verstreichen, ohne dass die Ernte eingeholt wurde. Am nächsten Tag regnete es und das ganze Feld stand unter Wasser … Seine Ernte verfaulte. Die Erzählung endet damit, dass der Bauer einen Winter voller Hunger überstehen musste … er hatte weder zu essen noch das Geld, Essen zu kaufen. Wisst Ihr, was die Moral dieser Geschichte ist?«

»Dass man immer eine Ersatzhose bereithalten sollte?«

Rana legte ihre Hand auf seinen Arm, während sie ihre nussbraunen Augen verengte und leicht den Kopf schüttelte. »Nein. Dass man den Moment ergreifen sollte, wenn die Ernte reif ist, egal ob man friert oder schwitzt – allen Umständen zum Trotz sollte man das Beste aus dem Moment machen. Wenn Ihr also die Chance habt, Alia wiederzusehen und von Eurer Liebe zu überzeugen, dann … nutzt sie.« Damit wandte sie sich von ihm ab und wollte gehen.

Reyvan ergriff jedoch ihren Ellbogen und hielt sie zurück. »Warte«, bat er mit gedämpfter Stimme.

Sie drehte sich langsam zu ihm um und sah ihm in die dunkelblauen Augen, in denen sich widerspiegelte, welchen Kampf Reyvan gerade mit sich selbst ausfocht.

Er räusperte sich. »Warum hast du mir das erzählt?«

Rana schenkte ihm ein schiefes Lächeln. »Weil ich das Gefühl habe, dass Ihr gerade ohne Hose in Eurem Schneckenhaus sitzt …«

Jetzt brach Reyvan in schallendes Gelächter aus und er fühlte sich zum ersten Mal, seit er aus Westend losgefahren war, befreit. Befreit von seinen Zweifeln und seinen Sorgen. Es war, als hätte Rana ihm wieder die Zuversicht geschenkt, die er früher immer gehabt hatte – die Zuversicht, in die Alia sich damals verliebt hatte und die ihre Augen hatte groß werden lassen, wenn er ihr beteuert hatte, dass alles gut werden würde.

Als er sich einigermaßen von seinem Lachanfall erholt hatte, wischte er sich die Tränen aus den Augen und sah Rana abermals an. »Bleib noch eine Weile … bitte. Ich mag es, mich mit dir zu unterhalten.«

»Wie Ihr wünscht.« Rana lehnte sich wieder an die Reling. »Worüber möchtet Ihr sprechen?«

»Über dich.« Reyvan musterte sie mit neuem Interesse. Diese ehemalige Dienerin hatte ihn mit ihrer Geschichte wirklich überrascht. »Du bist klug und siehst gut aus. Du könntest bestimmt in Lormir einen Mann finden und an seiner Seite glücklich werden. Ein gutes Leben außerhalb des Zirkels führen – wie es viele andere ehemalige Diener derzeit anstreben. Aber dennoch bist du hier, auf dem Schiff und reist nach Merita. Warum? Warum willst du dorthin?«

Rana wich seinem Blick aus und sah hinauf in die Takelage, wo die Matrosen gerade dabei waren, weitere Segel zu setzen, um die Winde bestmöglich zu nutzen, damit die Cyrona an Fahrt zulegen konnte. Einige Sekunden lang antwortete sie nicht, dann wanderte ihr Blick zurück zu Reyvan.

»Weil ich Alia wiedersehen will«, antwortete sie leise. »Zudem … mich hält in Lormir nichts mehr. Meine Eltern sind gestorben, meine Geschwister kennen mich kaum noch, da ich viel zu lange weg war. Und einen Ehemann habe ich nicht. Ich hoffe, dass ich in Merita ein neues Leben beginnen kann. Vielleicht sogar als Dienerin von Alia.«

Reyvan sah sie überrascht an. »Du würdest freiwillig wieder eine Dienerin sein wollen?«

Rana zuckte mit den Schultern. »Wenn ich jemandem dienen möchte, dann ihr. Sie war einst selbst eine Dienerin und sie weiß nur allzu gut, wie entbehrungsreich dieses Leben ist. Ich bin mir sicher, dass der Dienst in ihrem Zirkel bei Weitem weniger hart ist als in Lormir.« Ihr Blick wich seinem aus. »Ihr könnt Euch vielleicht nicht mehr daran erinnern, aber … Moero, der Aufseher der Diener … er war … grausam.«

Ihre Stimme wurde immer leiser.

Ehe Reyvan es sich versah, hatte er seine Hand auf die ihre gelegt und drückte sie. »Ich bin mir sicher, dass du es bei Alia tausendmal besser hast als im Zirkel von Lormir«, murmelte er.

Sie hob den Blick und sah ihn abwägend an. »Wenn ich es nicht besser wüsste, würde ich vermuten, dass Ihr Euch erinnern könnt … daran, was Moero Euch angetan hat … daran, was Ihr alles erdulden musstet, nur um den Frieden Eures Volkes zu gewährleisten.«

Reyvan konnte ihr nicht mehr in die Augen blicken. Es ging einfach nicht mehr.

Er wusste zwar nicht mehr alles aus seiner Zeit, als er selbst Diener im Magierzirkel gewesen war – zum Glück – aber er konnte sich mehr als deutlich an die Schmerzen und Qualen erinnern, die er in seinen ersten Jahren als Diener hatte erdulden müssen.

Daran, wie er bestraft, ausgepeitscht und verhöhnt worden war von Moero, dem Aufseher, der ihn vom ersten Moment an gehasst hatte.

Wie oft hatte Reyvan ihm die Pest an den Hals gewünscht. Wie oft hatte er ihn tot sehen wollen … vor seinem geistigen Auge blitzten Bilder auf, wie Moero schlussendlich erdrosselt am Boden in seinen Gemächern gelegen hatte.

Das war noch nicht lange her und dennoch … Reyvan erschien es wie eine Ewigkeit.

Er schüttelte leicht den Kopf, um die Erinnerungen loszuwerden, während er sich dem forschenden Blick von Rana nur allzu bewusst war.

»Auch auf die Gefahr hin, dass ich mich zu weit vorwage«, meinte sie leise und kam mit ihrem Gesicht etwas näher zu ihm, damit nur noch er sie hören konnte. »Liebt Ihr sie? Liebt Ihr Eure Gemahlin?«

Einen Herzschlag lang war Reyvan zu überrumpelt, um etwas zu erwidern. Dann senkte er den Blick und starrte auf ihre Hand, die immer noch unter seiner ruhte.

»Nein.« Es war kaum ein Flüstern, aber es war lauter als ein Donnerhall in seinen Ohren.

Er wusste nicht, warum er es ihr sagte, aber er wusste, dass er es ihr schuldete. Er erinnerte sich wieder an so manche Begebenheit, in der Rana Alia und ihm im Zirkel geholfen hatte. Sie hatte damals vor drei Jahren ihr Leben dafür riskiert, dass er mit Alia fliehen konnte. Sie wäre fast gestorben.

Vielleicht war sie die einzige Freundin, die er je gehabt hatte – die Einzige, mit der er nie das Bett hatte teilen wollen und nicht, weil er sie nicht anziehend fand, sondern weil er sah, was er in ihr verlieren konnte: jemanden, der ihn bedingungslos unterstützte – egal, was das Leben für ihn bereithielt.

»Ihr könnt Euch an sie erinnern, oder?«, flüsterte sie ebenso leise.

Ihre braunen Augen glänzten und sie sah ihn so eindringlich an, dass Reyvan einen Moment lang annahm, sie beherrsche das Luft- und nicht das Erdelement.

Sein Nicken war kaum wahrnehmbar und trotzdem brachte es ihr Gesicht zum Leuchten wie die Sonne die See.

Sie lächelte und entzog ihm ihre Hand. »Ich bin so froh … für Euch und für Alia. Und keine Sorge – Euer Geheimnis ist bei mir gut aufgehoben.«

Damit wandte sie sich ab und ging über die Planken davon.

Dieses Mal hielt er sie nicht auf, sondern sah ihr nachdenklich hinterher. Er wusste, dass er eigentlich hätte lügen sollen, aber es tat so gut, dass er jemandem die Wahrheit sagen konnte … jemandem, dem er vertraute.

Kapitel 16 - Maryo

CYRONA

(Tag 19, Monat 8, 1EP11 248)

In etwas mehr als einer Woche werden wir in Merita sein.« Maryo, der sich gegen das Steuerrad stemmte, blickte über das Wasser.

Die Reise verlief erfreulicherweise ohne große Zwischenfälle. Sie waren ein, zwei Mal Seeräubern begegnet, die jedoch beim Anblick der Elfenkrieger rasch Reißaus genommen hatten. Ansonsten war es eine Fahrt wie viele andere, die Maryo bereits mit der Cyrona unternommen hatte. Zum Glück.

Nach einer Weile wandte sich der Kapitän dem blonden Elf zu, der neben ihm stand und ebenfalls über das Meer blickte. »Ihr seid sicher, dass Ihr das durchziehen wollt?«, fragte er mit hochgezogenen Augenbrauen.

Reyvan nickte und erwiderte seinen Blick nicht, sondern betrachtete weiterhin den Horizont, als sähe er dort bereits das Land. »Warum sollte ich es nicht sein? Es sind Verhandlungen mit einer Herrscherin, mehr nicht.«

»Nun … vielleicht, weil Ihr Euch nicht mehr daran erinnern könnt, was Ihr für diese Herrscherin empfunden habt?« Maryos Blick blieb forschend auf Reyvans Gesicht ruhen, bis dieser sich abwandte.

»Selbst wenn ich mich erinnern würde … es würde nichts daran ändern, was ich für mein Volk tun muss«, sagte Reyvan ausweichend und schickte sich an, das Achterdeck zu verlassen.

»Reyvan, bleibt noch eine Sekunde hier«, bat Maryo leise.

Er ließ das Steuerrad nicht los, aber Reyvan konnte sehen, dass es ihm ernst war mit seiner Bitte.

»Warum sollte ich?«, fragte der Elfenprinz dennoch und musterte ihn aufmerksam.

»In den vergangenen Wochen haben wir selten unter vier Augen miteinander reden können«, antwortete Maryo und warf ihm einen raschen Blick zu. »Bald werdet Ihr in Merita sein und die Götter wissen, dass Ihr dann andere Dinge im Kopf haben werdet, als mit mir zu sprechen.«

Reyvan verschränkte die Arme vor der Brust und sah den Kapitän abwägend an. »Was wollt Ihr von mir?«, fragte er argwöhnisch.

Maryo verstärkte seinen Griff um das Steuerrad und sog leise die Luft ein.

Verdammt, warum fiel es ihm bloß so schwer, das zu sagen, was er sagen wollte?

»Ich weiß, dass Ihr und Amyéna uns allen etwas vorgaukelt«, sagte er dann so leise, dass Reyvan ihn trotz seines feinen Elfengehörs kaum verstehen konnte.

»Worauf wollt Ihr hinaus?«

Ja, es war eindeutig schwer, es auszusprechen. Und dennoch notwendig.

»Darauf, dass Ihr nicht zusammen seid. Nicht so, wie ein Mann mit einer Frau zusammen sein sollte …« Maryos Augen schimmerten wie pures Gold. »Ihr mögt sie, aber Ihr liebt sie nicht. Ist doch so, oder?« Bei den letzten Worten wandte er sich dem blonden Elf wieder zu und seine Augen wurden zu Schlitzen.

Reyvan atmete tief ein und aus, ehe er sich eine Antwort überlegt hatte. »Ich … ich mag sie, da habt Ihr recht«, antwortete er ausweichend. »Warum interessiert Euch das?«

Maryo schnaubte leise durch die Nase, sodass es fast wie ein Lachen klang. »Ihr wisst genau, warum mich das interessiert«, sagte er, ohne ihm ins Gesicht zu sehen – das wäre unmöglich gewesen. »Ich … mag sie ebenfalls.«

»Das konnte ich bereits feststellen … Eure Blicke verraten Euch mein lieber Kapitän …« Reyvan zog die Augenbrauen in die Höhe. »Also? Worauf wollt Ihr hinaus?«

Maryo knurrte leise. Dieser Elfenprinz trieb ihn noch in den Wahnsinn … »Darauf, dass ich Euch den Hals umdrehen werde, wenn Ihr sie nicht so behandelt, wie es eine Frau wie sie verdient hat«, brummte er.

Jetzt schnaubte Reyvan ebenfalls. »Ihr wollt Eurem eigenen Herrscher vorschreiben, wie er seine Gemahlin zu behandeln hat?«, fragte er mit ungläubigem Blick.

Maryo zog die dunklen Augenbrauen noch stärker zusammen. »Ich gebe Euch einen Rat: Sorgt verdammt gut für sie. Sollte Amyéna jemals Kummer leiden Euretwegen, dann seid Ihr so gut wie tot.«

Reyvan verschränkte die Arme vor der Brust. »Jetzt droht Ihr mir auch noch mit dem Tod? Nur aus Neugier: Wie wollt Ihr das anstellen, bitte sehr?«

Verfluchter Elfenprinz. Verfluchte Prinzessin …

Maryos Fingerknöchel traten weiß hervor, so stark hielt er das Steuerrad jetzt umklammert. »Treibt es nicht zu weit«, knurrte er. »Ihr werdet Eure Gemahlin gut behandeln. Sonst werde ich Euch eigenhändig die Eier abschneiden!«

»Ihr seid wohl gerne theatralisch.« Reyvans Gesicht nahm einen amüsierten Ausdruck an. »Aber keine Sorge. Ich behandle Amyéna gut und werde es auch in Zukunft tun. Ihr solltet ihr allerdings endlich erklären, welche Gefühle Ihr für sie hegt. Die Ungewissheit macht sie fast wahnsinnig.«

Maryos verblüffter Blick traf nur noch Reyvans Rücken, da dieser sich bereits zum Gehen abgewandt hatte.

Einige Stunden später klopfte es mitten in der Nacht an die Tür der Kapitänskajüte. Maryo hatte sich gerade hingelegt, um ein paar Stunden Schlaf zu bekommen, die er mehr als nötig brauchte. In den letzten Wochen hatte er alles dafür getan, so beschäftigt wie möglich zu sein, um seinen Gedanken gar nicht erst die Gelegenheit zu geben, zu Amyéna zu schweifen, die jede einzelne verdammte Nacht nur ein paar Schritt von ihm entfernt schlief. Und die bei Tag auf dem Deck herumlief und ihn halb um den Verstand brachte, wenn sie mit ihrem geschmeidigen Gang und wiegenden Hüften über die Planken schritt.

Seine Mannschaft hatte schon begonnen, sich zu fragen, warum Maryo sich in letzter Zeit derart ins Zeug legte und noch mehr Arbeiten als sonst verrichtete. Er war zwar ein tüchtiger Kapitän, aber so tüchtig wie in den letzten Wochen hatten sie ihn selten erlebt.

Entsprechend groß war seine Erschöpfung, wenn er sich für ein paar Stunden aufs Ohr legte. Doch das war genau das, was er wollte, denn dann konnte er nicht völlig sinnentleert über die Prinzessin nachgrübeln.

»Ich schlafe«, grollte er, als das Klopfen nicht aufhören wollte, und drehte sich auf der Schlafstatt um, die an vier Ketten befestigt war und von der Decke hing.

Wer auch immer die Dreistigkeit besaß, ihn in dieser Abendstunde zu stören, er würde warten müssen.

»Du schläfst noch nicht!«, erklang eine Frauenstimme, die ihn auf der Stelle in die Höhe schnellen ließ.

Er kannte diese Stimme nur zu gut.

Sie führte jedes Mal dazu, dass sein Herz erst stolperte, ehe es einen Gang zulegte, und sein Mund trocken wurde – so wie auch jetzt.

Verfluchte Prinzessin.

Mit weiteren Verwünschungen auf den Lippen sprang er aus dem Bett, das beängstigend unter seinen raschen Bewegungen schaukelte und griff nach seiner Hose, in die er, so schnell er konnte, hineinschlüpfte.

Da sie mit jedem Tag weiter in den Süden fuhren, waren die Temperaturen inzwischen zu heiß, um in voller Kleidung zu schlafen und er hatte nicht damit gerechnet, dass ihn jemand stören würde. Die See war ruhig, das Wetter gut und die Gewässer friedlich. Somit war er davon ausgegangen, ein paar Stunden Schlaf zu bekommen, ehe er sich in der Morgendämmerung wieder mit seinen Männern in die Wanten schwingen würde.

»Wartet!«, knurrte er, als das Klopfen abermals ertönte – dieses Mal fordernder.

Gerade als er seinen letzten Hosenknopf geschlossen hatte, trat Amyéna unaufgefordert in den Raum.

Diese verfluchte, verdammte Prinzessin – deren betörender Duft augenblicklich den Raum erfüllte, sodass er unwillkürlich nach Luft schnappte.

Sie trug ein leichtes, bodenlanges Gewand, das ihre Kurven wieder einmal vortrefflich betonte. Der blassblaue Seidenstoff wirkte fast, als würden sanfte Wellen ihren Leib umspielen und brachten ihre dunklen Augen zusätzlich zum Glänzen.

Sie sah sich kurz um, um dann ihren Blick über seinen nackten Oberkörper gleiten zu lassen. Für die Dauer eines Lidschlags vermeinte er, Befangenheit in ihrem Blick zu lesen, ehe diese kurze Gefühlsregung sturer Nüchternheit wich.

Verflucht, er mochte es lieber, wenn sie befangen war …

»Reyvan hat gesagt, du hättest nach mir gerufen?« Amyéna legte ihren Kopf etwas schief und schien nicht genau zu wissen, wohin sie mit ihren Händen sollte.

Er hätte ihr da ohne Probleme ein paar Stellen nennen können …

Schließlich streckte sie die Arme nach unten und verknotete ihre Finger ineinander, um ihn dann herausfordernd anzusehen.

»Ich habe nicht …« Maryo hielt inne, als er den Plan des Elfenprinzen durchschaute. »Ich dachte nicht, dass Ihr noch kommen würdet«, verbesserte er sich schnell und deutete mit der Hand auf die Tür, die seiner Kajüte gegenüberlag und wo sich die Kapitänsmesse befand. »Lasst uns drüben ein Glas Wein trinken.«

»Du hast mich wohl kaum herbestellt, damit ich dir dabei zusehe, wie du dich betrinkst – zudem bin ich nicht dein Laufbursche, den du herumkommandieren kannst.«

Amyéna rümpfte ihre Nase auf hinreißende Weise, sodass Maryo ein Ziehen in seiner Magengegend fühlte, das sich ungebeten weiter in seinem Körper ausbreitete und eine brennende Spur hinterließ.

Verflucht, warum hatte er sich so wenig unter Kontrolle in ihrer Gegenwart?

Sie reckte das Kinn vor und musterte ihn wachsam. »Was wolltest du von mir?«

»Mit Euch sprechen.« Er riss sich am Riemen und ging betont gelassen an ihr vorbei in die Kapitänsmesse. Dabei stieg ihm abermals ihr Duft in die Nase und er räusperte sich, um die Heiserkeit zu verscheuchen, die seine Stimme in Beschlag nehmen wollte.

»Kommt mit«, sagte er mit einer Kopfbewegung zur anderen Tür, die er nun öffnete.

Ihm war klar, dass sie durchschauen musste, dass er nicht wirklich an Wein interessiert war in diesem Moment … aber es war viel zu gefährlich für ihn – *für sie beide* – wenn sie sich weiterhin in seiner Kajüte aufhielten. Dann könnte er auf Gedanken kommen, die er später wohl bereuen würde. Oder auch nicht … doch er war nicht bereit, dies hier und jetzt zu testen.

Amyéna folgte ihm mit einem genervten Schnaufen. Aber er wusste, dass sie insgeheim seine Tätowierung musterte, die sich über seinen halben Rücken erstreckte. Es war ein Drache, der versuchte, zu seinen Schultern zu gelangen. Ein Meisterwerk der Tätowierkunst von den Amazonen aus Karinth.

Er hatte keine Zeit mehr gehabt, sich ein Hemd überzuwerfen und irgendwie tat es ihm auch nicht leid, dass sie ihn halbnackt sehen musste.

Selbst schuld, sie hätte warten können, statt einfach unaufgefordert hereinzukommen.

Als er die Kapitänsmesse betreten hatte und sich zu ihr umwandte, bestätigte sich seine Vermutung. Sie sah ertappt von seinem Rücken weg und verschränkte die Hände abermals ineinander, als wolle sie sie daran hindern, über seine Haut zu fahren.

Bei der Erinnerung daran, wie geschickt ihre kühlen Finger über seinen Körper streicheln konnten, spürte er abermals dieses Ziehen, das sich dieses Mal nun zu seinen Lenden vorarbeitete.

Verflucht, er musste sich so rasch wie möglich auf andere Gedanken bringen, sonst würde er wieder über sie herfallen, wie am ersten Tag, als sie sein Schiff betreten hatte. Nur dieses Mal würde er sich nicht zusammenreißen können …

In den letzten Wochen hatte sich in ihm ein Verlangen angestaut, das seinesgleichen suchte. Nur harte Arbeit oder eine andere Frau konnten ihm Linderung von diesem Drang verschaffen – und Ersteres schien ihm in Amyénas Gegenwart bei Weitem angemessener.

Rasch trat er zu dem Schrank und nahm zwei Gläser sowie eine Flasche Wein heraus. Eine der guten Sorte, die er nur selten einem Gast offerierte. Aber für Amyéna war ihm nichts zu schade.

»Setzt Euch doch, Prinzessin«, sagte er mit hochgezogenen Augenbrauen und gab sich Mühe, gelassen zu wirken. »Im Stehen trinkt es sich weniger gut.«

»Ich werde nichts trinken, danke«, antwortete sie, setzte sich aber dennoch.

»Ihr könnt es mir doch nicht antun, dass ich diesen guten Tropfen alleine öffnen muss?« Sein Lächeln war einnehmend, als er sich zu ihr herunterbeugte. »Er schmeckt vortrefflich, das versichere ich Euch.«

»Seit wann sprichst du so hochgestochen?« Ihre Augen hielten überraschend sicher seinem Blick stand, sodass es schließlich an *ihm* war, ihr auszuweichen.

»Ich spreche mit Euch, wie es sich in Anwesenheit einer Prinzessin geziemt«, meinte er mit einem amüsierten Schmunzeln.

Er mochte es, wenn sie ihn so argwöhnisch musterte. Dann wusste er, dass er die Oberhand hatte – was selten genug in ihrer Gegenwart der Fall war.

»Eine neue Masche?«

Sie schien unbeeindruckt, ihre Stimme klang entsprechend gelangweilt, doch er wusste es besser.

Ihre Wangen verfärbten sich schon wieder zartrosa und es bedurfte einer großen Menge seiner Selbstbeherrschung, um nicht mit dem Finger darüberzufahren und zuzusehen, wie sie einen noch tieferen Rosaton annehmen konnten.

Diese Frau brachte ihn dazu, Dinge denken, tun und sagen zu wollen, die er eindeutig bereuen würde …

Rasch schenkte er von dem Wein ein und stellte ihr einen Kristallkelch vor die Nase, obwohl sie räuspernd protestierte.

»Auf Euer Wohl, Prinzessin«, meinte er, während er sich ihr gegenüber hinsetzte.

Es war gut, dass ein Tisch zwischen ihnen war, das würde ihn daran hindern, sie zu sich auf den Schoss zu ziehen. Oh, wie gerne hätte er dies jetzt getan, ihren warmen Körper an seinem gespürt und sie auf ihren Schmollmund geküsst, den sie formte, während sie den vollen Kristallkelch an ihre Lippen führte.

Aber er war klug genug zu wissen, dass es noch zu früh war. Reyvan hatte recht, zuerst musste er ihr endlich reinen Wein einschenken – und zwar nicht von der Sorte, die man trinken konnte.

»Weswegen wolltest du nun mit mir sprechen?«, fragte Amyéna, nachdem sie an dem Wein genippt hatte.

Er war köstlich und Maryo wusste, dass es allein ihrer Sturheit zu verdanken war, dass sie kein Wort darüber verlor, wie überwältigend sich das Bouquet in der Nase und später im Mund ausbreitete.

Einen Moment lang überlegte er, wie viel besser der Wein wohl noch schmecken würde, wenn er ihn von ihren Lippen kostete, ehe er seiner Gedanken wieder Herr wurde.

Die würden ihn nicht weiter bringen – nicht bei ihr.

»Ich wollte mit Euch über Reyvan sprechen«, antwortete er wahrheitsgemäß.

Er wusste, dass sie als Elfin ebenso gut wie er Gedanken lesen konnte, wenn er auch gelernt hatte, seine vor denjenigen anderer Elfen abzuschirmen.

Sie hob das Kinn ein wenig an und ihr Blick wurde herausfordernder. »Warum willst du mit mir über ihn sprechen?«

Die Tatsache, dass sie weder Reyvans Namen erwähnte noch ihn als ihren Gemahl bezeichnete, ließ Maryo mutiger werden. »Weil ich der Meinung bin, dass Ihr Euch beide etwas vormacht«, antwortet er frei heraus. »Ihr liebt ihn ebenso wenig wie er Euch.«

»Das geht dich nichts an.« Ihre dunklen Augen wurden noch ein wenig dunkler. »Ich habe dir schon einmal gesagt, dass aus dir und mir nichts mehr werden wird. Muss ich es nochmals wiederholen?«

»Kein Bedarf … aber trotzdem habt Ihr das ja soeben getan.« Er versuchte, über den Stich hinwegzulächeln, den er bei ihren Worten in seiner Brust verspürte.

Als hätte sie seine Gefühle erraten, fiel ihr Blick auf seinen Oberkörper und blieb etwas zu lange an seiner muskulösen Brust hängen.

Er erinnerte sich nur zu gut daran, wie sie ihm einmal gestanden hatte, dass sie seine Muskeln mochte, doch sie würde sich jetzt wohl eher die Zunge abbeißen, als dies abermals vor ihm zuzugeben.

Er lehnte sich etwas vor und sah ihr tief in die Augen, die sich bei seiner Bewegung wieder auf sein Gesicht richteten. »Amyéna, wir kennen uns nun schon sehr lange …« Seine Stimme war leiser als ein Sommerwind und dennoch hatte er das Gefühl, dass sie die ganze Kabine erfüllte.

Sie unterbrach ihn mit einer knappen Handbewegung. »Du vergisst, dass du dreihundert Jahre davon im Exil warst – in einem Exil, das du dir selbst erwählt hast.«

Wahrscheinlich wollte sie ihre Stimme nicht so scharf und anklagend klingen lassen, denn sie biss sich unwillkürlich auf die Unterlippe und senkte den Blick auf den Weinkelch. Mit einer raschen Bewegung nahm sie einen großen Schluck davon und musste augenscheinlich einen Hustenanfall unterdrücken, denn sie presste die Faust gegen ihren Mund und ihre Augen wurden ein wenig größer, als sie ohnehin schon waren.

Maryo nippte ebenfalls an seinem Wein, um Zeit zu gewinnen. »Ich habe es dir bereits in Westend gesagt und wiederhole es gerne nochmals: Es tut mir leid, dass ich … weg war«, murmelte er, ohne sie anzusehen. »Du weißt genau, dass ich nicht anders konnte … damals.«

Ohne dass er sich dessen bewusst war, sprach er sie mit jener Vertrautheit an, mit der man seine zukünftige Königin normalerweise nicht ansprechen durfte. Doch ihr schien dies ebenso wenig aufzufallen.

»Ich will nicht nochmals von vorne mit dem Streit beginnen«, sagte sie versöhnlicher. »Dennoch kannst du nicht von mir erwarten, dass ich dir verzeihe, dass du mir damals den Rücken gekehrt hast.«

»Darum geht es dir also? Um Vergeltung? Um verletzten Stolz?«

Sein Blick war finster, als er sie ansah.

Sie wich ihm aus und fuhr mit dem Zeigefinger sanft um den Rand des Kristallkelches herum, sodass Maryo fast neidisch auf das Gefäß wurde.

»Ich bin nicht in meinem Stolz verletzt. Das weißt du …«, sagte sie, ohne ihn anzusehen.

Maryo ließ ein tiefes Brummen aus seiner Brust entweichen. »Dann sag mir, dass du diesen Reyvan liebst und ich werde dich für immer in Ruhe lassen.«

Amyéna starrte ihn einen Moment lang ungläubig an, dann sprang sie auf und ihr schönes Gesicht verzerrte sich vor Wut. »Du wagst es, so etwas von mir zu verlangen? Ausgerechnet du?!«

Sie gab sich keine Mühe, ihre Stimme zu dämpfen. Wahrscheinlich konnte die halbe Mannschaft sie gerade hören, aber das schien ihr gleichgültig zu sein. Sie machte Anstalten, zur Tür zu stürzen.

Das würde ihr nicht gelingen – er konnte sie nicht gehen lassen. Nicht so.

Maryo sprang auf und stieß dabei seinen Kelch um, doch es tat ihm weder um den Tisch noch um den edlen Wein leid. Alles, was jetzt zählte, war, dass er sie daran hinderte, aus der Kabine zu laufen.

Er wusste, dass dies die letzte Chance vor ihrer Ankunft in Merita war, mit ihr unter vier Augen zu sprechen.

»Amyéna, warte!«

Er bekam ihren Arm zu fassen und zog sie mit einem Ruck zu sich. Sie verlor das Gleichgewicht und strauchelte gegen seine Brust, wo sie sich mit ihren Händen abstützte. Es fühlte sich an, als lege sie glühende Kohlestücke auf seine Haut, sodass er scharf die Luft einsog.

»Was denn noch?!«, rief sie, als sie ihr Gleichgewicht wiedererlangt hatte und sich von ihm wegstemmte.

In ihren Augen glaubte er, Tränen zu erkennen.

Verdammt … wann genau hatte er sie zum Weinen gebracht?

Verwirrt strich er ihr über das dunkle Haar und spürte, wie sie unter seiner Berührung erzitterte. Als sie ihren Kopf an seine Brust legte, schien es ihm, als bräche all ihr Widerstand und er vermeinte, sie leise schluchzen zu hören.

Sie weinte tatsächlich … bei den Göttern. Er hatte sie noch nie weinen sehen. Zumindest nicht in seiner Gegenwart … verflucht.

Unschlüssig, was er tun sollte, legte er die Arme um sie und zog sie noch enger an sich. Ihr Körper gehorchte seinem sanften Druck und sie schmiegte sich so vertraut an ihn, dass er dachte, sein Herz müsste jeden Moment zerspringen.

Jetzt tat es ihm mit einem Mal leid, dass er sich nicht die Zeit genommen hatte, ein Hemd überzustreifen … dann hätte er ihre Haut nicht direkt an seiner eigenen gespürt, ihren Atem, der über seine Brust strich …

Verflucht noch eins! Ihre Lungen mussten aus purem Feuer bestehen, so, wie ihr Atem auf seiner Haut brannte.

»Amyéna …«, flüsterte er heiser.

Seine Stimme wollte ihm auch nicht mehr gehorchen. Prima.

»Amyéna. Was … was ist denn los? Habe … habe ich etwas … falsch gemacht?«

Verdammter Mist, dieses Stottern musste auf der Stelle aufhören!

Sie hob nicht den Kopf, um ihn anzusehen, sondern schüttelte ihn nur leicht, sodass jetzt auch noch ihr Haar seine Brust streichelte.

Götter … wusste diese Frau, was sie gerade mit ihm anstellte??

»Du hast nichts falsch gemacht«, sagte sie mit zitternder Stimme. »Zumindest nicht in den letzten paar Minuten. Es ist … es sind die Götter. Sie wollen nicht, dass ich mit dir zusammen bin.«

Maryo verstand jetzt tatsächlich die Welt nicht mehr … was nicht nur daran lag, dass er Amyéna noch nie von Göttern hatte sprechen hören, sondern größtenteils der Tatsache geschuldet war, dass er kaum einen klaren Gedanken fassen konnte, solange sie sich so verdammt warm und verdammt fest an seinen verdammten Oberkörper presste.

Warum zum Henker hatte er kein Hemd übergestreift?!

Er strich ihr sanft über den Kopf und spürte, wie sie langsam mit dem Weinen aufhörte. Zum Glück … er hätte es keine Sekunde länger ertragen, sie so verzweifelt zu sehen.

Als sie ihren Blick hob und ihn ansah, glitzerten die Tränen immer noch in ihren Augen, sodass es wirkte, als würde ein Schleier ihre Seele von ihm trennen wollen.

Ehe er darüber nachdenken konnte, hatte er sich zu ihr heruntergebeugt und küsste sie sanft auf die Augenlider. Sein Körper hatte ein Eigenleben entwickelt, anders konnte er sich diese Waghalsigkeit nicht erklären.

Es war schließlich die zukünftige Königin, die er in seinen Armen hielt!

Und dennoch fühlte es sich mehr als richtig an.

Er schmeckte ihre salzigen Tränen auf seinen Lippen und

wünschte sich, er könnte ihren Kummer ebenso wegküssen.

»Maryo, nicht …«, flüsterte sie und stemmte sich kraftlos von ihm ab, die Hände zu Fäusten geballt, als könne sie dadurch noch mehr Distanz zwischen ihm und sich schaffen.

Er hielt sie jedoch nur umso fester. »Warum nicht?« Seine Stimme war noch rauer als sonst und er versuchte erst gar nicht, sich zu räuspern, da er wusste, es würde nichts bringen. »Ich weiß, dass du dasselbe für mich empfindest wie ich für dich.«

So, jetzt war es raus. Das war eindeutig und ganz allein ihre Schuld.

Sie war einfach viel zu schön, viel zu nah und viel zu überwältigend in ihrer Verzweiflung – sie vernebelte seine Sinne. Und ihr Geruch … er hätte alles dafür gegeben, ihn für den Rest seines Lebens um sich zu haben.

Ihre Augen suchten in seinem Gesicht nach der Wahrheit, das konnte er erkennen. Schließlich seufzte sie leise und ihr Widerstand erstarb, was dazu führte, dass sie sich wieder fester an ihn lehnte.

Verflucht … dieses Seufzen, dieser betörende Geruch, dieser warme Körper … diese großartige Frau brachte ihn wirklich noch ins Grab …

»Es stimmt«, flüsterte sie.

Verflucht, verflucht …

Er wünschte sich auf der Stelle, sie hätte verneint. Dann wäre alles einfacher gewesen. Mit Schmerz und Enttäuschung konnte er umgehen, aber nicht mit dieser bittersüßen Versuchung in seinen Armen.

Stattdessen fuhr sie fort, ohne ihn anzusehen: »Ich habe Gefühle für dich … Gefühle, die ich nicht haben dürfte, da ich einen anderen Mann an meiner Seite habe. Aber … er liebt eine andere und ich habe mir geschworen, ihn dabei zu unterstützen, dass er die Liebe bekommt, die ich nicht haben kann.«

Die Worte sprudelten aus ihrem Mund heraus, als hätte sie sie die ganze Zeit mit aller Kraft daran gehindert, aber nun keine Energie mehr dazu. Es mutete an, als wäre ein Damm gebrochen.

Wusste diese Frau, was sie sagte? Wusste sie, dass ihn jedes Wort in der Seele traf? Womöglich nicht. Nein, mit Sicherheit nicht, sonst hätte sie spätestens jetzt aufgehört.

»Maryo … ich … ich liebe dich.« *Götter …* »Ich habe dich immer geliebt.« In ihren Augen glitzerten schon wieder Tränen, die ihrer Verzweiflung eine Hilflosigkeit hinzufügten, die ihm den Atem raubte.

»Amyéna. Ich weiß, dass ich mich manchmal wie ein Idiot verhalte.« Er küsste sie auf die Stirn, seine Lippen wollten – mussten – sie einfach berühren und er hatte keine Kraft, es ihnen zu verwehren. »Aber alles, was mich in den ganzen Jahren am Leben gehalten hat, war die Erinnerung an dich. An uns. Vielleicht können wir in Merita nochmals von vorne beginnen …«

Über das Gesicht der schönen Elfin glitt ein gequältes Lächeln. »Ich glaube nicht, dass wir das können. Du gehörst auf das Meer, so wie ich nach Westend. Unsere Schicksale sind nicht dafür vorgesehen, zusammenzuführen …«

Das war zu viel. Das tat zu weh. Er musste sie zum Schweigen bringen!

Er beugte sich zu ihr herunter und – ehe sie es verhindern konnte – küsste er sie auf den Mund, brachte ihre Sorgen damit zum Verstummen. Als sie seinen Kuss voller Sehnsucht erwiderte und ihre Lippen sich hungrig auf seine pressten, barst etwas in ihm.

Götter, er liebte diese Frau. Er liebte sie mit seinem ganzen Leib, seinem ganzen Herzen und seiner ganzen Seele … verdammt noch mal.

Kapitel 17 - Alia

Merita, Gegenwart

(Tag 27, Monat 8, 1EP11 248)

Herrin, das solltet Ihr Euch ansehen.«

Die Beraterin stand in der Tür und deutete mit einer Kopfbewegung hinter sich. Sie war eine Frau von ungefähr vierzig Jahren, trug eine dunkle Robe und hatte ihr kurzes, rotbraunes Haar nach hinten gekämmt. Ihre Miene war streng, aber in ihren Augen konnte man erkennen, dass sich auch eine weiche Seite hinter ihren kantigen Zügen verbarg. Ihr Name war Klarana und seit vier Monaten bekleidete sie das Amt der Beraterin an Alias Seite.

Alia erhob sich von dem Sessel, in dem sie Papiere über die letzten Verkaufsberichte der Händler studiert hatte. Je mehr Wochen verstrichen, desto schwerer fiel es ihr, sich zu bewegen. Hinzu kamen die schlaflosen Nächte, da das Kind, das in ihr heranwuchs, begonnen hatte, sich immer heftiger zu regen. Auch jetzt meldete es sich mit einem herzhaften Tritt gegen ihre Bauchwand, als ob es sich darüber beschweren wollte, dass seine Mutter aufstand und es dadurch geweckt hatte.

Lächelnd fuhr Alia über ihren Bauch und schickte wärmende Magie hinein, um das Kind zu beruhigen.

Ihre kleine Tochter Layla.

Wie sehr sie sich auf den Moment freute, sie in den Armen halten zu können. Ob sie wohl Ähnlichkeiten mit ihrem Vater hatte? Beim Gedanken an Zaron, der sich für sie und das Kind geopfert hatte, wurde ihr schwer ums Herz wie jedes Mal, wenn sie an den Schwarzmagier erinnert wurde. Trotzdem hatte sie sich geschworen, dass er nicht umsonst gestorben sein durfte. Sie wollte seinem Tod einen Sinn geben, indem sie dem Land Frieden schenkte. Doch bis dahin war es ein langer und vor allem steiniger Weg.

»Soll ich Euch helfen?«, bot die Beraterin an und ergriff Alias Ellbogen.

»Danke, es geht schon«, lächelte die junge Herrscherin. »Was soll ich mir denn ansehen?« Sie sprach inzwischen so gut Praedisch, dass sie sich ohne Probleme mit ihrer Beraterin verständigen konnte. Das war ihren beiden Lehrerinnen zu verdanken, die sie seit einigen Monaten in der Sprache und Kultur von Merita unterrichteten.

Klarana verzog den Mund, als hätte sie in eine Zitrone gebissen. »Die Wachen haben soeben einen Mann festgenommen. Einen sehr … eigenartigen Mann. Er hat anscheinend lange Zeit in irgendwelchen Höhlen zwischen den Klippen gelebt und nichts außer dem

Fisch gegessen, den er gefangen hat. Er ist vollkommen verwahrlost und scheint den Verstand verloren zu haben. Spricht ständig mit sich selbst und stinkt zum Himmel.«

Alia runzelte die Stirn. »Weiß man, wer er ist?«

Die Beraterin hob die Schultern. »Keine Ahnung – aber er sieht so mitgenommen aus, dass man ihn wahrscheinlich nicht erkennen würde, selbst wenn man ihn einmal gekannt hätte.«

»Wo ist er?«

»In der großen Halle. Die Soldaten, die ihn aufgegriffen haben, behaupten, er habe immer wieder etwas von einem Zirkel gefaselt, weswegen sie ihn hergeschleppt haben. Er trägt einen Magierring, womöglich hat er hier vor Lesaths Sturz unterrichtet. Kommt, ich werde Euch begleiten.«

Alia nickte und folgte ihrer Beraterin aus den Gemächern, die sie bewohnte, seit sie hier angekommen war. Die Gänge waren ihr inzwischen vertraut, schließlich lebte sie seit über fünf Monaten im Zirkel von Merita. Trotzdem hatte sie sich noch nicht daran gewöhnt, dass sie ein Land zu regieren hatte. Es fühlte sich komisch an, aber gleichzeitig auch richtig. Es war das Erbe, das ihr ihre Eltern hinterlassen hatten und sie war gewillt, ihr Schicksal anzunehmen und dem Land den Frieden zu bringen, den es so nötig hatte.

In der großen Halle, zu der sie nun unterwegs waren, hatte bis vor Kurzem noch ein prunkvoller Thron gestanden. Jedoch hatte Alia diesen entfernen lassen. Sie wollte die Hierarchien, wie sie bis anhin zwischen Magiern und Nicht-Magiern bestanden hatten, ein für alle Mal durchbrechen. Das alles hatte nur dazu geführt, dass die Magier von den normalen Menschen gefürchtet wurden. Es sollte so wenige Unterschiede geben wie möglich und ein erster Schritt war, den Thron, auf dem ihr Großvater jahrhundertelang die grausamsten Befehle erteilt hatte, zu zerstören.

Da er aus Eichenholz geschnitzt war, hatte Alia ihn bei einem großen Fest mitten auf dem Marktplatz verbrennen lassen. Dies hatte viele von den Bewohnern Meritas beeindruckt und dazu bewogen, der neuen Herrscherin mit Respekt zu begegnen.

Doch es würde noch lange dauern, bis sie als Nachfolgerin von Lesath von allen akzeptiert werden würde. Noch gab es unzählige Aufstände und Revolten, die es niederzuringen galt.

Vor allem die östlichen Regionen Fayl und Oshema hatten sich gegen die neuen Strukturen gestellt, die Alia in den Zirkeln umzusetzen gedachte. Aber zunächst wollte sie ohnehin ihre Macht hier in Merita festigen und Chakas sowie Lormir und Arganta vollständig auf ihre Seite bringen.

Cilian, ihr Cousin und Zirkelleiter von Chakas, hatte ihr in der ersten Zeit zur Seite gestanden. Doch vor einigen Wochen musste er zurück in seine Heimat segeln, nachdem ihn die traurige Nachricht vom Tode seiner Mutter ereilt hatte. Sie hatte sich in einem Akt der Verzweiflung ihr Leben genommen, nachdem sie von den Machenschaften ihres verstorbenen Gemahls erfuhr.

Selten hatte Alia Cilian derart verzweifelt erlebt. Jetzt hatte er keine Verwandten mehr – außer ihr. Sie wäre gerne für ihn da gewesen, doch auch sie hatte Probleme, denen sie sich stellen musste.

Ja, die Götter stellten sowohl Alia als auch Cilian auf eine harte

Probe. Aber sie waren beide gewillt, alles daran zu setzen, um diese zu bestehen.

Als Alia nun den ehemaligen Thronsaal betrat, blieb sie kurz stehen, um zu verschnaufen und das Bild, das ich ihr bot, einzuordnen.

Vor ihr standen vier Soldaten, zwischen denen ein Mann in eisernen Ketten kniete. Klarana hatte nicht übertrieben: Der Gefangene stank tatsächlich zum Himmel. Sein dunkles, langes Haar hing verfilzt und ölig über sein bärtiges Gesicht. Seine Kleidung war wohl einmal schwarz gewesen, jetzt aber konnte man die einstige Farbe nur noch erahnen, da sie von einer dicken Schmutzschicht überzogen war.

Den Blick hatte er gesenkt und starrte irgendeine Marmorplatte vor sich an. Dabei murmelte er unentwegt Worte, die Alia nicht verstehen konnte, und er zuckte mit dem Kopf unkontrolliert hin und her.

Die Soldaten, die die Ketten hielten, verzogen den Mund, als hätten sie die ekelerregendste Kreatur eingefangen, die sie je gesehen hatten.

Alia versuchte, möglichst flach zu atmen, während sie einen Schutzschild um sich bildete. Schließlich handelte es sich bei dem Fremden tatsächlich um einen Magier, wie der schwarze Ring mit den Feuerrunen an seiner rechten Hand verriet.

»Wer seid Ihr?«, fragte sie so ruhig sie konnte und trat einen Schritt auf den Mann zu.

Jetzt hob er den Kopf und Alia erstarrte, als sie in eisblaue Augen blickte, die ihr nur allzu bekannt vorkamen.

Einen Moment lang schien sich alles um sie zu drehen und die Zeit gleichzeitig stillzustehen. Ihr Schutzschild erzitterte und verschwand, da sie vor Entsetzen keine Magie mehr hineinschickte.

Sie kannte diesen Mann, der nur noch ein Schatten seiner selbst war – und trotzdem konnte es unmöglich wahr sein, was sie sah. *Wen* sie sah. Der Mann war tot, denn sie hatte ihm eigenhändig ein Schwert ins Herz gerammt ...

Hätte Klarana sie in diesem Moment nicht am Arm gepackt, Alia wäre wohl zu Boden gesunken. So aber stützte sie sich auf ihrer Beraterin ab und starrte mit geweiteten Augen auf den Magier hinunter.

»Xenos?«, flüsterte sie schließlich, als sie sich vom ersten Schrecken erholt hatte.

Der Mann ließ ein wildes Knurren hören, antwortete ihr aber nicht, sondern schien umso eifriger mit sich selbst zu sprechen. Er zerrte mit aller Kraft an den Fesseln und versuchte, sich die Ohren zuzuhalten. Die Soldaten hatten ihn aber so fest im Griff, dass es ihm nicht gelang.

Ein unmenschlicher Schrei drang über seine aufgesprungenen Lippen und er presste die Augen so fest zusammen, dass nur noch schwarze Schlitze zu erkennen waren.

Dann, ohne Vorwarnung, begann er, mit seiner Stirn auf den Marmorboden zu hämmern. Bereits beim zweiten Mal waren Blutspritzer am Boden zu erkennen.

Hätten die Soldaten ihn nicht zurückgerissen, hätte er sich womöglich seinen Kopf auf dem kalten Stein aufgeschlagen wie eine Nuss.

»Was ist mit Euch geschehen?«, hauchte Alia entsetzt. Sie konnte sich nicht bewegen und Übelkeit stieg in ihr hoch, die sie mit Magie niederrang.

»Er scheint den Verstand verloren zu haben«, antwortete Klarana, die immer noch ihren Arm hielt und sie stützte. »Ihr sagt, es sei Xenos? Der ehemalige Zirkelleiter von Lormir? Seid Ihr … seid Ihr sicher?« Sie warf einen angeekelten Blick auf den Gefangenen.

Alia nickte, ohne die Augen von dem Mann abwenden zu können, der sich wimmernd und schluchzend gegen die Ketten zu wehren versuchte. Offenbar litt er gerade Todesqualen. Er versuchte unentwegt, sich die Hände an die Ohren zu pressen, wurde aber von den Wachen davon abgehalten.

»Ja.« Alias Stimme war immer noch leise und sie räusperte sich, um sie fester klingen zu lassen. »Daran besteht kein Zweifel. Aber ich dachte, er sei tot …«

»Nun, er sieht ziemlich lebendig aus.«

Alia warf ihrer Beraterin einen stirnrunzelnden Blick zu und wandte sich dann wieder an die Soldaten, die Mühe hatten, den Magier festzuhalten und davor zu bewahren, dass er abermals seinen Kopf auf dem Boden blutig schlug.

»Wascht ihn und gebt ihm anständige Kleidung. Dann führt ihn in meine Gemächer. Ich möchte mit ihm unter vier Augen sprechen.«

Klarana packte Alias Arm fester. »Herrin, das ist keine gute Idee!«, rief sie aufgebracht. »Wenn das tatsächlich Xenos ist, dann schwebt Ihr in Lebensgefahr. Er wollte Euren Tod. Und auch wenn er seinen Versand verloren hat, macht ihn das nicht zu einer weniger großen Gefahr für Euch! Er ist ein Magier!«

Alia sah ihr ruhig in die Augen. »Wenn er Magie wirken könnte, hätte er es längst getan. Er scheint sich nicht mehr daran zu erinnern, wie er seine Kräfte einzusetzen hat. Vielleicht hat er sie auch verloren. Aber ich muss wissen, warum er noch lebt und wie er ins Leben zurückgekehrt ist.«

Klarana schüttelte unwillig den Kopf. »Ihr solltet nicht alleine mit ihm sprechen. Lasst wenigstens einige Soldaten bei ihm sein, wenn er zu Euch gebracht wird. Denkt an Eure Umstände!«

Alia studierte nochmals das Gesicht des ehemaligen Schwarzmagiers, der nun wie ein Häufchen Elend vor ihr kauerte. »Nun gut«, nickte sie nach einer Weile. »Wegen meines Kindes. Ich möchte es um alles in der Welt beschützen.«

Klarana wirkte erleichtert. »So soll es sein. Ich werde ihn zu Euch schicken lassen, sobald er vorzeigbarer ist.«

Alia nickte abermals und verließ die Halle, ohne sich nochmals nach Xenos umzudrehen.

Sie konnte seinen Anblick nicht ertragen. So sehr sie ihn auch gehasst hatte, sie hätte ihm dieses Schicksal niemals gewünscht.

Kein Mensch sollte derart leiden, nicht einmal Xenos.

Kapitel 18 - Alia

Merita, Gegenwart

(Tag 27, Monat 8, 1EP11 248)

Nach einiger Zeit klopfte jemand an die Tür ihrer Gemächer. »Herein«, rief Alia, die sich gleichzeitig aus dem Sessel erhob, in dem sie gewartet hatte. Sie wollte dem Mann, der so viel Leid über sie und andere gebracht hatte, in die Augen blicken.

Eine Handvoll Soldaten schleppten den immer noch wirr vor sich hinmurmelnden Xenos herein.

Die Eisenketten an seinen Hand- und Fußgelenken beeinträchtigten seine Bewegungsfreiheit, sodass er kaum richtig gehen konnte. Jetzt, da er gewaschen, rasiert und in frische Gewänder gekleidet war, konnte man in ihm wieder den Mann erkennen, der er einst gewesen war.

Die Wangen waren zwar eingefallen, die Haut bleich, als hätte er in den vergangenen Monaten selten Tageslicht gesehen, und sein einst stattlicher Körper ausgemergelt. Dennoch handelte es sich eindeutig um den ehemaligen Zirkelleiter von Lormir.

Die eisblauen Augen blickten rastlos umher und seine Haltung war geduckt, als sei er jederzeit zur Flucht bereit. Auf der Stirn war eine große Beule zu erkennen, über der seine Haut aufgeplatzt war.

Alia spürte einen leichten Stich in ihrem Herzen, als sie den ehemals selbstbewussten und furchteinflößenden Zirkelleiter jetzt so vor sich sah. Er war ein gebrochener Mann, nur noch ein Schatten dessen, was er einst gewesen war.

Fast regte sich ein Gefühl wie Mitleid in ihr – aber nur fast. Sie brauchte sich bloß daran zu erinnern, wie kaltherzig dieser Mann sein konnte, um jegliches Mitgefühl zu verscheuchen.

»Lasst ihn los«, befahl sie den Soldaten, die ihn an den Armen festgehalten hatten.

Sie traten einen Schritt zurück und Xenos' Blick richtete sich auf Alia. Sie vermeinte, Angst in seinen Augen zu erkennen. Eine ganz neue Regung, die sie von ihm nicht kannte.

Sein Kopf zuckte wieder unkontrolliert hin und her und die wirren Worte sprudelten schneller über seine Lippen.

Langsam ging sie auf ihn zu, den Schutzschild vorsorglich um ihren Körper errichtet. Von draußen nahm sie das leise Krächzen ihres Königsgreifen Sonnenauge wahr. Er war im Geiste bei ihr und verfolgte die Szene aufmerksam.

Sie spürte die Angst und Sorgen des Greifen, beruhigte ihn aber mit dem Bild eines Sonnenaufgangs, das sie ihm in Gedanken schickte. Trotzdem nahm sie weiterhin die Anspannung des Tieres wahr, das sich vor einiger Zeit mit ihr verbunden hatte und seither wie ihr Herzschlag zu ihrem Leben gehörte.

Als sie vor Xenos stehen blieb, sah sie ihn ausdruckslos an. Er überragte sie um einiges, sodass sie ihren Kopf leicht heben musste. Seine Augen starrten in die ihren, als sei sie ein Chark, der ihn nächstens fressen wollte. Er rührte sich nicht, sondern blieb fast regungslos vor ihr stehen, abgesehen von den Kopfzuckungen. Das Murmeln hatte er eingestellt, schien all seine Konzentration auf sie gerichtet zu haben.

Alia musterte ihn einige Sekunden lang – den Mann, der mehr Grausamkeiten auf dem Gewissen hatte als die meisten anderen Menschen in Altra. Sie hatte ihn gehasst und verabscheut. Dennoch hatte sie ihn auch dazu gebracht, seine verletzliche Seite zu zeigen. Sie erinnerte sich an die Worte seines Bruders: ›Er wurde von so vielen verkannt. Im Grunde war das Einzige, wonach er strebte, Liebe und Anerkennung. Nur hat er immer zu den falschen Mitteln gegriffen, um beides zu bekommen.‹

Ja, Xenos hatte stets zu den falschen Mitteln gegriffen und alle um ihn herum verletzt, gedemütigt und verhöhnt. Sie hatte kein Mitleid mit diesem Mann, der für den Tod so vieler Menschen verantwortlich war. Der egoistisch und kaltherzig gewesen war und nie etwas anderes als sein eigenes Wohl und seine Macht angestrebt hatte.

Für ein paar Augenblicke ließ sie das Bild des Mannes, der nun gebrochen vor ihr stand, auf sich wirken. Dann legte sie eine Hand an seine Wange. Bei der Berührung zuckte der ehemalige Zirkelleiter zusammen, als hätte sie ihn verbrannt und jaulte auf.

»Bleibt ruhig stehen. Wehrt Euch nicht!«, befahl Alia und drang ohne Vorwarnung mit ihrer Magie in seine Gedanken.

Auf der Stelle prasselte eine Vielzahl von Gefühlen und Bildern auf sie ein, die sie fast überwältigte. Sie hörte unzählige Stimmen, die wild durcheinanderschrien, sah Bilder von Tod, Trauer und Zerstörung, sodass ihr fast übel wurde.

Wie hielt dieser Mann diese Überflutung bloß aus? Kein Wunder, dass er dem Wahnsinn verfallen war.

Sie versuchte dennoch, so ruhig wie möglich weiter zu atmen und drängte die Bilder beiseite, verschloss sie hinter unsichtbaren Türen, wo sie so lange bleiben würden, wie sie es ihnen befahl. Sie durchsuchte seine Gedanken weiter, drang immer tiefer vor.

Es fühlte sich kalt und einsam an in seinem Geist. Genauso kalt und einsam, wie er immer schon gewesen war.

Endlich, nach einer gefühlten Ewigkeit, konnte sie ihn in einer Ecke kauern sehen. Es war eine einsame, kleine Gestalt, die den Kopf zwischen den Knien verborgen hatte, die Arme schützend darüber gelegt, als ob er befürchtete, geschlagen zu werden. Sein Körper war nackt, abgemagert und voller Bisswunden, die eiterten.

Was hatten diese Stimmen ihm nur angetan? Sie hatten ihn beinahe zerstört. Nur noch ein kleiner Rest seiner Persönlichkeit war übrig geblieben, aber auch die lag im Sterben.

Einen Augenblick lang zögerte Alia, dann gab sie sich einen Ruck. Sie brauchte Antworten von diesem Mann, auch wenn sie ihn am liebsten hätte sterben lassen.

»Xenos, kommt mit mir. Ich bringe Euch hier weg.«

Die Gestalt zuckte zusammen, dann hob sie langsam den Kopf und die eisblauen Augen sahen sie verwirrt und ängstlich an.

Alia schickte ihre Magie weiter in seine Gedanken und ebnete seinem Verstand den Weg zwischen dem Leid und der Qual, die ihn umgaben.

Vorsichtig erhob sich Xenos und schritt hinter ihr her, dem Licht entgegen, das sie für ihn darstellte.

Als Alia die Augen wieder öffnete, war der Wahnsinn aus seinem eisigen Blick gewichen und hatte Verblüffung Platz gemacht. Sie ließ seine Wange los und bedeutete den Wachen mit einem Kopfnicken, ihn wieder zu ergreifen.

Er wehrte sich nicht, sondern starrte weiterhin entgeistert auf sie herunter. Es schien einige Augenblicke zu dauern, bis er begriff, was soeben geschehen war.

»Du hast mir geholfen.« Seine tiefe Stimme war krächzig und leise. Trotzdem konnte Alia ihn verstehen. »Warum?«

»Weil Ihr mir einige Erklärungen schuldet«, sagte sie und griff nach einer Viole, die sie ihm entgegenhielt. »Trinkt das.«

Xenos runzelte die Stirn. »Was ist das?«

»Ein Getränk, das Eure Kräfte blockieren wird – so lange, bis ich Euch das Gegenmittel gebe. Ich vertraue Euch nicht und ich weiß, wozu Ihr fähig seid. Wenn Ihr es nicht trinkt, werde ich Euch den Stimmen in Eurem Kopf wieder überlassen. Ich habe sie bloß weggesperrt, nicht vernichtet.«

Xenos zögerte einen Moment, nickte dann aber. »Mir bleibt wohl keine andere Wahl«, murmelte er, während er die Viole entgegennahm und daran schnupperte.

»Ihr habt anderen ja auch nie die Wahl gelassen.« Alia verschränkte die Arme vor der Brust und sah ihn mit schmalen Augen an. »Trinkt.«

Der ehemalige Zirkelleiter warf ihr einen weiteren Blick zu, dann leerte er die Viole in einem Zug und verzog angewidert den Mund. »Das schmeckt wie Scheiße.«

Alia zuckte ungerührt mit den Schultern. »Dann passt es ja zu Euch.«

Sie wandte ihm den Rücken zu und ging zum Fenster, wo sie Sonnenauge auf dem Balkon landen sehen konnte. Der Greif hatte es nicht mehr ausgehalten und wollte so nahe wie möglich bei ihr sein.

Die junge Herrscherin öffnete die Balkontür und ließ das majestätische Tier mit dem Adlerkopf, den breiten Schwingen und dem Löwenkörper ins Zimmer treten. Als Sonnenauge Xenos erblickte, fauchte er ungehalten und ließ ein wildes Knurren hören. Alia legte ihm beruhigend eine Hand auf den Hals und kraulte ihn unter dem Schnabel.

»Warum lebt Ihr noch?«, fragte sie, ohne sich Xenos zuzuwenden.

Da auf ihre Frage Stille folgte, drehte sie sich nach einigen Herzschlägen doch um und sah ihn forschend an.

Auf seinem Gesicht war Reue zu erkennen. Noch eine ungewohnte Regung. Auch wenn Alia vermutete, dass die Reue nicht seinen Taten, sondern der Tatsache galt, dass er noch lebte.

»Antwortet mir, oder ich mache Euren Wahnsinn rückgängig«, befahl sie in hartem Tonfall.

Xenos senkte seinen Blick und starrte zu Boden. »Ich habe das

Amulett verzaubert. Es hat mir das Leben zurückgebracht, aber damit auch die Stimmen aller Seelen jener Menschen, die ich im Verlaufe meines Lebens umgebracht habe. Denn die Energie für meine Wiederbelebung stammte von ihnen.« Seine Stimme klang immer noch rau und er fröstelte, als sei ihm mit einem Mal kalt, obwohl die Temperaturen hier in Merita stets schwülwarm waren. Vor allem um die Mittagszeit.

Alias Augen weiteten sich ein wenig, als sie begriff. »Ihr habt also einen Nekromantenzauber auf das Zirkelleiter-Amulett gewirkt, sodass es Euch selbstständig wiederbelebt hat?«

Xenos war schon immer ein Magier gewesen, der gerne experimentiert hatte, das hatte sie in seinem Labor damals mit eigenen Augen gesehen. Doch dass er so weit ging, ein Amulett mit schwarzer Magie zu verzaubern, sodass er im Falle seines Todes wiederbelebt würde, das hätte sie ihm nicht zugetraut.

Der ehemalige Zirkelleiter nickte zur Antwort. Dann hob er den Blick und verengte die Augen. »Was willst du noch von mir? Warum tötest du mich nicht einfach? Du hasst mich doch von ganzem Herzen, das sehe ich dir an.«

Die junge Herrscherin atmete tief durch. »Das stimmt nicht. Ich hasse Euch nicht – dafür bedeutet Ihr mir zu wenig. Und der Tod wäre zu gut für Euch. Ihr werdet für Eure Sünden sühnen. Doch bevor ich Euch einkerkern lasse, möchte ich Euch eine Frage stellen. Und seid gewarnt: Solltet Ihr mich anlügen, werden Eure Qualen im Kerker nur noch schlimmer.«

Xenos' Augen funkelten und eine Spur der alten Arroganz flackerte darin auf. »Diese Grausamkeit steht dir nicht. Was ist bloß aus der unsicheren Dienerin geworden, die sich mir an den Hals geworfen hat?«, fragte er in herablassend kühlem Tonfall. »Du bist nicht wiederzuerkennen, Alia.«

»Die Dienerin von einst gibt es nicht mehr«, antwortete Alia ebenso kühl, da sie wusste, dass er sie nur provozieren wollte. »Ich bin jetzt Herrscherin über Altra und solltet Ihr jemals wieder in solch einem unangemessenen Tonfall mit mir sprechen, wird Euch das mehr schaden, als es mich beleidigt, dessen seid gewiss.«

Xenos' schmale Lippen verzogen sich zu einem überheblichen Lächeln. »Ich muss mich korrigieren. Du gefällst mir sogar jetzt um einiges besser als damals, als du ein hilfloses, verschüchtertes Mädchen warst.«

»Hört auf damit! Sofort!«, herrschte Alia ihn an.

Sie trat einen Schritt auf ihn zu und sah mit Genugtuung, dass sein Kopf ein wenig zurückwich. Er schien zu begreifen, dass sie in dieser Situation die Oberhand hatte.

Ihre Stimme war gefährlich leise, als sie ihn mit schmalen Augen ansah. »Verratet mir, wie ich Zaron zurückholen kann. Er hat sich geopfert, als er die schwarze Magie mit den ›Augen des Drachen‹ aus Altra verbannte. Aber es muss einen Weg geben, ihn zurückzuholen. Wenn *Ihr* wieder lebt, muss er es auch können!«

Ehe sie es verhindern konnte, waren Tränen in ihre Augen getreten, die sie unwirsch wegblinzelte. Sie wollte nicht, dass Xenos sie schwach sah.

»Zaron ist tot?« Xenos verlor für eine Sekunde die Fassung, das Einzige, das darauf hindeutete, dass ihn der Tod seines Bruders überhaupt irgendwie berührte, denn gleich darauf hatte er seine arrogante Maske wieder im Griff.

»Ja«, antwortete Alia knapp. »Beantwortet meine Frage!«

Xenos runzelte die Stirn und legte dann den Kopf schief. »Er kann nicht zurückgeholt werden, selbst wenn du mich dazu bringen könntest, meinen verfluchten Bruder wiederbeleben zu wollen – es geht nicht. Du sagst, er hätte sich geopfert und seine Seele damit mit den Augen des Drachen verbunden? Nun ... seinen Körper könnten wir mit Nekromantie zurückholen – solltest du tatsächlich gewillt sein, die schwarze Magie abermals auf dieses Land loszulassen und damit sein Opfer sinnlos zu machen. Aber er wäre eine seelenlose Hülle ohne Geist, ohne Erinnerungen, ohne Gefühle und ohne eigenen Willen. Denn die Augen des Drachen geben keine Seelen mehr frei. Er wandelt für immer im Reich der Toten und du findest dich besser damit ab.«

Alia starrte den ehemaligen Schwarzmagier mit offenem Mund an. Sie wusste nicht, was sie sagen sollte und fühlte sich wie gelähmt.

Seit sie Xenos in der großen Halle hatte auf dem Boden knien sehen, war ein kleiner Funken Hoffnung in ihr aufgeflackert. Vorsichtig zwar, aber er hatte ihr das Herz erwärmt, das seit Zarons Tod und Reyvans Veränderung kälter als Eis geworden war. Wenn der ehemalige Zirkelleiter den Tod überlisten konnte, musste es auch für Zaron eine Möglichkeit geben.

Nun hören zu müssen, dass diese Hoffnung vergebens gewesen war, tat ihr im Herzen mehr weh, als wenn es mit glühender Klinge herausgeschnitten worden wäre.

Sie stützte sich auf ihrem Greif Sonnenauge ab, der lautlos neben sie getreten war, und hielt eine Hand an ihre Brust, die in diesem Augenblick zu zerspringen drohte.

Einige Sekunden lang war sie unfähig, etwas zu sagen, dann sammelte sie all ihre Kräfte und sah dem ehemaligen Zirkelleiter abermals fest in die Augen. »Ihr lügt«, sagte sie in hartem Tonfall. »Ihr müsst lügen. Es muss einen Weg geben, ihn zurückzuholen! Wenn Ihr aus der Welt der Toten zurückkehren konntet, dann muss es auch für Zaron einen Weg geben!« Die letzten Worte schrie sie beinahe und ballte ihre Hände zu Fäusten, dass es wehtat.

Xenos blieb die Ruhe selbst und sah fast schon mitleidig auf sie herunter. »Du hast meinen verdammten Bruder tatsächlich geliebt, oder?«, sagte er spöttisch. »Besser wäre es gewesen, du hättest ihm dein Herz und deine Beine nicht geöffnet. Denn jetzt musst du für immer mit dem Schmerz leben, dass er nicht zurückkommen wird.«

Alia tat einen Schritt nach vorne und presste beide Hände an seine Schläfen. Der ehemalige Zirkelleiter zuckte zwar zusammen, aber er wehrte sich nicht dagegen.

Mit einer Kraft, die sie aus ihrem Innersten holte, drang sie erbarmungslos in seine Gedanken ein, durchforstete, durchwühlte sie, auf der Suche nach der Lüge, die er ihr aufgetischt hatte – und auf der Suche nach der Wahrheit … dem Funken Hoffnung … aber vergebens.

Sie fand Hunderte von Informationen über die schwarze Magie. Über Nekromantie. Über alles Mögliche … Xenos hatte sich tatsächlich ein großes Wissen über all die Jahre angeeignet. Doch er hatte die Wahrheit gesagt. Dieses eine verdammte Mal hatte er nicht gelogen …

Tränen verschleierten ihren Blick, als sie von ihm abließ und einsehen musste, dass Zaron endgültig nicht mehr zu ihr zurückkehren würde. Das hatte ihr der Feuerdrache Alandril schon gesagt, doch sie hatte in all den Monaten die Hoffnung nicht aufgeben wollen. Täglich hatte sie das Auge des Drachen betrachtet, berührt und gehofft, einen Hinweis darauf zu finden, dass Zaron noch lebte. Doch mehr als dieses kleine Licht, das kurz nach seinem Tod darin aufgeflackert war, hatte sie nie gesehen.

Und jetzt musste sie einsehen, dass sie einem Traum nachgehangen war.

Einem Traum, in dem Zaron mit ihr zusammen ihr Kind großziehen würde, in dem sie eine Familie waren. Zusammen über Altra herrschten … ein Traum, der für immer dazu verdammt war, ein Traum zu bleiben und der niemals Realität werden würde.

Sie war alleine.

Sie hatte Zaron ebenso wie Reyvan verloren. Keiner würde je an ihrer Seite sein, keiner ihr kaltes Herz erwärmen …

Ehe Xenos ihre Tränen über ihre Wangen rinnen sehen konnte, wandte sie ihm den Rücken zu. »Bringt ihn in den Kerker!«, befahl sie den Wachen barsch.

»Alia …« Xenos versuchte, sich gegen die Wachen zu wehren, aber sein Körper war kraftlos und ohne Magie hätte er ohnehin keine Chance gegen die Überzahl gehabt.

»Nein! Geht! Ich will Euch hier nicht mehr sehen!«, schrie sie und versuchte, das Zittern in ihrer Stimme zu unterdrücken.

Doch es gelang ihr nur halb. Zu stark war der Schmerz, der ihre Brust zu zerreißen drohte.

Es fühlte sich an, als hätte sie Zaron ein zweites Mal verloren.

Dieses Mal jedoch für immer.

Kapitel 19 - Alia

Merita, Gegenwart

(Tag 27, Monat 8, 1EP11 248)

»Herrin, ich weiß, es ist ein denkbar unpassender Moment, aber es ist eine Fremde angekommen, die um eine Audienz bei Euch bittet. Sie hat einen Gefangenen dabei.«

Klarana stand etwas verloren im Eingang der Gemächer und sah zu der jungen Herrscherin, die ihr den Rücken zugewandt hatte und aus dem Fenster starrte. Sie saß jetzt schon seit mehreren Stunden auf dem Stuhl und hatte weder etwas gegessen noch getrunken, seit Xenos weggebracht worden war. Ihr Greif Sonnenauge hatte sich zu ihren Füßen zusammengerollt und hob den Kopf, um die Beraterin aufmerksam zu mustern.

»Sagt ihr, ich empfange niemanden mehr heute.«

Alias Stimme war tonlos und sie sah ihre Beraterin nicht an, während sie sprach, sondern blickte weiterhin aus dem Fenster.

Der Schmerz, der sich in ihrem Körper festgesetzt hatte, war beinahe greifbar – selbst für die Beraterin, die einige Schritt weit weg stand.

Klarana ging auf die junge Frau zu und legte eine Hand auf ihre Schulter. »Alia, die Fremde – sie ist eine Botschafterin aus Arganta. Sie hat eine lange Reise hinter sich und Ihr solltet Euch unbedingt anhören, was sie zu sagen hat. Es könnte wichtig sein für die Zukunft unseres Landes.«

Alias Blick war unergründlich, als sie ihn der Beraterin zuwandte. Einige Sekunden lang schien es, als wolle sie Klarana wieder fortschicken, dann nickte sie knapp. »In Ordnung. Ich werde sie empfangen. Bringt sie zu mir.«

»Und den Gefangenen?«

»Wer ist es?«

Klarana zögerte. »Ein Dunkelelf ...«

Jetzt war in Alias Gesicht doch eine Spur von Interesse zu erkennen. »Ein Dunkelelf sagt Ihr? Wie kommt er hierher?«

»Das wollte mir die Frau nicht verraten. Aber sie wird es Euch sicher erzählen.«

Alia überlegte einen Augenblick, dann nickte sie. »Bringt zuerst die Botschafterin herein. Ich möchte mit ihr alleine sprechen. Den Gefangenen sollen ein Dutzend Soldaten beaufsichtigen. Dunkelelfen sind gefährlich.«

Klarana nickte und beeilte sich, die Befehle weiterzugeben.

Alia seufzte leise und versuchte, sich zu sammeln.

Während der letzten Stunden hatte sie nochmals die Qualen

durchlebt, die sie bei Zarons Tod gefühlt hatte. Alleine ihre kleine Tochter hatte sie davon abgehalten, sich diesem Schmerz ganz hinzugeben und darin zu ertrinken.

Würde es jemals aufhören? Würde sie jemals an Zaron denken können, ohne dass es sie innerlich fast zerriss? Sie hoffte es so sehr … und gleichzeitig war ihr klar, dass immer ein Teil ihres Herzens fehlen würde. Genauso wie Reyvan ihr fehlte, der – obwohl er noch lebte – unerreichbar für sie war.

Ein leises Klopfen riss sie aus ihren Gedanken und ließ sie ihren Blick auf die Tür richten, die nun zaghaft geöffnet wurde.

Die Frau, die eintrat, hatte dunkle Haut, schwarzes Haar und ihre außergewöhnlich hellblauen Augen blickten sich aufmerksam um und blieben für ein paar Sekunden an dem Greif zu Alias Füßen hängen, der seinerseits die Fremde wachsam beäugte.

Sie war klug, das konnte Alia ihr auf den ersten Blick ansehen. Außerdem war ihr Körper, der in einer einfachen Lederrüstung steckte, äußerst gut trainiert, obwohl sie über Magie gebieten konnte, wie der schwarze Ring mit der Wasserrune an ihrer rechten Hand verriet. Zusätzlich trug sie eine leere Schwertscheide an ihrer Hüfte. Offenbar hatte Klarana dafür gesorgt, dass ihr die Waffen abgenommen worden waren.

Alia hatte nicht die Kraft, sich zu erheben, also blieb sie sitzen und erwiderte den aufmerksamen Blick der Botin.

»Seid gegrüßt«, sagte sie höflich, aber distanziert. »Wer seid Ihr und was führt Euch hierher?«

Die Fremde machte eine formvollendete Verbeugung. Vermutlich war sie in höheren Kreisen groß geworden und hatte die Höflichkeitsformen von Kindesbeinen an gelernt.

»Seid gegrüßt, Alia, Herrscherin von Merita«, sprach sie ohne Akzent. Sie verwendete die Landessprache Praedisch, obwohl sie aus Arganta stammte, wie Klarana ihr erklärt hatte. »Mein Name ist Lucja. Ich bin die Tochter von Rangan, dem Zirkelleiter von Arganta.«

Alia sog scharf die Luft ein und starrte die Frau an. »Ihr seid Rangans Tochter? Seid Ihr hier, um eine Botschaft von ihm zu überbringen? Bisher hat er sich als einziger Zirkelleiter noch nicht für oder gegen die neuen Strukturen ausgesprochen.«

Lucja nickte und verschränkte die Arme hinter dem Rücken. »Ich bin hier, um Euch die Bedingungen meines Vaters zu übermitteln.«

»Es muss etwas Wichtiges sein, wenn er seine eigene Tochter auf eine solch weite Reise schickt«, meinte Alia und sah die junge Frau wachsam an.

»Das ist es in der Tat«, bestätigte Lucja. »Sagt Euch die Verbindung der Bewahrer etwas?«

Alia runzelte die Stirn, als sie sich zu erinnern versuchte. »Ich habe in meinen Studien hier in Merita davon gehört«, sagte sie schließlich. »Die Bewahrer haben die Zirkel gegründet, allerdings wurde die Verbindung mit der Herrschaft von Lesath zerschlagen und alle Anhänger getötet.«

Über Lucjas dunkle Lippen glitt der Hauch eines Lächelns, das ihren ansonsten strengen Gesichtszügen etwas Weiches verlieh. »Nun, Eure Quellen stimmen nicht ganz«, meinte sie mit hochgezogenen Augenbrauen. »Aber das verwundert mich nicht, denn die Bewahrer haben alles daran gesetzt, um zu verhindern, dass jemand von ihrer Existenz erfuhr.«

Alia sah sie verdutzt an. »Die Bewahrer gibt es noch?«

»Ja«, bestätigte Lucja mit einem Nicken. »Mein Vater ist der Leiter dieser Verbindung. Ich bin hier, um Euch zu bitten, seine Unterstützung anzunehmen und die Herrschaft sowie die Zirkel im Sinne der Bewahrung zu leiten. Die Geschichte zeigt, dass ein Mensch alleine nicht dazu fähig ist, alle vier Elemente in sich zu tragen. Früher oder später unterliegt er der Versuchung dieser Macht. Bei Eurer Urgroßmutter war es in dem Moment, als sie die schwarze Magie in dieses Land holte.«

Alia schüttelte vehement den Kopf. »Meine Urgroßmutter Lidia hat die schwarze Magie nicht ins Land geholt. Das war Lesath, ihr Sohn.«

Abermals glitt ein Lächeln über das dunkle Gesicht von Lucja, das ihre weißen Zähne blitzen ließ. »Und wieder sind Eure Quellen falsch informiert. Lidia gab ihrem Sohn den Befehl dazu, zu den Drachen zu gehen, um die schwarze Magie von ihnen zu erhalten. Dass sich ihr eigener Sohn gegen sie stellen würde, konnte sie damals nicht voraussehen. Er hat sie während des Rituals, das es brauchte, um die schwarze Magie zu beschwören, getötet. Oder besser: geopfert.«

»Bei den Göttern … sprecht Ihr die Wahrheit?« Alia starrte die junge Frau fassungslos an.

»Ihr könnt Gedanken lesen, hat man mir gesagt. Ich erlaube Euch, meine Gedanken zu ergründen. Dann könnt Ihr selbst sehen, ob es der Wahrheit entspricht«, antwortete Lucja immer noch ruhig. Ihre hellblauen Augen, die fast weiß erschienen, waren unentwegt auf die Herrscherin gerichtet.

Alia zögerte einen Moment, dann erhob sie sich und stützte sich schwer auf der Stuhllehne ab. Ihre Beine waren geschwollen und träge vom langen Sitzen. Dennoch ging sie einige Schritte auf die Tochter von Rangan zu.

»Wehrt Euch nicht gegen meine Magie«, sagte sie warnend. »Ich werde nur nach Euren Erinnerungen suchen, was die Bewahrer angeht.«

Lucjas Augen flackerten einen Moment, dann nickte sie und senkte den Kopf. Sie überragte Alia etwas, sodass diese den Arm anheben musste, um die Hand an ihre Schläfe zu legen.

Vorsichtig drang sie mit ihrer Magie in den fremden Geist und begann, die Gedanken der Magierin zu ergründen. Sie konnte Rangan vor ihrem inneren Auge sehen, den sie bereits vom Zirkel von Lormir kannte. Sie hatte ihn gesehen, als sie beim Turnier der Wintersonnenwende hatte teilnehmen müssen. Die Erinnerungen daran ließen sie schaudern.

Sie brauchte nicht lange, um zu erkennen, dass diese Lucja die Wahrheit gesprochen hatte. Aber da war noch etwas … etwas äußerst Interessantes.

Doch in diesem Moment entzog ihr Lucja ihren Kopf und machte einen Schritt rückwärts. »Ihr hattet gesagt, Ihr durchsucht nur die Dinge, die mit den Bewahrern zu tun haben«, meinte sie mit einem gefährlichen Glitzern in den Augen. »Bitte belasst es dabei, sonst werde ich in Zukunft an Eurem Wort zweifeln.«

»Ihr habt die Wahrheit gesprochen«, nickte Alia. »Was würde es bedeuten, wenn ich den Bedingungen Eures Vaters zustimme?«

Lucja verschränkte die Arme und sah die junge Herrscherin eine Weile stumm an. Dann holte sie tief Luft. »Es würde bedeuten, dass ich hier im Zirkel bleiben soll. Ich würde alles, was Ihr macht, mitverfolgen und gegebenenfalls eingreifen, wenn Ihr Gefahr lauft, Euch in Eurer Macht zu verlieren. Zudem würde ich dafür sorgen, dass die Zirkel wieder mit Anhängern der Bewahrung besetzt werden. Somit ist gewährleistet, dass die Magier nie wieder die Oberhand in diesem Land erhalten.«

Alia legte den Kopf schief und dachte einige Sekunden über die gehörten Worte nach, ehe sie antwortete. »Wenn ich Eure Unterstützung annehmen würde … könnte ich dann immer noch die Zirkel so strukturieren, wie ich es möchte? Im Grunde unterscheiden sich unsere Wünsche nicht so sehr voneinander. Ihr wollt dafür sorgen, dass die Magier nicht zu mächtig werden, ich möchte, dass sie nicht mehr von den Nicht-Magiern getrennt leben. Diese Geheimniskrämerei hat zu nichts Weiterem geführt, als dass das Machtgefälle immer größer und die Magier damit gefürchteter wurden.«

Lucja nickte. »Ich würde meinem Vater eine entsprechende Botschaft weiterleiten. Er wird nicht erfreut sein über die neuen Strukturen, aber wenn das die Bedingung ist, dass Ihr Euch den Bewahrern anschließt, wird er sicher mit sich reden lassen.«

»Dann würde dies einen Frieden mit Arganta bedeuten? Würde er meine Herrschaft anerkennen?«

Wieder nickte Lucja. »Davon gehe ich aus.«

Alia holte tief Luft. »Lasst mich einige Tage darüber nachdenken und mich mit meinen Beratern darüber austauschen. Seid bitte so lange mein Gast hier im Zirkel.«

Lucja verbeugte sich anmutig. »Es wäre mir eine Ehre. Doch bevor ich gehe, möchte ich Euch einen Mann vorstellen, der eine Bitte an Euch hat.«

Alia hob die Augenbraue. »Der Dunkelelf? Euer Gefangener?«

»Ja. Er ist nicht irgendein Dunkelelf, sondern ein Assassine aus Karinth und sein Auftrag war, Euch zu töten. Ein Auftrag, der, wie meinem Vater zugetragen wurde, von einem der Zirkelleiter aus Oshema oder Fayl erteilt worden ist. Ich habe ihn als Gefangenen hergebracht, damit Ihr seht, dass seine Absichten sich geändert haben.«

Alia stieß geräuschvoll die Luft aus. »Ihr wagt es, einen Assassinen in meine Gemächer zu bringen?!«

»Hört Euch bitte an, was er zu sagen hat.« Lucja hob beschwichtigend die Hände. »Er wird Euch kein Haar krümmen, dessen seid versichert. Ich bleibe in seiner Nähe und werde dafür Sorge tragen, dass – sollte er auch nur den kleinsten Versuch in diese Richtung unternehmen wollen – er sterben wird. Die Bewahrer brauchen Euch lebend, tot nützt Ihr uns nichts. Aber was er Euch zu sagen hat, könnte für Euch und für uns von großem Vorteil sein.«

Alia sah sie abwägend an, ehe sie knapp nickte. »Gut. Bringt ihn herein.«

Sie verstärkte dabei ihren Schutzschild mithilfe der Magie des Greifen, der immer noch beim Sessel lag und als einzige Reaktion darauf ein leises Krächzen von sich gab.

Einige Augenblicke später wurde ein schwarz gekleideter Elf hereingeführt. Seine roten Augen und die dunkle Haut verrieten ihn sofort als Dunkelelf, wenn auch sein Haar nicht schwarz, sondern weiß hätte sein sollen. Sein Gesicht wurde von einer langen Narbe verunstaltet, die von der rechten Schläfe quer über die Nase bis zu seinem Kinn führte. Über die glühenden Augen hatte er ein Tuch mit Schlitzen gelegt, das ihn davor bewahrte, vom Tageslicht geblendet zu werden. Dunkelelfen hatten äußerst empfindliche Augen, das wusste Alia. Er trug leichte Kleidung, jedoch keine Waffen.

Obwohl seine Hände gefesselt waren, unterschätzte ihn Alia keineswegs. Sie wusste nur zu gut, wozu diese Elfen fähig waren, war sie doch damals in den Talmeren einer ganzen Horde von ihnen begegnet.

Der Dunkelelf dachte gar nicht daran, seinen Blick zu senken oder sich vor Alia zu verneigen, sondern sah zu Lucja, die ihm aufmunternd zunickte.

»Nur zu, sagt der Herrscherin, was Ihr ihr sagen wollt«, meinte die Botschafterin aus Arganta und verschränkte die Arme vor der Brust.

»Wie heißt Ihr?«, fragte Alia, als der Dunkelelf zögerte.

»Nennt mich Schatten.« Seine Stimme hatte einen leichten Akzent und klang eigenartig hohl und tonlos, sodass Alia ein Schauer über den Rücken lief. Seine roten Augen glühten.

»Ihr seid ein Assassine aus Karinth?«, fragte sie weiter.

Der Schatten nickte.

»Und Ihr habt den Auftrag, mich zu ermorden.« Es klang wie eine Feststellung, trotzdem war Alias Blick wachsam auf den Elf gerichtet.

Wieder nickte der Assassine. »Ja. Allerdings wäre ich dazu bereit, mit Euch einen Handel einzugehen.«

Alia verzog den Mund zu einem Schmunzeln. »Ihr seid wohl kaum in der Position, Bedingungen zu stellen, Schatten«, sprach sie in ruhigem Tonfall. »Dennoch bin ich gespannt darauf, wie Ihr Euren Hals aus der Schlinge ziehen wollt. Ein vereiteltes Attentat auf die Herrscherin wird normalerweise mit der Todesstrafe vergolten, das dürfte Euch bekannt sein.«

Der Schatten ließ ein leises Knurren vernehmen und streckte die Schultern durch. »Ich habe mich freiwillig als Gefangener zu Euch führen lassen. Das sollte Euch davon überzeugen, dass ich kein Attentat auf Euch ausüben werde.« Seine roten Augen waren fest auf die junge Frau gerichtet, die über einen Kopf kleiner war als er.

»Nun gut. Wie sieht also Euer Vorschlag aus?«

Wieder warf der Dunkelelf einen raschen Blick zu Lucja, die ihm zunickte. Dann wandte er sich abermals an die Herrscherin. »Mein Ziel war es, bei der Schattengilde auszusteigen«, sagte er mit seiner tonlosen Stimme. Es klang, als würde er mehr zu sich selbst als zu Alia sprechen. »Allerdings wäre das mein sicheres Todesurteil – keiner verlässt die Schattengilde von Karinth. Wenn Ihr ihnen jedoch eine Botschaft überbringt, in welcher Ihr mitteilt, dass Ihr gewillt seid, mit den Ältesten ein Bündnis einzugehen, und mich als Euren Verbindungsmann und als Pfand hier behaltet, wird das sowohl mir als auch Euch dienen. Ihr hättet mit der Schattengilde einen mächtigen Verbündeten, den Ihr in Eurer Position wahrlich gebrauchen könntet. Und ich wäre nicht länger den Ältesten unterstellt, sondern könnte meine eigenen Ziele verfolgen, indem ich hier in Altra weitere Assassinen ausbilde und Euch gleichzeitig mit meinem Leben beschütze.«

Alia musste sich zusammenreißen, um ihren Mund vor Erstaunen nicht aufklappen zu lassen, als der Dunkelelf geendet hatte.

»Ihr schlagt mir also ein Bündnis mit der Assassinengilde von Karinth vor?«

Ihr Blick glitt ungläubig vom Schatten zu Lucja, die ein verschmitztes Lächeln aufgesetzt hatte.

»Ihr hättet nicht nur die Bewahrer auf Eurer Seite, sondern auch eine uralte Gilde, die Euch beschützen und Eure Macht zusätzlich stärken würde«, sagte die Botin aus Arganta. »Ich bin sicher, dass die Schattengilde diesem Vorschlag zustimmen wird. Ihr nützt es mehr, in Euch eine mächtige Verbündete zu haben, als wenn Ihr tot wärt.«

Alia holte tief Luft und runzelte nachdenklich die Stirn. »Ihr werdet verstehen, dass ich auch über diesen Vorschlag einige Tage nachdenken muss«, meinte sie schließlich. »Was Ihr mir nahelegt, klingt nicht schlecht – vorausgesetzt, die Assassinengilde stimmt dem zu.«

»Das wird sie«, antwortete der Schatten zuversichtlich. »Mein Wort gilt viel in meiner Gilde und ich kann sie mit Gewissheit von meinem Vorhaben überzeugen.«

»Hm …« Alia ließ ihren Blick über das Gesicht des Dunkelelfen wandern. »Ihr sagt also, Ihr würdet freiwillig hierbleiben. Wer garantiert mir, dass Ihr nicht eines Tages doch noch ein Attentat auf mich plant und Euch das Kopfgeld holt, das auf mich ausgesetzt ist?«

Jetzt war abermals ein Knurren des Schattens zu hören. »Das Wort eines Assassinen gilt mehr als sein eigenes Leben«, antwortete er unwirsch.

»Habt Ihr nicht der Gilde Euer Wort gegeben, dass Ihr mich töten werdet?«, fragte Alia mit erhobenem Kinn.

»Ich habe den Auftrag angenommen und bezahlt, das stimmt. Es ist nun *mein* Auftrag, und ob ich ihn zur Zufriedenheit des Kunden erledige, ist zweitrangig. Wenn die Gilde mehr vom Leben des Opfers profitiert, liegt es im Ermessen des zuständigen Assassinen, die Bedingungen zu verändern.«

»Und Ihr werdet diese neuen … Bedingungen nun beibehalten?«

»Wie gesagt. Ich gebe Euch mein Wort. Und das wiegt mehr als das Gold, das ich für Euer Leben bezahlt habe. Ob ich Euch töte oder nicht, liegt in meiner Hand und ich habe mich dagegen entschieden. Assassinen sind nicht für ihre Wankelmütigkeit bekannt. Eine Entscheidung ist eine Entscheidung.«

»Dem kann ich zustimmen«, meinte Lucja mit einem vielsagenden Blick. »Auch wenn Ihr einen ganz besonderen Schatten vor Euch habt, so sind sie sturer als ein Esel und dafür bekannt, dass sie ihre Gefühle besser unter Kontrolle haben als jeder Mensch – nun ja, zumindest die meisten.« Sie zwinkerte dem Dunkelelfen zu, der dies mit einem finsteren Blick quittierte.

»Nun gut, ich werde über Euer Angebot nachdenken«, sagte Alia mit einem nachdenklichen Blick. »Ihr, Lucja, dürft gerne hier im Zirkel eines der Gästezimmer beziehen, wenn Ihr das möchtet. Und Euch, Schatten, werde ich vorerst im Kerker unterbringen lassen. Ich hoffe, Ihr verzeiht mir diese Vorsicht, aber noch haben wir keine gültige Vereinbarung und Ihr seid immer noch ein Dunkelelf.«

Einen Moment lang sah es so aus, als wollte der Assassine widersprechen, dann nickte er und ließ sich von den Wachen, die Alia herbeirief, abführen.

»Auch wenn ich Eure Vorsicht nachvollziehen kann, so tut Ihr ihm unrecht«, meinte Lucja, als der Dunkelelf das Zimmer verlassen hatte. »Aber das werdet Ihr bestimmt selbst noch erkennen.« Sie schmunzelte. »Wenn es Euch recht ist, würde ich gerne in der Herberge, die ich mit zwei meiner Kampfmagier bezogen habe, auf Eure Entscheidung warten. Sie heißt ›Zum satten Wal‹. Ihr könnt einfach einen Boten dorthin schicken, wenn Ihr mir Eure Antwort mitteilen möchtet.«

»Gut, das werde ich machen«, nickte Alia. »Habt Dank für Euer Angebot, Ihr werdet in den nächsten Tagen meine Entscheidung vernehmen.«

Lucja schenkte ihr nochmals ein Kopfnicken, dann wandte auch sie sich zum Gehen.

Als sie wieder alleine war, ließ Alia sich seufzend auf den Sessel sinken und streichelte gedankenverloren über ihren Bauch. Jetzt merkte sie, dass sie Hunger hatte und zudem gab es so viel, worüber sie nachdenken musste.

Kapitel 20 - Lucja

Merita, Gegenwart

(Tag 27, Monat 8, 1EP11 248)

Als Lucja aus dem Boot stieg, das sie zum Zirkel gebracht hatte, beschlich sie das schlechte Gewissen. Sie hatte den Dunkelelf einfach dort auf der Insel gelassen, auf der der Magierzirkel errichtet worden war. Jetzt saß er womöglich bereits im Kerker … so lange, bis die Herrscherin ihre Entscheidung für oder gegen eine Zusammenarbeit verkündete.

Nun ja, es war immer noch besser, als von der Schattengilde gejagt zu werden, trotzdem konnte sie sich des Gefühls nicht erwehren, dass sie ihn im Stich gelassen hatte. Ein ganz neues Gefühl, von dem sie nie gedacht hätte, dass sie es gegenüber einem Angehörigen des alten Volkes je empfinden würde. In kurzer Zeit hatte sie mehr Sympathie für die Elfen entwickelt, als sie selbst begreifen konnte …

Sie seufzte, als sie daran dachte, dass sie den Assassinen nun längere Zeit nicht sehen würde. Aber wenn ihr Plan, sowohl seine als auch ihre Ziele miteinander zu verbinden, gelingen sollte, musste er sich der Herrscherin ausliefern. Das hatte er schließlich eingesehen – auch wenn er Ramen vorher alle möglichen Verwünschungen an den Kopf geworfen hatte.

Lucja blickte über das Meer zum Zirkel zurück, der sich majestätisch vom Wasser abhob. Die Sonne würde bald untergehen und den Himmel in ein abendliches Schauspiel der Farben verwandeln. Die Luft roch nach Salz und Algen und Lucja atmete sie gierig ein, als ob sie so das schlechte Gewissen wegscheuchen könnte.

Am Ufer waren ein paar Dutzend Arbeiter dabei, ihre Sachen zusammenzuräumen. Lucja hatte erfahren, dass die Herrscherin vorhatte, eine Brücke vom Zirkel zum Hafen zu errichten – die längste Brücke, die es in Altra je gegeben hatte. Und dies nur, damit die Magier und die normalen Bewohner von Altra so wenig wie möglich voneinander trennte und der Zirkel für jeden begehbar wurde.

Wenn es umsetzbar gewesen wäre, hätte die Herrscherin den Zirkel wahrscheinlich sogar einreißen und an Land neu aufbauen lassen. Aber das wäre viel zu aufwendig und vor allem zu teuer. So musste eben eine Brücke her.

Die Arbeiter hatten damit begonnen, Stützpfeiler im Wasser zu errichten, doch es würde noch eine Weile dauern, bis man trockenen Fußes in den Zirkel gelangen konnte. Noch waren die Boote oder Fähren dafür zuständig, Besucher hinüberzubringen.

Lucja wandte sich ab und seufzte ein weiteres Mal bei dem Gedanken, dass sie sich nun den Fragen ihrer Gefährten stellen musste. Sie hatte es lange hinausgeschoben und sie mit Ausreden abgespeist, da der Schatten sich geweigert hatte, mit Pranten oder Rexi sprechen zu wollen. Ihr war es bisher recht gewesen. Je weniger sie in ihre Pläne hineinredeten, desto besser. Aber nun würde sie ihnen endlich alles erzählen müssen.

Zuerst würde sie jedoch zu Ramen gehen, solange es noch hell war – zudem konnte sie damit die lästigen Fragen von Pranten und Rexi noch eine Weile hinauszögern. Sie stöhnte innerlich jetzt schon beim Gedanken an die Vorwürfe, die Pranten ihr machen würde, weil sie alleine mit einem Assassinen der Schattengilde von Karinth unterwegs gewesen war. Er war manchmal viel zu fürsorglich und bemutterte sie fast noch mehr als Rexi.

Lucja wusste, dass dies vor allem daran lag, weil sie ihm mehr bedeutete, als eine normale Anführerin einem Soldaten bedeuten sollte, doch sie konnte seine Gefühle einfach nicht erwidern. Für sie war und blieb er ein großer Bruder – obwohl er im Grunde um vieles jünger war als sie selbst –, der sie öfter nervte als die meisten anderen Menschen. Und dennoch hätte sie ihr Leben für ihn gegeben … aber nicht ihr Herz.

Während sie den Weg durch den Hafen Richtung Stadtmauern einschlug, kaufte sie sich noch rasch bei einem Händler etwas zu essen, da ihr Magen inzwischen vernehmlich knurrte. Sie hatte nichts mehr gegessen, seit sie nach dem Mittag bei Ramen vorbeigegangen war, um mit dem Assassinen zusammen zum Zirkel aufzubrechen.

Jetzt verschlang sie das gekaufte Brötchen, ohne stehen zu bleiben und hielt auf die Wachen zu, die gegen Abend die Passanten noch stärker kontrollierten als bei Tag. Jedoch nur die, die in die Stadt hineinwollten. Die Menschen, die sie verließen, beachteten sie kaum.

Lucja hielt dennoch bei einer der Wachen an und steckte dem Mann unauffällig ein Goldstück zu. »Ich bin in etwas mehr als zwei Stunden wieder hier. Merk dir mein Gesicht!«, befahl sie ihm.

Der Soldat nickte, ohne die Miene zu verziehen, und ließ das Gold ebenso unauffällig, wie es in seinen Besitz gelangt war, in seiner Jackentasche verschwinden. Lucja schenkte ihm ein halbherziges Lächeln, ehe sie weiterging. Sie wusste, dass jede Wache bestechlich war – es war nur eine Frage der Bezahlung –, und Gold hatte sie glücklicherweise genug dabei, um sich sowohl die Augen als auch den Mund und die Ohren von jemandem kaufen zu können.

Als sie bei der Höhle in den Klippen ankam, merkte sie sofort, dass etwas anders war als sonst. Normalerweise drang ein fahler Lichtschein aus dem schmalen Eingang, nun aber war alles dunkel. Sie bildete vorsichtshalber einen Schutzschild, um unerwünschte Überraschungen zu vermeiden, ehe sie den Unterschlupf betrat.

Ihre Augen brauchten eine Weile, um sich an das dämmerige Licht zu gewöhnen. Die letzten Sonnenstrahlen erhellten die Höhle so weit, dass sie das Innere nach ein paar Sekunden erkennen konnte. Ramen schien nicht da zu sein.

Sie blickte sich um und suchte nach einer Fackel oder einem Feuerzeug. Schließlich entdeckte sie die Kerze, die auf der Mitte des Tisches stand, und entzündete sie mithilfe eines glühenden Kohlestücks, das sie mit einer Zange aus der Kochstelle holte.

Als die Kerze ihre Umgebung beschien, sah sie sich abermals um. Ramen war eindeutig nicht da. Womöglich war er in die Stadt gegangen, um einige Besorgungen zu machen, oder er war angeln oder was auch immer ein alter Mann wie er den lieben langen Tag so trieb.

Einen Moment lang überlegte Lucja, ob sie wieder gehen sollte. Beim Gedanken daran, dass sie sich damit nur umso früher ihren Gefährten stellen musste, setzte sie sich aber auf einen der knarrenden Stühle.

Sie würde hier auf Ramen warten. Er konnte nicht allzu lange fort sein, da die Nacht bald hereinbrechen würde und sie wollte ihn unbedingt darüber unterrichten, dass ihr Plan bisher aufgegangen war. Schließlich hatte er ihr einen großen Dienst erwiesen, als er ihr und dem Schatten den Vorschlag unterbreitete, dass sie zusammenarbeiten sollten. Es stimmte: Durch die Unterstützung der Schattengilde würde nicht nur die Herrscherin, sondern auch die Verbindung der Bewahrer profitieren können. In einem Land, das so wie Altra im Umbruch war, war jede Unterstützung, die man bekommen konnte, mehr wert als Gold.

Ihre Gedanken wanderten zu der jungen Herrscherin, die sie heute kennengelernt hatte. In dem Moment, in dem sie vor sie getreten war, hatte Lucja gemerkt, dass sie eine besondere Frau vor sich hatte und all ihre Vorurteile, die sie ihr gegenüber gehegt hatte, unbestätigt gefunden. Die Art, wie Alia sie gemustert und sofort eingeschätzt hatte, war ihr nicht entgangen. Aber auch sie hatte die Herrscherin in Augenschein genommen.

Das hübsche Gesicht, die dunkelbraunen Augen und das dunkle Haar hatten Lucja an Celina, die Tochter von Lesath, erinnert. Wenn es nicht schon im ganzen Land bekannt gewesen wäre – spätestens jetzt hätte sie gewusst, dass Alia die Tochter von Celina und Ramor sein musste.

Sie hatte beide gekannt. Celina etwas weniger gut, da Lesath seine Tochter meist vor fremden Augen weggesperrt hatte, aber Ramor war sie schon einige Male begegnet, da auch er mehrere Jahrhunderte alt gewesen war. Er war ein freundlicher, gut aussehender Mann gewesen, aber für Lucjas Geschmack immer etwas zu verschlossen. Zudem war er kein Kampfmagier, sondern hatte sich voll und ganz auf die heilenden Kräfte seiner Erdmagie konzentriert, was ihn für Lucja uninteressant gemacht hatte, da sie schon immer Männer bevorzugte, die richtig kämpfen konnten.

Hinzu kam, dass er einen verschlagenen Eindruck bei ihr hinterlassen hatte und sie nie genau wusste, woran sie bei ihm war, weswegen sie ihm lieber aus dem Weg ging. Nicht, dass er ihr unsympathisch gewesen wäre, keinesfalls. Aber sie hatte heimlichtuerische Menschen noch nie sonderlich gemocht.

Beim Schatten machte sie zugegeben eine Ausnahme. Der Dunkelelf war interessant und nicht nur das: Er konnte besser kämpfen als die meisten Männer, die ihr in ihrem langen Leben begegnet waren.

Celina hingegen hatte einen vollkommen anderen Charakter gehabt als Ramor. Sie war offen und herzlich gewesen – zumindest die wenigen Male, die sie die Tochter von Lesath gesehen hatte.

Alia erinnerte Lucja ein wenig an sie. Wenngleich Celina sich nie wie Alia mit solchen Problemen hatte herumschlagen müssen, da sie die Tochter des Herrschers gewesen war, die wohlbehütet im Magierzirkel lebte. Daher hatte Lucja ihr gegenüber womöglich auch Sympathien gehegt ... sie teilten dasselbe Schicksal, waren im Grunde einsame Menschen und konnten sich nicht wirklich auf andere verlassen, da jeder ein Heuchler hätte sein können. Echte Freunde gab es in ihrem langen Leben selten. Das hatte auch für Celina gegolten. Bis zu dem Tag, als sie Ramor kennenlernte.

Natürlich hatte Lucja es damals auch vernommen, als das Gerücht umging, Ramor habe Celina zuliebe seine Heimat Chakas verlassen, um ihr nach Merita zu folgen. Aber die Liebeleien von irgendwelchen Magiern hatten sie noch nie sonderlich interessiert, weswegen sie diesem Gerücht keine weitere Beachtung geschenkt hatte.

Wenn sie gewusst hätte, dass sie irgendwann vor der Tochter der beiden um eine Audienz bitten würde, hätte dies womöglich anders ausgesehen. Aber wer kannte die Wege der Götter schon?

»Wartet Ihr schon lange auf mich?«

Ramens Stimme riss Lucja aus ihren Gedanken und sie fuhr augenblicklich vom Stuhl hoch, sodass dieser nach hinten umkippte. Sie hatte nicht gemerkt, wie der alte Mann in die Höhle gekommen war und schalt sich im selben Moment dafür, so unvorsichtig gewesen zu sein.

»Entschuldigt, ich wollte Euch nicht erschrecken.« Über Ramens zerfurchtes Gesicht glitt ein Lächeln und er deutete mit dem Kopf zum Stuhl, der hinter Lucja am Boden lag. »Setzt Euch doch wieder. Ich habe etwas fürs Abendessen gefangen.« Er hob die andere

Hand, in der er einen langen Aal an einer Schnur hielt.

»Danke, ich habe schon gegessen.« Lucja unterdrückte ein Naserümpfen und beeilte sich, den Stuhl wieder aufzustellen, um sich darauf zu setzen. Sie hatte Aal noch nie gemocht, auch wenn diejenigen hier am Meer womöglich anders schmeckten als die in Arganta, da sie in ihrer Heimat aus dem Süßwasserfluss Rott gefischt wurden.

Ramen zuckte mit den Schultern und begann, den Aal, den er bereits ausgenommen hatte, in kleine Stücke zu hacken, die er in den Kessel über der Glut warf. Dann entfachte er mit einer Handbewegung das Feuer darunter und streute einige Gewürze in den Topf.

Lucja sah ihm mit geweiteten Augen dabei zu und versuchte, sich ihre Verblüffung nicht anmerken zu lassen. Dennoch entfuhr ihr ein leises Keuchen, das Ramens Aufmerksamkeit auf sie lenkte.

Er schmunzelte, als sein Blick den ihren traf, und strich die Hände an seinem Umhang ab, ehe er sich zu ihr an den Tisch gesellte.

»Ich sehe unbeantwortete Fragen in Euren Augen, mein Kind«, sagte er, nachdem er sich ihr gegenüber hingesetzt hatte.

Lucja schluckte schwer und konnte nicht verhindern, dass ihr Blick zur rechten Hand des Alten glitt, wo der Ringfinger fehlte. »Ihr beherrscht das Feuer …«, sagte sie gedehnt. »Aber Ihr habt mich in der Gasse vor einigen Tagen auch geheilt, als der Schatten mich angegriffen und an der Kehle verletzt hatte.« Ihre Augen wurden schmal, als sie seinen Blick suchte. »Wer seid Ihr?« Sie betonte dabei jedes Wort.

Es war unüblich, dass jemand mehr als ein Element beherrschte – genauer gesagt kam es nie vor, da mit dem Eintritt in eine der Gilden jegliche andere Elementbegabung eines Menschen in dem Moment ausgelöscht wurde, wenn er den Elementring erhielt, der ihn an die Elementgilde oder den Zirkel band.

In Ramens dunklen Augen war keinerlei Regung zu erkennen, doch sein Mund lächelte immer noch. »Ich habe Euch schon gesagt, ich werde Euch zu gegebener Zeit alles erzählen. Aber noch ist es nicht so weit«, meinte er schulterzuckend. »Übt Euch in Geduld, dann werdet Ihr Antworten bekommen.«

Lucja schnaubte durch die Nase und verzog den Mund zu einer Grimasse, sagte aber nichts mehr. Es brachte nichts, diesen sturen Alten zu Antworten zu drängen. Wer wusste, wie lange er schon seine Identität geheim hielt. Womöglich waren es bereits Jahrhunderte.

Also seufzte sie nach einer Weile und sah ihm abermals in die Augen, um das Thema zu wechseln. »Der Assassine ist im Kerker des Zirkels. Die Herrscherin hat mir Audienz gewährt und wird sich unseren Vorschlag durch den Kopf gehen lassen. Ich rechne damit, dass sie ihm zustimmen wird, denn sie schien nicht abgeneigt zu sein und den Vorteil dieser Verbindungen zu begreifen.«

Ramen nickte leicht, als hätte er nichts anderes erwartet. »Das habt Ihr gut gemacht.«

»Ihr habt gesagt, wenn ich beweise, dass wir dieselben Ziele verfolgen, werdet Ihr mir die Wahrheit erzählen darüber, was mit der Verbindung der Bewahrer damals geschehen ist«, fuhr Lucja fort. »Ihr habt mir gestern bereits erzählt, dass Lidia, die erste Zirkelleiterin, damals selbst die schwarze Magie ins Land gebracht hat. Aber da ist noch mehr, ich weiß es. Wenn Ihr mir schon nicht sagen wollt, wer Ihr in Wahrheit seid, dann erzählt mir wenigstens alles darüber, was damals passiert ist. Ihr scheint ja bestens informiert zu sein.«

Ramen erhob sich, um nach dem Feuer zu sehen und sagte einige Minuten lang nichts, bis er mit einem Teller voller Aalstücke zurückkam. »Seid Ihr sicher, dass Ihr nichts davon haben möchtet?«, fragte er, ohne auf Lucjas Forderung einzugehen. »Euch entgeht eine Delikatesse, das kann ich Euch versichern.«

Die Magierin musste sich bemühen, ihn nicht anzubrüllen, zu schütteln oder ihm gar eine Ohrfeige zu geben. Dieser Mann strapazierte ihre Nerven bis aufs Äußerste und seine Seelenruhe, die er von wo auch immer hernahm, machte das Ganze nicht besser. Sie konnte nicht verhindern, dass ein leises Knurren ihrer Kehle entwich.

»Ihr mögt Aal wirklich nicht, oder?« Ramen biss in eines der Stücke und schloss genießerisch die Augen, als er es kaute.

Das war zu viel. Lucja erhob sich und presste die Fäuste auf die Tischplatte. »Hört endlich auf, meinen Fragen auszuweichen!«, fuhr sie ihn an. »Erzählt mir die Wahrheit! Die ganze Wahrheit, nicht nur einen Teil davon!«

Ramen öffnete die Augen und sah sie stirnrunzelnd an. »Ich spreche während des Essens nicht gerne über die Vergangenheit, da sie die Mahlzeit bitter werden lässt«, meinte er schulterzuckend. »Aber ich sehe, dass ich Eure Geduld auf die Probe stelle. Ihr seid eine heißblütige Frau … womöglich hättet Ihr das Feuer in Euch getragen, wenn es nicht das Wasser gewesen wäre.« Er nahm nochmals ein Stück Aal und kaute darauf herum.

Erst als er es heruntergeschluckt hatte – Lucja war kurz davor, ihm an die Gurgel zu springen –, fuhr er fort: »Nun gut. Ich werde Euren Wissensdurst stillen. Setzt Euch wieder, mein Kind.«

Lucja kam der Aufforderung mit einem weiteren Knurren nach, richtete aber all ihre Aufmerksamkeit auf Ramen.

»Damals, vor über vierhundert Jahren, als die Zirkelleiterin Lidia bereits ein Jahrhundert lang regiert hatte, sah sie keine andere Möglichkeit mehr, sich gegen die Elfen, Zwerge und Gorkas zu wehren«, begann der Alte. »Die Drachen hatten sich bereits nach den ersten Jahrzehnten des Krieges in ihre Berge zurückgezogen und den Menschen den Rücken gekehrt. Ihr müsst wissen, diese Wesen haben eine andere Art der Zeitrechnung. Für sie bedeutet ein Jahrhundert etwa so viel wie für uns ein Wimpernschlag und sie können daher gut eine Weile warten, bis sich solche Unruhen gelegt haben.«

»Das ist mir alles bereits bekannt – ich bin in der Nähe der Talmeren groß geworden«, unterbrach ihn Lucja ungeduldig. »Erspart mir bitte die Geschichte der Völker von Altra und kommt zum Punkt.«

Ramen warf ihr stirnrunzelnd einen Blick zu, der aber rasch wieder weicher wurde. »Nun gut, wie Ihr wünscht. Jedenfalls schickte Lidia ihren Sohn zu den Drachen, um von ihnen Kräfte zu erhalten, mit denen sie die Menschen schützen konnte. Dass sie damit die schwarze Magie ins Land holte, war ihr zu dem Zeitpunkt noch nicht bewusst. Aber ihrem Sohn, der sich lange mit den alten Lehren der ersten Propheten auseinandergesetzt hatte, schon. Als er mit dem Auge des Drachen zurückkam und sie zu zweit die Zeremonie der schwarzen Magie vollzogen, überlistete er seine eigene Mutter, indem er sie im Ritual opferte.« Sein Blick wurde trauriger, während er die letzten Worte sprach. »Von da an war die schwarze Magie in Altra und jeder, der das Ritual kannte, konnte sich ihr verschreiben und sie verwenden.«

»Das ist ebenfalls nichts Neues.« Lucjas Ungeduld wuchs.

»Ja, aber wusstet Ihr, dass Euer Vater damals beim Ritual dabei gewesen ist? Beim Ritual, als Lidia starb?« Ramen hob die Augenbrauen.

Lucjas Mund öffnete sich und klappte ohne einen Laut wieder zu. Abermals versuchte sie, etwas zu sagen, aber es gelang ihr nicht. Sie atmete tief durch und versuchte, das gerade Gehörte einzuordnen. Schließlich, als sie merkte, dass Ramen auf eine Antwort von ihr wartete, schüttelte sie schwach den Kopf.

Ihr Vater hatte ihr nie etwas darüber erzählt, dass er damals bei dem Ritual anwesend gewesen war und diese Tatsache verblüffte sie mehr als alles, was sie bisher hier in Merita gehört hatte. Warum hatte er es vor ihr verheimlicht? Vertraute er ihr nicht? Oder wollte er sie vor etwas schützen?

»Sagt Ihr auch wirklich die Wahrheit?«, fragte sie nach einer Weile, als Ramen nicht weitersprach, sondern sie weiterhin stumm musterte.

Der Alte nickte. »Ihr könnt mir glauben. Denn ich war auch da. Wir beide wollten das Schlimmste verhindern und Lesath, Lidias Sohn, davon abhalten, das Ritual zu vollenden. Aber wir waren zu spät. Er war damals schon sehr mächtig, konnte schon immer über alle vier Elemente herrschen und durch die schwarze Magie, die er durch das Ritual in sich trug, war er quasi unbesiegbar. Uns blieb nur, zu fliehen.«

»Ihr und … mein Vater seid vor Lesath geflohen?« Lucjas Augen weiteten sich.

Ramen nickte abermals. »Er war außer Kontrolle und hätte wohl alles und jeden getötet in diesem Moment, als er eine Macht in sich empfing, die kein Mensch haben sollte. Erst als er den halben Zirkel getötet hatte, merkte er, dass die schwarze Magie auch Nachteile mit sich brachte – denn er bediente sich für seine Zauber automatisch der Körperwärme all jener, die in seiner Nähe waren. Euer Vater war es, der schließlich auf die Idee mit den Amuletten kam, die die schwarze Magie verbergen konnten. Auch er hatte sich lange mit den alten Schriften beschäftigt, daher war ihm dies bekannt.«

»Warum waren mein Vater und Ihr damals beim Ritual dabei?«

»Weil wir enge Vertraute von Lidia waren.« Ramens Blick blieb ausdruckslos, auch wenn Lucja meinte, einen alten Schmerz in seinen dunklen Augen zu erkennen.

»Jetzt wisst Ihr mehr über die Umstände, wie Lidia gestorben ist. Euer Vater hat sie verehrt und ihr Tod ging ihm fast genauso nahe wie mir. Vielleicht lässt Euch dieses Wissen das Ausmaß abschätzen, was es Euren Vater gekostet hat, trotz allem Lesath vorzugaukeln, dass er ein Anhänger von ihm war. Ich selbst … konnte es nicht. Es liegt nicht in meiner Natur, so zu tun, als wäre alles in Ordnung, wenn ich genau weiß, dass es das nicht ist.« Er lächelte schwach, als sein Blick den von Lucja suchte. »Ich habe Euren Vater für diese Fähigkeit stets bewundert.«

Die Magierin saß regungslos auf ihrem Stuhl und wusste nicht recht, wohin mit ihren Händen. Schließlich zog sie die Augenbrauen zusammen und sah Ramen aufmerksam an. »Ihr habt Euch also zurückgezogen, Euren Ringfinger abgeschnitten und lebt seither hier in der Verborgenheit?« Als Ramen bloß nickte, fuhr sie fort: »Was habt Ihr Lesath glauben lassen? Dass Ihr tot seid?«

Abermals nickte Ramen. »Nicht nur ihn. Ich habe es alle, die ich je gekannt habe, glauben lassen. Es schien mir die einzige Möglichkeit, hier in Merita zu bleiben und Lesath im Blick zu behalten … und auf den Moment zu warten, den die neue Herrscherin uns gebracht hat: die Verbannung der schwarzen Magie. Als ich erfuhr, dass Lesaths Tochter ein Kind erwartet und aus Merita geflohen war, keimte die Hoffnung in mir auf, dass ich nicht vergebens gewartet hatte. Und Alia hat genau diese Hoffnung bestätigt.«

Lucja sah ihn nachdenklich an. »Auch wenn Ihr mir immer noch nicht sagen wollt, wer Ihr seid – wäre es nicht an der Zeit, dass Ihr selbst vor die Herrscherin tretet und Euch zumindest ihr zu erkennen gebt?«

Ramen wich zum ersten Mal ihrem Blick aus und starrte auf seinen halb aufgegessenen Aal hinunter. Lange Zeit sagte er nichts, der Appetit schien ihm vergangen zu sein. Dann, ganz langsam, hob er den Kopf und Lucja sog die Luft ein, als sie in seine Augen sah.

»Es wäre an der Zeit, da gebe ich Euch recht, mein Kind … aber … so komisch es auch klingen mag aus dem Mund eines alten Mannes, der bereits so viel gesehen und erlebt hat wie ich: Ich habe Angst vor dem Moment, in dem ich ihr gegenüberstehe.«

Kapitel 21 - Alia

Merita, Gegenwart

(Tag 29, Monat 8, 1EP11 248)

Alia stand an einem der Fenster des großen Saals und blickte auf das Meer hinaus. Sie stand schon eine Weile hier und dachte über die vergangenen zwei Tage nach.

Nie im Leben hätte sie damit gerechnet, Xenos noch einmal zu begegnen. Sie hatte geglaubt, ihn eigenhändig getötet zu haben … dass er mithilfe eines magischen Tricks dem Tod von der Schippe gesprungen war, stimmte sie wütend und traurig zugleich. Nicht *er* hätte leben sollen, sondern sein Bruder Zaron.

Zaron … der Vater ihres Kindes.

Der Schmerz darüber, dass sie ihn tatsächlich nie wiedersehen würde, war immer noch groß. Sie hatten ihn geliebt, ebenso wie er sie. Und der kleine Funke Hoffnung, dass sie ihn vielleicht doch retten könnte, war in all den Monaten nie ganz aus ihrem Herzen gewichen. Wenn das Schicksal schon so grausam war, ihr Reyvan zweimal wegzunehmen, dann wollte sie es einfach nicht wahrhaben, dass dasselbe auch für Zaron gelten sollte.

Und doch war es so. Anscheinend war es ihr nicht bestimmt, an der Seite eines Mannes glücklich zu werden.

Voller Wehmut dachte sie an Reyvan, der jetzt weit im Norden mit seiner Gemahlin zusammenlebte. Auch ihn hatte sie geliebt. Er war ihre erste große Liebe gewesen und sie hatte viel zu spät erkannt, was sie an ihm hatte – wie tief seine Liebe für sie gewesen war. Und wie tief ihre eigenen Gefühle für ihn.

Das Schicksal hatte sie getrennt, doch ihr Herz hatte immer für ihn weitergeschlagen. Selbst als Zaron an ihrer Seite gewesen war und ihr geholfen hatte, über den Schmerz der Trennung hinwegzukommen, sie gelehrt hatte, dass sie ihr Herz nicht nur einem Menschen öffnen konnte.

Reyvan und sie verband etwas ganz Besonderes und sie hatten sich ja nie im Bösen getrennt, sondern, weil die Götter ihnen übel mitgespielt hatten. Vor allem auf ihrer Reise durch die Talmeren nach Merita war sie dem blonden Elfenprinzen wieder näher gekommen, auch wenn sie gewusst hatte, dass sie nie zusammen sein könnten.

Umso stärker hatte es sie geschmerzt, als er sich an nichts mehr hatte erinnern können. Weder an ihre gemeinsame Vergangenheit noch an ihre Liebe.

Aber … vielleicht war es besser so. Für sie beide.

Sie seufzte und zeichnete mit dem Finger eine Blume auf die Scheibe, die von ihrem Atem beschlagen war. Wieder erinnerte sie sich an den Moment, als Reyvan ihr am Grab ihrer Eltern im Zirkel von Chakas eine Blüte ins Haar gesteckt hatte. Damals hatte er sie voller Zärtlichkeit angelächelt und in seinen dunkelblauen Augen hatte sie die Zuneigung gesehen, die er immer noch für sie hegte.

Wie sehr sie ihn vermisste. Seine unbeschwerte Art, seine Zuversicht, die er selbst in den schwärzesten Momenten seines Lebens nie ganz verloren hatte.

Auch wenn sie versuchte, ihre Gefühle für ihn zu verdrängen, so war es ihr dennoch nie gelungen. Sie hoffe aus ganzem Herzen, dass er an der Seite seiner Gemahlin glücklich war.

Wenn das Glück ihr selbst schon nicht vergönnt war, dann wenigstens ihm. Er hatte es so sehr verdient …

»Herrin, entschuldigt, wenn ich störe«, unterbrach Klarana ihre Gedanken und sie zuckte unwillkürlich zusammen.

Langsam drehte Alia sich um und sah die rothaarige Frau stirnrunzelnd an. »Schon wieder jemand, der um eine Audienz bittet?«

»Ihr seid die neue Herrscherin. Besser Ihr gewöhnt Euch daran, dass Ihr in den nächsten Jahren keine Minute Ruhe mehr haben werdet«, antwortete die Beraterin mit einem leichten Lächeln auf den Lippen. »Aber dieser Besuch wird Euch erfreuen, da bin ich mir sicher.«

Ehe sie den Besucher ankündigen konnte, trat ein hochgewachsener Elf an Klarana vorbei und kam mit langen Schritten auf Alia zu. Er trug dunkle Leinenhosen sowie ein helles Hemd, das vorne etwas offen stand und seine muskulöse Brust erahnen ließ. Das dunkle Haar fiel bis weit über seine Schultern und die goldenen Augen funkelten, als sein Blick auf die junge Herrscherin fiel. Auf

Waffen hatte er – bis auf einen Dolch an seiner Hüfte – verzichtet. Aber die Klinge brauchte er nicht, denn Alia wusste nur zu gut, dass er sich auch ohne eine Waffe hervorragend verteidigen konnte.

»Maryo!«, stieß sie aus und vergaß auf der Stelle ihre wehmütigen Gedanken von eben. Ihr Gesicht erstrahlte und sie ging dem Elfenkapitän mit einem freudigen Lächeln entgegen, während sich die Beraterin unauffällig zurückzog.

»Die schönste menschliche Herrscherin, die es in Altra je gegeben hat.« Ein verschmitztes Grinsen glitt über das Gesicht des Elfenkapitäns, während er die Arme ausbreitete und sie mit erstaunlicher Kraft an sich zog, als er bei ihr angelangt war.

Alia schlang ihrerseits die Arme um seine breite Brust und verbarg ihr Gesicht in seinem dunklen Haar, das wie alles an ihm nach Wasser, Wind und Salz roch. Sie spürte seinen ruhigen Herzschlag, der ihr augenblicklich das Gefühl schenkte, dass ihr nichts und niemand etwas anhaben konnte, solange er in ihrer Nähe war. Es schien ihr fast, als würde seine pure Anwesenheit all ihre Sorgen wegspülen wie die Flut die spitzen Muscheln an einem Strand.

»Maryo …«, flüsterte sie und konnte es kaum übers Herz bringen, ihn wieder loszulassen.

»Als ich dich das letzte Mal sah, warst du noch um einiges schlanker«, meinte er mit einem schiefen Lächeln, während er sich von ihr löste und sie eine Armlänge von sich weghielt, um sie einer eingehenden Musterung zu unterziehen.

Sie schenkte ihm einen tadelnden Blick, konnte sich aber nicht verkneifen, sein Lächeln zu erwidern. »Wie sprichst du bloß mit deiner Herrscherin?«, fragte sie mit hochgezogenen Augenbrauen.

Seine Augen funkelten noch stärker als sonst. »Du bist nicht nur meine Herrscherin, sondern auch meine Freundin. Und als dein Freund muss ich dafür sorgen, dass dir das Herrscherdasein nicht in dein hübsches Köpfchen steigt.« Er zwinkerte ihr zu.

»Es tut so gut, dich hier zu sehen. Ich habe dich vermisst.« Alia zog ihn abermals in eine Umarmung.

»Nun ja, ich hab manchmal solch einen Effekt auf Frauen«, meinte er mit einem rauen Lachen, das in seiner Brust leise dröhnte. »Aber warte, bis ich dir meine Geschenke gezeigt habe. Dann schuldest du mir mindestens einen Kuss, meine Liebe.«

Alia hob schmunzelnd den Blick. »Du bist immer noch derselbe … das ist schön, in einer Zeit, wo sich alles andere verändert.«

Jetzt wurde seine Miene ernster und er drückte sie sanft ein wenig von sich weg, um in sein Hemd zu greifen, aus dem er einen kleinen Gegensand hervorholte, der in ein Stück Leinen gewickelt war. »Das hier ist mein erstes Geschenk für dich. Ich habe es auf der Cyrona gefunden, als ich bereits in Merita abgelegt hatte und nach Norden aufgebrochen war. Genau genommen ist es kein richtiges Geschenk, da es schon immer dir gehört hat.«

Er wickelte den Gegenstand aus und Alia keuchte leise, als sie sah, was er ihr entgegenhielt.

»Du hast es aufbewahrt?«, fragte sie verblüfft und griff mit vorsichtigen Fingern nach dem kleinen Objekt.

Es war das silberne Kästchen, das ihr damals ihre Mutter gegeben hatte, ehe sie in den Magierzirkel von Lormir gegangen war. Alia war das Blumenmuster, das den Deckel zierte, nur allzu vertraut, ebenso wie das Gewicht und die Form, die exakt in ihre Handfläche passte. Wie oft hatte sie dieses Schmuckstück in den letzten Jahren in den Händen gehalten. Es war zwar klein, aber es hatte alles in ihrem Leben verändert. Wirklich alles ... unwillkürlich fuhr sie sich mit der freien Hand über ihren runden Bauch und ein trauriges Lächeln glitt über ihr Gesicht, während sie daran dachte, dass sie ohne das Kästchen niemals Zaron begegnet wäre.

»Danke«, hauchte sie, als sie sich von den alten Erinnerungen gelöst hatte und dem Elfenkapitän wieder in die goldenen Augen sah.

»Sehr gern geschehen.« Er beugte sich etwas zu ihr herunter und seine Stimme wurde eindringlicher, während er sanft ihre Schultern umfasste. »Wie geht es dir?«

Sie wich seinem Blick aus und schlang beide Hände um das silberne Kleinod, als bedeute es mehr als ihr eigenes Leben. »An manchen Tagen ist der Schmerz so frisch, wie wenn er gerade gestorben wäre.« Sie musste nicht erwähnen, wen sie meinte, Maryo wusste es auch ohne seine Fähigkeit, Gedanken zu lesen. »Und manchmal denke ich, ich kann dennoch nach vorne blicken ... wenn auch der Blick zurück immer da sein wird und wahrscheinlich nie aufhört, wehzutun.«

Maryo nickte verständnisvoll, hob die Hand an ihr Gesicht und fuhr mit dem Daumen sanft über ihre Wange. »Du bist eine starke Frau, du wirst es schaffen, dein Schicksal zu meistern.«

Sie ergriff seine Hand und hielt sie fest. »Danke. Danke für alles«, sagte sie, während sie in seine Augen blickte, die sie liebevoll betrachteten. »Du bist der beste Freund, den man sich wünschen kann.«

Jetzt erhellte ein schelmisches Lächeln seine Züge. »Da gebe ich dir recht. Zeit für dein zweites Geschenk.« Ehe sie fragen konnte, was es denn sei, wandte er sich zur Tür und rief: »Ihr könnt reinkommen!«

Alia blickte neugierig zum Eingang der Halle – und ihr entfuhr ein spitzer Schrei, als ein braunhaariger Mann in Jägerkleidung und ein blonder, junger Mann eintraten. Ohne zu überlegen, drückte sie Maryo das silberne Kästchen in die Hände und eilte auf die beiden Neuankömmlinge zu.

»Vater! Sen!«, rief sie und ihre Stimme war eine Mischung zwischen Lachen und Weinen.

Der Mann breitete die Arme aus und sie fiel ihm freudestrahlend um den Hals.

»Vater …«, flüsterte sie ergriffen und versuchte gar nicht erst, die Tränen zu unterdrücken, die ihr über die Wangen liefen.

Sie spürte, wie Sen, ihr Bruder, sie von hinten umarmte, sodass sie zwischen den beiden eingeklemmt war, und konnte ihr Glück kaum fassen.

Wie oft hatte sie an ihre Familie gedacht – wie es ihnen gerade ging, wo sie waren. Sie hatte sie vermisst, jeden einzelnen Tag in den letzten drei Jahren.

Und jetzt waren sie da – standen wahrhaftig vor ihr und sie fühlte, wie ihr Herz vor Freude in ihrer Brust hüpfte wie ein junges Reh, das zum ersten Mal über eine Blumenwiese toben durfte. So glücklich war sie schon lange nicht mehr gewesen.

Mertin, der normalerweise ein verschlossener Mann war, hatte ebenfalls Tränen in den Augen, während er seine Tochter so fest an sich presste, als könnte er sie abermals verlieren.

Einige Sekunden verharrten sie in ihrer Umarmung. Keiner war gewillt, als Erster loszulassen. Auch wenn Alia nicht vom gleichen Blut wie sie war, so war es doch immer schon ihre Familie gewesen und würde es auch immer bleiben. Sie liebte sie von ganzem Herzen.

Schließlich löste sie sich von ihrem Vater, um ihm in die grünen Augen zu blicken, die sie voller Wärme betrachteten. Nur mit Mühe wandte sie sich von ihm ab und ihrem Bruder Sen zu, der sie inzwischen überragte.

»Du bist so groß geworden«, staunte sie, während sie ihn ebenfalls in eine herzliche Umarmung zog.

»Und du dick«, grinste er und wich lachend ihrer Faust aus, die jedoch nur halbherzig zuschlagen wollte.

Alia sah voller Liebe zwischen ihrem Vater und ihrem Bruder hin und her. Es gab so viel, was sie sagen wollte – und sie wusste gar nicht, wo sie beginnen sollte.

»Warum habt ihr euch nicht angekündigt?«, stieß sie schließlich aus. »Ich habe auf eure Nachricht gewartet – ich wollte ein großes Fest veranstalten!«

»Wir wollten dich überraschen«, sagte Mertin lächelnd. »Und das ist uns wohl auch gelungen.«

»Das kann man wohl sagen …«, nickte Alia immer noch überwältigt. »Ich hatte mit euch erst in ein paar Wochen gerechnet. Aber wenn Maryo euch auf seiner Cyrona hergebracht hat, verwundert es mich nicht, dass ihr früher hier seid.«

Sie warf dem Elfenkapitän einen raschen Blick zu und konnte sehen, wie er voller Selbstzufriedenheit die Arme vor der Brust verschränkt hatte und zu ihnen herübersah.

Dann wandte sie sich wieder an Sen und ihren Vater. »Doch das Fest wird es trotzdem geben!« Mit einem Mal hielt sie inne. »Wo sind Mutter und Lia?« Sie sah suchend an den beiden Männern vorbei zur Tür, als erwarte sie, dass jeden Moment ihre Mutter und ihre Schwester hereinkämen.

»Mutter hat Zwillinge bekommen«, antwortete Sen an Mertins Stelle. »Und Lia hilft ihr bei der Betreuung.«

»Zwillinge? Ich habe zwei neue Geschwister?« Alia sah voller Verblüffung ihren Vater an.

Dieser zuckte fast schon entschuldigend mit den Schultern. »Wir haben eigentlich nicht damit gerechnet, dass deine Mutter nochmals Kinder bekommen kann. Aber ja, du hast zwei Schwestern, sie sind jetzt drei Monate alt.«

»Das sind ja unglaubliche Neuigkeiten!« Alia umarmte ihren Vater nochmals stürmisch. »Oh wie sehr würde ich mir wünschen, dass ich von hier weg kann, um sie zu besuchen!«

»Vorerst wirst du mit uns vorliebnehmen müssen«, meinte Sen grinsend. »Aber keine Sorge, Mutter und Lia wollen nachkommen, sobald die ersten paar Monate überstanden und die Zwillinge groß genug sind, eine solche Reise anzutreten.«

»Das … hach, ich freue mich darauf!« Alia strahlte über das ganze Gesicht.

»Wie geht es dir?«, wollte Mertin wissen und deutete auf den runden Bauch seiner Tochter. »Ist alles in Ordnung mit deinem Kind?«

Alia nickte lächelnd, während sie mit der Hand über ihren Bauch fuhr. »Ja, jetzt auf jeden Fall. Ich werde eine Tochter bekommen – sie wird Layla heißen. Aber es dauert noch ein paar Wochen, bis es so weit ist.«

»Bist du sicher, dass es nur eines wird?«, fragte Sen mit skeptischem Blick auf ihren geschwollenen Leib. »Vielleicht sind da zwei drin, so dick, wie du geworden bist.«

»Du bist ein frecher Kerl«, rief Alia gespielt entrüstet aus.

»Habt Ihr mich vergessen?«, erklang in dem Moment eine Stimme vom Eingang, die Alia auf der Stelle herumfahren ließ.

Dort stand eine blonde, junge Frau, die zaghaft einige Schritte in die große Halle tat und etwas verloren in ihren einfachen Kleidern wirkte.

Alia hielt inne, dann weiteten sich ihre Augen und sie hörte gerade noch »Geschenk Nummer drei« aus Maryos Richtung, ehe sie auf die Frau zueilte, so schnell es ihre Umstände zuließen.

»Rana!«, rief sie und schlang die Arme um ihre Freundin. » Du bist auch hier? Das ist ja eine wahrhafte Überraschung! Wie geht es dir?«

Über Ranas Wangen rannen Tränen, als sie die Umarmung nicht minder herzlich erwiderte. »Alia! Es tut so gut, dich wohlbehalten wiederzusehen! Wenn du wüsstest, wie viele Nächte ich voller Sorgen verbracht habe, weil ich nicht wusste, wie es dir geht! Und hier bist du, wohlauf und so schön wie eh und je!«

Alia drückte sich lachend an sie und konnte es kaum fassen, ihre

Freundin, die ihr im Magierzirkel von Lormir so sehr geholfen hatte, wieder bei sich zu haben.

Auch sie hatte in den letzten Monaten viel und oft an Rana gedacht. Zuerst in Trauer, weil sie geglaubt hatte, sie sei tot und dann, als sie erfahren hatte, dass sie noch lebte, hatte sie sich umso größere Sorgen gemacht. Sie hatte gewusst, dass Xenos sie als Druckmittel verwenden könnte und ihr hatte davor gegraut, dass er es tun würde.

Doch jetzt war Rana wohlbehalten hier in Merita und würde nie wieder im Zirkel von Lormir dienen müssen. Diese Tatsache brachte Alias Augen noch mehr zum Strahlen, als sie es ohnehin schon taten.

Noch während sie Rana in den Armen hielt, wandte Alia sich zu Maryo um, der mit einem schiefen Lächeln ein paar Schritte näher gekommen war. »Sag bloß, du hast noch mehr Geschenke mitgebracht!« Alias Augen wurden groß, als sie das verschmitzte Grinsen des Elfenkapitäns erkannte. »Viel mehr hält mein Herz heute nicht aus …«

»Das letzte Geschenk wird heute Abend hierherkommen«, sagte Maryo und sein Gesicht wurde ungewohnt ernst. »Ich dachte, ich lasse dich erst mal in Ruhe deinen Vater, deinen Bruder und Rana begrüßen. Das wird herausfordernd genug sein für ein zartes Mädchen wie dich.«

Er zwinkerte ihr zu und wandte sich zum Gehen.

»Warte!«, rief Alia und löste sich aus der Umarmung von Rana, um dem Elfenkapitän den Weg zu versperren.

Ehe er es sich versah, hatte sie ihre Hand in seinen Nacken gelegt, seinen Kopf zu sich heruntergezogen und drückte ihm einen Kuss auf den Mund.

»Du hattest recht: Den hast du dir wahrlich verdient«, meinte sie lächelnd, als sie ihn losließ.

Maryo war tatsächlich für die Dauer eines Lidschlags verlegen, als er sich wieder aufrichtete. Jedoch hatte er seine Selbstsicherheit rasch wiedererlangt und sah sie mit funkelnden Augen an. »Du weißt, dass ich ab jetzt immer irgendwelche Geschenke mitbringe – das ist es wert, wenn ich dafür *so* belohnt werde.« Er lachte heiser auf, dann wurde er wieder ernst. »Hier, pass gut auf dein silbernes Kästchen auf.«

Er drückte ihr das Kleinod in die Hand, wandte sich, immer noch leise lachend, ab und verließ den Saal.

»Alia, du bist jetzt eine Herrscherin … und … du bist so ganz anders als damals, als ich dich kennengelernt habe«, sagte Rana, die sich bei ihr unterhakte. »Du bist so … erwachsen geworden.«

Alia erwiderte ihr Lächeln und fuhr ihr mit der Hand über den Arm. »Gezwungenermaßen …«, meinte sie und ging mit ihr zusammen zurück zu Mertin und Sen. »Lasst uns zusammen etwas essen und trinken. Ich werde sofort veranlassen, dass alles für das Fest vorbereitet wird. Heute Abend feiern wir – nichts und niemand wird mich davon abhalten können!«

Ihr entging vor lauter Freude der sorgenvolle Blick, den Rana mit ihrem Vater tauschte.

»Klarana!«, rief sie und die Beraterin eilte sofort herbei. »Bitte weise die Dienerschaft an, dass sie meinen Gästen die besten Zimmer vorbereitet. Es soll ihnen an nichts fehlen.«

Klarana nickte lächelnd und verschwand wieder durch die Tür, um die Anweisungen weiterzugeben.

Alia wandte sich strahlend an ihren Vater, Sen und Rana. »Ihr seid bestimmt müde von dieser anstrengenden Reise«, sagte sie mit einem prüfenden Blick in ihre Gesichter. »Wenn ihr wollt, könnt ihr euch auch erst ausruhen und dann in meine Gemächer kommen. Die Diener werden euch den Weg zeigen.«

»Nein, lass uns erst etwas essen und trinken«, antwortete Mertin für sie alle. »Wir haben mehrere Wochen lang immer dasselbe Essen aufgetischt bekommen – etwas Abwechslung wird uns auf jeden Fall gut tun. Und dann erzählst du uns bitte alles bis ins kleinste Detail.«

Alia lächelte. »Das mache ich sehr gerne, aber ihr müsst mir auch alles erzählen. Folgt mir in meine Gemächer, dort können wir in Ruhe sprechen.«

Kapitel 22 - Reyvan

Merita, Gegenwart

(Tag 29, Monat 8, 1EP11 248)

Er hatte schweißnasse Hände, während er hinter der Frau mit dem kurzen, rotbraunen Haar herging. Sein Herz klopfte wie wild und er konnte kaum einen klaren Gedanken fassen, weil ihm viel zu viele durch den Kopf gingen. Prinzessin Amyéna hatte ihn nicht begleitet, da sie es angemessener gefunden hatte, wenn er zuerst alleine mit Alia sprach. Daher wartete sie in der Empfangshalle und Reyvan würde sie dort wieder treffen und ihr berichten, wie die Begegnung mit der Herrscherin verlaufen war.

Während der Reise hatte er sich an immer mehr Einzelheiten aus den vergangenen Jahren erinnern können, wenn auch ein großer Teil seiner Erlebnisse immer noch fehlte. Aber er hoffte, dass auch der irgendwann zurückkehren würde.

Warum es überhaupt geschehen war, dass er sich mit einem Mal wieder erinnerte, konnte er sich nur dadurch erklären, dass Alia mit ihm verbunden gewesen war, als er mit schwarzer Magie ein zweites Leben erhalten hatte.

Er hatte lange darüber nachgedacht und war letztlich zu diesem Schluss gekommen. Es gab keine andere Erklärung dafür, als dass Alias Magie und die ihres Greifen ihn davor bewahrt hatten, alles zu vergessen und zu einer Hülle ohne Erinnerungen zu werden, wie es ansonsten mit Personen geschehen war, die durch die schwarze Magie wiederbelebt worden waren.

Er verdankte ihr so viel … ganz gleichgültig, was er je tun oder sagen könnte, er würde für immer in ihrer Schuld stehen.

Allein die Tatsache, dass er von ihr gelernt hatte, was es hieß, jemanden aufrichtig und bedingungslos zu lieben, hatte sein Leben – *ihn als Person* – verändert.

Die Beraterin hielt an und warf ihm einen forschenden Blick zu. »Regt sie nicht unnötig auf«, sagte sie mit sachlicher Stimme auf Praedisch.

Er konnte diese Sprache gut verstehen, obwohl sie nicht seine Muttersprache war. Aber alle Elfen lernten von Kindesbeinen an die Sprachen der Menschen, sodass er ihr ohne Probleme folgen konnte.

Die Beraterin fuhr fort: »Sie soll nachher beim Fest, das zu Ehren ihrer Familie und Freunde stattfindet, in guter Laune sein können. Eure Verhandlungen könnten wirklich warten.«

Sie ließ keinen Zweifel daran, dass es ihr widerstrebte, ihn zu Alia zu bringen.

Reyvan schenkte ihr ein halbherziges Lächeln. »Keine Sorge, ich werde sie nicht aufregen. Was ich ihr zu sagen habe, ist … privater Natur.«

Die Beraterin nickte, schien aber nicht wirklich überzeugt zu sein. Sie war eine Luftmagierin und es juckte sie wahrscheinlich in den Fingern, seine Gedanken zu lesen. Doch es war verboten, die Gedanken von Elfen zu lesen – das hatte sich auch nach dem Sturz des Tyrannen Lesath nicht verändert, wofür Reyvan in eben diesem Augenblick äußerst dankbar war. Sonst hätte diese neugierige Frau seine wahren Absichten viel zu rasch durchschaut.

»Ich werde Euch zuerst ankündigen und sie fragen, ob sie mit Euch sprechen möchte. Wartet hier.« Sie öffnete die Tür gerade so weit, dass sie hindurchschlüpfen konnte, um sie danach hinter sich zu verschließen.

Reyvan trat unruhig von einem Bein auf das andere. So nervös kannte er sich nicht und mit einem Mal wünschte er, er hätte dieses waghalsige Unterfangen nicht auf sich genommen. Es war eine Sache, davon zu sprechen, dass man seinem Herzen folgte, eine ganz andere aber, es tatsächlich zu tun. Das Herz hatte keinen Verstand und demnach konnte man allzu leicht Fehler begehen.

Vielleicht war er gerade dabei, ebensolch einen Fehler heraufzubeschwören … er setzte schließlich das Wohl seines Volkes aufs Spiel, wenn er die Ehe mit Amyéna beendete. Womöglich würde die Königin von Westend den Vertrag zwischen ihr und den Elfen von Zakatas daraufhin als hinfällig erachten. Vielleicht bedeutete das gar einen Krieg zwischen den Elfenvölkern. Tote – nur weil er seinem Herzen gefolgt war …

Ehe ihn seine Zweifel zerfressen konnten, ballte er die Hände zu

Fäusten und starrte auf die Tür, die sich einfach nicht wieder öffnen wollte.

Was erzählte diese Beraterin da drinnen bloß? Oder hatte Alia womöglich keine Lust, ihn wiederzusehen? Suchte sie gerade nach einer passenden Ausrede, um ihn fortzuschicken?

Verflucht noch mal … er hielt es nicht mehr aus, diese Ungewissheit zu ertragen!

Mit einem beherzten Schritt trat er auf die Tür zu und ergriff die Klinke, die ihm in eben diesem Moment aus der Hand gerissen wurde.

»… ihm sagen«, beendete die Beraterin gerade ihren Satz und sah ihn verblüfft an, als er ihr so nah gegenüberstand, dass sie ihn fast umgestoßen hätte. Ihr Blick fiel auf seine ausgestreckte Hand und sie zog die Augenbrauen zusammen. »Geduld ist wohl nicht Eure Stärke, was?«, fragte sie mit säuerlicher Miene.

Als Reyvan ihr nur einen finsteren Blick schenkte, fuhr sie fort: »Die Herrscherin erwartet Euch. Denkt daran, um was ich Euch gebeten habe.«

Dann gab sie den Eingang frei, sodass Reyvan endlich in den Raum treten konnte, und zog die Tür geräuschlos hinter sich zu.

Einen Moment lang blieb der Elf unschlüssig stehen und blickte sich suchend um.

Er stand in einem wundervoll ausgestatteten Zimmer. Zu seiner Rechten befanden sich ein Tisch und Stühle sowie eine Sitzgruppe. An den Wänden hingen kunstvolle Gemälde, die größtenteils Segelschiffe darstellten. Ihm gegenüber konnte er einen Balkon ausmachen, dessen hohe Türen geöffnet waren. Links davon ging eine weitere Tür ab, vermutlich führte sie ins Schlafzimmer.

Alia war jedoch nirgendwo zu sehen.

Er trat einige Schritte in den Raum, auf die Balkontür zu und spürte sein Herz bis zum Hals klopfen, sodass es in seinen Ohren widerhallte.

Seine Füße trugen ihn von selbst zum Balkon, während er versuchte, so ruhig wie möglich zu atmen.

Aber es wollte ihm nicht gelingen. Er war einfach zu nervös.

Als er nach draußen trat, erstarrte er mitten in der Bewegung.

Da stand sie: Alia.

Sie hatte ihm den Rücken zugewandt und die Hände auf dem Balkongeländer abgestützt, während ihr Blick in die Ferne gerichtet war. Sie trug ein leichtes Gewand, das ihr bis zu den Knöcheln reichte und im Licht der untergehenden Sonne golden glänzte. Ihr langes, dunkelbraunes Haar war offen, so wie er es von ihr kannte. Auch ihre Gestalt hatte sich nicht verändert, zumindest konnte er von hinten nichts von ihrer Schwangerschaft erkennen. Ihr Atem ging schwer, so als ob sie Kraft in der warmen Meeresluft suchen wollte.

Reyvan wusste nicht, was er sagen sollte, also trat er näher zu ihr und lehnte sich drei Armlängen entfernt ebenfalls an das Geländer.

Er kannte diesen Balkon. Es war derselbe wie damals, als er sich von ihr verabschiedet hatte. Die Bilder stiegen in ihm hoch, da er sich daran noch sehr gut erinnern konnte. Das war gewesen, kurz nachdem er ein neues Leben erhalten und sein Gedächtnis verloren hatte. Er hatte ihr so wehgetan damit, dass er nicht in Merita geblieben war, das wusste er. Und es tat ihm von Herzen leid, dass er ihr derartigen Kummer bereitet hatte. Aber er konnte sich damals an nichts erinnern – weder an sie noch an seine Liebe zu ihr …

Langsam, als könne sie sich kaum dazu überwinden, drehte sich Alia zu ihm um.

Als ihre dunklen Augen auf seine trafen, war es, als würde ein Blitz durch ihn hindurchfahren und er hielt sich unwillkürlich stärker am Geländer fest, da er glaubte, den Boden unter den Füßen zu verlieren.

Sie war noch schöner, als er sie in Erinnerung gehabt hatte. Ihr Gesicht war ebenmäßig, ihre Züge sanft und in ihren Augen spiegelte sich die Wärme ihres Wesens wider. Wie oft hatte er in diese Augen geblickt und sich selbst darin gesehen – wie oft hatte er nicht zu schätzen gewusst, dass er diese Augen zum Leuchten bringen konnte …

Jetzt waren sie jedoch freudlos und stumpf und um ihren sinnlichen Mund spielte ein trauriges Lächeln.

Wie gerne hätte er sie jetzt geküsst. Der Drang, es nicht zu tun, schmerzte in seinem Herzen fast noch mehr als die Erkenntnis, dass er selbst der Grund für ihre bedrückte Stimmung war.

»Reyvan.«

Nicht Rey. Es war nur ein Wort, aber es lag so viel Wehmut darin, dass er nicht anders konnte, als einen weiteren Schritt auf sie zuzugehen. Jetzt trennte nur noch eine Armlänge ihre Körper voneinander und sein Blick glitt unwillkürlich auf ihren geschwollenen Leib, der nun, da sie sich ihm zugewandt hatte, unter dem weiten Kleid gut zu erkennen war.

Die Erinnerung daran, warum sie ein Kind erwartete, ließ ihn wieder etwas nüchterner werden – aber nur ein wenig. Die Bilder des Vaters ihres ungeborenen Kindes blitzten vor seinem inneren Auge auf. Die Bilder davon, wie sie Zaron angelächelt hatte – wie es ihn geschmerzt hatte, zuzusehen, wie sie in den Armen dieses Schwarzmagiers lag, von ihm geküsst wurde.

Der Schmerz, der mit diesen lückenhaften Bildern einherging, ließ ihn unwillkürlich erzittern.

Ja … er hatte große Qualen ihretwegen erduldet. Aber er war damals selbst schuld an seiner Lage gewesen. Und es änderte nichts an seiner Liebe zu dieser wundervollen Frau, die für ihn alles bedeutete – immer bedeutet hatte.

Wie bei den Göttern hatte er diese Liebe nur in den letzten Monaten vergessen können?

»Alia, ich …« Seine Stimme war belegt und er räusperte sich. »Ich musste dich einfach wiedersehen.«

Ihm fiel zu spät auf, dass er sie viel zu vertraut ansprach. Schließlich war sie die Herrscherin von Merita und er gab vor, sich nicht an sie erinnern zu können. Aber es schien ihr glücklicherweise nichts auszumachen.

Er wusste nicht genau, was er tun oder sagen sollte.

War es angemessen, wenn er sie umarmte? Oder sollte er ihr direkt sagen, dass er sich an vieles erinnern konnte – dass er sie liebte?

Nein … etwas hielt ihn zurück und er wusste ganz genau, was das war: seine Angst. Die Angst, die ihm seit dem Aufbruch aus Westend im Nacken saß. Die ihm in den Nächten den Schlaf und am Tag die Ruhe geraubt hatte. Die ihn während der wochenlangen Reise für viele Stunden hatte an der Reling stehen und über das Meer blicken lassen.

Die Angst, dass er zu viel wagte, zu viel aufs Spiel setzte. Dass sie ihn nicht liebte und er durch sein Geständnis alles verlor.

»Wie geht es dir?«, fragte sie und betrachtete ihn wieder mit dieser Traurigkeit, die er kaum aushielt.

»Mir geht es gut«, log er. »Aber die Frage sollte viel eher sein, wie es *dir* geht.«

»Mein Vater, Bruder und Rana sind heute bei mir angekommen«, sagte Alia und jetzt huschte doch noch der Hauch eines richtigen Lächelns über ihr Gesicht, das ihre Augen einen kurzen Moment lang erstrahlen ließ, so wie ein Sonnenstrahl die Oberfläche eines Sees beleuchtete, ehe er sich hinter grauen Wolken wieder zurückzog. »Mir geht es so gut wie schon lange nicht mehr.«

Und trotzdem war da diese Traurigkeit … galt sie vielleicht nicht ihm, sondern Zaron? War es, weil sie seinen Tod immer noch nicht überwunden hatte? Oder galt sie doch ihm? Hing sie noch an ihrer gemeinsamen Vergangenheit ebenso wie er?

Verflucht noch mal, es war so schwer, das Richtige zu tun.

Aber er musste es ihr einfach sagen. Er musste alles auf eine Karte setzen. Und wenn sie ihn nicht mehr wollte, dann würde er irgendwie damit leben müssen. Alles war besser als diese Ungewissheit, die ihn fast zerstörte.

»Alia …«, begann er nochmals und atmete tief durch, um seine Stimme fester klingen zu lassen. »Es gibt einen Grund, warum ich mit dir unter vier Augen sprechen musste …«

Sie sah ihn aufmerksam an und er konnte erkennen, dass sie

Angst vor dem hatte, was er ihr gleich sagen würde. Aber sie hatte wohl kaum so viel Angst wie er …

Sie unterbrach ihn mit einer kleinen Geste ihrer Hand. »Klarana hat mir schon gesagt, dass es nicht um die Verhandlungen mit deinem Volk gehen würde. Aber worum geht es dann?« Ihre Stimme zitterte leicht.

Ja, sie hatte ebenfalls Angst. Das ließ Reyvans Gefühle sich etwas beruhigen, denn dann war er immerhin nicht alleine.

Trotzdem zögerte er, ehe er es aussprach: »Es geht um uns.«

Jetzt sog Alia scharf die Luft ein und wandte sich ab. Kein gutes Zeichen.

»Falls du hier bist, um mich zu bemitleiden … bitte spar dir das«, sagte sie mit ungewohnter Härte und er sah, wie ihre Kiefermuskeln sich verkrampften.

Sie versuchte mit aller Kraft, stark zu sein … dabei war das nicht notwendig. Nicht jetzt – nicht hier … nicht bei ihm.

Doch sie fuhr fort, ohne ihn anzusehen: »Mir geht es gut. Und du hast mir bereits bei deiner Abreise erklärt, dass du jetzt ein neues Leben beginnen möchtest. Bitte erspar mir den Schmerz, wenn du in Dingen herumstocherst, an die du dich nicht mehr erinnern kannst …«

Er unterbrach sie, indem er sie an ihrer Schulter anfasste. Alleine diese Berührung führte dazu, dass ihr Körper erzitterte. Ob vor Angst, Abwehr oder unterdrückter Trauer, konnte er nicht ausmachen.

Einen Moment lang überlegte er, ob er einfach seinen Geist mit ihrem verbinden sollte, so wie früher. Es wäre so viel leichter gewesen, als zu versuchen, die richtigen Worte zu finden … aber das hätte ihr Problem wohl kaum gelöst.

»Ich bin hier, weil ich mich erinnern kann«, sagte er stattdessen leise und suchte ihren Blick, der seinem ausweichen wollte, als hielte sie es nicht aus, ihn länger als notwendig anzusehen.

Er seufzte und nahm seinen ganzen Mut zusammen. »Alia, ich … ich kann mich an vieles erinnern, wenn auch einige Dinge noch unscharf und unklar sind. Aber das Wichtigste ist: Ich kann mich an *uns* erinnern. An dich und mich. Ich liebe dich immer noch … mein Herz hat nie aufgehört, für dich zu schlagen …«

Jetzt war es raus. Mehr konnte er nicht sagen, denn die Angst vor ihrer Antwort schnürte ihm die Kehle zu.

Kapitel 23 - Alia

Merita, Gegenwart

(Tag 29, Monat 8, 1EP11 248)

Alia sah den blonden Elf fassungslos an und konnte sich für einige Herzschläge nicht rühren.

Hatte sie gerade richtig gehört? Hatte er soeben gesagt, er könne sich erinnern? Er … liebe sie?

Das konnte nicht sein … das letzte Mal, als sie ihn gesehen hatte, hatte er sich an nichts mehr erinnern können …

Und doch stand er jetzt vor ihr und schaute sie mit einer Wärme an, von der sie geglaubt hatte, sie nie wieder in seinen dunkelblauen Augen sehen zu können. Einer Wärme, von der sie in den vergangenen Wochen, wenn sie sich einsam gefühlt hatte, geträumt hatte.

»Aber … das … wie ist das möglich?«, stammelte sie, als sie ihre Sprache wiedergefunden hatte.

Er runzelte die Stirn, während er sie unverwandt ansah. »Ich glaube, du hast mit deiner und Sonnenauges Magie dafür gesorgt, dass ich nicht nur durch schwarze Magie wiedererweckt wurde. Daher habe ich nur einen Teil meiner Erinnerungen verloren und vor einigen Wochen, da … da hatte ich einen Traum und ich konnte mich an dich erinnern. An uns. An … meine Gefühle für dich.«

Alia starrte ihn mit großen Augen an, dann bildeten sich unwillkürlich Tränen darin und sie schüttelte leicht den Kopf. »Du bist hierhergekommen, um mir zu sagen, dass du dich an uns erinnerst, aber … das hättest du nicht tun dürfen. Das macht alles nur noch schlimmer. Du bist verheiratet und du hast eine Verantwortung deinem Volk gegenüber. Deine Gemahlin …«

»… unterstützt meinen Plan«, unterbrach er sie, während ein schwaches Lächeln seinen Mund umspielte. »Wir werden unsere Ehe auflösen und die Königin von Westend wird nichts dagegen unternehmen können. Zudem wird es sich auch für die Elfen von Vorteil erweisen, dass ich in Merita bin, das wird sie irgendwann einsehen. Alia …«, sein Blick wurde so eindringlich wie seine Stimme. »Ich habe schon einmal unsere Liebe für mein Volk aufgegeben – ein zweites Mal werde ich das nicht tun. Ich will für immer bei dir sein. Für immer mit dir zusammen sein. Alia, ich liebe dich.«

Eine Gänsehaut glitt über ihren Körper, während sie unverwandt in seine Augen starrte.

Er meinte es wirklich ernst. Er liebte sie, das konnte sie in seinen Gesichtszügen auch ohne ihre Luftmagie erkennen.

Diese Züge, die ihr so vertraut waren … die sie so sehr geliebt hatte – immer noch liebte. Er war wunderschön und das lag nicht nur daran, dass er ein Elf und sein Gesicht makellos war, sondern daran, dass er von innen heraus schön war – er hatte ein gutes Herz und das spiegelte sich in jeder Faser seines Körpers wider. Selbst jetzt, wo einige Sorgenfalten seine Stirn überzogen und seine Mundwinkel leicht zuckten, als könnten sie sich nicht entscheiden, ob sie sich nach oben oder nach unten bewegen sollten, da er nicht sicher war, was sie antworten würde.

Sie wollte ihn nicht quälen, indem sie ihre Antwort hinauszögerte, aber sie wusste selbst nicht, was sie erwidern sollte.

Sie hatte sich darauf eingestellt, ihr Kind *alleine* großzuziehen, *alleine* zu herrschen, *alleine* hier in Merita zu sein, um das Erbe ihrer leiblichen Eltern anzutreten.

Es hatte sie viel Zeit und noch mehr Stärke gekostet, aber schließlich hatte sie sich entschlossen, sich ihrem Schicksal zu stellen.

Und jetzt … kam Reyvan hierher und gestand ihr seine Liebe. Eine Liebe, an die sie nicht mehr geglaubt hatte – die sie mit aller Macht aus ihrem Herzen verbannt hatte, damit es nicht so wehtat.

Wie viele Nächte hatte sie um ihn geweint … weil sie glaubte, nicht nur Zaron, sondern auch ihn verloren zu haben. Es waren schreckliche Nächte gewesen – einsame, kalte, hoffnungslose.

Die Hoffnung, die bei seinen Worten in ihr aufflackerte, ließ sie erschaudern, als spüre sie nach langer Zeit der Kälte die plötzliche Wärme eines Feuers. Doch sie traute dieser Wärme noch nicht ganz. Wenn sie sich abermals auf ihn einließ, musste sie damit rechnen, dass der Schmerz womöglich irgendwann wiederkehren würde. Denn niemand war unsterblich – irgendwann würde sie ihn wieder verlieren und sie wusste nicht, ob sie stark genug war, abermals diesen Schmerz zu ertragen.

»Sag doch was …«, flüsterte Reyvan und beugte sich etwas näher zu ihr, sodass sie seinen Atem auf ihrem Gesicht spüren konnte. »Bitte …«

Eine seiner Strähnen fiel nach vorne und strich ihr über die Wange so wie damals, als er sie nach ihrer ersten Assistenz im Magierzirkel aufgehalten und fast geküsst hatte. Sie fühlte, wie groß ihre Liebe für ihn immer noch war, wie sehr ihr Herz sich nach seinem sehnte.

Ihr Blick glitt über sein Gesicht und blieb an seinen dunkelblauen Augen hängen, die sie förmlich anflehten, ihr Schweigen zu brechen, während er vorsichtig die Hand hob. Ganz langsam fuhr sein Zeigefinger über ihre Wange, streichelte sie behutsam.

Das war zu viel … diese Berührung erinnerte sie daran, wie sehr sie es liebte, wenn er sie in seine Arme nahm. Wie gut es ihr immer getan hatte, ihn an ihrer Seite zu wissen. Wie sanft er sein konnte und wie schön er aussah, wenn er sie mit dieser Liebe anblickte. Dieser tiefen, ehrlichen Liebe, die so beständig war wie ein Fels inmitten eines schäumenden Meeres … die nicht einmal die schwarze Magie hatte vertreiben können …

Sie spürte mit einem Mal, wie etwas in ihr brach, wie der Widerstand barst, den sie sich selbst all die letzten Monate seit ihrer gewaltsamen Trennung auferlegt hatte.

Ein Schluchzen entwich ihrer Kehle, während die Tränen, die sich in ihren Augen angesammelt hatten, über ihre Wangen rannen, als wollten sie seinen Finger von dort vertreiben. Ihn regelrecht wegschwemmen, damit er aufhörte mit dieser Zärtlichkeit, die sie von innen zu verbrennen drohte und ihr gleichzeitig den Boden unter den Füßen wegzureißen schien.

Sie versuchte gar nicht erst, weiterhin stark zu sein, denn sie wusste, dass sie es nicht sein musste. Nicht in diesem Moment. Nicht bei ihm. Sie durfte sich schwach fühlen, durfte sich fallen lassen – denn er war da, um sie aufzufangen. Er würde immer da sein. Immer für sie …

»Alia …«, hauchte er.

Sein Gesicht war jetzt so nah, dass ihr Blick unwillkürlich auf seine Lippen gelenkt wurde. Sie erinnerte sich daran, wie sie sich auf ihrem Mund anfühlten. Sie konnte gar nicht mehr zählen, wie oft er sie geküsst hatte. Leidenschaftlich, fordernd, zärtlich, hungrig, verzweifelt …

Er hatte sie so sehr geliebt, dass es ihr manchmal Angst bereitet hatte – aber nur, weil sie sich selbst weniger geliebt hatte. Sie war unsicher gewesen, hatte ihr Selbstbewusstsein erst finden müssen. Und er hatte sie beschützen wollen, und war seinerseits überfordert gewesen, als sie ihre Stärken schließlich entdeckt hatte und zu einer jungen Frau herangewachsen war, die Herrscherin über Altra werden sollte.

Das alles hatte sie in der Zwischenzeit begriffen.

Aber … war sie bereit dafür, wieder mit ihm zusammen zu sein? Sich dem entgegenzustellen, was ihre Verbindung für ihre beiden Völker bedeutete?

Den Feindseligkeiten, die sich vielleicht daraus ergeben würden, wenn ein Mensch – die Herrscherin von Merita – einen Elf an der

Seite erwählte. Einen Angehörigen des Volkes, das Jahrhunderte lang als verschlossen, wenn nicht gar feindselig den Menschen gegenüber gegolten hatte?

Ihr Herz schrie sie förmlich an, sie solle sich in seine Arme werfen und ihn nie wieder gehen lassen, aber ihr Verstand riet ihr mit aller Vehemenz, es nicht zu tun.

Gerade als sie Letzterem nachgeben wollte, nahm ihr Reyvan die Entscheidung ab. Er trat so nahe zu ihr, dass ihr Bauch sich unversehens an seine Hüften drückte, während er mit beiden Händen ihr Gesicht umfasste.

»Hör auf dein Herz. Bitte«, hauchte er. Seine Stimme klang flehend und eindringlich gleichermaßen, während seine dunkelblauen Augen sie voller verzweifelter Hoffnung ansahen. »Du hast es verdient … *wir* haben es verdient.«

Ihr Blick fiel auf sein Handgelenk, an dem er immer noch das lederne Armband trug, das sie miteinander verband. Das Schmuckstück, das sie von ihrer Schwester bekommen und das sie ihm geschenkt hatte. Er hatte es nicht abgelegt, obwohl er sich nicht mehr an sie erinnert hatte.

In diesem Moment wurde ihr klar, dass sie füreinander bestimmt waren. Von Anfang an – von dem Augenblick an, als sie sich im Speisesaal in Lormir gesehen, sich ihre Blicke getroffen hatten.

Er kannte sie wie kein anderer, hatte in all den Jahren nie aufgehört, an sie zu glauben und sie zu unterstützen. Er liebte sie von ganzem Herzen – trotz der Tatsache, dass sie ein Kind von einem anderen Mann in sich trug.

Vielleicht würde es auch ein Zeichen setzen für die Menschen in

Altra, wenn sie mit ihm zusammen war. Ein Zeichen dafür, was sie in diesem Land verändern wollte. Ein Zeichen, dass die Liebe alle Hindernisse überwinden konnte – dass man alles erreichen konnte, wenn man es nur fest genug wollte … dass man nie die Hoffnung aufgeben sollte, denn es gab immer einen Grund, weiterzumachen. Auch wenn man manchmal erst danach suchen musste und auch wenn diese Suche Schmerz bedeutete.

Seine Lippen waren so dicht bei ihren, dass ein tiefer Atemzug ihrerseits gereicht hätte, um ihn zu küssen. Die blonde Haarsträhne erbebte unter seinem Atem und streichelte abermals ihre Wange. Es war ein solch vertrautes Gefühl, dass sie leise seufzte.

Und doch zögerte sie noch für einen winzig kleinen Augenblick.

Dann gab sie endlich ihrem Herzen nach, das jetzt so schnell schlug, dass sie es kaum eine Sekunde länger aushielt. Sie überwand die letzte Distanz zwischen ihnen und schloss die Augen.

Als ihr Mund den seinen berührte, spürte sie, wie ihre kleine Tochter in ihrem Bauch hüpfte. Es war, als freue sie sich für ihre Mutter über ihr Glück und könne es kaum erwarten, den Mann kennenzulernen, der Alia dazu brachte, sich so lebendig zu fühlen wie schon lange nicht mehr.

Ein Kribbeln strömte durch ihren ganzen Leib, als sie die Wärme und Weichheit seiner Lippen auf den ihren fühlte. Er küsste sie so zaghaft, wie er es noch nie getan hatte – als befürchtete er, dass sie sich jeden Augenblick umentscheiden und davonrennen könnte.

Doch das würde sie nicht tun.

Sie liebte diesen Mann, der ihretwegen so viel riskierte, der nie aufgehört hatte, um sie zu kämpfen. Sie hatte ihn immer geliebt, selbst als sie mit Zaron zusammen gewesen war. Sie hatte diese Liebe bloß verleugnet. Vor Zaron, vor Reyvan … vor sich selbst. Weil sie sie nicht zulassen durfte, ohne selbst daran zu zerbrechen. Nicht, dass sie Zaron nicht auch geliebt hätte – er war wundervoll gewesen und er hatte mit einer Zuversicht an sie geglaubt, die sie erst wirklich hatte stark werden lassen. Die sie zu der selbstbewussten Frau hatte werden lassen, die sie heute war.

Ein Stück ihres Herzens würde immer bei Zaron bleiben. Beim Vater ihres Kindes.

Aber im Hier und Jetzt gab es nur Reyvan und sie …

Sie fühlte, wie sich ihr Körper in seinen Armen entspannte, die er irgendwann in den letzten Sekunden um sie geschlungen hatte. Ihre Hände lagen auf seiner Brust und sie konnte sein Herz darunter schlagen spüren – ebenso schnell wie ihres. Seine Lippen blieben sanft und zärtlich, er versuchte nicht, den Kuss zu vertiefen oder sie zu drängen. Er küsste sie einfach mit all seiner Liebe und erwärmte ihr Herz dadurch mehr, als jeder Sonnenstrahl es vermocht hätte.

Ein leises Stöhnen drang aus seinem Mund und ließ sie erschaudern.

Sie spürte, dass auch in ihm sich etwas löste, und öffnete die Augen, als sie bemerkte, dass er noch während des Kusses zu weinen begann. Es war ein stummes Weinen, eines, das nur Tränen, aber keine Laute zuließ. Und doch war es so viel mehr.

Sie sah die Tränen, die aus seinen geschlossenen Augen über sein Gesicht rannen. Tränen des Glücks, Tränen der Erleichterung, Tränen der Liebe … Tränen, die er nur für sie weinte.

Zärtlich fuhr sie mit ihren Lippen über sein Gesicht, küsste jede einzelne Träne weg, was ihm ein weiteres Stöhnen entlockte. Sie wusste nicht, wie lange sie das tat, nur, dass die Tränen irgendwann versiegten und er die Augen öffnete.

Er wich mit dem Gesicht etwas zurück, suchte ihren Blick und sah sie lange an. Sein Atem ging schnell, so als ob er stundenlang gerannt wäre. Dann ergriff er ihre Hand und sank ganz langsam vor ihr auf die Knie, die Augen unverwandt auf sie gerichtet.

Sie schluckte schwer, als sie bemerkte, was er tun wollte. Ihr Herz schlug Saltos und wollte zur selben Zeit stillstehen. Ein Schwindelgefühl ergriff sie, aber seine Augen hielten sie aufrecht.

»Alia«, sagte er mit rauer Stimme. »Ich liebe dich mehr als mein Leben. Du bist die einzige Frau, die es in meinem Herzen jemals geben wird – abgesehen von deiner Tochter, die ich wie meine eigene aufziehen möchte … ich möchte für immer bei euch sein, für euch da sein. Deiner Tochter der Vater sein, den sie verdient hat. Ich werde alles dafür tun, dass ihr glücklich werdet. Ich werde euch mit allem, was ich habe und was ich bin, lieben und mein Leben für euch beide geben, wenn nötig … Lass uns unser gegenseitiges Schicksal und unsere Zukunft sein. Du bist meine Cíara, meine große Liebe. Bitte … heirate mich und mache mich zum glücklichsten Mann in Altra.«

Alia spürte ein Ziehen in ihrem Herzen, als er geendet hatte und sie mit einer Unsicherheit ansah, die sie nicht von ihm gewohnt war. Sie fühlte, wie seine Hand leicht zitterte und seine Augen sahen sie unstet an, als suche er in ihrem Blick nach ihrer Antwort.

Mit einem Mal lächelte sie. Sie konnte einfach nicht anders, sie war so glücklich, so überwältigt. Es fühlte sich an, als ob tausend Schmetterlinge in ihrem Bauch freigelassen würden, die flatternd durch ihren Körper stoben.

Sie spürte weitere Tränen, die ihren Blick verschleierten, ehe sie über ihr Gesicht rannen.

Ja, sie war glücklich. Sie war es aus ganzer Seele.

Bevor sie sichs versah, hatte sie sich zu Reyvan hingekniet und fuhr ihm mit der Hand durch das blonde Haar, strich es zärtlich nach hinten.

»Ja«, flüsterte sie ergriffen. »Ja, ich werde dich heiraten, Rey … Ich liebe dich. Ich liebe dich so sehr …«

Kapitel 24 - Reyvan

Merita, Gegenwart

(Tag 29, Monat 8, 1EP11 248)

Er konnte sein Glück kaum fassen, als Alia vor ihm kniete, ihre Hände sich in sein Haar gruben und sie ihm einen leidenschaftlichen Kuss gab. Es war, als wären all die Monate voller Zweifel und Ängste mit einem Mal vergessen – hätten ihrer Zukunft Platz gemacht. Ihrer gemeinsamen Zukunft.

Während ihre weichen Lippen auf seinen ruhten, blitzten abermals die Erinnerungen in ihm auf, die er bereits bei ihrem Kuss vorhin hatte aufflackern sehen. Die ihn überwältigt hatten.

Er konnte sich plötzlich an so vieles wieder erinnern – als hätte Alia ihm mit ihrem Kuss einen weiteren Teil seines Gedächtnisses wiedergegeben. Er konnte sich an die vielen Momente erinnern, in denen er sie zum Lachen gebracht hatte, ebenso wie an die Momente, in denen sie geweint hatte. Seinetwegen. Er konnte sich daran erinnern, wie sie im Schlaf aussah, wie sie aussah, wenn er sie geliebt hatte. Er konnte sich wieder an so viele Gegebenheiten erinnern, dass sein Kopf zu platzen drohte ob der Menge an Bildern. Und doch hätte er keine einzige dieser Erinnerungen mehr missen wollen. Auch wenn er sicher war, dass es noch Hunderte weitere Bilder gab, die irgendwann vielleicht zu ihm zurückkehren würden, so war er jetzt schon mehr als glücklich.

»Ich werde es nachher beim Abendessen den anderen verkünden«, sagte Alia leise, als sie ihre Lippen von seinen löste. »Aber ich muss erst noch mit deiner Gemahlin sprechen. Sie soll nicht das Gefühl haben, ich hätte dich ihr weggenommen oder hege ihr gegenüber Groll. Zudem werden wir darüber sprechen müssen, wie es weitergehen soll zwischen deinem und meinem Volk.«

»Ich werde sie gerne zu dir bringen«, sagte Reyvan, der sich kaum an Alia sattsehen konnte.

Womit hatte er diese wundervolle Frau bloß verdient? Diese Frau, die bald für immer ihm gehören würde? Konnte ein Herz vor Glück bersten? Seines schien jedenfalls gewillt, es darauf ankommen zu lassen, so schnell, wie es schlug.

Er hatte nicht vorgehabt, ihr einen Heiratsantrag zu machen und doch fühlte es sich so richtig an, dass er am liebsten vor Freude gleichzeitig geschrien, gelacht und geweint hätte.

Er erhob sich und hielt ihr die Hand entgegen, um ihr ebenfalls aufzuhelfen. »Ich bin mir sicher, dass du sie mögen wirst. Sie ist eine Frau mit einem großen Herzen.« Ein Lächeln legte sich auf sein Gesicht, das er nicht mehr loswerden konnte, weil er einfach zu beschwingt war.

»Dann werde ich sie bestimmt mögen.«

Auch Alia lächelte und allein dafür hätte er sie am liebsten auf die Grübchen geküsst, die sich auf ihren Wangen bildeten. Aber er riss sich zusammen und legte bloß den Arm um sie, um sie an sich zu ziehen.

Ihr Bauch drückte sich warm gegen seine Hüfte und er fuhr unvermittelt mit der freien Hand darüber, spürte eine tiefe Ehrfurcht bei der Berührung.

»Wie wird sie heißen?«, fragte er leise.

»Layla.« Sie strich mit ihrer Hand über seine und hielt sie auf ihrem Leib fest. »Du weißt gar nicht, wie glücklich du mich gerade gemacht hast – uns beide. Spürst du, wie sie tritt? Sie will dich kennenlernen.« Ihre dunklen Augen glänzten.

Er ging vor ihr in die Knie und küsste sanft ihren Bauch.

»Darf ich ...«, begann er zögernd und begegnete ihrem fragenden Blick, »darf ich meine Magie in dich schicken, um sie zu begrüßen?«

Ein weiteres Lächeln glitt über ihr Gesicht, als sie mit der Hand über seine Wange strich. »Natürlich darfst du das. Sie wird sich freuen.«

»Danke.« Er küsste ihre Handfläche.

Dann schloss er die Augen, legte beide Hände an ihren Bauch und sandte seine Magie langsam in ihren Körper. Als er das kleine Wesen in ihr spürte, wurde ihm warm ums Herz und er wusste, dass er Layla von diesem Moment an mit seinem Leben beschützen wollte.

»Sie ist ganz ruhig geworden«, flüsterte Alia, die ebenfalls ihre

Hände auf ihren Leib gelegt hatte. »Sie liebt dich.«

»Und ich liebe sie«, sagte er, ohne darüber nachzudenken, ehe er die Augen öffnete. »Sie ist wundervoll. Ich kann es kaum erwarten, sie in meinen Armen zu halten.«

Langsam erhob er sich und zog Alia wieder zu sich, um sie zu küssen.

»Cíara …«, sprach er voller Zärtlichkeit den Kosenamen aus, den die Elfen für ihre Geliebten verwendeten. »Wenn du wüsstest, wie nervös ich gewesen bin vor dieser Begegnung … Maryo hat mich mehr als einmal als Waschlappen bezeichnet.« Er grinste bei der Erinnerung, wie der Elfenkapitän ihn in den letzten Tagen aufgezogen hatte. »Aber er ist nicht besser, was das angeht.«

Sie sah ihn stirnrunzelnd an. »Wie meinst du das?«

Reyvan schmunzelte. »Er und Amyéna … sie bedeuten sich mehr, als beide zugeben wollen«, sagte er mit vielsagendem Blick.

Alia sah ihn erstaunt an. »Amyéna und Maryo? Wirklich?« Ihre Mundwinkel verzogen sich ebenfalls zu einem Schmunzeln. »Wer hätte gedacht, dass unser Kapitän eine Schwäche für Prinzessinnen hat …«

Reyvan lachte leise auf. »Ich hoffe, sie finden zusammen. Sie sind beide sturer als der sturste Esel.«

»Nun ja, es sind Elfen.« Alia zuckte lächelnd mit den Schultern. »Sie können ewig umeinander herumschleichen, so alt, wie sie werden können. Doch die Liebe findet immer einen Weg.« Sie lächelte und küsste ihn auf die Wange. »So wie bei uns.«

»Du vergisst, dass auch ich ein Elf bin.«

»Oh nein, das könnte ich nie vergessen«, sagte sie lachend. »Du bist manchmal auch ein Esel – aber du bist jetzt *mein* Esel.« Ihre Augen funkelten und er fiel in ihr Lachen ein.

Es tat so gut, wieder bei ihr zu sein. Er hatte völlig vergessen, wie leicht sich sein Herz dann anfühlen konnte.

Als er wieder ernst wurde, sah er sich suchend um. »Wo ist eigentlich dein Greif Sonnenauge?«

Alia lächelte und strich ihm mit dem Handrücken über die Wange. »Er ist in diesen Abendstunden immer auf der Jagd. Er liebt es, in der Dämmerung über das Meer zu fliegen. Dann sehen ihn die Fische weniger gut als bei Tag. Aber er wird bald zurück sein, er entfernt sich nie länger als eine Stunde von mir. Vorhin, ehe du gekommen bist, ist er gerade losgeflogen.« Ihr Blick glitt zum Meer, das in der Abendsonne blutrot erschien.

Reyvan sah ebenfalls auf die Wellen hinaus und eine Sehnsucht ergriff ihn, die er sich im ersten Moment nicht richtig erklären konnte. Alia schien seine Stimmungswandlung aufzufallen, denn sie wandte sich ihm wieder zu und sah ihn prüfend an.

»Geht es dir wirklich gut, Rey?«, fragte sie, während sie ihre braunen Augen verengte.

Er neigte den Kopf zu ihr herunter und küsste sie auf die Nasenspitze. »In deiner Gegenwart kann es mir nur gut gehen«, sagte er mit einem leichten Lächeln auf den Lippen. »Dennoch habe ich mich gerade an den Gedanken zu gewöhnen versucht, dass ich die nächsten Jahrzehnte und Jahrhunderte hier am Meer leben werde. Es ist … komisch. Es gibt weit und breit keine Wälder …«

Alia legte den Kopf schief und auf ihrer Stirn bildeten sich sorgenvolle Falten. »Wenn du deine Heimat vermissen solltest, kannst du jederzeit nach Zakatas oder Westend zurückkehren, wenn das dein Wunsch ist.« Es gelang ihr nicht gänzlich, die Enttäuschung aus ihrer Stimme zu verbannen.

Er legte eine Hand ihre Wange und streichelte sie zärtlich, während seine Augen sie liebevoll betrachteten. »Mein Wunsch ist es, bei *dir* zu sein und jede Minute meines restlichen Lebens mit dir zu verbringen. Du bist meine Liebe – meine Cíara. Dennoch wird es eine Umstellung für mich sein, aber ich bin gewillt, mich darauf einzulassen. Wenn du hier leben kannst, kann ich es auch.«

Jetzt lächelte Alia ihn wieder an und er konnte deutlich die Erleichterung in ihren Augen erkennen. »Ich bin so froh, dass du zu mir gekommen bist«, sagte sie, ehe sie ihre Wange an seine Brust legte und sich an ihn schmiegte. »Es ist, als ob ein Stück Heimat mit dir hierhergekommen wäre. Jetzt bin ich endlich nicht mehr alleine und habe das Gefühl, ich könnte alles bewältigen, was das Schicksal für mich bereithält. Solange du an meiner Seite bist, bin ich vollkommen.«

Seine Hand strich über ihren Hinterkopf, ohne dass er sich dessen richtig bewusst war. Er hatte keine Ahnung, was er darauf antworten sollte, da er überwältigt war von ihren Worten. Nie im Leben hätte er zu träumen gewagt, dass sie ihn irgendwann als ihre Heimat bezeichnen würde und dennoch tat sie es, hatte ihm gerade erst gesagt, dass sie ihn heiraten wolle.

Dieses Gefühl war unbeschreiblich und zog sich durch seinen ganzen Körper. Er hätte ewig darin verweilen, sie in seinen Armen halten und der Sonne dabei zusehen können, wie sie mit ihren Strahlen die schönsten Farben an den Himmel malte.

Nur mit Mühe löste er sich schließlich von ihr und sah sie ernst an. »Wenn wir mit Amyéna noch vor dem Fest sprechen wollen, sollten wir uns beeilen«, meinte er. »Sie wartet in der Empfangshalle und ich werde sie holen, wenn das für dich in Ordnung ist.«

Alia nickte, auch wenn er ihr ansah, dass sie lieber ihre Wiedervereinigung noch länger ausgekostet hätte. Ihm ging es genauso, aber er musste auch daran denken, was alles noch auf dem Spiel stand.

Selbst wenn Amyéna an ihrem Plan festhielt, musste das nicht bedeuten, dass die Auflösung ihrer Ehe ohne Probleme vonstattengehen würde. Da hatte Amyénas Mutter leider noch ein Wort mitzusprechen. Doch er war dazu bereit, sich allen Widrigkeiten zu stellen. Mit Alia zusammen würde es ihm gelingen. Sie hatten schon einmal das Unmögliche möglich werden lassen und er fühlte sich stark genug, mit ihr zusammen allen Schwierigkeiten entgegenzutreten, die das Leben für sie noch bereithalten mochte.

Nach einer kurzen Verabschiedung verließ er die Gemächer von Alia und eilte durch die Gänge zu der Empfangshalle, wo die Prinzessin der Elfen von Westend bereits voller Unruhe auf ihn wartete. Sie schritt hin und her und verknotete die Hände ineinander.

Diese Geste zauberte ihm ein Lächeln aufs Gesicht. Sie war *seinetwegen* so nervös, weil sie mit ihm mitgefiebert hatte. Ja, sie war eine wirkliche Freundin für ihn geworden und er schätzte sie sehr.

Als sie ihn kommen sah, hielt sie inne in ihrer unsteten Wanderung und lief ihm mit angespanntem Gesichtsausdruck entgegen.

»Und?«, fragte sie, noch ehe sie ihn erreicht hatte.

»Wir werden heiraten.« Sein Grinsen konnte er sich einfach nicht länger verkneifen, auch wenn er wusste, dass er bescheuert aussehen musste, weil er wie ein Esel strahlte, der zum ersten Mal in seinem Leben eine Rübe erhalten hatte. Bei der Erinnerung an die Worte von Alia, die ihn eben noch mit diesem Vierhufer verglichen hatte, entwich seiner Kehle ein leises Lachen, das fast wie ein Glucksen klang.

Amyéna erstarrte einen Moment, aber als sie seine Worte begriff, umarmte sie ihn stürmisch und schlang die Arme um seinen Nacken. Er erwiderte lachend ihre Umarmung und war einfach nur glücklich, dass sie sich so für ihn freute.

Nach ein paar Augenblicken hatte sie allerdings wieder ihre prinzessinnenhafte Contenance zurückerlangt und löste sich räuspernd von ihm, um ihr Kleid glattzustreichen.

»Ich freue mich so für euch«, sagte sie mit glänzenden Augen. »Dann hat sie immer noch Gefühle für dich?«

Er nickte lächelnd. »O ja. Wir haben uns zwar noch nicht richtig ausgesprochen, aber dazu haben wir jetzt alle Zeit der Welt. Sie möchte noch ein paar Worte mit dir wechseln, ehe sie es den anderen beim Fest nachher verkünden wird.«

Amyéna lächelte. »Sehr gerne. Ich bin ja schon so gespannt auf die Frau, die es schafft, dir und Maryo derart den Kopf zu verdrehen.« Sie zwinkerte ihm zu.

»Maryo mag sie, das stimmt«, nickte er, immer noch grinsend. »Aber nicht auf die gleiche Weise, wie er dich mag.« Er hob vielsagend die Augenbrauen.

»Dieses leidige Thema hatten wir doch schon …« Amyéna verdrehte die Augen. »Es ist hoffnungslos zwischen uns. Wir können nicht ohne einander, aber auch nicht miteinander …«

»Ihr werdet es lernen, da bin ich mir sicher«, entgegnete Reyvan zuversichtlich. »Aber komm jetzt, die Herrscherin wartet auf uns.«

Er ging ihr mit raschen Schritten voran und spürte mit jedem einzelnen, wie sein Herz wieder schneller zu schlagen begann, da er zu Alia zurückkehren konnte.

Alia, die ihn liebte.

Alia, die ihn heiraten wollte.

Seine Alia …

Seine Cíara …

Kapitel 25 - Alia

Merita, Gegenwart

(Tag 29, Monat 8, 1EP11 248)

Als Reyvan wieder zurückkehrte, begleitete ihn eine anmutige Elfin. Alia konnte auf den ersten Blick erkennen, dass es sich um eine Frau höheren Ranges handeln musste. Sie bewegte sich selbstsicher und elegant – und dieses Selbstbewusstsein war auch in ihren dunklen Augen wiederzufinden, die jetzt auf sie gerichtet waren.

Ihr dunkelbraunes Haar war kunstvoll nach hinten geflochten. Sie trug ein bodenlanges, silberfarbenes Gewand, das bei jedem Schritt um ihre schlanken Beine flatterte. Um ihre schmale Taille hatte sie einen silbernen Metallgurt geschlungen, dessen Enden an der Seite herunterhingen. Ansonsten trug sie keinen Schmuck und Waffen konnte Alia ebenfalls keine entdecken. Aber als Elfin war Amyéna Némys auch so eine ernstzunehmende Gegnerin, sollte es zu einem Kampf kommen.

Doch das schien hier und heute nicht zu befürchten zu sein, denn der Gesichtsausdruck der Elfin war freundlich. Ihre Augen funkelten regelrecht und sahen Alia neugierig, wenn nicht gar forschend an, als ob sie in ihr Innerstes blicken wollten. Diese Art, jemanden zu betrachten, musste Amyéna von ihrer Mutter – der Elfenkönigin von Westend – geerbt haben.

Noch vor einem Jahr hätte Alia sich unvermittelt klein und unbedeutend gefühlt, wenn sie dieser schönen Elfin gegenübergestanden hätte. Aber das war in einem anderen Leben gewesen. Einem, in dem sie noch nicht Herrscherin über Altra war und wusste, was ein menschliches Herz alles aushalten konnte.

Sie hob das Kinn leicht an und sah den beiden Elfen entgegen, die auf den Balkon hinaustraten und vor ihr stehen blieben.

Sie konnte Reyvan ansehen, dass er am liebsten zu ihr getreten wäre und sie in die Arme genommen hätte, aber stattdessen verschränkte er dieselben vor der Brust und sah sie mit einem liebevollen Lächeln an. »Alia, darf ich dir Amyéna Némys vorstellen? Meine …«

»… Freundin«, unterbrach die dunkelhaarige Elfin ihn mit einem schelmischen Lächeln.

Von dem Moment an wusste Alia, dass sie sie mögen würde und ergriff die Hand, die die Elfin ihr reichte. »Ich bin sehr erfreut, Euch kennenzulernen, Prinzessin von Westend«, sagte sie freundlich. »Ich hoffe, Eure Reise war nicht allzu anstrengend?«

Amyénas Lächeln wurde etwas breiter und sie warf einen raschen Blick zu Reyvan, ehe sie antwortete. »Ich glaube, Ihr habt mich nicht hergebeten, damit wir uns über die Strapazen, die eine solche Reise zweifellos mit sich bringt, unterhalten.« Ihre dunklen Augen glitzerten belustigt. »Reyvan hat mir erzählt, welche Gefühle er für Euch hegt und jetzt, wo ich Euch vor mir sehe, kann ich verstehen, was er gemeint hat, als er sagte, dass Ihr eine beeindruckende Frau seid.«

Alia warf Reyvan, der sie lächelnd betrachtete, ebenfalls einen Blick zu, ehe sie sich wieder der Elfin zuwandte. »Herzlichen Dank. Dieses Kompliment kann ich nur zurückgeben, Prinzessin«, antwortete sie und holte unwillkürlich Luft, ehe sie fortfuhr. »Ihr habt recht, ich möchte mit Euch nicht über Eure Reise sprechen. Die eigentliche Angelegenheit, warum Ihr hier seid, ist mir bekannt und ich werde zu einem späteren Zeitpunkt gerne mit Euch über die Bedingungen eines Bündnisses zwischen Eurem Volk und meinem verhandeln. Aber zunächst wollte ich sichergehen, dass Ihr nicht den Eindruck habt, ich wolle Euch Euren Gemahl wegnehmen …«

Amyéna lachte glockenhell, was ihr Gesicht noch bezaubernder werden ließ. »Ich kann Euch nichts wegnehmen, was Euch schon lange gehört. Und keine Sorge, ich erhebe auf Reyvan keinerlei Besitzansprüche. Es war vielmehr mein eigener Plan, dass wir zu Euch reisen. Ich habe gesehen, wie Reyvan vor Sehnsucht nach Euch fast zerging und ich musste etwas dagegen unternehmen. Ein Besuch hier in Merita schien mir genau das Richtige zu sein.«

»Und wie stellt Ihr Euch die Zukunft vor?«, fragte Alia stirnrunzelnd. »Eure Mutter wird nicht begeistert sein davon, dass Ihr ohne Euren Gemahl aus Merita zurückkehrt. Das könnte vielleicht sogar einen Krieg zwischen den Elfen und Magiern heraufbeschwören.«

Amyéna schüttelte leicht den Kopf. »Ich werde es Mutter beibringen, darum braucht Ihr Euch nicht zu sorgen«, sagte sie zuversichtlich. Dann deutete sie auf Alias Bauch. »Ihr solltet all Eure Kräfte in die bevorstehende Geburt stecken – und mit Reyvan zusammen zu einer Familie werden. Ihr habt es verdient nach allem, was er mir über Euch erzählt hat. Auch wenn es vielleicht noch nicht allzu viel ist, woran er sich erinnert.«

Reyvan nickte zustimmend. »Ich bin froh, dass du das so siehst, Amyéna«, sagte er und trat einen Schritt vor, um Alia nun doch einen Arm um die Hüfte zu legen und ihre einen flüchtigen Kuss auf die Wange zu hauchen. »Und ich bin froh, dass du mich noch haben willst ...«, flüsterte er ihr ins Ohr.

Alia sah ihn voller Wärme an, während ihr Herz bei seiner Berührung wieder Saltos schlagen wollte. »Ich kann es gar noch nicht wirklich glauben, dass wir tatsächlich zusammen sein können ...«, sagte sie ebenso leise. Dann wandte sie sich wieder an Amyéna. »Dennoch sollten wir überlegen, was diese Verbindung alles mit sich bringen wird.«

Reyvan lächelte. »Das werden wir ... aber nicht mehr heute. Du hast gesagt, dass es ein Fest gibt? Ich bin gerade in der richtigen Stimmung dazu.«

»Ich ebenso«, nickte Amyéna schmunzelnd. »Lasst uns Eure Verlobung feiern. Hiermit gebe ich dich, Reyvan, offiziell frei. Du bist ab sofort nicht mehr mein Gemahl und ich werde keinerlei Anspruch auf dich erheben.«

Als hätte er es gehört, war in diesem Moment ein Kreischen über ihnen zu hören, das ihre Köpfe heben ließ.

»Sonnenauge kehrt zurück«, sagte Alia lächelnd, die dem schwarzen Punkt entgegensah, der kreisend zur Landung ansetzte. »Er wird sich freuen, dich wiederzusehen, Rey.«

Noch ehe der Elf etwas erwidern konnte, landete der Königsgreif elegant auf dem Balkon. Glücklicherweise war dieser breit genug für sie alle, sonst hätten seine starken Schwingen sie getroffen.

Sonnenauge musterte die Neuankömmlinge einige Lidschläge lang, ehe er zu Alia schritt und sich von ihr die Vogelfedern am Hals kraulen ließ. Sein scharfer Adlerschnabel rieb dabei so sanft über ihre Schulter, dass er sie nicht verletzen konnte. Ein leises Gurren, das seltsamerweise an eine Taube erinnerte, war zu hören, während er genüsslich die Augen schloss.

»Na, mein Großer«, sagte Alia, während sie mit ihrer Liebkosung fortfuhr. »Hattest du Glück bei der Jagd?«

Sonnenauge sandte ihr ein Bild eines riesigen Fisches, das Alia leise auflachen ließ. »Du übertreibst mal wieder, aber das kenne ich ja bereits von dir«, sagte sie leise kichernd. »Schau mal, wer hier ist: Du erinnerst dich doch noch an Reyvan, oder?«

Der Elf trat einen Schritt vor und verbeugte sich leicht vor dem Greif, der kurz die Augen öffnete, um ihn zu mustern, sie dann aber wieder schloss und sich voll und ganz Alias Kraulen hingab.

»Ein beeindruckendes Tier«, sagte Amyéna, die einen sicheren Abstand zu dem Greif hielt.

»In der Tat«, bestätigte Alia lächelnd. »Er ist mein Seelenverwandter und Freund gleichermaßen. Ohne ihn hätte ich die letzten Monate wohl kaum überstanden, er hat mir stets Kraft gegeben.«

»Danke, dass du auf meine Cíara aufgepasst hast«, meinte Reyvan an den Greif gerichtet, der daraufhin ein kehliges Geräusch von sich gab, ohne die Augen zu öffnen.

»Rey und ich werden ab sofort zusammenbleiben«, flüsterte Alia dem Greif ins katzenartige Ohr. »Sei also lieb zu ihm.«

Wieder war ein Gurren zu hören, dann öffnete Sonnenauge seine Adleraugen erneut, trat einen Schritt auf Reyvan zu und stupste ihn mit dem Schnabel an.

»Ich nehme das mal als seine Erlaubnis, bei dir bleiben zu dürfen«, sagte Reyvan lächelnd, der die Hand ausstreckte, um den Greif am Hals zu streicheln.

Das Tier erzitterte zwar unter der Berührung des Elfen, aber ließ es zu, dass er ein paar Mal über seine Federn streichen durfte, ehe er sich wieder von ihm zurückzog.

»Ja, das war in der Tat seine Erlaubnis«, sagte Alia glücklich. »Aber nun lasst uns zum Fest gehen. Die anderen warten bestimmt schon. Sonnenauge wird hierbleiben, er fühlt sich unter so vielen Menschen nicht wirklich wohl.«

Der Greif gurrte nochmals, ehe er sich in Alias Gemächer zurückzog, wo er sich wie eine große Katze einrollte, während die beiden Elfen und die Herrscherin an ihm vorbeigingen, um das Zimmer zu verlassen.

»Reyvan, du bist zu beneiden«, waren die ersten Worte, die ihnen entgegenschlugen, als sie den Speisesaal betraten, in dem sich bereits die Gäste versammelt hatten.

Maryo kam mit strahlendem Lächeln auf die drei zu und blieb

knapp vor ihnen stehen. Er hielt einen Kristallkelch mit Wein in der Hand und zwinkerte vergnügt. »Solch eine Begleitung hätte ich auch mal gerne!« Er ließ sein heiseres Lachen hören und verbeugte sich dann überschwänglich. »Eine Herrscherin und eine Prinzessin – wen soll man da zuerst begrüßen?«

»Maryo, an dem Tag, an dem du dich änderst, wird die Zeit sich rückwärts drehen, nur damit wir das nochmals sehen können«, sagte Alia ebenfalls lachend und trat einen Schritt auf den Elfenkapitän zu, um ihn herzlich zu umarmen.

»Du scheinst sehr gut gelaunt zu sein«, sagte Maryo mit einem vielsagenden Blick auf ihr lächelndes Gesicht, als sie sich von ihm löste. »Kann es sein, dass ich ausnahmsweise nicht der Grund dafür bin?«

Alia legte den Kopf schief. »Das wirst du gleich noch erfahren.«

Dann ließ sie den Blick durch den Speisesaal schweifen, wo ihr Vater, Sen und Rana bereits am langen Tisch gesessen hatten, sich bei ihrer Ankunft aber erhoben, um sie zu begrüßen.

Sie trat auf sie zu und umarmte jeden Einzelnen von ihnen. »Es ist so schön, dass ihr heute alle hier seid. Ich freue mich auf diesen Abend mit euch! Ich hoffe, eure Unterkunft ist zu eurer Zufriedenheit?«

»Wir fühlen uns selbst fast wie Könige«, meinte Mertin lächelnd, als er seine Tochter umarmte. »Schade, dass deine Mutter nicht hier sein kann.«

»Ja, das ist wirklich schade. Ich habe euch nämlich etwas zu verkünden«, sagte Alia mit einem leichten Nicken.

»Wir wissen bereits, dass du ein Kind bekommst«, scherzte ihr

Bruder Sen, der neben ihr stand. »Das ist kaum zu übersehen.«

»Doch nicht das.« Alia warf ihm einen nicht wirklich ernst gemeinten, tadelnden Blick zu, während ihr Mund sich unwillkürlich zu einem breiten Lächeln verzog. »Was ich euch zu verkünden habe, betrifft zwar schon auch meine Tochter, aber vor allem mich.«

Sie ging zurück zu Reyvan, der mit einem Mal verlegen wirkte und ihr ein unsicheres Lächeln schenkte.

Alia hakte sie sich bei ihm unter und sah ihre Freunde der Reihe nach an, ehe sie weitersprach.

»Reyvan Caltayó und ich werden heiraten.«

In der Stille, die darauf folgte, hätte man selbst eine heisere Fliege husten hören.

Maryo war der Erste, der seine Sprache wiederfand. Er stellte seinen Weinkelch hin und klatschte in die Hände.

»Das wurde auch allmählich Zeit«, meinte er mit einem breiten Grinsen. Dann nahm er seinen Kelch wieder in die Hand und prostete ihnen zu. »Auf unser neues Herrscherpaar!«

»Halt, halt«, unterbrach ihn Sen. »Aber Reyvan Némys ist doch bereits vermählt ...« Er sah verständnislos zwischen Amyéna und Alia hin und her.

»Reyvan und ich waren nur auf dem Papier zusammen«, erklärte die Elfenprinzessin geduldig. »Unsere Verbindung ist aufgelöst und Reyvan ist frei, das zu tun, was er tun möchte. Er liebt nun mal Eure Schwester und ist dazu bestimmt, sie glücklich zu machen.«

»Das heißt, Ihr seid wieder auf dem Markt, Prinzessin?«, fragte

Maryo mit einem verräterischen Glanz in den Augen.

»So wie du es ausdrückst, klingt es wieder einmal sehr obszön«, sagte Amyéna mit hoheitsvollem Blick. »Ich bin kein Vieh, das von einem beliebigen Bauern gekauft werden kann.«

»Ich würde mir nie etwas dermaßen Obszönes anmaßen, meine Liebe«, konterte Maryo. »Auch wenn ich mir in diesem Moment wünschen würde, ich wäre Bauer statt Schiffskapitän.« Er zwinkerte ihr zu, was ihre Wangen erröten ließ.

Rasch trat Amyéna auf einen Stuhl zu und ließ sich darauf nieder, um ihn nicht länger ansehen zu müssen.

Alia hatte die Unterhaltung amüsiert verfolgt. Jetzt drückte sie Reyvan einen Kuss auf die Wange und zog ihn zur Tafel. »Ich muss mich ebenfalls hinsetzen. Meine Beine werden in letzter Zeit so schnell müde …«

Reyvan folgte ihr, rückte ihr den Stuhl zurecht und ließ sich dann neben ihr nieder. Auch die anderen begaben sich an ihre Plätze zurück.

Als alle saßen, wandte sich Reyvan an Mertin, der ihm gegenüber Platz genommen hatte. »Ich habe nicht um Eure Erlaubnis gefragt, ob ich Eure Tochter heiraten darf, was mir leidtut«, sagte er an den Jäger gerichtet. »Aber ich konnte nicht wissen, dass sie immer noch Gefühle für mich hegt, auch wenn ich es sehnlichst gehofft hatte. Ich habe zwar den Großteil meines Gedächtnisses verloren, aber ich erinnere mich an meine Liebe für Eure Tochter und werde alles dafür tun, sie glücklich zu machen. Daher möchte ich jetzt mein Versäumnis nachholen und Euch fragen, ob Ihr mit dieser Eheschließung einverstanden seid?«

Mertin musterte den blonden Elf einige Sekunden lang schweigend, während er sich mit dem Finger über das Kinn fuhr. Seine grünen Augen ruhten forschend auf Reyvan, bis dieser merklich unruhig wurde. »Wie sehr liebt Ihr sie?«, fragte er schließlich.

»Mehr als mein Leben.«

Mertin nickte. »Dann sorgt dafür, dass sie glücklich wird und ich gebe Euch gerne meinen Segen.«

Das Lächeln des Elfen wirkte erleichtert. »Vielen Dank, Mertin. Ich werde alles dafür tun, das kann ich Euch versprechen.«

»So, genug der ernsten Worte«, unterbrach Maryo die beiden. »Wir wissen alle, dass die zwei füreinander bestimmt sind und Reyvan sich an mehr erinnert, als er uns alle glauben machen wollte. Darüber können wir später noch sprechen.« Er wandte sich an Alia. »Wann wollt ihr denn heiraten? Ich würde gerne meine Dienste anbieten, solange ich hier in Merita bin.«

»Dienste?« Alia hob fragend die Augenbrauen.

»Nicht, wie du denkst.« Maryo grinste verschlagen. »Eure Hochzeitsnacht werde ich nicht sabotieren, keine Sorge. Auf was ich hinaus wollte, war Folgendes: Ich bin Schiffskapitän und dadurch bevollmächtigt, Paare zu trauen. Wenn ihr es wünscht, kann ich die Trauung jederzeit vollziehen.«

»Das wäre wunderbar!«, rief Alia aus. »Vielen Dank, Maryo, du bist ein wahrer Freund.«

Das Grinsen des Elfenkapitäns wurde etwas breiter. »Nichts zu danken – ich habe keine Zeit, euch ein anderes Hochzeitsgeschenk zu besorgen, da muss eine Trauungszeremonie als Geschenk genügen.«

»Du hast mir schon so viel geschenkt, wofür ich dir für immer dankbar sein werde, Maryo.« Alia lächelte glücklich. »Danke. Ich würde mich geehrt fühlen, wenn du uns traust. Und jetzt lasst uns essen – Layla hat schon wieder Hunger und ich denke, ihr auch.«

Kapitel 26 – Alia

Merita, Gegenwart

(Tag 30, Monat 8, 1EP11 248)

Am nächsten Morgen wurde Alia bereits früh geweckt. Sie hatte die Nacht alleine verbracht, auch wenn sie gerne mit Reyvan zusammen gewesen wäre. Doch sie wollte es dieses Mal nicht übereilen, wollte sich die Zeit lassen, die sie beide brauchten, um sich an das neue Leben miteinander zu gewöhnen. Und das hatte Reyvan auch verstanden und sich mit einem Gästezimmer begnügt. Auch wenn Alia in seinen Augen eine tiefe Sehnsucht erkannt hatte.

Doch spätestens, wenn sie verheiratet wären, würden sie keine einzige Nacht mehr getrennt schlafen, das hatte sie ihm versprochen.

»Herrin, es tut mir leid, aber die Gesandte aus Arganta ist soeben eingetroffen – mit drei Begleitern, die sie Euch vorstellen möchte«, sagte Klarana, die ihr entschuldigend entgegentrat, während Alia aus dem Bett und in ein langes Kleid schlüpfte.

»Schon gut, ich hätte früher aufstehen sollen«, sagte sie, ohne die Beraterin anzublicken. »Aber es wurde spät gestern …«

»Ich habe die Neuigkeit bereits vernommen«, sagte Klarana strahlend. »Und ich hoffe, ich bin nicht zu dreist, wenn ich Euch zu Eurer Verlobung gratuliere.«

Alia schenkte ihr ein flüchtiges Lächeln. »Keineswegs, vielen Dank für Eure Glückwünsche. Wir werden alles für die Hochzeitsvorbereitungen sowie die möglichen Auswirkungen auf einen Frieden mit den Elfen nachher miteinander besprechen. Erst ist es wichtig, dass ich mit der Botschafterin aus Arganta rede. Gut, dass sie so rasch kommen konnte.«

Klarana nickte und sah zu, wie eine Dienerin, die herbeigeeilt war, Alia half, sich das Haar zu einer ordentlichen Frisur hochzustecken.

Nachdem die Herrscherin vorzeigbar war, verließ Klarana die Gemächer, um die Botin zu holen.

Alia setzte sich in einen der Sessel im Wohnraum, der an ihr Schlafzimmer anschloss, und aß einen Bissen von dem Brot, das ihr die Dienerin eilig hingestellt hatte.

Es dauerte keine fünf Minuten, bis es wieder an der Tür klopfte.

»Herein«, rief Alia und sah Lucja entgegen, die zögernd eintrat. Hinter ihr folgten zwei Männer und eine Frau.

»Es tut mir leid, dass ich so früh hergekommen bin«, entschuldigte sich die Tochter des argantischen Zirkelleiters, nachdem sie einen raschen Blick auf Alias Frühstück geworfen hatte. »Aber ich wollte diese Angelegenheit so rasch wie möglich mit Euch besprechen. Es war gut, dass Ihr den Boten gestern zu mir geschickt habt.«

Alia nickte und deutete auf die beiden Kampfmagier, die hinter ihr eingetreten waren. »Wen bringt Ihr mit?«

»Wo bleiben meine Manieren …« Lucja schien ehrlich verwirrt zu sein. »Entschuldigt, das sind meine beiden Begleiter aus Arganta: Pranten und Rexi. Sowie Ramen, ein … Freund, der uns hier in Merita geholfen hat.«

Alia nickte den beiden Magiern zu, dann musterte sie den älteren Mann mit wachsamem Blick. Irgendetwas an ihm kam ihr bekannt vor, doch sie wusste nicht genau, was es war.

Ramen verbeugte sich vor ihr, und als er lächelte, entblößte er einige Zahnlücken. »Es ist mir eine Ehre, die neue Herrscherin persönlich kennenlernen zu dürfen«, sagte er mit einer äußerst kratzigen Stimme.

»Kenne ich Euch von irgendwoher?«, fragte Alia ihn misstrauisch.

»Ich denke nicht, dass Ihr Euch an einen alten Mann wie mich erinnern würdet«, erwiderte Ramen bescheiden.

»Wir sind hier, um mit Euch über das Bündnis der Bewahrer zu sprechen«, fiel Lucja ihm ins Wort. »Ramen ist ebenfalls ein Bewahrer, wie wir vor wenigen Tagen erfahren haben.«

Der Alte warf ihr einen raschen Blick zu, ehe er bestätigend nickte.

»Ihr kanntet meine Urgroßmutter?«, fragte Alia ihn mit neuem Interesse.

»Ich würde dies gerne nachher unter vier Augen mit Euch besprechen«, wich Ramen aus. »… falls Ihr Zeit für mich erübrigen könnt.«

Alia sah ihn einen Augenblick lang skeptisch an, dann nickte sie. »Nun gut.« Sie wandte sich wieder an Lucja. »Ich habe Euch rufen lassen, um Euch mitzuteilen, dass ich gerne mehr über die Bewahrer lernen würde. Ich kenne diese Verbindung noch nicht und würde mich daher freuen, wenn Ihr eine Zeit lang hier bei mir bleiben würdet, um mir Eure Grundsätze zu erklären. Es ist auch in meinem Interesse, dass der Frieden in diesem Land gewährleistet ist. Und das ist er in erster Linie, wenn ich meiner Herrschaft nachkommen kann. Falls die Überzeugungen der Bewahrer dazu beitragen, werde ich mich nicht dafür verschließen. Ich möchte aber zunächst mehr erfahren und dann erst entscheiden, ob und wie ich sie umsetze.«

Lucja war deutlich anzusehen, wie sie aufatmete. »Ihr habt eine weise Entscheidung getroffen, Herrin«, sagte sie mit einem leichten Lächeln. »Ich werde Rexi und Pranten zurück nach Arganta schicken, damit sie meinem Vater diese Neuigkeit mitteilen können.«

Pranten, der hinter ihr stand, trat einen Schritt vor und ergriff ihre Schulter. »Lucja, wir werden dich nicht alleine hier lassen. Du kannst ebenso gut einen Boten schicken, der deinem Vater die Nachricht überbringt.«

Lucja sah ihn mit schmalen Augen an. »Du widersetzt dich meinem Befehl?«

Pranten wirkte zwar leicht verunsichert, hielt aber ihrem Blick stand. »Ich bitte dich … um deiner selbst willen. Du kennst diese Leute hier nicht und du bist von großem Wert für unseren Zirkel.«

Lucja entzog ihre Schulter seiner Hand. »Für unseren Zirkel oder für dich?«, fragte sie spitz, was ihn ehrlich zu treffen schien. Dann schüttelte sie leicht den Kopf und fuhr etwas versöhnlicher fort. »Wenn ich nicht den ersten Schritt tue und der neuen Herrscherin Vertrauen entgegenbringe, wie soll sie dann ihrerseits mir vertrauen? Du und Rexi werdet zurück zu meinem Vater gehen – das ist mein letztes Wort.«

Pranten schien abermals etwas entgegnen zu wollen, doch Lucja schnitt ihm das Wort mit einer knappen Handbewegung ab. »Genug jetzt, du stellst mich als Anführerin bloß, wenn du mir weiter widersprichst, und das kann ich nicht dulden. Das weißt du.«

Resigniert trat der Kampfmagier einen Schritt zurück, während Lucja sich wieder Alia zuwandte. »Habt Ihr Euch auch entschieden, was Ihr mit dem Dunkelelf machen wollt?«, fragte sie.

»Ja, das habe ich«, nickte Alia. »Aber zunächst werde ich mit meinen Freunden darüber beraten. Diese Angelegenheit betrifft Euch jedoch nicht, daher würde ich jetzt gerne noch ein paar Worte mit Ramen wechseln, wenn es Euch genehm ist.«

Lucja wirkte leicht zerknirscht und Alia sah ihr an, dass sie gerne gewusst hätte, was mit dem Dunkelelf passieren würde. Aber dann nickte die Gesandte knapp und gab ihren beiden Gefährten einen Wink, dass sie ihr folgen sollten. Mit einer Verbeugung verabschiedeten sich die drei Magier von Alia und verließen die Gemächer.

Ramen blieb alleine zurück. Der alte Mann in den zerflickten Lumpen hatte die Arme vor der Brust verschränkt und musterte Alia schmunzelnd.

»Was belustigt Euch?«, fragte sie ihn mit hochgezogenen Augenbrauen.

»Ihr seid genau wie Eure Urgroßmutter«, antwortete er frei heraus. »So klug und ebenso stark.«

Alia nickte sein Kompliment ab, während sie die Augen verengte. »Ihr wolltet mir mehr darüber erzählen, dass Ihr sie gekannt habt.«

Jetzt wich Ramen ihrem Blick aus und betrachtete eingehend den roten Teppich, auf dem er stand. Einige Herzschläge lang glaubte Alia, er würde ihr nicht mehr antworten, dann seufzte er leise.

»Ich kannte Eure Urgroßmutter wohl besser als jeder andere Mensch in Altra«, murmelte er. Langsam hob er den Blick und seine dunklen Augen, in denen so viel Erfahrung verborgen zu sein schien, suchten die ihren. »Ich war ihr Gemahl.«

»Ihr ...« Einen Moment lang wusste Alia nicht, was sie erwidern sollte und ihre Gedanken überschlugen sich. »Aber dann ... dann seid Ihr ...«

»Ja, ich bin Euer Urgroßvater«, nickte Ramen bestätigend. Seine Augen strahlten jetzt eine Zuneigung aus, die Alia in ihrem Inneren berührte. »Mein richtiger Name ist Némar – eine Umkehrung von Ramen.«

Alia öffnete ihren Mund und schloss ihn ungläubig wieder. Bis zu diesem Zeitpunkt hatte sie sich noch nie gefragt, ob ihre Urgroßmutter verheiratet gewesen war. Sie hatte nur gewusst, dass Lesath seine eigene Mutter getötet hatte. Lesath … Ramens Sohn.

Der alte Mann schien ihre Gedanken in ihren Augen zu lesen, denn er nickte mit einem gequälten Gesichtsausdruck. »Ja, Lesath war mein Sohn. Ich habe mich nach dem gewaltsamen Tod meiner Frau vor ihm verborgen. Aber ich habe ihn stets beobachtet und auf eine Gelegenheit gewartet, ihn zur Vernunft zu bringen. Doch er war einfach zu stark, zu machthungrig und ich ein zu großer Feigling …« Er seufzte abermals. »Meine Hoffnung, dass dieses Land je wieder den Frieden haben könnte, den es brauchte, hatte ich an dem Tag, als meine Enkelin – Eure Mutter – starb, fast aufgegeben. Doch dann erfuhr ich von Euch … davon, dass Ihr Euren Großvater gestürzt habt. Als dann der Assassine bei mir auftauchte, war mir klar, dass ich etwas unternehmen musste. Ich habe ihn jeden Abend verfolgt, ihn auf falsche Fährten gelockt, damit er Euch nichts anhaben konnte. Und schließlich konnte ich ihn dazu überreden, in Erwägung zu ziehen, mit Euch zusammenzuarbeiten. Er wird Euch gute Dienste erweisen, so viel ist sicher.«

Alia hatte ihm mit offenem Mund zugehört. Als er geendet hatte, sah er sie mit fast schon furchtsamem Gesichtsausdruck an. Er schien tatsächlich Angst davor zu haben, wie sie auf seine Offenbarung reagieren würde.

»Darf … darf ich Eure Gedanken lesen und die Wahrheit Eurer Worte prüfen?«, fragte sie schließlich.

Ramen nickte stumm.

Als Alia auf ihn zutrat, spürte sie, dass er für die Dauer eines Lidschlags mit sich rang. Aber dann streckte er die Schultern durch und sah ihr mit festem Blick entgegen.

Behutsam legte sie ihre Hand an seinen Kopf und schloss die Augen. Es dauerte nur ein paar Sekunden, um seine Gedanken zu durchforsten. Alia konnte inzwischen sehr rasch die Lüge von der Wahrheit unterscheiden und dieser alte Mann hatte nicht gelogen. Jedes seiner Worte war wahr gewesen. Er war nicht mit bösen Absichten hier, sondern, um sie zu unterstützen.

Er war ihr Urgroßvater … so unglaublich das auch im ersten Moment klingen mochte.

Als sie die Augen wieder öffnete und die Unsicherheit in seinem Blick sah, konnte sie nicht anders. Sie legte die Arme um ihn, drückte ihn ganz fest an sich. Der Alte war einen Moment lang überrascht, dann erwiderte er die Umarmung zögerlich.

»Danke, dass du auf mich aufgepasst hast«, flüsterte Alia leise. »Es ist so schön, dass ich doch noch einen anderen Verwandten habe außer Cilian.«

Als sie ihn losließ, konnte sie Tränen der Rührung in seinen alten Augen erkennen. Er blinzelte sie weg, aber seine Stimme war belegt, als er ihr antwortete. »Alia, du bist solch ein gutes Kind … ich bin froh, dass ich dich auf meine alten Tage noch kennenlernen darf.«

»Aber, wir haben doch jetzt alle Zeit der Welt, um uns auszutauschen und richtig kennenzulernen«, sagte Alia lächelnd. »Es gibt so viel, was ich von dir noch wissen möchte. Ich möchte wissen, wie meine Eltern waren, wie meine Urgroßmutter war. Zudem … du hast so viel Erfahrung, bist selbst ein Bewahrer. Du kannst mir helfen, zu der Herrscherin zu werden, die Altra dringend benötigt.

Stell dir vor, wie viel Gutes du tun kannst.«

Ramen schüttelte leicht den Kopf. »So gerne ich dir auch helfen würde, mein Kind … ich weiß, dass mir nicht mehr viel Zeit bleibt. Ich habe so viele Jahrhunderte gelebt und bald wird der Moment kommen, diese Welt loszulassen. Ich werde dir helfen, solange ich noch kann, aber verlang bitte nicht von mir, dass ich mich verjünge, um weiterzuleben. Ich bin ein müder, alter Mann … nicht nur äußerlich. Und ich sehne mich nach meinem wohlverdienten Schlaf.«

Alia blinzelte, da sich jetzt in ihren Augen ebenfalls Tränen gebildet hatten. »Du kannst mich doch nicht verlassen, ehe wir uns wirklich kennengelernt haben«, hauchte sie.

Er fuhr ihr zärtlich über das Haar. »Mein gutes Kind, die Zeit, die wir noch miteinander haben, werden wir nutzen, das verspreche ich dir.«

Auch wenn es nach einem Versprechen klang, so glaubte ihm Alia nicht wirklich. Sie hatte sich in all den Jahren nichts sehnlicher gewünscht, als ihre leibliche Familie kennenzulernen. Ihr Onkel hatte sich als Verräter herausgestellt, ihr Cousin lebte weit im Norden. Ihren Großvater hatte sie nur wenige Augenblicke gesehen und ihre Eltern waren lange tot. Sich jetzt auch noch von ihrem Urgroßvater so bald verabschieden zu müssen, das schmerzte sie in ihrem Herzen.

Sie atmete tief durch, um dieses beklemmende Gefühl zu verdrängen. Noch war er bei ihr und noch würde sie ihn kennenlernen können.

»Du hast gesagt, dass du mit deinen Freunden wegen des Dunkelelfen sprechen möchtest«, lenkte Ramen das Gespräch auf ein anderes Thema.

Alia nickte. Sie war froh, dass sich ihre Gedanken mit etwas anderem als einem baldigen Abschied von ihrem Urgroßvater beschäftigen konnten. »Ja, das möchte ich. Kennst du Maryo Vadorís, den Elfenkapitän? Er ist seit gestern hier im Zirkel. Da er viel herumkommt, wollte ich seine Meinung zur Schattengilde von Karinth hören, ehe ich einer Zusammenarbeit zustimme.«

Ramen runzelte die Stirn. »Ja, ich kenne Maryo Vadorís. Nicht persönlich, da ich in den letzten Jahrhunderten selten unter Menschen war, um so unauffällig wie möglich zu bleiben. Aber ich denke, es ist eine gute Idee, wenn du ihn fragst.«

Alia sah ihn stirnrunzelnd an. »Möchtest du dabei sein, wenn ich mit Maryo spreche?«, fragte sie.

»Wenn du es mir erlaubst?« Ramen lächelte sein zahnlückenhaftes Lächeln. »Ich würde gerne mal diesen großen Elfenkapitän kennenlernen, von dem alle sprechen.«

Kapitel 27 - Schatten

Merita, Gegenwart

(Tag 30, Monat 8, 1EP11 248)

»Psst, Ihr da«, flüsterte eine Stimme und der Schatten drehte sich gereizt zur verschlossenen Tür herum.

»Was ist denn?«, knurrte er und sah in die Richtung, aus der die Stimme gekommen war.

Als Dunkelelf konnte er in der schwärzesten Nacht noch etwas erkennen und im Gang des Kerkertrakts brannte immerhin eine Fackel, sodass ihm die Umgebung fast taghell erschien.

Wenn er den Kopf etwas anhob, konnte er durch das vergitterte Guckloch in der Kerkertür über den Gang hinweg den dunkel gekleideten Mann mit dem langen Haar gut sehen, der die Gitterstäbe in der Luke seiner eigenen Zellentür mit den Händen umklammerte und zu ihm herüberblickte. Seine Züge hatten etwas Arrogantes, Kaltes. Etwas, das den Assassinen vom ersten Augenblick an hatte misstrauisch werden lassen. Er kannte Männer von diesem Schlag nur zu gut: Ihnen war nicht zu trauen, denn sie gingen über Leichen.

»Ich habe einen Plan, wie wir hier rauskommen«, raunte der Mann und kniff die Augen zusammen, da er seinerseits den Dunkelelf nicht ausmachen konnte, weil dieser nicht an seiner Kerkertür stand, sondern auf der Pritsche lag.

»Ich werde nicht mit Euch ausbrechen, das habe ich Euch bereits gesagt«, fauchte der Schatten und drehte dem Mann wieder den Rücken zu.

Es war stickig und kühl hier unten im Kerker. Die kleine Zelle, in die man ihn gesteckt hatte, war zwar einigermaßen sauber, aber er würde bald die Nerven verlieren, das spürte er. Er war jetzt schon drei Tage hier drin gefangen und hatte bereits über zehn Anfälle gehabt. Ohne das Umbrium wurden sie immer schlimmer und die Krämpfe immer schmerzhafter. Aber noch war er stark genug, ihnen zu trotzen. Doch wie lange würde es noch dauern, bis er endgültig den Verstand verlor?

Ramen hatte ihm gesagt, dass er für immer mit den Entzugserscheinungen zu kämpfen haben würde …

War es das tatsächlich wert?

Wenn die Herrscherin einwilligte, würde er zumindest selbst entscheiden können, ob er das Umbrium wieder einnahm oder nicht. Doch allein der Gedanke daran, wieder von der Assassinengilde abhängig gemacht zu werden, widerstrebte ihm zutiefst.

Vielleicht gab es eine andere Möglichkeit. Es *musste* eine geben!

»Ihr wollt hier nicht raus?«, raunte der andere Mann.

Erstaunen lag in seiner Stimme. Erstaunen und … Enttäuschung. Der Assassine hatte immer noch Mühe damit, Gefühle zu unterscheiden. Bisher hatte ihn das nicht weiter gestört, da es für ihn nur zwei Arten von Menschen gab: jene, die leben sollten und jene, die sterben sollten. Gefühle hatten ihn nie beeinflusst, was der Schattenessenz zu verdanken gewesen war.

»Natürlich will ich raus!«, fuhr er den Mann an. »Hört auf mit dieser Fragerei, Ihr werdet bei mir kein Glück haben, einen Verbündeten zu gewinnen!«

Gerade als der andere etwas erwidern wollte, waren Schritte im Gang zu hören.

Der Schatten horchte auf. Es waren drei Personen. Eine etwas leichter, wahrscheinlich eine Frau, die anderen beiden etwas schwerer. Einen von den beiden konnte man nur mit Elfenohren wie den seinen überhaupt hören. Er ging so leise, dass er entweder selbst ein Elf oder ein äußerst gut geschulter Jäger sein musste. Dennoch konnte der Assassine erkennen, dass es sich um einen Mann von stattlicher Größe handeln musste.

Vor seiner Tür hielten die Schritte an.

»Ist er da drin?«, erklang die raue Stimme eines Mannes.

Die Antwort konnte der Dunkelelf nicht hören, wahrscheinlich war es ein stummes Nicken.

Jetzt wurde ein Schlüssel herumgedreht. Der Schatten sprang auf, da er annahm, dass die drei Personen zu ihm wollten. Doch seine Tür öffnete sich nicht, dafür die auf der gegenüberliegenden Gangseite.

»Ich hätte es nicht für möglich gehalten, wenn ich Euch nicht mit eigenen Augen gesehen hätte«, erklang die raue Stimme abermals. Unterdrückter Zorn schwang darin mit, was den Dunkelelf neugierig werden ließ.

Leise schlich er zur Tür und spähte zwischen den Gitterstäben hindurch.

Er hatte recht gehabt: Drei Gestalten waren im Gang zu sehen. Die Herrscherin persönlich sowie ein älterer Mann, den der Schatten sofort als Ramen identifizierte, und ein hochgewachsener, dunkelhaariger Elf, der ihm den Rücken zukehrte. Er stand breitbeinig in der Türöffnung zur anderen Zelle.

»Maryo Vadorís«, erklang die frostige Stimme des anderen Gefangenen. »Hat Alia Euch wieder an die Leine genommen wie einen räudigen Hund?«

Statt einer Antwort schlug der breitschultrige Elf zu. Es knackte so laut, dass der andere mindestens einen Bluterguss, wenn nicht einen Knochenbruch davontragen würde. Ein Stöhnen war zu hören und der Schatten konnte erkennen, wie der Gefangene zu Boden ging.

»Maryo, nicht.« Die Herrscherin ergriff den Arm des Elfen, der zornig genug schien, um den Mann hier und jetzt zu Tode zu prügeln.

»Er hat es nicht anders verdient!«, fauchte er wutschnaubend. »Wenn du ihn nicht umbringen kannst, werde ich es tun!«

»So tief seid Ihr schon gesunken, Kapitän?«, keuchte der Gefangene. Trotz der Tatsache, dass er einen äußerst harten Schlag abbekommen haben musste, war die Arroganz nicht gänzlich aus seiner Stimme gewichen. »Dass Ihr einen wehrlosen Mann töten wollt?«

Als Antwort war ein kehliger Laut des breitschultrigen Elfen zu hören und er machte Anstalten, sich auf ihn zu stürzen.

Doch die Herrscherin versperrte ihm den Weg und stellte sich vor ihn. »Maryo, hör auf damit! Er ist es nicht wert!«

»Hört auf sie, sie ist ein kluges Mädchen«, höhnte der Gefangene, der sich wieder aufrappelte.

Dann ging alles rasend schnell. Im nächsten Moment konnte der Schatten, der immer noch von seiner Zelle aus das Geschehen verfolgte, einen Arm erkennen, der sich von hinten um den Hals der Herrscherin legte. Ihre Augen weiteten sich vor Schrecken und sie war zu überrumpelt, ihre Magie zu wirken.

Im nächsten Augenblick wurde ein scharfer Gegenstand an ihren Hals gepresst. Es war ein Teil eines Knochens, der sich in ihre Haut zu bohren drohte. Der andere Gefangene hatte ihn womöglich in seiner Zelle gefunden und eine Waffe daraus geschnitzt.

»Keinen Schritt weiter, oder Ihr könnt Euch eine neue Herrscherin suchen!«, zischte der Mann.

»Xenos, lass sie gehen!« Zum ersten Mal sprach Ramen, der die ganze Zeit abwartend danebengestanden hatte.

Die Augen des Gefangenen weiteten sich nun fast noch etwas mehr als die der Herrscherin, als sein Blick auf den alten Mann fiel. »Némar?«, fragte er ungläubig. »Was tust du hier?«

Die Antwort des Alten würde der Schatten wohl nie erfahren, denn diesen Moment der Überraschung nutzte Maryo, um sich auf die beiden zu stürzen. Er riss Xenos von der Herrscherin weg und landete mit ihm auf dem Boden der Kerkerzelle.

Alia entfuhr ein Schrei, als der scharfe Knochensplitter ihren Hals ritzte, aber es war nur eine oberflächliche Wunde, wie der Assassine von seinem Gitterfenster aus erkennen konnte.

Maryo rang einige Sekunden lang mit Xenos, der sich nach Leibeskräften wehrte. Jedoch war sein Körper ausgemergelt und schwach, weswegen er gegen den hochgewachsenen Elf keine Chance hatte.

Der Schatten erkannte augenblicklich, dass man diesen Maryo nicht unterschätzen durfte, er war ein äußerst gewandter Kämpfer, in dessen Körper eine Menge Kraft zu schlummern schien. Kraft, die Maryo jetzt gegen Xenos einsetzte, als er ihm mit der Faust hart gegen die Schläfe schlug. Der Körper unter ihm erschlaffte augenblicklich.

Der Elf richtete sich mit einer geschmeidigen Bewegung wieder auf und trat zu Alia. »Geht es dir gut?«, fragte er besorgt.

Die Sanftheit, mit der er sie ansprach, stand in starkem Kontrast zu dem Knurren, das eben noch aus seiner Kehle entwichen war.

Die Herrscherin nickte, während sie mit vor Schreck aufgerissenen Augen auf den leblosen Körper am Boden der Zelle starrte, die Hand an ihren Hals gepresst.

»Ich denke, es ist wichtig, dass du Reyvan hiervon erzählst«, murmelte Maryo, während er ihr mit dem Daumen über die Wange strich. »Er hat es verdient, zu wissen, dass sein Erzfeind noch lebt.«

Alia hob den Blick und sah den Elf einige Herzschläge lang an, dann nickte sie kaum merklich. »Du hast recht. Ich werde es ihm erzählen.«

Maryo erwiderte ihr Nicken knapp, dann wandte er sich unvermittelt zur Zelle des Assassinen um. Jetzt konnte der Schatten erkennen, dass er goldene Augen hatte, die im Halbdunkeln funkelten. »Und, hat Euch die Vorstellung gefallen?«, fragte Maryo ihn.

Der Dunkelelf starrte ihn einen Moment lang an, dann nickte er. »Ihr seid ein guter Kämpfer. Der Mann war dumm, sich gegen Euch stellen zu wollen.«

»Dann hoffe ich, Ihr seid weniger dumm.« Ein schiefes Grinsen glitt über das Gesicht des Elfen. »Ich weiß so einiges über Eure Gilde. Vor allem, dass kein Schatten zu einem Kompromiss bereit ist. Es gibt nur Schwarz oder Weiß für Euch. Warum seid Ihr im grauen Bereich gelandet?« Der goldene Blick des Elfen schien sich durch ihn hindurchbohren zu wollen.

»Weil ich es satthabe, immer nur die Farben zu sehen, die man mir zeigt«, antwortete der Schatten, ohne mit der Wimper zu zucken. »Es ist an der Zeit, dass ich selbst entscheide, was ich sehen möchte.«

»Gute Antwort«, nickte der Elf. Dann sah er wieder zur Herrscherin, die sich mit einem Tuch die feine Blutspur vom Hals tupfte. Die Wunde hatte sie in der Zwischenzeit mit ihrer Magie selbst geheilt. »Ich glaube, du kannst ihn rauslassen.«

Ramen trat zu der Zellentür und zwinkerte dem Schatten durch das Gitterfenster zu. »Jetzt beginnt für Euch ein neues Leben, mein Junge«, sagte er schmunzelnd, während er die Zelle öffnete.

»Was machen wir mit ihm?«, wollte Alia wissen, die auf Xenos' leblose Gestalt zeigte.

»Das soll Reyvan entscheiden«, antwortete Maryo. »Er hat von uns allen am meisten unter diesem Ekel gelitten. Es ist an ihm, zu bestimmen, was er mit ihm machen will.«

Alia nickte stumm, ehe sie die Kerkertür von Xenos' Zelle verschloss. Nicht aber, ohne den Knochensplitter mitzunehmen.

Der Schatten trat indes aus seiner Zelle auf den Gang und wurde von Maryo von oben bis unten gemustert. »Ich sehe schon, was Ihr meintet, Ramen«, sagte der Elf an den Alten gewandt. »Er wird einen guten Leibwächter für unsere Herrscherin abgeben.«

Ramen kicherte leise. »O ja, der Beste, den sie sich wünschen kann«, sagte er augenzwinkernd.

»Leibwächter?«, fragte der Schatten verwirrt, während er von Maryo zu Ramen sah.

»Ja, Ramen hatte die Idee, dass Ihr Eure Loyalität zunächst damit beweist, dass Ihr in meinen Dienst tretet«, nickte Alia, die jetzt auf ihn zutrat. »Wenn Ihr Euch als verlässlich erweist, werde ich Euch alles Notwendige zur Verfügung stellen, damit Ihr hier in Merita eine Leibwächterschule aufmachen könnt. Ihr sollt keine Assassinen ausbilden – ich mag dieses Wort nicht, ebenso wenig wie die Hintergründe Eurer Schattengilde.« Sie lächelte ihn entschuldigend an. »Aber es wird viele reiche Menschen geben, die dafür bezahlen werden, dass ihr Leben beschützt wird. Unter anderem natürlich die Zirkelräte – und ich.«

Der Schatten verengte seine Augen, während er sie abschätzend musterte.

Er wollte nicht wieder von jemandem abhängig sein.

Alia schien seine Gedanken in seinem Blick zu lesen, denn ihr Lächeln wurde strahlender. »Keine Sorge, Ihr werdet Euer eigenes Leben führen können. Ich bezahle Euch für Eure Dienste, mehr nicht. Es ist ein anständiger Beruf und Ihr werdet jederzeit eine Entlassung beantragen können, sollte er Euch nicht zusagen.«

Der Schatten schnaubte, während er über das Angebot nachdachte. Es klang verlockend, sein eigener Herr und Meister zu sein. Dafür war es vielleicht sogar zu erdulden, dass er eine Frau beschützen musste.

Doch ein Gedanke ließ ihn dennoch nicht los. »Was ist mit der Schattengilde von Karinth? Sie werden nicht eher ruhen, bis ich tot bin. Ich bin ein Aussteiger und als solcher ab sofort zur Jagd freigegeben.«

Alias Lächeln verschwand nicht aus ihrem Gesicht, sondern wurde von einem schelmischen Glänzen ihrer Augen unterstrichen. »Ich werde mit Eurer Gilde verhandeln und Euch ihnen abkaufen. Ich werde ihnen versichern, dass die Geheimnisse Eurer Gilde gewahrt werden, solange Ihr in meinem Dienst seid. Und ich werde ihnen eine jährliche … Entschädigung zahlen dafür, dass Ihr für mich arbeitet. Das sollte sie überzeugen.«

Der Schatten nickte nachdenklich. »Womöglich wird es das.«

»Bestimmt.« Sie legte ihm eine Hand an den Arm, was ihn zusammenzucken ließ.

Er mochte es nicht, wenn man ihn berührte. Berührung bedeutete immer auch Schmerz und Schmerz hatte er in seinem Leben so lange erduldet, dass er ihn nicht mehr dulden wollte.

Doch er biss die Zähne zusammen und wich ihrem Blick nicht aus, während sie weitersprach: »Kommt jetzt, Ihr werdet ab sofort eigene Gemächer haben. Es soll Euch an nichts fehlen.«

Der Schatten folgte ihr durch die Gänge des Kerkers, die beiden

Männer hinter sich. Er war sich nicht sicher, ob er seinem Schicksal trauen durfte. Obwohl er so sehr wollte, dass Ramens Worte der Wahrheit entsprachen, dass für ihn nunmehr ein neues Leben beginne.

Konnte es tatsächlich sein, dass er dabei war, sein altes Leben hinter sich zu lassen? Und ein Neues als Leibwächter der Herrscherin von Merita zu beginnen?

Kapitel 28 - Reyvan

Merita, Gegenwart

(Tag 30, Monat 8, 1EP11 248)

Reyvan blinzelte einige Male ungläubig, ehe er Alia verwirrt ansah, die vor ihm stand und ihn ihrerseits unsicher musterte.

Hatte er gerade richtig gehört? Hatte sie ihm soeben eröffnet, dass Xenos noch lebte? Xenos, der grausame Zirkelleiter, der so viel Leid über ihn und seine Familie gebracht hatte?

Auch wenn Reyvan sich nicht mehr an alles erinnern konnte, er wusste noch genau, wie sehr er diesen Bastard gehasst hatte. Und jetzt war der Kerl nur wenige hundert Schritt von ihm entfernt, darbte in einer Kerkerzelle …

»Was sagst du da?«, flüsterte er, als er seine Sprache wiedergefunden hatte. »Xenos lebt?«

Alia nickte langsam. »Ich hatte es auch nicht für möglich gehalten, aber er ist es eindeutig.«

»Und du hast ihm … geholfen?« Seine Augen versuchten, in den ihren zu lesen, aber er war zu aufgewühlt dazu.

Zudem wich Alia seinem Blick aus, indem sie auf den Boden sah. »Ich habe ihm nicht wirklich geholfen. Ich habe ihm nur diese Stimmen genommen, die ihn in den Wahnsinn getrieben hatten …«

»Alia!« Er packte sie an den Oberarmen und musste sich zusammenreißen, sie nicht zu schütteln. »Wie konntest du nur? Er ist ein arroganter, kaltherziger Dreckskerl! Du hättest ihm die Stimmen lassen sollen, dann wäre er daran verreckt!«

Er konnte nicht verhindern, dass er laut wurde. Zu viel ging gerade in ihm vor. Er war zu aufgewühlt, zu zornig, zu verwirrt …

»Ich … konnte es nicht.« Wieder wich Alia seinem Blick aus.

»Du bist manchmal zu gut für diese Welt«, seufzte Reyvan resigniert und ließ sie los.

»Schon möglich«, lächelte Alia zerknirscht. »Doch ich werde sein Schicksal dir überlassen. Du sollst darüber entscheiden, was mit ihm passieren soll. Und ganz gleichgültig, was es auch sein wird, ich werde dir nicht widersprechen.«

Reyvan fuhr sich mit beiden Händen durch das blonde Haar und dann über das Gesicht. »Verflucht, Alia …« Er sah sie mit schmalen Augen an. »Du weißt, dass ich ihn lieber heute als morgen tot sehen will. Er hat meine Familie auseinandergerissen, er hat versucht, dich mir wegzunehmen … er …« Er seufzte und holte tief Luft. »Lass mich ihn töten. Ich werde es schnell machen – aber ich würde keine Ruhe finden, solange er noch lebt.«

Alia nickte verständnisvoll, dennoch war in ihren dunklen Augen ein Zögern zu erkennen. Aber ihre Stimme klang fest, als sie antwortete. »Sein Leben gehört dir.«

Reyvans Nicken fiel knapp aus. »Du musst nicht dabei sein. Ich werde es alleine tun.«

»Nimm Maryo mit. Bitte.« Sie sah ihn flehend an. »Xenos ist hinterlistig und könnte fliehen wollen. Ich habe ihm zwar seine Magie genommen, er wird sich nicht damit gegen dich wehren können, aber ihm ist dennoch nicht zu trauen.«

Einen Moment lang überlegte Reyvan, dann nickte er abermals. »Gut, ich werde ihn mitnehmen. Ich bin gleich zurück.«

Er verließ die Gemächer, ohne sich noch einmal nach ihr umzublicken. Er wusste, dass sie ihn dazu überreden konnte, Xenos' Leben zu verschonen. Doch das wollte er nicht. Der ehemalige Zirkelleiter von Lormir musste sterben. Hier und heute. Es gab keine Alternative …

So rasch wie noch nie eilte er durch die Gänge. Vor der Tür, die zu Maryos Gemächern führte, die der Kapitän für die Zeit seines Aufenthaltes hier in Merita bezogen hatte, hielt er an und lehnte die Stirn gegen das harte Holz.

Verdammt … er war so nahe dran, Xenos endlich zu töten. Sich endlich an ihm für all das zu rächen, was dieser grausame Magier ihm angetan hatte. Sein Hass brodelte in seiner Brust und ihm war fast schlecht vor Verlangen danach, dieses arrogante Schwein umzubringen.

Und dennoch … etwas ließ ihn zögern. Er wusste nicht genau, was es war – es war eher ein Gefühl als ein Gedanke.

In einem Kampf hätte er keinen Augenblick verschwendet und Xenos seinen Dolch in die Brust gerammt – oder ihn mit Magie vernichtet. Aber einen wehrlosen Mann zu töten, der nicht einmal Magie wirken konnte … der nur noch ein Schatten seiner selbst war … er wusste nicht, ob er tatsächlich kaltblütig genug dafür war.

Schließlich schüttelte er seine Zweifel ab, gab sich einen Ruck und klopfte an die Tür.

Es dauerte einige Sekunden, ehe Maryo sie öffnete. Der hochgewachsene Elf wirkte ein wenig verwirrt, sein langes Haar war ungewohnt zerzaust und er trug nur eine leichte Leinenhose, die er gerade mit einem Gürtel festband.

»Reyvan, was tust du hier?«, fragte er und sah an ihm vorbei, um den Gang rechts und links abzusuchen, als erwartete er, noch jemand anderen zu sehen.

Reyvan konnte nicht an ihm vorbeiblicken, da der Elfenkapitän die Tür nur gerade so weit wie nötig geöffnet hatte. »Ich muss dich um einen Gefallen bitten«, sagte er gefasst.

»Jetzt?« Maryo schien tatsächlich überrumpelt zu sein und runzelte die Stirn, während er ihn verwundert ansah.

»Ja, jetzt. Warum? Störe ich dich gerade bei etwas Wichtigem?«

»Etwas … nein« Der Kapitän schüttelte den Kopf, dass die dunklen Strähnen flogen.

»Dann kannst du ja mitkommen«, meinte Reyvan und verschränkte die Arme vor der Brust.

Maryo warf einen Blick zurück ins Zimmer, dann sah er den blonden Elf wieder an. »Warte einen Moment, ich zieh mir nur rasch was über.«

Ehe Reyvan ebenfalls einen Blick erhaschen konnte, hatte Maryo die Tür vor seiner Nase geschlossen.

Er hörte, wie drinnen leise Stimmen erklangen.

Maryo war also nicht alleine … als er sein Elfengehör etwas mehr anstrengte, stellte er mit einem Schmunzeln fest, dass die andere Stimme Amyéna gehörte.

Dieses alte Schlitzohr hatte nichts anbrennen lassen.

Nach wenigen Sekunden wurde die Tür wieder aufgerissen und Maryo schlüpfte hinaus.

Jetzt trug er seinen Schwertgurt mit den zwei Krummsäbeln und ein Hemd aus feinem Leinenstoff, das vorne bis knapp über dem Bauchnabel offen war und einen Teil seiner Drachentätowierung zeigte.

»Was gibt's denn so Dringendes, das nicht warten kann?«, fragte der Kapitän mit leicht genervtem Unterton. Er sah Reyvan ungeduldig an.

»Alia hat mir von Xenos erzählt«, antwortete dieser, ohne darauf einzugehen, dass er genau wusste, wobei er den Kapitän gestört hatte.

Maryos Miene verfinsterte sich augenblicklich. »Dieser Drecksack sollte längst tot sein«, knurrte er.

»Das ist auch meine Meinung«, nickte Reyvan. »Und ich werde ihn heute töten.«

Die Falten auf Maryos Stirn wurden etwas tiefer. »Bist du dir sicher?«, fragte er mit eindringlichem Blick.

Reyvan nickte mit Nachdruck. »Ja.« Dann zögerte er. »Ich werde ihn zu einem Zweikampf herausfordern. Es liegt mir nicht, wehrlose Männer abzuschlachten.«

Maryo verschränkte die Arme vor der breiten Brust. »Dein Ehrgefühl in … Ehren. Aber das ist bei diesem Arsch fehl am Platz. Er an deiner Stelle würde keine Sekunde zögern und dich kaltblütig abschlachten – ob du in Fesseln liegst oder nicht. Wenn du willst, werde ich ihn töten, falls du es nicht durchziehen kannst.«

»Lass uns gehen. Wir diskutieren schon viel zu lange darüber, etwas zu tun, das wir längst getan haben sollten«, meinte Reyvan schulterzuckend. »Ich muss ihm erst in die Augen sehen, dann werde ich spontan entscheiden, auf welche Weise er dieses Leben verlassen wird. Aber eines ist gewiss: Den morgigen Tag wird er nicht mehr erblicken.«

Als die beiden Männer bei Xenos' Zelle ankamen, stutzten sie. Die Kerkertür stand offen.

»Verflucht noch mal!«, murmelte Maryo, der zur Tür rannte und ins Zelleninnere starrte. »Er ist weg!«

»Verdammt, wie konnte das passieren?«, rief Reyvan aus.

Maryo schüttelte verständnislos den Kopf. »Ich habe keine Ahnung … als wir gegangen sind, hat Alia die Zellentür verschlossen. Da bin ich mir sicher.«

Reyvan raufte sich das Haar und knurrte. »Verdammter Mist!«

»Aye, das kannst du laut sagen!« Maryo sah gehetzt den Gang entlang. »Wenn er den Geheimgang kennt, ist er längst über alle Berge.«

Reyvan erinnerte sich nur dunkel, dass er hier schon einmal entlanggegangen war – in einem anderen Leben, wie ihm schien.

»Wir müssen auf der Stelle die Wachen verständigen!« Maryo rannte an ihm vorbei zu den beiden Männern, die auf die Gefangenen aufpassen sollten. Sie lagen mit aufgeschlitzter Kehle und starren Augen am Boden, regten sich nicht mehr. »Verflucht!«, stieß er abermals aus, ehe er aus dem Kerkertrakt stürmte, um Alarm zu schlagen.

Reyvan folgte ihm nicht minder eilig. Wenn Xenos auf freiem Fuß war, konnte das nur eines bedeuten: Ärger!

Wenige Minuten später brachen mehrere Soldaten auf, um nach dem entflohenen Häftling zu suchen. Reyvan hatte sich dem Trupp angeschlossen, ebenso wie Maryo und der Assassine. Selbst Mertin und sein Sohn beteiligten sich, während Alia unruhig im Zirkel zurückbleiben musste.

Die Suche dauerte mehrere Stunden, die ganze Nacht, zwei weitere Tage … Doch nichts. So sehr sie auch alles absuchten, Leute befragten, Steckbriefe aufhängten – Xenos schien vom Erdboden verschluckt zu sein.

Nicht einmal Ramen mit seinen guten Verbindungen konnte etwas herausfinden. Keiner hatte Xenos gesehen, niemand konnte sich an ihn erinnern …

So häufig hatte Reyvan den Elfenkapitän noch nie fluchen hören. Maryo verwünschte im Fünfminutentakt den Tag, an dem er Xenos nicht getötet hatte, obwohl es ihm möglich gewesen wäre und Reyvan pflichtete ihm insgeheim bei.

Solange dieses Schwein am Leben war, würde er eine Gefahr

darstellen. Für die Zirkel, für Altra … für Alia.

Doch es brachte nichts, er war nicht aufzufinden … Xenos war ein weiteres Mal verschwunden und hatte keinerlei Spuren hinterlassen.

»Immerhin kann er mit großer Sicherheit keine Magie mehr wirken«, sagte Alia eines Abends, als sie mit Reyvan zusammen auf dem Balkon stand und dem Sonnenuntergang zusah.

Sie hatten es sich bereits zur Gewohnheit gemacht, ihren Tag auf diese Weise ausklingen zu lassen, ehe Reyvan sich in seine eigenen Gemächer zurückzog.

Er sah sie stirnrunzelnd an, erwiderte jedoch nichts. Er konnte nicht, ohne dass er sie unwillentlich verletzt hätte. Und das wollte er keinesfalls. Er wollte sie nie wieder verletzen.

»Wann werden wir heiraten?« Alia wandte sich zu ihm um und ihre dunklen Augen lagen liebevoll auf seinem Gesicht.

Im Licht der untergehenden Sonne schien ihr Haar von einem roten Schleier überzogen und Reyvan konnte nicht anders, als mit der Hand darüberzustreichen. »Wann du möchtest«, antwortete er leise.

»Dann lass es uns vor der Geburt unserer Tochter tun«, lächelte sie und schmiegte ihr Gesicht an seine Handfläche, die nun an ihrer Wange lag. »Ich möchte, dass sie in eine richtige Familie hineingeboren wird.«

»Dein Wunsch sei mir Befehl.« Jetzt glitt auch ein Lächeln über Reyvans Gesicht und er küsste sie sanft auf den Mund. »Meine Herrscherin.«

Kapitel 29 - Alia

Merita, Gegenwart

(Tag 13, Monat 9, 1EP11 248)

Wie lange hatte sie auf diesen Tag gewartet, heute war es endlich soweit. Sie würde Reyvan heiraten. Die Zeremonie würde in einer halben Stunde beginnen und sie konnte es kaum erwarten.

Sie trat vor den großen Spiegel, der in ihren Gemächern stand, und betrachtete sich darin von allen Seiten. Das weite, dunkelblaue Kleid konnte nicht über ihren runden Bauch hinwegtäuschen, aber es passte perfekt zu Reyvans Augenfarbe. Ihrem Rey ... der sie mehr als alles andere auf der Welt liebte. Das wusste sie und es erfüllte sie mit unendlich viel Glück, dass er bald für immer an ihrer Seite bleiben würde. Bald wären sie eine richtige Familie und dann könnte sie nichts mehr trennen.

»Seid Ihr so weit?«, fragte eine hohl klingende Stimme hinter ihr.

Sie drehte sich herum und sah dem ehemaligen Assassinen, der seit knapp zwei Wochen ihr Leibwächter war, in die rötlichen Augen, die hinter einem Tuch fast gänzlich verborgen waren.

Reyvan hatte einige Zeit gebraucht, sich mit ihm anzufreunden. Zu tief war sein natürlicher Hass gegen das Dunkelelfenvolk, das im Gegensatz zu den Lichtelfen in den Bergen lebte. Doch nach ein paar Tagen hatte er gemerkt, dass der Schatten anders war als die anderen Dunkelelfen und er hatte begonnen, sich für den Leibwächter zu erwärmen – wenn auch ganz langsam. Immerhin schien er ihm so weit zu vertrauen, dass er ihn während der Hochzeitsvorbereitungen alleine bei ihr gelassen hatte.

Alia selbst vertraute dem ehemaligen Assassinen inzwischen. Sie mochte seine stille Art und er hatte bisher seine Aufgabe mehr als gut gemacht und ihr keine Zweifel daran gelassen, dass er sie tatsächlich beschützen und nicht mehr töten wollte.

Jetzt lächelte sie ihn freundlich an, was ihn immer noch zu verwirren schien. Er schien in seinem Leben selten Freundlichkeit begegnet zu sein.

»Gleich«, sagte sie. »Könnt Ihr bitte Ramen herbringen? Ich würde ihn gerne sprechen, ehe ich zur Zeremonie gehe.«

Der Dunkelelf nickte knapp, bevor er sich wortlos umdrehte und die Gemächer verließ. Er war ihr in den vergangenen Tagen kaum von der Seite gewichen – ebenso wenig wie Sonnenauge, der sich wie Reyvan langsam mit dem sonderbaren Elf zu arrangieren schien und jetzt leise schnarchend zu ihren Füßen zusammengerollt schlief.

Seit Xenos verschwunden war, waren alle Sicherheitsvorkehrungen erhöht worden. Der ehemalige Zirkelleiter von Lormir sollte nicht ungesehen den Zirkel betreten können. Sowohl bei Tag als auch bei Nacht suchten Soldaten immer noch die Stadt und die nähere Umgebung nach dem Magier ab, aber sie hatten ihn bisher nicht gefunden. Womöglich war er geflohen, vielleicht sogar in die Talmeren und würde nicht so rasch wieder zurückkehren.

Mit diesem Gedanken kehrte langsam Ruhe in Alias Alltag ein. Xenos hatte keine magischen Kräfte mehr, da das Getränk, das sie ihm gegeben hatte, sie blockierte – so lange, bis er ein Gegenmittel dafür bekam. Es war eine Tinktur der Bewahrer gewesen, wie sie inzwischen von Lucja gelernt hatte, die ihr täglich neue Dinge über diese Verbindung beibrachte. Die Bewahrer hatten früher, als Lesath noch nicht an der Macht gewesen war, solche Tränke angewandt, um Magier zu kontrollieren, die zu unberechenbar wurden und damit eine Gefahr für die Menschen darstellten.

Alia hatte das Getränk in den Besitztümern ihres verstorbenen Großvaters Lesath gefunden, wenngleich sie nicht gewusst hatte, dass es ein altes Überbleibsel der Bewahrer war. Doch die Wirkung des Inhalts war ihr sehr rasch klar geworden.

Jetzt, wo Lucja an Alias Seite war, erfuhr sie immer mehr solcher Geheimnisse, die von den Bewahrern gehütet worden waren. Geheimnisse, die ihr dazu verhelfen würden, Aufstände im Keim zu ersticken, die Magier unter Kontrolle zu bringen und womöglich den ersehnten Frieden für eine lange Zeit aufrechtzuerhalten.

Es war die richtige Entscheidung gewesen, die Botin aus Arganta hierzubehalten und mit ihr diese Vereinbarung einzugehen, das wusste Alia jetzt.

Sie hörte, wie die Tür hinter ihr geöffnet wurde. Ramen konnte es noch nicht sein, aber womöglich war es Rana, die nochmals zu ihr zurückkehrte.

Ihre Freundin hatte ihr kurz nach ihrer Ankunft erklärt, dass sie gerne in Alias Dienst treten würde, was diese mit aller Vehemenz von sich gewiesen hatte. Rana sollte nie wieder jemandem dienen und schon gar nicht ihr. Nach einer langen Diskussion hatten sie sich darauf geeinigt, dass die blonde Frau selbst die Aufsicht über die Dienerschaft des Magierzirkels übernehmen sollte. Somit wäre sie höhergestellt und dennoch nicht ganz von ihrem Beruf entfernt, den sie wohl tatsächlich – trotz aller schlechten Erfahrungen – liebte. Auf diese Weise könnte Rana auch dafür Sorge tragen, dass die Diener hier in Merita es besser hätten als damals im Magierzirkel von Lormir.

Rana hatte diesem Plan schließlich zugestimmt.

Heute hatte sie es sich dennoch nicht nehmen lassen, Alia bei ihren Hochzeitsvorbereitungen zu helfen. Vor wenigen Minuten war sie gegangen, um nachzusehen, ob die Männer – Reyvan und Maryo – bereit waren und um ihnen allenfalls noch zur Hand zu gehen.

»Warte bitte noch einen Moment«, rief Alia, während sie aus einer Schatulle die schwarze Perle an einer silbernen Kette holte, die sie vor einigen Monaten noch gegen die schwarze Magie geschützt hatte. Jetzt war sie nutzlos – aber für Alia nicht wertlos. Es war ein Verlobungsgeschenk der Elfen und sie wollte sie an ihrem großen Tag um den Hals tragen. Reyvan hatte ihr damals in den Eiswäldern eine ähnliche Perle zum achtzehnten Geburtstag geschenkt und sie wollte ihm eine Freude machen, indem sie sie trug.

Ohne dass ihre Bitte erhört wurde, trat jemand hinter ihr in die Gemächer.

»Ich sagte doch, du sollst …«, begann Alia, doch als sie den Blick hob, erstarrte sie und ihre Stimme versagte, während die Kette ihr aus den Fingern glitt und zu Boden fiel.

Im Spiegel konnte sie einen hochgewachsenen Mann erkennen, der gerade die Tür hinter sich verschloss. Es war nicht Rana, der Assassine oder Ramen, sondern jemand, den sie als Letztes hier vermutet hatte.

Sein langes, dunkelbraunes Haar war streng nach hinten gekämmt, der stattliche Körper steckte in zerrissener Kleidung, die obendrein noch schmutzig war. Doch er hatte nichts von seinem arroganten Auftreten eingebüßt.

Jede Bewegung war mit solcher Selbstsicherheit verbunden, dass Alia unwillkürlich fröstelte.

»Xenos«, flüsterte sie und konnte die Angst in ihrer Stimme nicht unterdrücken.

Sonnenauge, der zu ihren Füßen gelegen hatte, sprang auf und stellte sich knurrend zwischen sie und den ehemaligen Schwarzmagier, der jetzt abwehrend die Hände hob.

»Alia, hör mich an«, begann er mit seiner tiefen Baritonstimme.

»Ich werde nicht länger auf Eure Lügen hören!«, rief Alia aus und bildete auf der Stelle einen Schutzschild um sich. »Was tut Ihr hier? Was wollt Ihr von mir?«

Xenos kam langsam auf sie zu, blieb jedoch stehen, als Sonnenauge sein Knurren verstärkte und seine Nackenfedern sträubte. »Ich wollte dich noch einmal sehen.«

Alia starrte ihn an und spürte sowohl Angst als auch eine unbändige Wut auf diesen Mann, der ein ums andere Mal ihr Leben zu zerstören versuchte.

»Das habt Ihr ja jetzt!«, fauchte sie ungehalten. »Ich werde Euch töten!«

Ein überhebliches Lächeln glitt über Xenos' Gesicht, während sich seine eisblauen Augen in ihre zu bohren schienen. »Das kannst du nicht«, sagte er in hochmütigem Tonfall. »Das liegt nicht in deiner Natur.«

»Oh doch, es liegt sehr wohl in meiner Natur, Dreckskerle wie Euch zu vernichten! Ich habe Euch schon einmal getötet und ich werde es wieder tun!« Alia trat einen Schritt auf ihn zu und bildete eine Eiskugel in ihrer Hand.

Doch ehe sie ihre Magie auf Xenos schleudern konnte, wurde die Tür geöffnet und hinter dem ehemaligen Zirkelleiter traten zwei Männer in den Raum.

»Alia, warum hast du die Tür …« Ramen verstummte, als er den Mann sah, der mitten im Raum stand. »Xenos!«

Der Dunkelelf, der hinter ihm stand, zögerte keinen Augenblick, sondern zog seine Schattenklingen und sprang auf den Magier zu. Ehe seine Waffen ihn jedoch erreichen konnten, wirbelte Xenos mit ungeheurer Schnelligkeit zu Alia herum, während er ihr gleichzeitig ein Pulver entgegenschüttete, das ihren Schutzschild aufflammen ließ, daraufhin ins Gesicht stäubte und ihr ein Niesen abzwang.

Augenblicklich spürte sie, wie ihre Magie verschwand. Xenos hatte ihr offenbar ein Pulver der Bewahrer verabreicht, das ihre Kräfte blockierte.

Blitzschnell war Xenos bei ihr, hatte einen Schutzschild über sie beide geworfen, seinen Arm um ihre Kehle gelegt und hielt sie erbarmungslos fest, während er zum Assassinen und Ramen herumfuhr.

Der Dunkelelf knurrte ungehalten, wagte aber nicht, sich auf ihn zu stürzen. Selbst Sonnenauge schien mit einem Mal machtlos zu sein. Er winselte wie ein geschlagener Hund und legte die katzenartigen Ohren an, während er gleichzeitig mit dem Schwanz peitschte, als wolle er ein Dutzend Fliegen verscheuchen.

Als Alia versuchte, sich mit ihrem Greif zu verbinden, spürte sie, dass auch diese Verbindung verschwunden war. Es fühlte sich an, als würde ein Teil von ihr fehlen, und ein heftiger Schmerz durchzuckte ihr Herz. Ein Schmerz, den Sonnenauge wohl ebenfalls empfand, denn er legte sich flach auf den Boden und begann zu hecheln, als würde er keine Kraft mehr zum Atmen haben.

Alia wollte sich losreißen, doch Xenos hielt sie nur umso stärker fest, schnürte ihr die Luft ab, sodass sie keinen einzigen Ton über die Lippen brachte.

Was hatte er nur vor? Wollte er sie töten?

Hilfe würde nicht so rasch kommen, denn Maryo und Reyvan waren womöglich bereits bei der Zeremonie und warteten auf sie. Sie würden eine Verspätung ihrerseits wohl als frauentypisch hinnehmen und erst nach einiger Zeit misstrauisch werden.

»Xenos!«, rief Ramen und packte den Dunkelelf, der augenscheinlich gerade den Entschluss gefasst hatte, sich auf den Magier zu stürzen, am Arm, um ihn mit erstaunlicher Kraft zur Seite zu schleudern. »So war das nicht abgemacht!«

Alia blickte dem alten Mann verstört in die Augen.

Was war nicht abgemacht gewesen? Steckte er mit Xenos unter einer Decke? Was hatten sie vor? So viele Gedanken schossen ihr gleichzeitig durch den Kopf, dass ihr ganz schwindelig wurde.

»Wir haben gar nichts abgemacht! Du hast mich freigelassen und ich habe mich entschieden, hierher zurückzukehren«, zischte Xenos hinter ihr und drückte fester zu. »Hier in Merita ist mein Platz, war er immer und wird er immer sein! Haut ab oder ich töte eure Herrscherin! Ich meine es ernst!«

Ramen kam mit erhobenen Händen auf ihn zu. »Was willst du mit ihr? Das führt doch zu nichts.« Er sprach, als hätte er einen kleinen Jungen vor sich, der sein Spielzeug nicht hergeben wollte. »Lass sie los. Sie ist meine Urenkelin. Nimm mich an ihrer Stelle.«

Xenos entfuhr ein verächtliches Lachen. »Glaubst du, ich wäre so dumm, auf diesen Vorschlag einzugehen, Némar? Ich weiß genau, wie mächtig du bist. Du hast mir schließlich alles beigebracht, was ich heute kann. Ich kenne dich besser als irgendwer sonst!«

»Ich habe dir das nicht beigebracht, damit du unschuldige Menschen tötest. Ich glaubte, du hättest dich im Kerker geändert, weil du eine neue Chance erhalten hast. Doch dem war nicht so. Offensichtlich nicht. Du wirst dich nie ändern … aber ich beschwöre dich: Wenn dir unsere … Freundschaft je etwas bedeutet hat, dann lass Alia gehen.« Ramens Stimme war jetzt brüchig wie die eines

Greisen, der um Gnade flehte.

Alia verstand nicht. Ramen kannte Xenos von früher? Aber … wie war das möglich? Xenos war doch Zirkelleiter in Lormir gewesen, während Ramen hier in Merita war … wie passte das alles zusammen?

In dem Augenblick trat der Assassine einen Schritt vor und starrte erst Xenos, dann Ramen mit so viel Wut an, dass Alia blinzeln musste, um sie zu begreifen. »Ihr habt ihm die Geheimnisse der Schattengilde anvertraut?«, knurrte der Dunkelelf an Ramen gewandt, während er mit der Schattenklinge auf Xenos zeigte. »Wie konntet Ihr nur! Versucht gar nicht erst, es abzustreiten! Es passt einfach alles zu gut: seine Fähigkeiten, dass er so lange trotz der Stimmen in seinem Kopf überleben konnte, seine Gefühlskälte … Ihr habt ihm alles verraten, was Ihr von der Gilde wusstet!«

Alia schnappte nach Luft und versuchte erneut, sich von Xenos zu befreien, was jedoch darin endete, dass er den zweiten Arm schmerzhaft auf ihren geschwollenen Bauch presste.

Ein höhnisches Lachen drang aus der Kehle des ehemaligen Zirkelleiters. »Ich sehe schon, dein neuer Schüler begreift außerordentlich schnell. Und bevor ich es vergesse: Danke, dass du die Vorräte des Gegenmittels immer noch an derselben Stelle in deinem Unterschlupf aufbewahrt hast. Sonst hätte ich meine Magie nicht so rasch zurückerhalten.«

»Xenos, ich bitte dich …« Ramen warf einen verzweifelten Blick auf Alia. »Dafür habe ich die Geheimnisse nicht verraten … zudem ist mein Sohn Lesath jetzt tot. Was willst du noch mehr?«

»Ich will die Macht, die mir zusteht!«, zischte Xenos.

»Die Macht von Lesath hat dir nie zugestanden«, sagte Ramen leise. »Du bist nicht mein Sohn, auch wenn ich dich in einem früheren Leben wie einen behandelt habe. Doch ich habe nicht dieses machthungrige Monster aus dir machen wollen. Ich wollte, dass du anders als mein Sohn wirst. Besser … ich habe mich getäuscht. Ich hätte es in dem Moment wissen sollen, als du begonnen hast, über Leichen zu gehen. Doch ich wollte es nicht sehen. Ich dachte, du wärst tatsächlich imstande, meinen Sohn zu stürzen, und habe mich an diese Hoffnung geklammert wie ein alter Narr. Nur deswegen habe ich dir alles beigebracht, was du heute weißt. Dass du ein weitaus kaltherzigerer Mensch bist, als mein Sohn es jemals war, wollte ich einfach nicht wahrhaben …«

»Ramen, du hast Xenos geholfen, Lesath zu hintergehen?«, krächzte Alia ungläubig.

Xenos' Atem strich ihr über das Ohr und die Wange, als er anstelle des Alten sprach. »Ja, dein Urgroßvater war eine große Hilfe dabei, mir das zu geben, was das Leben erst lebenswert werden lässt: Wissen und Macht. Auch wenn Letzteres vielleicht nicht wirklich in seiner Absicht lag.« Er lachte höhnisch auf.

»Ihr wolltet Lesath von Anfang an umbringen?«, fragte Alia ungläubig und schnappte nach Luft, als Xenos den Arm um ihre Kehle etwas lockerte. »Warum habt Ihr dann so lange gewartet?«

Xenos' Stimme wurde noch eine Spur verächtlicher. »Du bist immer noch das naive Mädchen von damals. Lesath war ein äußerst mächtiger Magier – so mächtig, dass nicht einmal Némar ihm etwas anhaben konnte. Daher habe ich meine Pläne im Geheimen geschmiedet. Ich habe nicht gewartet wie dieser alte Narr, der sich dein Urgroßvater schimpft. Nein, ich habe Lesaths Macht mit jedem einzelnen Jahr mehr untergraben. Ich habe Verbündete gewonnen, mir die Geheimnisse der Schattengilde angeeignet, um noch stärker zu werden. Wärst du mir nicht in die Quere gekommen, hätte ich diesen Bastard in wenigen Jahren töten können.«

»Ihr seid verrückt«, flüsterte Alia.

»Mag sein«, knurrte Xenos. »Aber du hast mir ebenso wie dein törichter Urgroßvater geholfen. Dank dir kann ich klarer denken denn je.«

»Lass sie gehen«, bat Ramen erneut.

»Nein«, rief Xenos. »Sie ist meine Aussicht auf die Macht, die ich längst haben sollte. Die mir längst gehört.«

Mit einem Mal stürzte sich der Dunkelelf auf ihn. Alia strauchelte unter der plötzlichen Kraft, die gegen den Schutzschild prallte, verlor das Gleichgewicht und stürzte zu Boden, ehe Xenos sie zu fassen bekam. Dabei riss sie den Schild entzwei.

Diese Gelegenheit nutzte der Assassine, um ihn mit seiner Klinge anzugreifen. Aber Xenos hatte den Moment der Überraschung äußerst schnell überwunden und schleuderte ihm einen Feuerball entgegen, dem der Dunkelelf jedoch leichtfüßig auswich. Die Flammen schossen an ihm vorbei und setzten auf der Stelle die Möbel in Alias Gemächern in Brand.

Der Assassine machte einen Ausfallschritt, preschte vor und bohrte Xenos eine seiner Schattenklingen in den Arm, sodass dieser aufschrie.

»Jetzt seid Ihr nicht mehr so mächtig«, knurrte der Dunkelelf zufrieden, als sich die Augen des ehemaligen Zirkelleiters vor Schrecken weiteten. »Die Klinge ist ebenfalls mit einer Essenz getränkt, die Eure Magie auslöscht. Wehrt Euch wie ein richtiger Mann, nicht wie ein feiger Magier!«

Er stieß abermals zu und nur mit Mühe konnte Xenos dem Schattendolch ausweichen. Er torkelte nach hinten und suchte nach einem Gegenstand, mit dem er sich gegen den wutschnaubenden Assassinen zur Wehr setzen konnte. Dieser ließ ihm jedoch keine Zeit dazu, sondern wirbelte herum und schnitt dabei mit seinen beiden Klingen quer über Xenos' Bauch, was diesen aufstöhnen ließ.

»Eure Arroganz wird Euer Ende sein!« Der Schatten fletschte die Zähne wie ein tollwütiger Hund, als er zu einem erneuten Angriff ansetzte. Xenos sank in die Knie und hielt sich den Bauch, aus dem Blut sprudelte – ebenso wie aus seinem Mund.

»Zeit, Euch Bruder Tod zu übergeben!«, rief der Dunkelelf und schlitzte ihm mit einem gezielten Schnitt die Kehle auf, während er die andere Klinge in Xenos' Herz rammte.

Der ehemalige Zirkelleiter röchelte noch ein letztes Mal, dann erstarrten seine Augen und er fiel vornüber auf den Boden, wo er leblos liegen blieb.

Das alles hatte nur wenige Augenblicke gedauert. In der Zwischenzeit war Ramen zu Alia gestürzt, die am Boden lag und stöhnend ihre Hände an ihren Bauch presste.

»Alia! Bist du verletzt?«, rief der alte Mann besorgt.

Sie nahm alles wie durch einen Schleier wahr. Sonnenauge, der neben sie kroch und sie mit dem Schnabel anstieß, Ramen, der bang auf sie heruntersah … das Feuer, das rasend schnell um sich griff und den Rauch, der ihre Lungen zum Brennen brachte. Das Zimmer stand bereits lichterloh in Flammen – sie mussten hier raus, wenn sie ihr Leben retten wollten.

Doch sobald sie sich bewegte, durchfuhr sie ein heftiger Schmerz, der den Ursprung in ihrem Bauch hatte. Sie konnte nicht mehr auf ihre Magie zugreifen und daher weder in sich hineinfühlen, wie es ihrem Kind ging noch sich selbst heilen.

Ramen bildete einen Schutzschild und breitete ihn über sie aus, um sie vor den Flammen zu bewahren. Doch noch ehe er ihr auf die Beine helfen konnte, flimmerte der Schild auf, seine Augen wurden groß und er sah an sich herunter.

Mitten aus seiner Brust ragte eine Klinge. Die Schattenklinge des Dunkelelfen, der sie ihm in den Rücken gerammt hatte, sodass die Spitze auf der anderen Seite wieder heraustrat. Der Schutzschild war von der Schattenklinge durchschnitten worden und gleißte nochmals kurz auf, ehe er erlosch.

»Eure Ränkespiele haben hiermit ein Ende!«, erklang die hohle Stimme des Schattens.

Alia entfuhr ein spitzer Schrei und sie versuchte, sich aufzurappeln. Aus dem Augenwinkel konnte sie erkennen, dass auch Xenos leblos am Boden lag. Seine Kleidung hatte bereits Feuer gefangen. Sein Gesicht war zur Seite gedreht, die eisblauen Augen starrten ins Leere.

Als Ramen neben ihr in die Knie sank, fiel ihr Blick auf sein altes Gesicht, das sie müde anlächelte. »Entschuldige bitte, mein Kind«, röchelte er, während Blut aus seinem Mund lief. »Ich habe es nur gut gemeint, ich wollte stets das Beste für Altra. Das Beste bist jetzt du. Führe weise und verbünde mit Sorgfalt … ich wünschte, wir hätten mehr Zeit miteinander gehabt …«

Dann verließ ihn seine Kraft, er sank neben ihr auf den Boden und regte sich nicht mehr.

»Ramen!«, rief Alia und Tränen traten ihr in die Augen. Für einen Augenblick vergaß sie alles um sich herum und spürte nicht einmal mehr den Schmerz, der ihren Bauch durchzuckte. Sie hatte gerade einen der letzten lebenden Verwandten verloren … ihren Urgroßvater.

Als der Dunkelelf sich zu ihr hinunterbeugte, wich sie vor ihm zurück und starrte ihn angsterfüllt an.

»Kommt, Herrin«, sagte der Assassine und hielt ihr die Hand hin. »Ich werde Euch hier rausbringen.«

Einen Moment lang sah sie in seine rot glühenden Augen, die sie fast schon besorgt musterten. Es lag keinerlei Blutdurst mehr darin, vielmehr Hoffnung. Hoffnung, dass Alia ihn als das erkannte, was er war. Als einen Leibwächter, der ihr gerade das Leben gerettet hatte.

Zögernd ergriff sie die Hand des Schattens und ließ sich auf die Beine helfen. Ihre Knie waren weich wie Butter, doch der Assassine hob sie mit erstaunlicher Leichtigkeit auf seine Arme und rannte mit ihr aus dem brennenden Raum.

Diener mit Wasserkesseln kamen ihnen entgegengeeilt. Am Rande nahm Alia wahr, wie Sonnenauge sich ebenfalls vor den Flammen in Sicherheit bringen konnte. Dann spürte sie wieder den scharfen Schmerz in ihrem Bauch und schrie auf, ehe alles finster um sie wurde.

Kapitel 30 - Reyvan

Merita, Gegenwart

(Tag 13, Monat 9, 1EP11 248)

Er ging unruhig vor dem Zimmer auf und ab und kaute an den Fingernägeln, während sein Blick immer wieder zur geschlossenen Tür glitt.

»Reyvan, setz dich endlich hin! Du machst uns alle noch wahnsinnig«, befahl Amyéna, die neben Maryo saß und den blonden Elf mit einem leichten Anflug von Ärger musterte.

Sie waren alle elegant gekleidet, da sie damit gerechnet hatten, heute an einer Trauung teilzunehmen. Selbst Maryo hatte seine üblichen Seemannskleider gegen schwarze Hosen und ein schneeweißes Hemd getauscht. Auf seine Krummsäbel hatte er jedoch nicht verzichtet.

»Kein Wunder, haben sie ihn rausgeschickt«, murmelte jetzt der Kapitän. »Das ist ja nicht auszuhalten mit ihm.«

»Ihr habt gut reden, ihr werdet ja auch nicht in dieser Sekunde Vater – drei Wochen zu früh …«, meinte Reyvan mit hochgezogenen Augenbrauen, ehe er seine Wanderung durch das Zimmer fortsetzte.

»Die beiden haben aber recht«, meldete sich Mertin zu Wort, der neben seinem Sohn Sen mit dem Rücken zum Fenster stand und sich mit verschränkten Armen an den Sims gelehnt hatte. »Du machst selbst mich nervös … Schwiegersohn.«

»Noch sind sie nicht verheiratet«, meinte Sen, was ihm einen scharfen Blick seines Vaters einbrachte.

»Werden sie aber bald sein. Wäre dieser Ramen nicht gewesen, wären sie es jetzt …« Maryo blickte fast noch finsterer drein als Reyvan. »Jetzt wird die Hochzeitstorte eben eine Geburtstagstorte werden …«

»Falls alles gut geht«, murmelte Reyvan leise.

»Das wird es!«, fuhr Amyéna dazwischen. »Jetzt hör auf mit deinen Zweifeln!«

»Was tun sie bloß da drin?« Reyvan war wieder vor der Tür stehen geblieben und lauschte. Doch von drinnen war nicht einmal für seine scharfen Ohren etwas zu hören.

»Rana hat gesagt, sie würde rauskommen, falls sich irgendetwas Unerwartetes ereignet«, versuchte Mertin ihn zu beruhigen. »Oder wenn meine Enkelin das Licht der Welt erblickt.«

Reyvan seufzte abermals und nahm seine Wanderung wieder auf.

Er konnte nichts dagegen tun, dass sein Herz noch schneller schlug, als wenn er sonst an Alia dachte.

Mit Grauen erinnerte er sich an den Moment, als er sie in den Armen des Dunkelelfen gesehen hatte. Ihr Gesicht rußverschmiert, ihre Arme leblos herunterhängend, die Augen geschlossen. Er hatte geglaubt, er müsse in diesem Moment sterben und sein Herz hatte sich schmerzhaft verkrampft.

Doch der Assassine hatte ihn rasch beruhigt und mit knappen Worten erklärt, was passiert war.

Offenbar hatte Ramen Xenos geholfen, aus dem Kerker zu fliehen. Was genau den alten Mann dazu bewogen hatte, würde wohl für immer ein Geheimnis bleiben, das er mit ins Grab genommen hatte. Der Schatten vermutete, dass Ramen Xenos damit eine zweite Chance hatte geben wollen. Eine Chance, endlich ein neues Leben zu beginnen. Doch Xenos war zurückgekommen. Wegen der Macht, die ihn gelockt hatte wie ein saftiger Braten einen ausgehungerten Hund.

Reyvan wünschte sich, er wäre es selbst gewesen, der ihn umgebracht hätte … er hatte noch nie einen Menschen so sehr gehasst wie Xenos. Wenigstens würde der ehemalige Zirkelleiter jetzt für immer unter den Toten wandeln – für immer und ewig.

Als Reyvan in die niedergebrannten Gemächer von Alia gestürzt war, hatte er nur noch die verkohlten Leichen von Ramen und Xenos dort liegen sehen. Aber er hatte sich vergewissert, dass sie es tatsächlich waren und auch, dass sie tatsächlich tot waren.

Er wollte es nicht ein zweites Mal dem Zufall überlassen, dass sich Xenos ein Schlupfloch freigehalten hatte, um unverhofft von den Toten aufzuerstehen. Dieses Mal schien sein Tod endgültig zu sein. Endlich.

Eigentlich hätte Reyvan aufatmen sollen, aber die Sorge um Alia, die seither nicht mehr aus ihrer Ohnmacht aufgewacht war, ließ ihn innerlich vor Angst erstarren.

Rana, die das Erdelement in sich trug, hatte sich sofort um Alia gekümmert. Reyvan und Maryo konnten zwar mit ihrer Elfenmagie kleinere Wunden heilen, aber ihre Kräfte reichten nicht aus, um Alia aus der Bewusstlosigkeit zu holen.

So rasch, wie es nur möglich gewesen war, waren drei der besten Erdmagier und Heiler von Merita hinzugeeilt. Sie hatten mit ernster Miene verkündet, dass Layla zur Welt gebracht werden musste, sonst würden Mutter und Kind sterben. Die Geburt hätte eigentlich erst in drei Wochen sein sollen, aber diese Zeit blieb jetzt nicht mehr.

Reyvan hatte allem zugestimmt, während er mit verzweifelter Zärtlichkeit über Alias blasse Stirn streichelte, die in einem Bett gelegen und sich kaum geregt hatte. Ihre Atmung war flach gewesen, ihre Wimpern hatten gezuckt – das war das Einzige, was ihm gezeigt hatte, dass sie noch am Leben war. Das und ein leises Stöhnen, welches sie trotz ihrer Bewusstlosigkeit ausgestoßen hatte. Sie musste schreckliche Schmerzen haben.

Reyvan hatte versucht, in ihren Geist einzudringen, aber er war von einer Kraft zurückgestoßen worden, die ihn hatte taumeln lassen. In ihrer Ohnmacht hatte sie alles und jeden von sich gestoßen.

Als die Heiler sich daranmachten, Laylas Geburt vorzubereiten, hatten sie ihn hinausgeschickt. Nur Sonnenauge hatte bleiben dürfen. Das Fell des Greifen war rußverschmiert und stumpf, die Federn teilweise angesengt. Aber er hatte seine Kraft wiedergewonnen, als Lucja Alia eine Substanz eingeflößt hatte.

»Das wird ihr ihre Magie zurückgeben«, hatte die Magierin geflüstert. »Sie braucht jetzt alle Kräfte, die sie kriegen kann.«

Alias Gesichtsfarbe war danach etwas stärker geworden, dennoch war sie blass geblieben.

Reyvan schauderte bei dem Gedanken, dass die Stille aus dem Raum hinter der Tür auch bedeuten konnte, dass seine geliebte Cíara tot war.

Nein, solch einen Gedanken durfte er gar nicht erst zulassen. Nicht jetzt.

Alia würde überleben.

Sie würde ein gesundes Kind zur Welt bringen.

Sie würden eine Familie sein …

Wieder blieb er stehen und starrte die Tür an, als wolle er sie mit reiner Willenskraft öffnen. Doch das gelang ihm natürlich nicht.

Dann fiel sein Blick auf den Dunkelelf, der etwas abseits stand und ihn mit schmalen Augen musterte.

»Wenn Gefühle *das* aus einem Mann machen können, dann verzichte ich lieber darauf«, bemerkte der ehemalige Assassine mit seiner hohlen Stimme.

Seine Miene verzog sich dabei kein bisschen. Er hatte keinen Scherz gemacht.

Reyvan knurrte ungehalten und wandte den Blick ab.

Er hörte noch, wie Lucja, die neben dem Schatten stand, ihn maßregelte und irgendwie erklärte, dass Nervosität nun mal menschlich sei, woraufhin der Schatten ein freudloses Lachen erklingen ließ und brummte, er sei ein Elf, kein Mensch.

Doch Reyvan hatte keine Nerven, den beiden länger als nötig zuzuhören. Zudem war ihm diese Lucja suspekt. Sie hatte ihn bei ihrer ersten Begegnung mit derart skeptischem Blick beäugt, dass er fast nicht anders gekonnt hatte, als sie mit ebensolchem Misstrauen anzuschauen. Sie schien keine großen Stücke auf Elfen zu halten – umso mehr erstaunte es ihn, dass sie sich mit diesem Dunkelelf abgab. Offenbar schien er ihre Meinung über das Elfenvolk langsam zu verändern.

Doch er hatte keine Nerven, sich mit den Sorgen anderer zu beschäftigen, er hatte selbst genug davon.

Also nahm er seine unruhige Wanderung durch das Zimmer wieder auf, so lange, bis Maryo aufsprang, mit einem Satz bei ihm war und ihn mit beiden Händen an den Schultern festhielt.

»Genug jetzt!«, herrschte der Elfenkapitän ihn an. »Du machst einen wahnsinnig! Setz dich hin und warte! Wie wir alle.«

Ehe Reyvan etwas erwidern konnte, waren Geräusche aus dem Raum nebenan zu hören. Ein Stöhnen und Keuchen.

Er riss sich von Maryo los und eilte zur Tür. Doch bevor er die Klinke herunterdrücken konnte, hörte er etwas, das sein Herz erst erstarren … und dann umso heftiger schlagen ließ.

Ein leiser Schrei.

Er war kaum wahrnehmbar, aber als er abermals erklang, gab es keine Zweifel mehr: Es war der Schrei eines kleinen Kindes.

Reyvan umschloss die Türklinke jetzt so fest, dass seine Hand wehtat. Dann drückte er sie hinunter. Ganz langsam, so, als befürchtete er den Anblick, der sich ihm gleich offenbaren würde.

Als sein Blick in das Schlafzimmer glitt, fiel ihm sofort die breite Liegestatt ins Auge, auf die man Alia gebettet hatte.

Die Laken waren blutverschmiert und wurden von einer Dienerin, die an ihm vorbeigeeilt war, soeben zusammengerollt und weggetragen.

Die Heiler standen um das Bett herum, in dem Alia in einem weißen Nachthemd lag, auf dem ebenfalls Blutflecken zu sehen waren. Ihre Augen waren immer noch geschlossen, ihr Gesicht leichenblass.

Neben ihr im Bett lag Sonnenauge zusammengerollt. Er fiepte wie ein verletzter Welpe, hatte den Adlerkopf auf seine Löwenpranken gelegt und starrte seine Reiterin unentwegt an.

Gerade war einer der Heiler dabei, den Bauch von Alia mit Magie zu verschließen.

Reyvans Blick wanderte zu Rana, die neben dem Bett stand und etwas in den Armen hielt.

Sein Herz machte einen Satz, als er schwarzes, langes Haar erkannte, das über ihren Unterarm fiel.

»Ist …«, er musste sich räuspern, »ist das … ?«

Rana lächelte und kam auf ihn zu. »Ja, das ist Layla. Deine Tochter.«

Sie hielt ihm das kleine Kind entgegen, sodass er sie ansehen konnte. Layla hatte die Augen geschlossen, ihr kleines Gesichtchen wirkte friedlich. Der Mund war leicht geöffnet und die winzigen Hände zu Fäusten geballt, die sie ans Kinn gezogen hatte.

Für einige Herzschläge konnte Reyvan nichts sagen. Er starrte auf das Bündel hinunter und war einfach zu überwältigt von dem

Anblick des kleinen Wesens, das friedlich in Ranas Armen schlief.

»Sie ist … atemberaubend«, flüsterte er dann und streckte die Hand aus, um sanft über das schwarze Haar zu streichen. Dabei getraute er sich kaum, sie zu berühren, um sie nicht aufzuwecken.

Dann hob er den Blick und sah Rana an. Ein Kloß bildete sich in seiner Kehle, aber er musste die Frage stellen. Selbst wenn es bedeuten sollte, dass sein Herz im nächsten Augenblick zerriss.

»Lebt … lebt Alia?« Seine Stimme war so leise, dass sie ihn kaum verstehen konnte.

Ihre dunkelbraunen Augen sahen ihn einen Moment lang mitfühlend an. »Ja«, sagte sie dann ebenso leise. »Aber es geht ihr nicht gut. Sie hat viel Blut verloren und sie war die ganze Zeit noch nicht wieder bei Bewusstsein. Ich … ich weiß nicht, ob sie den morgigen Tag erleben wird.«

Reyvans Atem stockte und er bekam kaum Luft. Sein Magen drohte sich umzudrehen und Übelkeit stieg in ihm hoch. Es kostete ihn alle Kraft, ein knappes Nicken zustande zu bringen, ehe er wortlos an Rana vorbei zum Bett ging, wo Alia immer noch regungslos dalag. Eine Dienerin hatte ihr soeben ein frisches Nachthemd angezogen. Jetzt sah sie aus, als würde sie schlafen. Kein Blut war mehr zu sehen und dennoch erschütterte ihr Anblick sein Innerstes.

Die Heiler zogen sich respektvoll zurück, doch das bemerkte Reyvan nicht einmal. Sein Blick war starr auf Alia gerichtet. Er betrachtete sie, als würde er sie zum ersten Mal sehen. Das dunkle Haar, das über das Kissen verteilt war, wirkte wie ein schwarzer Wasserfall. Die zarte Haut, die fast weiß erschien. Der sinnliche

Mund, die ansonsten roten Lippen, die jetzt jedoch blutleer waren.

Neben dem Bett blieb Reyvan stehen und ließ sich auf die Knie sinken. Seine Beine gaben einfach unter ihm nach und er streckte die Arme nach Alias rechter Hand aus, die ruhig neben ihrem Körper lag. Die Wärme, die von ihrer Haut ausging, erstaunte ihn – fast hätte er damit gerechnet, dass sie kalt war. Doch es gab ihm auch Hoffnung, denn noch lebte sie. Noch kämpfte sie.

Sein Blick war flehend, als er ihn wieder auf sie richtete. »Bitte, verlass mich nicht«, bat er inständig. »Alia, kämpfe weiter. Bitte. Tu es für unsere Tochter … für mich … für uns …« Seine Stimme versagte und er spürte, wie die Übelkeit stärker wurde.

Einige Minuten verharrte er in dieser Stellung, ohne dass Alia sich regte.

Dann erhob er sich und setzte sich neben sie auf das Bett. Die Hand ließ er jedoch keine Sekunde lang los. Er streichelte unentwegt über ihre blasse Haut, als könne er nicht mehr damit aufhören.

Er sah ihr ins Gesicht.

Wie sehr er diese anmutigen Züge liebte.

Er liebte sie mehr als sein eigenes Leben …

Hinter sich hörte er Rana näher treten, doch er wandte sich nicht zu ihr um.

»Leg ihr Layla auf die Brust«, bat er.

Als Rana zögerte, sah er sie doch an. »Tu es … bitte.«

Sie musste etwas in seinen Augen gesehen haben, denn sie befolgte seine Anweisung auf der Stelle. Behutsam legte sie das kleine Mädchen auf Alias Brustkorb. Es kuschelte sich augenblicklich an seine Mutter. Als diese jedoch nicht reagierte, begann es leise zu wimmern.

»Wir brauchen dich«, fuhr Reyvan fort. »Layla braucht dich. Du kannst uns jetzt nicht einfach so verlassen …« Er lehnte sich nach vorne, während er sanft über Laylas Rücken strich und sie damit ein wenig beruhigte. »Ich liebe dich.«

Er hauchte ihr einen Kuss auf die blassen Lippen und legte seine andere Hand auf ihre Stirn. Sanft drang er mit seinem Geist in sie ein. Dieses Mal wehrte sie sich nicht gegen ihn, sondern ließ es zu.

Er erinnerte sich, dass er das bereits damals im magischen Zirkel von Lormir getan hatte. Damals, im Unterricht des Luftzirkels.

Er sah Alia wieder vor sich, wie sie ihn mit ihren dunklen Augen angestarrt hatte. Ihre roten Lippen, die leicht bebten. Diese Lippen, die er damals schon hatte küssen wollen.

Diese Frau hatte ihn verzaubert, obwohl sie keine Magie besessen hatte. Sie hatte sein Herz erobert, ohne darum zu kämpfen. Sie hatte seine Seele gestreichelt, ohne dass sie ihn berührt hatte.

Sie hatte … sein Leben verändert.

Ein Leben, das jetzt ihr gehörte …

Abermals küsste er sie auf die Lippen und spürte im selben Moment, wie sich der Pulsschlag unter ihrer Haut langsam beschleunigte.

Layla begann abermals leise zu weinen und mit einem Mal schlug Alia die Augen auf. Sie sah in die seinen und Reyvan meinte, ein kurzes Flackern in ihren Pupillen zu sehen. Er löste seine Lippen von ihrem Mund, als sie ihn öffnete, um tief einzuatmen.

»Rey …«

Es waren drei Buchstaben. Kaum mehr als ein Hauch. Doch für ihn bedeutete es die Welt.

Ein Lächeln glitt über sein Gesicht, das sich in ihren Augen widerspiegelte. »Du bist noch da …«, flüsterte er zärtlich. »Du hast weitergekämpft. Du bist bei mir geblieben.« Er spürte, wie Erleichterung ihn zu überwältigen drohte und ihm schwindlig wurde vor Glück.

»Aber ja«, hauchte sie und sah ihn lächelnd an. »Das habe ich dir doch versprochen.«

Dann fiel ihr Blick auf Layla, die immer noch leise auf ihrer Brust weinte. »Sie ist wunderschön«, flüsterte sie, während sie mit den Händen den kleinen Körper umschloss, ihn zärtlich an sich drückte und streichelte. Augenblicklich hörte Layla auf zu weinen und schloss selig die Augen.

»Genauso schön wie ihre Mutter«, flüsterte Reyvan, ehe er sie abermals auf den Mund küsste. »Verlass mich nie. Wir sind jetzt eine Familie. Und sobald du wieder auf den Beinen bist, werden wir heiraten. Das verspreche ich dir.«

Zur Antwort schenkte ihm Alia ein Lächeln und sie hätte ihm in diesem Moment kein schöneres Geschenk machen können.

Wie er es liebte, wenn sie lächelte …

Kapitel 31 - Maryo

Merita, Gegenwart

(Tag 29, Monat 9, 1EP11 248)

Maryo lehnte an der Reling und sah zurück zur Stadt, die langsam kleiner wurde.

Sie waren noch zwei Wochen geblieben, hatten gewartet, bis Alia sich von der Geburt erholt hatte und vor drei Tagen hatte Maryo sie und Reyvan endlich getraut. Es war ein kleines Fest gewesen. Im engsten Kreise. Alia hatte nichts Großes mehr veranstalten wollen, nach dem Vorfall mit Xenos.

Nie würde er den Moment vergessen, in dem Alia den Saal betreten hatte, den sie zur Zeremonie ausgesucht hatten. Sie war wunderschön gewesen. Ihr Haar kunstvoll hochgesteckt, ihr Körper in einem schlichten, weißen Kleid, das an den Rändern mit Goldstickereien versehen war.

Doch was sie am Schönsten hatte erstrahlen lassen war ihre kleine Tochter gewesen, die sie auf den Armen getragen hatte, während sie auf Reyvan und ihn zuschritt. Layla, die Alias Schönheit erst vollkommen machte.

Kein Wunder, dass der Elfenkapitän Tränen des Glücks in Reyvans Augen entdeckt hatte, während der blonde Elf darauf wartete, dass seine zukünftige Gemahlin zu ihm kam. Selbst er hatte um Fassung ringen und einige Male schwer schlucken müssen, ehe er den Kloß in seinem Hals losgeworden war.

Als Alia neben Reyvan getreten war, hatte dieser sie mit einem Kuss begrüßt, ehe er den Blick liebevoll auf Layla gerichtet hatte und auch sie küsste.

Es war Maryo immer noch ein Rätsel, welche Wandlung der einst vorlaute und unreife Elfenprinz in den letzten Monaten durchlaufen hatte. Eine Wandlung, die normalerweise unüblich für einen Elf war. Elfen passten sich nur langsam neuen Umständen an. Doch Reyvan war da anders. Es schien, als hätte er gemerkt, wie rasch das Leben vorbei sein konnte und sich fest vorgenommen, keine Sekunde mehr davon zu verschwenden.

So etwas Ähnliches hatte der Elfenprinz in seinem Gelöbnis an Alia dann auch gesagt. An die genauen Worte konnte sich Maryo nicht mehr erinnern, er war zu abgelenkt davon gewesen, zu beobachten, wie Alias Augen geglänzt hatten.

Sie so glücklich zu sehen, erfüllte den Elfenkapitän mit Freude und Stolz gleichermaßen. Er liebte sie – als Freundin – und er hätte sein Leben für sie gegeben. Ebenso wie sie ihres für ihn gegeben hätte.

Diese besondere Freundschaft würde Maryo nie verraten oder in

Gefahr bringen. Das hatte er sich in diesem Moment geschworen. Er würde, solange er lebte, dafür Sorge tragen, dass dieses Strahlen nicht mehr aus ihrem Gesicht wich.

Wenn man Glück hätte mit Händen greifen können, hätte man in diesem Moment, als Alia und Reyvan sich für immer miteinander verbanden, die besten Chancen darauf gehabt.

Die beiden würden ein gutes Herrscherpaar abgeben und schon jetzt freute Maryo sich darauf, sie bald wieder zu besuchen. Er hatte Mertin und Sen schließlich hoch und heilig versprochen, Alias Mutter und Schwester nach Merita zu bringen. Und dieses Versprechen würde er selbstverständlich einhalten … nachdem er der Königin von Westend einen Besuch abgestattet hatte.

Einen Besuch, den ihn einerseits mit Unbehagen, andererseits aber auch mit Ungeduld erfüllte. Er wollte endlich reinen Tisch machen, was Amyéna und ihn anging. Und er wollte die Elfenprinzessin heiraten …

»Bist du glücklich?«, unterbrach eine Stimme seine Gedanken. Diese Stimme kannte er nur zu gut.

Maryo wandte sich zur Sprecherin um und sah sie einige Sekunden lang stumm an. »Bist du es?«, fragte er dann leise.

Amyéna stand neben ihm und strich sich das Haar nach hinten, das ihr der Wind ins Gesicht blies.

Ehe sie ihm antworten konnte, beugte er sich zu ihr herunter und presste seine Lippen auf ihre. Sie wehrte sich nicht. Das tat sie schon seit einigen Tagen nicht mehr.

Es war ungewohnt, dass sie ihn gewähren ließ.

Ungewohnt … schön. Ungewohnt … erregend. Ungewohnt … überwältigend.

In der vergangenen Nacht hatte sie seinen Namen auf alle erdenklichen Arten gehaucht, gelacht und geschrien. Auf eine Weise, wie er angenommen hatte, dass sie es nie wieder tun würde …

Allein diese Tatsache ließ ihn seither grinsend durch den Tag schreiten und seine Mannschaft hinter seinem Rücken tuscheln.

Sollten sie sich ruhig das Maul über ihn und die Prinzessin zerreißen, er würde seine Männer nicht daran hindern. Es sollten alle wissen und sehen, dass er die Prinzessin der Westendelfen liebte. Er hatte seine Liebe viel zu lange verleugnet – war vor ihr gar geflohen.

Als er den Kuss beendete, sah Amyéna ihn mit verschleiertem Blick an.

Wie er es liebte, wenn sich dieser Schleier über ihre Augen legte. Er hatte dann das Bedürfnis, sie so lange zu küssen, bis er dahinter blicken konnte – und das zu sehen, was nur ihm allein gehörte: ihre Liebe.

»Du hast meine Frage nicht beantwortet«, sagte Amyéna schmunzelnd.

Maryo hob eine Augenbraue in die Höhe. »War der Kuss nicht Antwort genug?«

Lächelnd schüttelte Amyéna den Kopf. »Du weißt, wie ich das meinte. Ich meinte nicht, ob du glücklich bist, was deine … körperlichen Bedürfnisse angeht. Sondern, was dein Leben angeht.«

»Mein Leben ist dann vollkommen, wenn du bei mir bist.« Maryo legte ihr einen Arm um die Schulter.

Doch Amyéna schüttelte ihn ab. »Wenn wir zurück in Westend sind – was werden wir da tun?«

»Hm, mir würden da gleich ein paar Dutzend Dinge einfallen, die wir tun könnten«, brummte Maryo grinsend.

»Maryo, sei bitte ernst!«

Amyénas Augen begannen zu funkeln und Maryo spürte, wie seine Hose plötzlich etwas zu eng wurde. Er mochte es, wenn sie vor innerer Leidenschaft erglühte, denn er wusste, wie er diese Glut zu einem Inferno schüren konnte.

Er räusperte sich, um sich zusammenzureißen und ihr die Antwort zu geben, die sie verdiente. »Ich werde bei deiner Mutter um deine Hand anhalten«, sagte er entschlossen.

Amyénas Augenbrauen schossen in die Höhe. »Ist das dein Ernst?«, fragte sie verblüfft.

Maryo nickte mit Nachdruck. »Aber ja, das ist es. Ich habe genug davon, ständig zuzusehen, wie andere Kerle dich heiraten.«

»Und ... was ist mit deiner Cyrona? Was ist mit Karinth? Du wolltest doch nochmals dorthin segeln ...«, fragte Amyéna mit schief gelegtem Kopf.

»Karinth kann warten und mein Schiff wird ein paar Jahre auf mich verzichten müssen.« Maryos Miene war so ernst wie noch nie.

»Maryo ... das kann und werde ich nicht von dir verlangen«, sagte Amyéna leise. »Du wärst unglücklich und irgendwann würdest du mir dein Unglück vorwerfen ...«

Jetzt legte Maryo den Kopf ebenfalls schief. »Irgendwann ... mag sein. Aber bis es mich wieder auf See zieht, werde ich an deiner

Seite bleiben. Wir haben einiges nachzuholen, du und ich.«

»Wir werden vor allem einiges zu verhandeln haben.« Amyéna streckte die Schultern durch. »Die Verhandlungen mit Alia liefen zwar ganz gut, aber ich bin mir nicht sicher, ob ihre Bedingungen Mutter zufriedenstellen werden. Wir werden wohl noch häufiger nach Merita segeln müssen …«

Über Maryos Gesicht glitt ein Grinsen. »Das werde ich mit Freude tun. Ich muss doch schließlich mein Patenkind aufwachsen sehen.«

Jetzt lächelte Amyéna ebenfalls. »Dass Alia und Reyvan dich zu Laylas Patenonkel gemacht haben, wirst du ab jetzt wohl jedem erzählen, der dir über den Weg läuft, was?«

Maryos Grinsen wurde noch ein Stück breiter. »Und ob. Schließlich wird man nicht jeden Tag Patenonkel der zukünftigen Herrscherin von Merita.«

Jetzt muss es sein …
Das Wort, das Ihr nicht gerne lest,
das Euch aber auch Hoffnung machen soll.
Denn das Ende einer Geschichte
ist zugleich immer auch der Anfang einer neuen.

So sei es denn:

-ENDE-

… aber nicht von Altra ;-)

Epilog

Ich stand am Geländer des Balkons und sah hinunter auf das Meer, das im Licht der untergehenden Sonne in weiche Rottöne getaucht wurde. Ich liebte diese Momente, wenn die Ruhe in meinem Leben greifbar war. Es war ein tiefes Gefühl des Friedens, das mich jedes Mal bei diesem Anblick überkam. Denn ich wusste, dass am nächsten Morgen die Sonne wieder über den Horizont aufsteigen würde – egal was die Nacht bringen mochte. Und dieses Wissen erfüllte mich mit Hoffnung. Es fühlte sich nach Heimat und … Zukunft an.

Ich lächelte über meine eigenen Gedanken. Bis noch vor einigen Monaten hatte ich das Schicksal verflucht, hatte nicht wahrhaben wollen, dass ich alles verloren hatte.

Und jetzt … ich hatte so viel gewonnen. So viele Freunde, die mir zur Seite standen. So viele Dinge, die es wert waren, weiterzumachen.

Weiterzuleben. Weiterzulieben. Weiterzuhoffen.

»Wir konnten uns fast denken, dass wir dich hier finden, Cíara«, erklang seine vertraute Stimme hinter mir und ich wandte mich, immer noch lächelnd, zu ihm um.

Er trug ein kleines Bündel auf seinen Armen – unser Kind. Unsere Tochter, die ich mehr als alles in der Welt liebte.

Reyvan hatte sich angewöhnt, immer in der Mehrzahl zu sprechen, wenn er Layla bei sich hatte, obwohl sie noch viel zu klein war, um ihm ihre Gedanken mitzuteilen. Eine Tatsache, die mich mit Glück erfüllte. Er liebte sie tatsächlich wie seine eigene Tochter, obwohl sie ihrem Vater Zaron so ähnlich sah. Sie hatte dasselbe schwarze Haar, dieselben schwarzen Augen … Zaron würde in ihr weiterleben und Reyvan akzeptierte das. Er hatte so ein großes Herz – ein Herz, das mir gehörte.

Einen Augenblick lang blieb er stehen und ich konnte einen staunenden Ausdruck in seinen Augen erkennen.

»Weißt du eigentlich, wie schön du bist?«, flüsterte er, ehe er näher trat. »Du bist die schönste Frau, die es auf der ganzen Welt gibt und von allen Männern bin ich der Glückliche, der an deiner Seite sein darf.«

»Ach, Rey …«, begann ich, doch er unterbrach mich mit einer leichten Handbewegung.

»Ich meine es genauso, wie ich es sagte, Cíara. Ich liebe dich. Ich werde dich immer lieben.«

Dann beugte er sich zu mir und küsste mich.

Glossar

Altra – Reich, das aus den folgenden sechs Regionen besteht: Lormir, Fayl, Arganta, Chakas, Oshema und Merita.

Arganta – Region südöstlich von Lormir mit der gleichnamigen Hauptstadt Arganta.

Aufnahmezeremonie in die Elementgilden und Zirkel – Die Aufnahmezeremonie findet jedes Jahr zur Sonnenwende statt. Dabei dürfen alle dreizehnjährigen Menschen, die eines der vier Elemente oder gar Magie in sich tragen, für eine der vier Gilden und den magischen Zirkel kandidieren. Für die magischen Zirkel gilt, dass nur jene, deren magisches Potenzial erheblich ist, beitreten müssen. Den anderen ist es freigestellt, sich in einer der Elementgilden in ihren magischen Kräften unterrichten zu lassen.

Bewahrer – Eine uralte Verbindung, die den Sinn der Gottesgeschenke (die vier Elemente und Magie) bewahren will. Sie sind überzeugt davon, dass die Götter diese Kräfte den Menschen nicht dazu geschenkt haben, um ihresgleichen oder andere Völker zu unterdrücken, sondern, um das Beste daraus zu machen. Ihre Blütezeit hatten die Bewahrer vor dem Hundertjährigen Krieg, als sie die Zirkel in Altra gegründet haben. Sie wollten damit den Magiern Einhalt gebieten, Strukturen geben und Regeln einführen. Jedoch konnten sie nicht ahnen, dass diese Geste von den alten Völkern, den Gorkas, Elfen, Drachen und Zwergen, falsch verstanden wurde und einen Krieg auslöste. Danach gerieten die Bewahrer in Vergessenheit und warteten in den nächsten Jahrhunderten erst mal im Untergrund auf eine Chance, zur alten Stärke zurückzufinden.

Chakas – Region südwestlich von Lormir mit der gleichnamigen Hauptstadt Chakas.

Chark – Die treuen Weggefährten der Golems. Sie sind äußerst hässlich anzusehen, ihr ganzer Körper ist mit Platten besetzt und anstelle eines Mauls haben sie ein großes Loch im Kopf, das mit spitzen Fangzähnen bestückt ist. Mit ihren drei Zungen, die an dünne Schlangen erinnern, können sie jede Witterung aufnehmen. Wenn man einem Chark begegnet, ist sein Meister nicht weit und man tut gut daran, so rasch wie möglich davonzurennen.

Drachen – Auch wenn sie nur selten vor die Augen der Menschen treten, es gibt sie. Sie sind kluge, uralte Wesen, leben verborgen in den Bergen und bevorzugen meist die Einsamkeit. Drachen bedienen sich einer eigenen Sprache, können jedoch über Gedanken auch mit Zwergen, Menschen und Elfen kommunizieren. Sie können anhand der vier Elemente unterschieden werden: Luft-, Feuer-, Wasser-, und Erddrachen.

Dunkelelfen – Auch Berg-, Schwarz-, oder Schattenelfen genannt. Sie sind einfach an ihrer dunklen Haut, den roten, lichtempfindlichen Augen und dem weißen Haar zu erkennen. Dunkelelfen leben in den Bergen und unter der Oberfläche, sind bekannt für ihre Grausamkeit und Kampfeskünste. Sie halten Zwerge und Menschen als Sklaven und sind bei beiden Völkern verhasst. Aber auch die Waldelfen machen einen großen Bogen um sie.

Eiswälder – Wälder, die sich im hohen Norden Altras befinden. Sie werden von gefährlichen Wesen bewohnt, die fast noch tödlicher sind als die immerwährende Kälte, die dieses Gebiet heimsucht.

Element Erde – Menschen mit der Begabung Erde sind gute Bauern und können sich sowohl um Menschen als auch Tiere gleichermaßen kümmern. Sie können daher sowohl versorgende als auch heilende Berufe erlernen. In Verbindung mit Magie können Erdbeben erzeugt, aber auch Lebewesen vollständig geheilt werden. Beispiele für Kampfmagie-Elemente: Erdbeben, Giftpfeil, Giftwolke, Golem beschwören. Angehörige dieses Elements verehren den Gott Tellos.

Element Feuer – Menschen mit der Begabung Feuer sind gute Schmiede und Kämpfer. In Verbindung mit Magie kann das Feuer beherrscht werden. Zudem sind diese Magier besonders geschickt in der Kampfmagie. Beispiele für Kampfmagie-Elemente: Inferno, Meteorregen, Feuerpfeil, Feuerball, Feuerwelle, Feuer-Dämon beschwören. Angehörige dieses Elements verehren den Gott Ignas.

Element Luft – Menschen mit der Begabung Luft sind gute Jäger und können Gedanken von anderen erahnen. In Verbindung mit Magie können das Wetter sowie die Gedanken anderer beeinflusst werden. Beispiele für Kampfmagie-Elemente: Sturm, Illusionen, Panik hervorrufen, Luft-Dämon beschwören. Angehörige dieses

Elements verehren den Gott Aurel.

Element Wasser – Menschen mit der Begabung Wasser sind gute Fischer, Seefahrer und können tagelang ohne Trinkwasser auskommen. In Verbindung mit Magie kann das Wasser beherrscht werden, diese Magier sind in der Lage, Wasser zu finden und können zudem Regen entstehen lassen. Beispiele für Kampfmagie-Elemente: Wasserwelle, Eispfeil, Eisregen, Eis–Dämon beschwören. Angehörige dieses Elements verehren den Gott Aquor.

Elfen – Am bekanntesten sind die Licht- oder Waldelfen. Daneben gibt es noch die Dunkelelfen, die jedoch selten Tageslicht erblicken.

Fayl – Region im Osten von Altra mit der gleichnamigen Hauptstadt Fayl.

Golem – Erdwesen, die meist mehrere Schritt groß sein können. Ihr Körper ist aus Stein und Wurzeln geformt und sie können sich aufgrund ihres massiven Gewichts nur langsam fortbewegen. Ein Schlag mit einem ihrer Fäuste zermalmt alles, das sich aus Versehen gerade darunter befindet. Normalerweise sind sie friedfertig, außer sie fühlen sich bedroht. Dann schicken sie mit Vorliebe ihre treuen Begleiter, die Charks, aus, um ihren Feinden den Garaus zu machen.

Gorkas – Volk das nach eigenen Aussagen mit dem Volk der Elfen verwandt ist. Ihr Körperbau gleicht dem des Menschen, sie sind jedoch größer und muskulöser. Wenn überhaupt, würde man sie wohl am ehesten dem Element Feuer zuordnen, da sie sehr gute Kämpfer sind und tödliche Waffen herstellen können. Sie leben zurückgezogen in den Wäldern.

Greif – Diese Wesen können sehr alt (meist über 100 Jahre) werden. Ihr Körper ähnelt dem eines Löwen, ihr Kopf sowie die Flügel denen eines Adlers. Sie sind sehr groß, ihre Länge kann bis zu vier Schritt betragen und ihre Flügelspannweite gar acht bis zehn Schritt. Sie sind eher scheu, misstrauisch und leben in den Bergen. Falls sie sich bedroht fühlen, greifen sie auch Menschen an, leben sonst aber friedlich außerhalb von menschlichen Siedlungen.

Kampfmagie – Diese Art von Magie wird nur von einem Teil der Magier tatsächlich gelernt und ausgeübt. Sie ist verbunden mit mächtigen Verteidigungs- und Angriffszaubern, die meist mehrere Magier zusammenwirken müssen.

Karinth – Kontinent westlich von Altra.

Kelmen – Tiere, die vor allem in der Wüste anzutreffen sind. Sie können tagelang ohne Wasser auskommen, da sie in ihren vier Höckern, zwischen denen man gemütlich sitzen kann, massenweise Wasser speichern können. Sie gleichen in ihrem Aussehen – abgesehen von den vier Höckern und den Klauen – weißen Pferden.

Lichtelfen – Der Körperbau der Licht- oder Waldelfen ist athletisch und ihre Schönheit legendär. Angehörige dieses Volkes können tausende von Jahren alt werden und sind damit beinahe unsterblich. Elfen sind hervorragende Jäger, beherrschen Magie und haben noch viele andere verborgene Talente, die jedoch den wenigsten Menschen bekannt sind. Denn sie hüten ihre Geheimnisse und bleiben meist unter sich in den Wäldern.

Lormir – nördlichstes Gebiet von Altra mit der gleichnamigen

Hauptstadt Lormir.

Magierzirkel – Es existieren sechs Magierzirkel in Altra, die jeweils von einem Zirkelrat geführt werden.

Maße – In Altra herrscht ein eigenes Maßsystem, das sich wie folgt aufbaut: 1 Fingerbreit = Breite eines Fingers; 1 Handbreit = 4 Fingerbreit; 1 Fuß = 16 Fingerbreit; 1 Elle = 1.5 Fuß; 1 Schritt = 2.5 Fuß; 1 Yard = 1000 Schritt

Menschen – Die Lebenserwartung der Menschen in Altra beträgt etwa sechzig Jahre. Die meisten Menschen haben bis zum dreizehnten Lebensjahr eine Begabung in einem der vier Elemente entwickelt. Einige davon haben sogar eine Magie-Begabung und können für die Aufnahme in einen der Magierzirkel in Altra kandidieren. Menschen leben in Dörfern und Städten. Nur die mächtigsten Magier können älter als siebzig Jahre werden, wenn sie ihre Jugend erneuern können.

Nanos – Gott der Zwerge.

Oshema – Region im Südosten von Altra mit der gleichnamigen Hauptstadt Oshema.

Schwarze Magie – Wenn die Wärme eines anderen Wesens zur Magiewirkung verwendet wurde, wurde dies als schwarze Magie bezeichnet. Diese Form der Magie war lange Zeit streng verboten und wurde mit dem Tode bestraft. Sie wurde im Jahre 11-248 aus Altra verbannt.

Umbrium – Auch Schattenessenz genannt. Die Assassinen aus der Schattengilde von Karinth erhalten durch diese Essenz ihre übermenschlichen Kräfte.

Warft – Diese Tiere sind nachtaktiv und gehen auf zwei Beinen wie Menschen. Ihr Körper gleicht dem eines Wolfes und sie haben gelbe Augen, die sehr gut im Dunkeln sehen können. Durch die tödlichen Krallen und ihre Gewandtheit sind sie gefährliche Gegner, denen man besser aus dem Weg geht.

Zwerge – Dieses Volk, deren Lebenserwartung etwa 200 bis 300 Jahre beträgt, lebt vorwiegend in den Bergen. Ihr Körperbau ist stämmig und sie sind etwa eineinhalb Schritt groß und sehr kräftig. Sie beherrschen Zwergenmagie und sind hervorragende Schmiede. Zwerge verstehen es wie keine andere Rasse, Waffen zu schmieden.

Dank

Ein Dankeswort zu verfassen, ist immer das Schwierigste am ganzen Buch. Denn eigentlich möchte ich jedem Einzelnen danken, der mich auf meiner Reise durch Altra begleitet hat. Angefangen von denjenigen, die mich täglich zu neuen Geschichten inspirieren, über die, die erste Entwürfe testlesen (hier seien namentlich erwähnt: Andi, Franz, Jasmin, Santina, Vany, Yvonne) bis hin zu jenen, die das Endprodukt in der Hand halten und sich verzaubern lassen.

Ein einfaches »Danke« scheint mir nicht genug zu sein, meine Gefühle zu beschreiben, die ich jedes Mal empfinde, wenn ich an Euch Leser denke. Es ist viel zu kurz, um meine Gedanken zusammenzufassen, viel zu klein, um die Größe meiner Liebe zu Euch auszudrücken. Ihr seid es, die mit Eurer Fantasie die meine bereichern. Ihr seid es, die meine Geschichten zum Leben erwecken. Ihr seid es, die dafür sorgen, dass ich nicht aufhören kann, weiterzuschreiben.

Ich danke Euch allen von ganzem Herzen und hoffe, dass Ihr mich noch lange begleiten werdet.

Herzlich,
Eure Corinne

C. M. Spoerri wurde 1983 geboren und lebt in der Schweiz. Schon früh entdeckte sie die Liebe zum Schreiben. Sie studierte Psychologie und promovierte im Frühling 2013. Ehe sie von der Wissenschaft zur Arbeit als Psychotherapeutin wechselte, entschied sie sich, ihr früheres Hobby wieder aufzunehmen und begann im April 2013 die Fantasy-Saga ›Alia‹ zu schreiben.

Über das Schreiben sagt sie: »Schreiben ist für mich kein Müssen, kein Sollen und kein Erzwingen. Es ist ein Dürfen. Ich empfinde es als Privileg, dass ich mit meiner Leidenschaft andere beschenken, sie in meine Fantasie entführen und verzaubern darf. Solange es Leser gibt, die meinen Büchern Leben einhauchen, sie mit ihrer eigenen Fantasie nähren und von ihren erlebten Abenteuern berichten, ist es der schönste Beruf auf Erden.«

›Die Magier von Altra‹ ist der Spin-Off der Alia-Reihe. Weitere Fantasy-Projekte, die in Altra spielen, sind ebenfalls dabei, Gestalt anzunehmen. Auf ihrer Homepage **www.cmspoerri.ch** werdet Ihr über alle Neuigkeiten informiert. C.M. Spoerri freut sich über jegliche Art von Post. Kontaktiert sie über ihre Homepage oder schreibt ihr direkt eine E–Mail: **info@cmspoerri.ch**

Fan werden:

- Facebook: https://www.facebook.com/C.M.Spoerri
- Twitter: https://twitter.com/CMSpoerri
- Youtube: https://www.youtube.com/user/CMSpoerri

LESEPROBE

C. M. SPOERRI

DIE GREIFEN SAGA

BAND 1
DIE RATTEN VON CHAKAS

STERNENSAND VERLAG

LESEPROBE

Die Greifen-Saga – Band 1: Die Ratten von Chakas

Die sechzehnjährige Mica ist es gewohnt, für das zu kämpfen, was sie zum Überleben auf der Straße braucht. Sie steht am Rande der Gesellschaft von Chakas. Ihr Leben ist geprägt von Armut, Hunger und Angst. Doch nicht zuletzt dank ihrer magischen Kräfte, die nach und nach in ihr erwachen, kann sie es meistern.

Alles, was ihr etwas bedeutet, ist ihr jüngerer Bruder Faím. Das Schicksal stellt sie jedoch auf eine harte Probe, als Faím von ihr getrennt wird, während sie selbst dem geheimnisvollen Dieb Cassiel in die Hände fällt, der sie in seine Gilde mitnimmt.

Ist es der Beginn eines besseren Lebens? Wird es Mica gelingen, sich in den Kreisen der Diebe eine Stellung zu erkämpfen? Und wie soll sie ihren Bruder wiederfinden, der gerade selbst das Abenteuer seines Lebens erfährt?

Verlag: Sternensand Verlag GmbH, Zürich 2015
Genre: Jugendroman, Fantasy
Länge: 380 Seiten (Taschenbuch)
Format: E-Book, Taschenbuch (TB), Hardcover (HC)
Preis: EUR 6,99 (E-Book) / EUR 11,95 (TB) / EUR 16.95 (HC)

Kapitel 1 - Mica

Es gab in dem Tunnelsystem mehr Löcher als in einem Kaninchenbau und dennoch fand sich die kleine Gestalt mit erstaunlicher Sicherheit darin zurecht, während sie in der Dunkelheit von einem Gang in den nächsten hetzte. Der dünne Junge hielt sich nicht damit auf, zu lauschen, ob seine Verfolger ihm noch auf den Fersen waren, sondern rannte, als sei der Totengott persönlich hinter ihm her.

Erst als er sich durch ein weiteres Loch in einer Wand gequetscht hatte, durch das kein erwachsener Mann hindurchpassen konnte, hielt er an, ließ sich keuchend auf den harten Steinboden fallen und versuchte, wieder zu Atem zu kommen. Ein starker Hustenanfall war die Folge, von dem er sich erst nach ein paar Minuten erholte.

Mit zitternden Fingern suchte er nach dem Gegenstand in seiner Hosentasche und spürte erleichtert das kühle Metall, das sich vom ersten Moment an so richtig in seiner Hand angefühlt hatte. So sehr, dass er die Kostbarkeit unbedingt haben musste und nicht mehr hatte hergeben wollen. Vorsichtig holte er seine Beute heraus und fuhr zusammen, als plötzlich vor ihm eine Fackel aufflammte.

»Da bist du ja endlich wieder!«, erklang die Stimme eines Mädchens, dessen schmutziges Gesicht im Schein des Feuers auftauchte. Sie hatte schwarze, kurze Locken, die ihr knapp über die Augen fielen, welche von langen Wimpern umrahmt waren. Ihre Gesichtszüge waren schmal, genau wie ihr Körper, der dort, wo keine sandfarbenen Lumpen ihn verdeckten, von der Sonne gebräunt war. Ein vorübergehender Passant hätte sie vielleicht auf fünfzehn Jahre geschätzt, wenn er in ihre klugen Augen sah, womöglich etwas älter, aber durch ihr geringes Gewicht war es schwer, ihr Alter auszumachen.

Der schmächtige Junge beeilte sich, die Beute hinter seinem Rücken zu verbergen, als das Mädchen auf ihn zukam.

»Was versteckst du da, Faím?«, fragte sie argwöhnisch und hielt die Fackel etwas höher.

»Nichts«, erwiderte der Junge, immer noch heftig atmend. Auch er hatte, wie nun im flackernden Licht zu erkennen war, dunkle Locken, schwarze Augen und überall an seinem mageren Körper traten die Knochen unter seiner Haut hervor. Sein Gesicht war blass und er wirkte kränklich. Die dünnen Arme verschränkte er hinter dem Rücken und bemühte sich, einen weiteren Hustenanfall zu unterdrücken.

»Gib das her«, befahl das Mädchen und streckte die freie Hand aus.

Faím schüttelte den Kopf mit Nachdruck, aber seine Augen sahen sie ängstlich an. Sie war zwar nur zwei Jahre älter als er, überragte ihn jedoch um mehr als einen Kopf. Und er wusste, wie gut sie mit dem Messer umzugehen verstand, das an ihrem Gürtel befestigt war und nach dem sie nun griff.

»Du weißt, dass wir uns alles teilen?« Das Mädchen klang jetzt energischer. »Unsere Beute, unser Leben, unser Schicksal. Schon vergessen?«

Mit der Hand machte sie ein Zeichen, das sie und Faím sich zusammen ausgedacht hatten. Dabei formte sie die Handfläche wie eine Schale und führte sie dann zu ihrem Herzen.

»Wir sind Kanalratten. Wir müssen uns nicht an das Kredo der Diebe halten.« Die Stimme des Jungen wurde mit jedem Wort leiser.

»Wir sind zwar keine Mitglieder einer Gilde, trotzdem müssen auch wir uns an Gesetze halten«, antwortete das Mädchen in festem Tonfall. »Und jetzt gib her!« Sie war mit einem raschen Schritt bei ihm und packte ihn am Oberarm, sodass er leise aufschrie.

»Au, du tust mir weh, Mica!«

»Nager wird dir noch viel mehr wehtun, wenn er herausfindet, dass du etwas gestohlen hast, das du nicht mit uns anderen teilen willst!« Das Mädchen hielt ihn erbarmungslos fest und drehte den Arm nach vorne, sodass Faím seine Hand zeigen musste. »Bei den Göttern …« Ihre Augen weiteten sich und sie senkte die Fackel. »Woher hast du das?!« Sie ließ ihn los und starrte entgeistert auf den Gegenstand in Faíms dünnen Fingern.

Der Junge trat von einem Fuß auf den anderen und umfasste sein Handgelenk mit der anderen Hand, als wolle er es davor bewahren, unter dem Gewicht der Beute abzufallen. »Ich …«, begann er und senkte den Blick.

»Ja?« Mica nahm ihm den Gegenstand aus der Hand und betrachtete ihn im Licht des Feuers. Er war etwa so groß wie eine Faust, glich rein äußerlich einem Ei und schien aus purem Gold gefertigt zu sein. Zumindest war er schwer genug dafür. Mehrere wertvoll anmutende Steine waren seitlich eingelassen und glänzten verführerisch. In der Mitte schien ein Mechanismus das Ei zusammenzuhalten. Als Mica daran herumdrückte, ließ es sich jedoch nicht öffnen.

»Ich …« Faím biss sich auf die Unterlippe, bevor er fortfuhr: »… ich habe ihn aus dem Tempel des Wassergottes.«

»Du hast die Götter bestohlen?!« Mica nahm den Blick von dem goldenen Ei und sah stattdessen fassungslos den Jungen an.

»Nun ja …«

»Du weißt, dass das Unglück bringt?! Wie bei allen …« Mica senkte ihre Stimme zu einem Raunen, »wie konntest du so etwas nur tun?!«

»Ich … ich konnte nicht anders.« Faím hob den Blick und sah sie gequält an, sodass sie fast Mitleid mit ihm bekam.

»Du bringst das zurück. Sofort!« Das Mädchen legte das goldene Ei mit Nachdruck in seine Handfläche. »Wir sind zwar Kanalratten, aber nicht einmal wir beklauen die Götter. Halte dich endlich an unser Kredo! Du kannst von Glück sagen, dass Nager das nicht mitbekommen hat.«

»Nager weiß nichts über wahre Beute«, murmelte Faím trotzig, dem sein zurückerlangtes Diebesgut neues Selbstbewusstsein zu geben schien. »Wenn wir in der Diebesgilde wären …«

»Sind wir aber nicht!«, unterbrach ihn Mica schroff. »Wir sind gildenlos und das ist auch gut so. Wir brauchen keine Gilden. Weder die der Elemente noch die der Diebe!«

»Sari sagt aber …«

»Sari sagt viel, aber sie ist auch eine dumme Gans. Wir führen doch ein gutes Leben hier in den Kanälen. Was willst du noch mehr?«

»Etwas zu essen vielleicht? Und ein warmes Bett? Sari sagt, dass man das in der Diebesgilde bekommt.«

»Dann geh doch! Geh in die Diebesgilde!«, fuhr Mica den Jungen an, sodass dieser zusammenzuckte. »Die werden dich aufknüpfen, noch ehe du deinen Namen nennen konntest. Sie halten nichts von Kanalratten – wir sind für die nicht mal den Dreck unter ihren Schuhen wert! Aber wenn du es unbedingt ausprobieren willst, bitte, ich steh dir nicht im Weg! Sei dir aber im Klaren darüber, dass Nager dich jagen wird und du froh sein kannst, wenn du von den Dieben und nicht von ihm getötet wirst!«

Faím sah das Mädchen mit großen Augen an, erwiderte jedoch nichts mehr. Er wusste, dass er ohne sie keine Chance hatte, hier in den Tunneln unter Chakas zu überleben. Er war immer schon kränklich und schwach gewesen. Mica hatte ihn von Anfang an beschützt, ihn großgezogen und vor den anderen Kanalratten verteidigt. Er war zu schmächtig, um dies selbst zu tun und sie war gleichzeitig Schwester, Freundin und Mutter für ihn. Aber irgendwann, so hatte er sich einmal geschworen, würde er ein Meisterdieb werden. Eine Meisterratte, wie sie hier in Chakas noch keiner gesehen hatte. Und dann würde er *sie* beschützen.

»Tut … tut mir leid«, murmelte Mica und sah den blassen Jungen entschuldigend an. »Ich will dich nicht loswerden, ganz bestimmt nicht. Du bist das Einzige, was mir von unserer Familie noch geblieben ist. Bitte verzeih, dass ich dich so angefahren habe …«

»Schon gut«, nickte Faím und verbarg seine Beute wieder in der

Hosentasche. »Ich weiß ja, dass du alles dafür tust, dass es uns gut geht.«

Mica seufzte und sah ihren kleinen Bruder traurig an. »Manchmal denke ich auch, es wäre das Beste, wenn wir einfach zu der Diebesgilde gehen und sie bitten würden, uns aufzunehmen und vor Nager zu beschützen. Aber du weißt doch, was sie von uns halten. Wir tragen keine Ringe, wurden nicht in eine Elementgilde aufgenommen, obwohl wir die Elemente in uns tragen. Du das Wasser, ich das Feuer. Wie Mutter und Vater …« Ihre Stimme versagte und sie fuhr sich mit der Hand über die Augen.

Nein, sie würde nicht weinen. Sie hatte das letzte Mal geweint, als sie den schwärzesten Tag ihres Lebens erlebte und danach hatte sie sich geschworen, nie wieder zu weinen. Nie mehr. Wegen niemandem. Doch jedes Mal, wenn sie an den Tag zurückdachte, an dem ihre Eltern gestorben waren, vermischten sich Traurigkeit und Wut gleichermaßen in ihrer Brust.

Sie waren mitten in der Nacht von einer Bande Schläger überfallen worden, die auf Beutezug durch die Stadt zogen. Nur Mica und ihr kleiner Bruder hatten sich vor ihnen in Sicherheit bringen können, indem sie in die Kanalisation geflohen waren. Ihre Eltern hatten versucht, ihr Zuhause zu verteidigen.

Als sie am nächsten Morgen zurückgekehrt waren, hatten ihre Mutter und ihr Vater blutüberströmt und mit gebrochenen Augen in der heruntergekommenen Holzbaracke gelegen, in der Nähe des Hafens, wo sie zu viert gelebt hatten.

Ihr ganzes Hab und Gut, das ohnehin schon kläglich gewesen war, war gestohlen worden, sodass Mica und Faím nichts anderes übrig blieb, als betteln zu gehen.

Das war nun zehn Jahre her und Mica war damals gerade mal sechs Jahre alt, ihr Bruder knapp vier. Sie hatten noch eine Weile in der Baracke gewohnt, bis sie von anderen Bettlern vertrieben worden waren. Danach waren sie in die Gänge unterhalb der Stadt gezogen, die normalerweise von den Dieben bewohnt wurden. Jedoch hatten sie rasch gemerkt, dass sie dort ebenfalls nicht willkommen waren.

Nur Nager, einem hochgewachsenen Jungen, hatten sie es damals zu verdanken, dass sie nicht ohne ein Dach über dem Kopf schlafen mussten. Er hatte sie in seine Bande aufgenommen, die mehrheitlich aus Waisen bestand. Als Voraussetzung dafür, dass sie bleiben durften, mussten sie sich seinem Kredo anschließen, das ihnen unter anderem auch verbot, mit dreizehn Jahren in die Elementgilden einzutreten. Wahrscheinlich hatte Nager das verlangt, weil er selbst nicht in eine Gilde aufgenommen worden war. Er trug zumindest keinen Gildenring am Finger. Mica hatte sich nie getraut, nach dem Grund dafür zu fragen.

Darauf zu verzichten, in eine Elementgilde aufgenommen zu werden, war eine harte Entscheidung gewesen. Vor allem, als Faím vor einem Jahr ebenfalls das dreizehnte Lebensjahr erreichte. Mica und er hatten von Weitem aus einem Versteck in der Nähe des Gildenplatzes zugesehen, wie die anderen Dreizehnjährigen in der alljährlichen Gildenzeremonie ihre Elementringe erhalten hatten und damit zu vollwertigen Erwachsenen wurden.

Als Gildenlose waren sie vollkommen von Nager, der eigentlich Renschir hieß, abhängig. Doch sich dem Kredo von Nagers Bande zu unterwerfen, war damals die einzige Möglichkeit gewesen, die ihnen geblieben war. Nager hatte das gewusst und ausgenutzt. Immerhin bot er Essen und den Schutz seiner Bande, ohne die sie wohl kaum drei Tage in den Elendsvierteln der Stadt überlebt hätten.

Außerdem, so hatte Mica immer gehofft, würden sie irgendwann aus der Bande aussteigen und doch noch einen richtigen Beruf erlernen, ein besseres Leben führen können. Dann könnte sie ihrem Bruder Medikamente kaufen und ihn vielleicht sogar zu den Heilern in den Magierzirkel schicken, damit diese seine Krankheit heilen konnten.

Diese Hoffnung hatte sich leider als unsinnige Tagträumerei herausgestellt, wie sie in den letzten Jahren mit trauriger Gewissheit hatte feststellen müssen. Nager ließ sie nicht mehr gehen, denn er sah in Mica eine seiner besten Kämpferinnen, und seit sie zusätzlich zum Feuerelement auch noch Magie in sich entwickelte, ließ er sie kaum mehr aus den Augen. So wie jetzt, als er mit einem Mal hinter ihr auftauchte.

»Was lungert ihr hier herum?«, erklang seine finstere Stimme.

Mica fuhr zusammen und wandte sich ihm zu. Er war in den letzten Jahren noch muskulöser geworden und zu einem stattlichen Mann herangereift. Im Gegensatz zu seinen Bandenmitgliedern war er nicht dünn und schmächtig, sondern breitschultrig und wirkte gut genährt. Kein Wunder, er bekam ja auch von all seinen ›Untertanen‹ das Essen auf dem Silbertablett serviert, wie Mica wieder einmal bissig feststellte.

Ein Gedanke, den sie jedoch niemals laut und schon gar nicht vor

Nager ausgesprochen hätte. Zu groß war ihre Angst vor ihm, obwohl sie, im Gegensatz zu ihrem Anführer, Magie wirken konnte. Da ihr jedoch niemand die Beherrschung ihrer Kräfte beibrachte, waren die Zauber eher zufällig und hielten sich auf das Entzünden einer Fackel oder eines kleinen Feuers beschränkt. Sie hatte Jahre gebraucht, um alleine dieses Kunststück zu lernen und obwohl sie versuchte, besser darin zu werden, hatte sie nur mäßigen Erfolg und zitterte jedes Mal vor Kälte, wenn sie einen Zauber wirkte.

Wäre sie Mitglied in der Feuerelementgilde gewesen, hätte ihr dort ein Magier all das beibringen können – oder vielleicht hätte sie sogar genug Magie gehabt, um in den magischen Zirkel von Chakas zu gehen, um dort die wirklich wirkungsvollen Zauber zu erlernen. So aber blieb ihr nur, neidisch den vorbeigehenden Jungmagiern in ihren schwarzen Umhängen hinterherzusehen, wenn sie sie in der Stadt erblickte.

Sie konnte die Nächte nicht mehr zählen, in denen sie wachgelegen und Pläne geschmiedet hatte, wie sie Nager entkommen konnten. Doch immer wieder musste sie sich eingestehen, dass sie keine Chance hatten. Nager kannte die Stadt besser als seine Hosentaschen und würde sie beide töten, noch ehe sie die Stadtmauern oder ein Schiff im Hafen erreicht hätten. Sie alleine hätte es vielleicht geschafft, aber ihr kleiner Bruder war einfach zu schwach, um vor Nager zu fliehen. Vielleicht, in ein paar Jahren, würde sich das ändern. Aber bis dahin blieb ihr nur, sich möglichst unauffällig zu verhalten und Nagers Zorn nicht auf sich oder ihren Bruder zu lenken.

Nun stand ihr Anführer hinter ihnen und verschränkte die Arme vor der breiten Brust. Seine hellblauen Augen waren misstrauisch auf die zwei erbärmlichen Gestalten vor ihm gerichtet und das schmutzbraune Haar fiel ihm lang und ungepflegt bis über die Schultern.

Seit einiger Zeit ließ er sich einen stoppeligen Bart wachsen, was ihm ein noch wilderes Aussehen verlieh. Wie immer trug er seine grauen Leinenhosen und das schwarze Lederwams, darunter ein verschwitztes Hemd. An seinem Hüftgürtel hatte er links und rechts je einen Dolch befestigt, mit denen er meisterhaft umzugehen verstand.

Mica spürte, wie immer bei seinem Anblick, eine Gänsehaut an ihrem ganzen Körper. Sie hatte Angst vor diesem finsteren Kerl, der schlimmere Grausamkeiten auf Lager hatte, als sie sich vorstellen konnte, und mit nichts und niemandem Erbarmen oder gar Mitleid kannte. Mehr als einmal war er kurz davor gewesen, seine Wut und seinen Zorn, die manchmal so plötzlich ausbrachen, dass es zu spät war, vor ihm zu fliehen, an ihrem kleinen Bruder auszulassen.

Und jedes Mal hatte sie ihn nur beruhigen können, indem sie ihm Dinge versprochen hatte, für die sie sich im Nachhinein zutiefst schämte. Dinge, die eine Frau nur einem Mann, der sie aufrichtig liebte, gewähren sollte. Dinge, die … sie fröstelte bei dem Gedanken daran, wie seine schwieligen Hände sich auf ihrer Haut anfühlten und Ekel stieg ihr die Kehle hoch.

Doch sowohl die Abscheu als auch die Angst würde sie nie vor ihm zeigen, da sie wusste, dass das ihm nur noch mehr Macht über sie verlieh.

»Nun?« Nager hob eine seiner dunklen Augenbrauen und musterte sie abschätzig.

»Tut uns leid. Faím hat nur versucht, etwas zu essen zu klauen und musste vor einer Bande Bäckergesellen fliehen«, antwortete Mica rasch und trat vor ihren Bruder, sodass dieser vor dem Blick ihres Anführers geschützt war.

Nager ließ ein Knurren hören und kam einen Schritt auf Mica zu. Sie nahm seinen fauligen Atem und den abgestandenen Schweißgeruch seines Körpers wahr und musste sich zusammenreißen, um sich vor Abscheu nicht zu schütteln.

»Vergiss nicht, dass ich das Luftelement in mir trage und genau weiß, wenn du mich belügst, kleine Ratte«, sagte Nager gefährlich leise.

Mica sah ihm fest in die Augen und hielt seinem Blick stand. »Du kannst mir glauben«, versicherte sie ihm und war selbst erstaunt, wie einfach ihr diese Lüge über die Lippen kam – wie jedes Mal, wenn sie ihren Bruder vor ihm verteidigte.

Nager sah sie forschend an und nickte dann kaum merklich. »Hat er wenigstens etwas mitgebracht?« Seine Stimme klang noch dunkler als die Nacht.

Mica schüttelte leicht den Kopf. »Leider nicht, er wurde überrascht, ehe er etwas mitgehen lassen konnte. Sie hätten ihn fast erwischt.«

»Wäre nicht schade um ihn, er taugt ohnehin zu nichts anderem, als einen Köder zu spielen.« Nager zuckte mit den Schultern und Mica fühlte kalten Zorn in sich hochsteigen, den sie jedoch mit aller Kraft unterdrückte. »Wenn ihr hier nichts mehr zu tun habt, kommt mit in die Halle. Beli hat eine neue Beute entdeckt, die wir uns ansehen sollten.« Der junge Mann wandte sich zum Gehen, ohne sich zu vergewissern, ob die zwei ihm folgten.

Mica tauschte einen raschen Blick mit Faím und hielt den Finger kurz an die Lippen. ›Kein Wort‹, hieß das und ihr Bruder verstand sofort, dass sie damit das goldene Ei meinte, welches er geklaut hatte. Er nickte und machte das Zeichen, das er und seine Schwester sich ausgedacht hatten. Sie erwiderte die Geste mit der nach oben offenen Hand, die zum Herzen geführt wurde, ehe sie Nager zum Versteck der Kanalratten folgten. Ihrem Zuhause.